JN119897

Only A Kiss
by Mary Balogh

束の間のバカンスを伯爵と

メアリ・バログ
山本やよい[訳]

ライムブックス

Translation from the English
ONLY A KISS
by Mary Balogh

Japanese translation published by arrangement with
Maria Carvainis Agency, Inc
through The English Agency (Japan) Ltd.

束の間のバカンスを伯爵と

主要登場人物

イモジェン・ヘイズ……レディ・バークリー。士官の未亡人
パーシー（パーシヴァル）・ウィリアム・ヘンリー・ヘイズ……ハードフォード伯爵。バークリー子爵
レディ・ラヴィニア……先代ハードフォード伯爵の妹。イモジェンの義理の叔母
アデレード（ファービー夫人）……レディ・ラヴィニアのコンパニオン
ティリー・ウェンゼル……イモジェンの友人
ウェンゼル氏……ティリーの兄。紳士
ラチェット……荘園管理人
ジョージ・クラブ……スタンブルック公爵。ペンダリス館の主
ラルフ・ストックウッド……ベリック伯爵。元軍人
サー・ベネディクト（ベン）・ハーパー……元軍人
ヒューゴ・イームズ……トレンサム卿。元軍人
フラヴィアン・アーノット……ポンソンビー子爵。元軍人
ヴィンセント（ヴィンス）・ハント……ダーリー子爵。元軍人

1

ハードフォード伯爵であり、バークリー子爵でもあるパーシヴァル・ウィリアム・ヘンリー・ヘイズは、はなはだしく、このうえなく、とんでもなく退屈していた。これらの副詞はもちろん、基本的には同じ意味だが、とにかく骨の髄まで退屈していた。退屈のあまり、部屋の向こうのサイドボードまで行ってグラスに酒を足そうと思っても、椅子から立つ気力すら湧かないほどだった。そう、ひどく退屈していた。いや、ひどく酔っているだけかもしれない。大海が干上がるほどの量の酒を飲んだはずだ。

パーシーは三〇歳の誕生日を祝っているところだった。というか、少なくとも、さっきまで祝っていた。いまはたぶん午前零時をとっくに過ぎているだろう。つまり、誕生日は終わった。過ぎ去ったのだ。お気楽で、奔放で、無益だった二〇代の日々と同様に。

ロンドンにあるタウンハウスの書斎で、暖炉の片側に置かれたお気に入りの柔らかな革椅子にもたれている自分に気がついて、パーシーは心地よさに包まれたが、このような深夜だと（正確な時刻は不明）ふつうは一人きりのはずなのに、部屋にいるのは彼一人ではなかった。酩酊《めいてい》の靄《もや》のなかで、〈ホワイツ〉で誕生日を祝ってもらったことをおぼろに思いだした。

いまは二月に入ったばかりでロンドンの社交シーズンには早すぎるが、そのわりには、かなりの数の仲間が集まってくれた。

パーシーは記憶をたどった――ひどい騒ぎになったため、頭の古い化石みたいな年配メンバーの一部が眉をひそめてきびしい非難を示し、ふだんは感情を顔に出さない給仕たちもかすかな緊張と迷いを見せはじめた。高貴な生まれの御曹司も交じっているこの酔いどれ紳士の一団を、彼らの機嫌を損じることも、過去と未来の三世代から四世代にわたる身内の人々の機嫌を損じることもなくクラブから追いだすには、いったいどうすればいいのだろう？だが、このまま放っておけば、それに劣らず高貴な生まれの人々の怒りを招くに決まっているから、追いださないわけにはいかない。

友好的な解決法が何か見つかったに違いない。なぜなら、信頼できる少数の仲間に囲まれて、こうして自宅に戻っているのだから。ほかの連中はきっと、よそへ行ってどんちゃん騒ぎをしているのだろう。いや、おとなしく自分のベッドに入っただけかもしれない。

「シド」パーシーは椅子の背にもたれたまま、頭を持ちあげる危険は避けて、顔の向きだけを変えた。「きみの賢明なる意見によると、ぼくは今夜、大海が干上がるほど大量の酒を飲んだのだろうか？　飲んでいないわけはないのだが。誰かに挑戦されたのかな？」

シドニー・ウェルビー卿は暖炉の火を見つめていた――いや、さっきまで火が入っていたのだが、自分たちで石炭をくべることも、召使いにくべさせることもしなかったため、いまは消えている。眉を寄せて考えこみ、それから返事をした。「海が干上がるはずはない、パーシー。川や、渓流などから絶えじゅ――いや、絶えず水が流れこむんだから。小川や水路からも。減るのと同じスピードで増えていく」

「それに、海には雨も降る」シリル・エルドリッジが加勢した。「陸に降るのと同じように。飲み干したように錯覚するだけさ。ここしばらく雨が降らなかったから、本当に海が干上がったのなら、ぼくたち全員の責任でもある。だが、明日の朝、目がさめたら、頭がいつもの大きさの少なくとも三倍に膨れあがったように感じることだろう。わ、まずい。妹たちを図書館かどこかへ連れていく約束をしたような気がする。きみも知ってのとおり、パーシー、妹たちがメイドだけをお供にして出かけるのを、うちの母はぜったい許さない。おまけに、妹たちはいつも、夜が明けるなり出かけようとする。ほかの誰かが先に来ておもしろそうな本を全部持ち去ってしまうのを阻止する気なのさ。わが賢明なる意見によれば、たいした読書家でもないくせに。それにしても、みんな、こんなに早い季節からロンドンで何をしようというのかね。ベスの社交界デビューは復活祭が終わってからだし、あんな大量のドレスは必要ないと思うんだが。そうだろう？　しかし、兄に何がわかるというのだ？　妹たちに言わせると、何ひとつわかっていないそうだ」

シリルは何人もいるパーシーのいとこの一人だ。父方のいとこが一二人（父の四人の姉妹の息子たちと娘たち）、母方のほうは、この前数えたときは二三人だった。もっとも、母の末の妹であるドリスおばが一二人目の子を妊娠中だと、母から聞いたような気がする。現在二三人で、もうじき二四人になるという母方のいとこの多さも、ドリスおばの子供の数からすれば納得できる。どのいとこも気立てがいい。みんながパーシーを愛していて、彼もみんなを愛している。もちろん、おじやおばのことも愛している。父方を見ても、母方を見ても、これぐらい仲がよくて愛情にあふれた一族はいないだろう。自分はこの世でもっとも幸運な人間だ――パーシーは深い憂鬱のなかで思った。

「賭けをしたじゃないか、パーシー」マーウッド子爵アーノルド・ビッグズが言った。「きみがジョーンジーと飲み比べをして、午前零時までにやつを前後不覚にできるかどうかって――偉業達成だ。あいつ、零時一〇分前にはテーブルの下で倒れてたぞ。そろそろ〈ホワイツ〉を出ようかとみんなが決めたのは、あいつのいびきのせいだったんだ。うるさいのなんのって」

「そういうことだったのか」パーシーは大あくびをした。謎がひとつ解けた。グラスを手にとったが、空っぽだったことを思いだし、そばのテーブルにカタンと置いた。「くそっ、なんとも退屈な人生だ」

「三〇歳を迎えた今日のショックが薄れれば、明日は気分もよくなるさ」アーノルドが言った。「あれっ、明日じゃなくて今日だっけ？　うん、そうだ。炉棚の時計の短針が三時を指してて、時計は正確だと思う。だが、太陽はまだ出ていないから、夜中の三時に違いない。もっとも、この季節は一日じゅう夜中のようなものだが」

「なんで退屈しなきゃいけないんだ、パーシー？」シリルが訊《き》いた。納得できないという口ぶりだった。「男が望みうるものをすべて持ってるじゃないか。すべて」

パーシーは自分に与えられた幸運に考えを向けることにした。確かにシリルの言うとおりだ。否定しようがない。さきほど述べた優しいおじ、おば、いとこたちに加えて、両親も優しくて、一人息子の彼を愛情たっぷりに育ててくれた——彼のために弟と妹を作って子供部屋をにぎやかにすべく、真剣に努力したようだが、結局、子供は彼一人しかできなかった。パーシーがほしがりそうなもの、必要としそうなものを両親はふんだんに買い与えた。しかも、贅沢《ぜいたく》な品をそろえるだけの財力に恵まれていた。

父方の曾《そう》祖父は伯爵家の次男で、跡継ぎではなく、長男にもしものことがあったときの予備に過ぎなかったため、実業家への道を進み、ある程度の財産を作った。その息子、つまりパーシーの祖父がそれを元手に莫大《ばくだい》な財産を築きあげ、裕福ながらも倹約家の女性と結婚したおかげで、財産はさらに膨らんだ。一ペニーたりとも無駄遣いはしないという評判の女性だった。四人の娘が結婚するたびに持たせてやった莫大な持参金を除いて、あとの財産はすべてパーシーの父親が相続した。抜け目のない投資によって資産を二倍から三倍ぐらいに増やし、やがて彼自身が選んだ女性も豊かな持参金を持って嫁いできた。

三年前に父親が亡くなったあと、パーシーは大金持ちになった。祖母が大切に守ってきた財産を数えるだけでも、残された人生の半分を使うことになりかねないほどだ。それから、ダービーシャー州にあるカースルフォード館もパーシーが相続した。広い豪華な屋敷で、噂《うわさ》によると、彼の祖父が財力を誇示するために札束を積みあげて購入したものだという。

パーシーはまた、容姿にも恵まれている。この点については極端に謙遜したところで始まらない。たとえ、鏡が嘘《うそ》をついてるんだ、鏡に映ったぼくの姿は間違いなんだ、と彼が思ったとしても、事実がそれを否定している。どこへ行こうと、男性と女性の両方から崇拝の視線を、ときには羨望の視線を向けられる。多くの人々が言うように、彼は長身で浅黒くてハンサムな男性の典型だ。健康そのもので、昔から病気ひとつしていない——おっと、自慢は禁物。災いを避けるためのまじないとして、木に触れておこう——右手を上げ、こぶしでそばのテーブルを叩《たた》いたものだから、空っぽのグラスとシドの両方が飛びあがった。パーシーは歯もすべてそろっている。真っ白で、歯並びもきれいだ。

それから、頭もいい。両親が一人息子を遠くの寄宿学校へやることに耐えられなかったため、自宅で三人の家庭教師について学んだあと、オックスフォード大学へ進んで古典学を専攻し、ラテン語と古代ギリシャ語の両方で最優秀の成績を収めて卒業した。友人にも知人にも恵まれている。あらゆる年代の男性に好かれている。女性にも……そう、女性にはとくに人気がある。幸運なことだ。ぼくも女性が好きだから。彼女たちをうっとりさせ、お世辞を並べ、楽譜をめくる役をひきうけ、ダンスの相手をし、散歩や馬車のドライブに誘うのが好きだ。冗談半分で口説くのも好きだ。そして、行く先々でぼくを待ち受ける結婚の罠《わな》をすべてよけて通る技を磨きあげている。

愛人もたくさん持った——いまは一人もいないが——どの愛人も絶世の美女で、抜群の技巧の持ち主で、金のかかる女優や高級娼婦など、彼の仲間たちも必死に手に入れようとした女ばかりだった。

　パーシーは筋骨たくましく、健康で、スポーツ万能だ。乗馬とボクシングとフェンシングと射撃を好み、そのすべてに秀でているが、このところ、何をやってもなぜか気分が晴れない。ここ何年か、やりすぎというぐらいにさまざまな挑戦をしてきて、それが無謀で危険な挑戦であればあるほど満足できた。ブライトンまでの二輪馬車レースに参加したことが三回あって、そのうち一回は往復とも参加した。また、乗合馬車の御者に賄賂をつかませ、ぎっしり荷物を積んだその馬車の手綱を自分で握ってグレート・ノース・ロードを走り……馬たちを思いきり走らせた。また、地面に自分の足をつけることも、地面と車輪が触れあう乗物を使うこともなく、メイフェア地区の半分を横切ってみろと挑発されたため、屋根から屋根へ飛び移り、ときには屋根のあいだの空間を飛び越えて、その偉業を達成したこともある。テムズ川にかかるロンドン市内の橋はほぼすべて渡った――橋の下を通って。ロンドンでもっとも悪名高き危険地帯を夜会用の正装でぶらついたこともある。武器にできそうなのはステッキだけ。しかも、仕込み杖ではない。最後にその界隈《かいわい》へ出かけたときは、ステッキを真っ二つに折られたあとで襲撃者三人と派手な殴りあいをして、片方の目にひどい黒あざを作り、おまけに夜会服をズタズタにして帰ったため、彼の従者は悲しみをこらえようにもこらえきれなくなった。

　それから、女性に人気があるばかりに、その兄弟や、義理の兄弟や、父親たちを激怒させ、相手にせざるをえなくなったこともある。いずれも不当な言いがかりだった。貞淑な貴婦人を誘惑したり、相手に無駄な期待を持たせたりしないよう、パーシーのほうでつねに気をつけているのだから。こうした対決のときは、ときたま殴りあいに発展することがあった。たいてい、相手が兄弟の場合だ。パーシーの経験からすると、女性の父親より兄弟のほうが頭に血がのぼりやすいようだ。決闘も一度だけ経験している。相手は、パーシーが妻に見せた微笑に腹を立てた夫だった。パーシーはその妻と言葉を交わしてはいないし、踊ってもいないのに。どうすればよかったのだ？　渋面を向けるべきだったのか？　指定された早朝、夫が先に引金をひいたが、弾丸はパーシーの頭の横のほうへ大きくそれた。パーシーが撃ち返し、弾丸は夫の左耳から六〇センチのところを飛んでいった。本当は三〇センチにするつもりだったが、土壇場になって、用心のために少しずらすことにしたのだ。

これだけ恵まれていてもまだ充分ではないというなら、彼には爵位もある。ひとつではない。ふたつもある。先代ハードフォード伯爵（バークリー子爵という称号も所持）は、例の曾祖父の存在を通じてパーシーと血縁関係にあった。その息子たちの代になってから、一族のあいだに争いが起きて疎遠になり、爵位を持つ本家はコーンウォールの先端に近い辺鄙《へんぴ》な場所にひきこもって暮らしていたため、以後の世代の分家とは没交渉になっていた。本家を継いだ先代伯爵には跡継ぎの息子がいたようだが、何か不可解な事情があったのか――もしものときの予備となるべき息子がほかに一人もいないというのに――跡継ぎの息子はナポレオンの軍勢と戦うために陸軍士官としてポルトガルへ赴き、あっけなく戦死してしまった。

本家のそうした悲劇が分家のほうへ伝わることはいっさいなく、分家の者たちは幸いにも何も知らずに過ごしていた。ところが、パーシーの父親の死後ちょうど一年たったときに先代伯爵が亡くなり、爵位とコーンウォールの崩れかけた屋敷を継ぐのはパーシーしかいないことが判明した。もっとも、崩れかけているというのはパーシーの勝手な想像なのだが。豊かな収益をもたらしてくれる領地だとはどうしても思えなかった。パーシーは爵位を継承した。じっさい、ほかに選択肢はなかったし、〝パーシヴァル・ヘイズさん〟のかわりに〝ハードフォードさま〟とか、さらに恭しく〝閣下〟と呼ばれるようになって、少なくとも最初のうちは虚栄心をくすぐられた。爵位は受け入れたが、それ以外は無視した——それ以外の大半を。

貴族院にも儀式と共に華々しく迎えられ、ある忘れがたい午後に、議会で初の演説をおこなった。原稿を何度も書き直し、何度も稽古を重ね、やめようかと何度も考え、悪夢に近い鮮明な夢に幾夜もうなされたあとのことだった。演説を終えたパーシーは、丁重な拍手のなかで腰を下ろし、自ら進んで発言しようとしないかぎり、議会で言葉を発する必要は二度とないのだと思って胸をなでおろした。以来、発言の機会は数多くあったが、何も発言しないという立場をとりつづけ、安眠を妨げられることはなくなった。

国王やすべての公爵と気軽に挨拶を交わす仲であり、社交界では誰よりも人気者だった。以前から、最高級の仕立屋や、ブーツ職人や、紳士用服飾品を扱う店や、理髪店の上得意だったが、〝伯爵閣下〟になってからは、また一段と恭しく迎えられるようになった。パーシーはどの店でも昔から評判がよかった。貴族社会の紳士たちのなかでは珍しい存在で、請求書の支払いをきちんとしていたからだ。店主たちを唖然《あぜん》とさせたことに、その点はいまも変わっていない。春の季節は議会と社交シーズンに合わせてロンドンに滞在し、夏は自分の領地かどこかのリゾート地へ出かけ、秋と冬は家で過ごすか、ハウスパーティに招かれればそちらへ泊まりに行ったりする。ハウスパーティの誘いはしょっちゅうで、季節に合わせて射撃や釣りや狩猟を楽しみ、社交界の催しに顔を出す。今年は二月に入ったとたんにロンドンに来ているが、その理由はただひとつ、三〇歳になる彼のために母親がカースルフォード館で誕生パーティを開こうとしているのを予感したからだった。大好きな母親にどうして〝ノー〟と言えるだろう？　言えるわけがない。かわりに、いたずらがばれて叱られるのを避けようとする腕白な小学生みたいに、ロンドンの街へこっそり逃げだすことにした。

そう。要約しよう。パーシーはこの世でもっとも恵まれた男だ。彼の世界の空には雲ひとつないし、これまでだって一度もなかった。雲のない青空が美しく広がっているだけだ。彼はけっして、思い悩み、傷つき、暗い魅力を湛《たた》えた英雄というタイプではない。思い悩んだことも、まことの英雄にふさわしい行動をとったこともない。なんとも情けないことだ。英雄にはなれそうもない。

いかなる男も、人生で少なくとも一度は英雄的な行動をとるべきなのに。

「そうだな、すべてそろっている」少し前にいとこに言われたことを思いだし、パーシーはため息をついて同意した。「ぼくはすべてを持っている、シリル。くそっ、それが問題なんだ。すべてを持つ男には、なんの生き甲斐《がい》もないということ」

彼が名詞で文章を終わらせたことを知ったら、教育熱心だった家庭教師の一人はきっと、つねに持ち歩いていた杖でパーシーのこぶしの関節をピシッと叩くことだろう。

「午前三時に、てつぎゃ——哲学談義かい？」シドニーはそう言いながら、サイドボードまで行こうとして、ふらつく足で立ちあがった。「きみがみんなの脳みそを蝶《ちょう》結びにする前に、ぼくは家に帰らなきゃ。〈ホワイツ〉できみの誕生日を盛大に祝った。あとはまっしぐらに帰宅してベッドに入るべきだった。なんでここに来たんだろう？」

「辻馬車を使ったんだ」アーノルドが彼に思いださせた。「いや、〝なぜ〟という意味かい？ それはだな、ぼくたちが〈ホワイツ〉を追いだされそうになり、ジョーンジーが大いびきをかき、パーシーの屋敷へ行こうというきみの提案にパーシーが反対せず、きみの頭にそんな名案が浮かんだのは一年ぶり以上だと誰もが口をそろえて言ったからさ」

「やっと思いだした」グラスに酒を足しながら、シドニーが言った。

「なぜ退屈できるんだ、パーシー？ きみ自身も認めているように、すべてを持っているというのに」シリルが尋ねた。泥酔している声だ。「ぼくに言わせれば、そいつは恩知らずってもんだ」

「確かにそうだ」パーシーはうなずいた。「だけど、とにかく退屈で仕方がない。暇つぶしのつもりで、ハードフォード館へ出かけようかと思う。コーンウォールの荒野に立つ屋敷なんだ。まだ一度も行っていなかった」

やれやれ、いったいどこからそんなことを思いついたんだ？

「二月に？」アーノルドが眉をひそめた。「性急な決断は四月までしないほうがいい、パーシー。そのころには、ロンドンの街も人でにぎやかになり、どこかへ逃げだしたい衝動は跡形もなく消えているだろう」

「四月なんて二カ月も先だぞ」パーシーは言った。

「ハードフォード館だと！」シリルが嫌悪の声を上げた。「世界の果てにあるんだろ？　おもしろいことなんか何もないぞ、パーシー。羊がいて、無人の荒野が広がってるだけだ。ぼくが保証する。それから、風と雨と海。到着するのに一週間はかかるだろう」

パーシーは眉を上げた。「それは脚の悪い馬に乗った場合だけだ。ぼくのところには、脚の悪い馬は一頭もいない。向こうに着いたら、屋敷の垂木のクモの巣をすべて払わせて、みんなを大々的なパーティに招待するとしようか？」

「ほんひじゃないよな、パーシー？」シドニーは呂律《ろれつ》の怪しさを正そうともせずに尋ねた。

本気か？　パーシーは靄のかかった頭でしばらく考えた。復活祭が終わるとすぐに、議会と社交シーズンの日々が始まる。社交界に令嬢が何人かデビューするのと、例年のごとく流行にいくつか変化が起きて、人々が紳士服の仕立屋や婦人物の装身具店へ走るのを別にすれば、パーシーの心を浮き立たせるような新たな刺激は何もない。二〇代は無謀な挑戦やどんちゃん騒ぎを楽しんで大半の時間を過ごしてきたが、いまでは年をとりすぎて、そんな気にもなれない。ロンドンに腰を据えるかわりにダービーシャー州の実家に戻れば、たぶん、母がぼくのために時期遅れの誕生パーティを開こうとするだろう。神よ、お助けを。実家にいるあいだに、荘園管理に関わる努力をしてみてもいいが、そのうち、いつものように、きわめて有能な管理人から苦々しげな忍耐の表情を向けられるに決まっている。管理人の前に出るとパーシーは萎縮してしまう。少年時代に勉強を教えてくれた教育熱心な三人の家庭教師の同類という感じなのだ。

コーンウォールへ出かけて何が悪い？　退屈を忘れるいちばんいい方法は、そこから逃げだすのではなく、そこに向かって突進し、状況をさらに悪化させるべく全力を尽くすことだ。よし、考えが決まった。もっとも、酔っているときは何も考えないほうがいいのだが。理性が鈍った状態で計画を立てようとするのが賢明でないのは、当然のことだ。あるいは、つねに行動的なパーシーのことだからすぐに実行するはずだ、と期待している友人たちに向かってその話をするのも賢明ではない。朝が来て酔いがさめたとき、考え直すに決まっている。いや、〝午後になってから〟と言ったほうがいい。

「どうして本気じゃないだろ、なんて言うんだ？」パーシーは誰にともなく訊いた。「ぼくは二年前にその屋敷を相続したが、まだ一度も見ていない。近いうちに顔を出さなくてはならない。いや、この場合は〝遅くなったが〟と言うべきか。とにかく、ぼくは荘園の主《あるじ》なんだ。向こうへ行けば、少なくともロンドンが活気づくまでのあいだ、多少は暇つぶしができる。一週間か二週間したら、いそいそとこの街に戻ってくればいい。一キロ進むたびに、自分に与えられた幸運を数えながら。あるいは――先のことが誰にわかる？　ひょっとすると、向こうの屋敷に惚《ほ》れこんで、ずっとそちらで暮らすことになるかもしれない。アーメン。ハードフォード館のハードフォード伯爵として幸せに暮らしていくんだ。もっとも、あまり魅力的な響きではないが。そうだろう？　おんぼろ屋敷にもっとましな名前をつけるだけの想像力を、初代伯爵が持ちあわせていればよかったのに。例えば、〝おんぼろ館〟とか。おんぼろ館のハードフォード伯爵？」

おっと、かなり酔ってるぞ。

三組の目が、さまざまな段階の〝信じられない〟という思いを浮かべて、彼を見つめていた。その目の持ち主もみんな酔っぱらってだらしない格好になっている。

「さて、ちょっと失礼する」パーシーはいきなり立ちあがり、少なくとも、転倒するほど酔ってはいないことを確認した。「ハードフォードの誰かに手紙を書いて、クモの巣を払うよう命じたほうがよさそうだ。もし家政婦がいるのなら。もし執事がいるのなら。もし、荘園管理人が……うん、そうだ。管理人がいるのは間違いない。ものすごく小さな字を五行並べた手書きの報告書を、毎月きちんとぼくに送ってくる。大きな箒《ほうき》を購入して使い方を知っている人間を見つけるよう、管理人に指示しておこう」

パーシーは顎がはずれそうな大あくびをしながら、友人たちが玄関ドアを通り抜けて石段を下り、その向こうの広場に入るのを、立ったまま見送った。全員が自分の足で歩いて広場から出る道を見つけるのを確認した。

椅子に腰を下ろすと、決意が鈍らないうちに手紙を書いた。それから母親に宛ててもう一通、どこへ行くかを説明する手紙を書いた。黙って姿を消してしまったら、母親が心配するだろう。明朝投函《とうかん》してもらえるよう、二通の手紙を玄関ホールのトレイにのせ、脚をひきずるようにして二階の寝室まで行った。起きて待つ必要はないと言っておいたのに、従者が彼の化粧室で待っていた。殉教者になるのが好きな男なのだ。

「ぼくは酔っている、ワトキンズ」パーシーは言った。「もう三〇歳だ。いとこがさっき指摘してくれたように、すべてを持っている。そして、人生に退屈しきっているため、朝になってベッドを出るのも無駄な努力だと思ってしまうほどだ。夜が来れば、またベッドに入らなきゃならないというのに。明日――いや、今日かな――田舎へ出かけるための荷造りを頼む。コーンウォールへ出かけるんだ。ハードフォード館へ。そこは伯爵家の本邸で、ぼくがその伯爵だ」

「承知しました、旦那さま」威厳に満ちた超然たる表情を変えることなく、ワトキンズが答えた。ぼくが〝アフリカ南部へ出かけ、首狩り族を捜してアマゾン川を船でさかのぼる〟と言ったとしても、ワトキンズはたぶん、同じ表情で同じ返事をするだろう。ところで、アマゾン川に首狩り族はいるのか？

いや、どうでもいい。コーンウォールの先端まで出かけようというのだ。きっと頭がどうかしてしまったんだ。それだけは間違いない。酔いがさめれば、頭もまともに働くようになるだろう。

明日になれば。

いや、今日のもう少し遅い時間と言うべきか？　うん、そうだ。ワトキンズに〝今日〟だと言ったばかりだ。

2

イモジェン・ヘイズ（レディ・バークリー）は三キロ離れたポースメアの村からハードフォード館に歩いて戻る途中だった。いつもなら馬を走らせたり、一頭立ての二輪馬車の手綱を自分で握ったりするのだが、今日は運動をしようと決めたのだ。行きは道路の端を歩いたが、帰りは崖の道を通ることにした。歩く距離が一キロほど増えるし、村がある川沿いの谷から崖のほうへのぼっていく道は、ゆるやかなスロープを描く道路に比べてかなり急だ。しかし、脚の筋肉を使うのは爽快だし、さえぎるもののない景色を楽しむことができる。右手に海が広がり、背後に目をやると川の下流のほうに村があって、入江に漁師たちのコテージが寄り集まり、漁船が波に揺られている。

頭上や眼下を飛びかうカモメたちの哀調を帯びた鳴き声に、イモジェンは心地よく耳を傾けた。周囲に生い茂った野性味あふれるハリエニシダも大好きだ。風が冷たくて、背後から吹いてくるのに、頬に突き刺さるのを感じたが、自然の音と潮の香とその香りが運んでくる深い孤独感を、イモジェンは愛していた。手袋をはめた手で冬用のマントの端をしっかり押さえた。鼻も頬もたぶん真っ赤になり、灯台みたいに光っていることだろう。

村へ出かけたのは、去年のクリスマス前からご無沙汰だった友達のティリー・ウェンゼルを訪ねるためだった。クリスマスのあいだ、イモジェンはここから三〇キロほど北東にある、彼女が少女時代を過ごした兄の屋敷に滞在していたのだ。可愛い三人の甥《おい》のほかに、愛らしい姪《めい》も生まれていた。何週間かの滞在を楽しんだが、にぎやかで、あわただしくて、つねに社交的にふるまわなくてはならない日常にはなじめなかった。一人暮らしに慣れていた。ただし、世捨て人になるつもりはないけれど。

ティリーの兄のウェンゼル氏が馬車で送ろうと言ってくれた。帰り道はずっとのぼり坂だし、場所によってはかなりの急傾斜だから、と。イモジェンはパーク老夫人のお見舞いに寄らなくてはならないのを口実にして辞退した。夫人は先日転倒して腰をひどく痛めたため、自宅にこもっているのだ。夫人のところに寄れば、もちろん、四〇分も腰を下ろして、その災難をめぐるくどくどとした愚痴に耳を傾けなくてはならない。しかし、老人がときとしてひどく孤独になることはイモジェンにも理解できるし、四〇分ぐらいの時間はたいした犠牲ではない。それに、ウェンゼル氏に馬車で送ってもらえば、氏はいつものように、いまは亡きイモジェンの夫ディッキーとの少年時代の思い出話を始め、次は例によって不器用に彼女に言い寄ろうとするだろう。

眼下に谷間が見渡せる場所までのぼり、崖の上の台地に差しかかって小道の傾斜がゆるくなるあたりで、イモジェンは足を止めてひと息ついた。ここから先もゆるやかなのぼり坂が続いて、ハードフォード館の三方に広がった庭をとりかこむ石塀のほうへ向かう。残りの一方は崖と海に面している。風にボンネットのつばを叩かれ、息が止まりそうになりながら、イモジェンは向きを変えて下のほうへ目をやった。手袋のなかで指先が疼《うず》いていた。頭上には灰色の空が、眼下には白波の立つ灰色の海が広がっている。小道のすぐ脇がごつごつした灰色の断崖絶壁になっている。どこを見ても灰色ばかり。イモジェンのマントまで灰色だ。

一瞬、彼女の気分も灰色になりかけた。しかし、きっぱりと首を横にふり、ふたたび歩きだした。塞ぎの虫に負けてなるものかと思った。しばしば経験している戦いだ。負けたことは一度もない。

来月になれば、五〇キロ東へ行ったコーンウォール州の東端にあるペンダリス館で毎年恒例の集まりが開かれる。もう目の前だ。屋敷の主はスタンブルック公爵ジョージ・クラブ、イモジェンの母親のまたいとこで、この世でいちばん大切な仲間の一人――六人の仲間の一人だ。イモジェンを含めた七人がひとつのグループとなり、〈サバイバーズ・クラブ〉と自称している。七人はかつてペンダリス館で三年を共に過ごし、全員がナポレオン戦争で負ったさまざまな傷の後遺症に苦しんでいた。ただし、すべてが肉体の傷とはかぎらない。イモジェン自身の傷も肉体的なものではなかった。夫がポルトガルで敵軍の捕虜となり、拷問を受けて死亡、イモジェンもその場にいて夫の苦悶《くもん》を目のあたりにしていた。夫の死後、彼女は解放された。休戦の旗を掲げたフランス軍大佐が仰々しく、慇懃《いんぎん》に、英国側の連隊まで彼女を送り届けた。しかし、イモジェンも戦争の傷から逃れることはできなかった。

ペンダリス館で三年の歳月を送ったのちに、仲間はそれぞれ屋敷を去ることになった。もちろん、ジョージは別にして。ペンダリス館が彼の自宅なのだから。ただ、毎年早春の季節に二、三週間程度集まろうということで、みんなの意見がまとまった。去年はグロスターシャー州のミドルベリー・パークに集まった。ダーリー子爵ヴィンセントの自宅で、彼の妻が初めての子を出産したばかりだったため、彼が二人のそばを離れようとしなかったのだ。今年が五回目の集まりで、以前と同じくペンダリス館に集まることになっている。しかし、集まりの場がどこであろうと、その数週間はイモジェンが一年でもっとも楽しみにしている日々だった。毎年、仲間との別れが辛くてたまらない。ただ、辛い胸の内を仲間に見せることはけっしてなかったが。仲間の男性六人をイモジェンは無条件で心から愛している。魅力的な男性ばかりだが、彼女の愛に男女の性的な要素はない。六人に出会ったのは、異性に惹かれる心の余裕などまったくない時期だった。かわりに、六人に崇敬の念を抱くようになった。彼らはイモジェンの友人であり、同志である。彼女の兄弟であり、彼女の心と魂なのだ。

頰を伝ったひと粒の涙を苛立たしげに拭って、イモジェンは歩きつづけた。二、三週間待てば……。

誰でも出入り自由の公共の遊歩道と屋敷の庭の私道を隔てる踏み越し段を乗り越えた。私道はふたつに分かれていて、イモジェンはいつもの習慣で右のほうの道をたどった。本館ではなく、彼女が住む家へ続く道だ。その家は庭の南西の隅に立つ寡婦の住居で、崖の近くにあるが、窪地《くぼち》なので、高く突きでた岩が家の半分以上を蹄鉄のごとく囲んで強風から守っている。ペンダリス館で三年過ごしたのちに、ここに戻ってきたとき、イモジェンは寡婦の住居で暮らしてもかまわないかと尋ねた。ディッキーの父親であるハードフォード伯爵は怠惰な人だったが、イモジェンは義父に好意を持っていたし、その妹で、生まれたときからハードフォード館で暮らしてきた独身のレディ・ラヴィニアのことも大好きだった。しかし、本館でこの人たちと一緒に暮らす気にはなれなかった。

彼女の願いを聞いた伯爵は、いい顔をしなかった。寡婦の住居は長いあいだ放置されていたから、とても住める状態ではないと言って反対した。しかし、イモジェンが見たかぎりでは、どこにも不具合はなさそうだったし、床を磨いて風を通せば、快適に暮らせそうに思われた。ただ、屋根だけは当時から傷んでいた。伯爵が渋っていた本当の理由をイモジェンが知ったのは、断わる口実がついに種切れになったために伯爵が彼女の懇願に屈したときだった。寡婦の住居の地下室が昔から密輸品の保管場所になっていたのだ。伯爵はフランス産のブランディーが大好きだったから、おそらく、密輸団がこの界隈の密貿易を目こぼししてもらう謝礼として格安で、いや、たぶん無料で大量に届けていたのだろう。

うしろ暗くてときには残忍な要素も含まれるこの商売と、伯爵はディッキーの生前から関わりを持っていたが、それがいまだに続いていたことを知ってイモジェンは愕然《がくぜん》とした。密輸との関わりが父と子の対立の核をなすものであり、故郷に残って実の父親と対立を続けるよりも軍隊に入ったほうがいいとイモジェンの夫が決めたのも、そのせいだった。

伯爵は地下室に残っていた密輸品をすべて運びだし、外から出入りするためのドアをふさぐことに同意した。玄関の錠を交換させ、新しい鍵はすべてイモジェンに渡した。ハードフォード家の地所と境を接する沿岸地帯での密貿易をやめさせることを、伯爵が自発的にイモジェンに約束してくれた。もっとも、イモジェンのほうは、伯爵の言葉を信じる気になれなかった。知らなければ傷つくこともないと考えて、それ以後、イモジェンが密輸の件を誰かに話したことは一度もなかった。倫理面から見れば、いささか無責任な態度だが……密輸のことは考えないようにしていた。

寡婦の住居に移り住み、以来、幸せに暮らしてきた。というか、とにかく、境遇が許す範囲で幸せに暮らしてきた。

イモジェンはいま、庭の門のところで足を止めて上に目をやった。でも、だめ。昨日のまだ。奇跡は起きていない。屋根はまだついていない。

寡婦の住居に移り住んだ最初のころから雨漏りがしていたが、去年、雨水を受けるためのバケツをたくさん置くしかなくなり、二階を歩きまわるときは障害物競走をするのも同然になってきた。どう見ても、部分的な修繕だけでは間に合いそうになかった。屋根をつけかえる必要があり、春になったら工事を頼もうと決めていた。ところが、一二月にことのほか激しい嵐が襲いかかり、窪地のおかげで強風から守られていたはずなのに、屋根が吹き飛ばされてしまったため、一年で最悪の時期に屋根の工事を頼むしかなくなった。幸い、川の上流へ一〇キロほど行ったところにあるメイリオンという村に屋根業者が住んでいた。屋根業者はイモジェンが兄のところから戻ってくる前に新しい屋根をつけておくと約束し、天候も味方になってくれた。一月は例年になく雨が少なかった。

　ところが、一週間前に彼女が戻ってきたとき、工事は始まってもいなかった。屋根業者を問い詰めたところ、向こうは、客の希望を正確に知りたいので彼女の帰りを待っていたと弁明した。どうやら、〝新しい屋根〟を頼むだけでは不充分だったらしい。今週、工事の職人たちが来るはずだったのに、まだ現れる様子もない。ふたたび苦情の手紙を書いて従僕に届けさせるしかなさそうだ。

　不便で仕方がない。というのも、工事がすむまでハードフォード館で寝起きするしかないからだ。たいした苦労じゃないでしょ――イモジェンは自分に絶えず言い聞かせていた。とりあえず、住める場所がある。それに、レディ・ラヴィニアのことは昔から好きだった。ただ、レディ・ラヴィニアは兄にあたる伯爵が亡くなってから一年もしないうちに、貴婦人としての体面を保つために女性のコンパニオンを雇う必要があると言いだした。レディ・ラヴィニアが選んだ女性はファービー夫人だった。親戚《カズン》の一人で、名前はアデレード。未亡人となった年配の女性で、話し相手にできそうな人間を見つけては、深みを帯びたよく通る声で身の上話を語って聞かせる女性だった。一七のときに結婚したが、その七カ月後、彼女が一八になる前に夫が死亡し、おかげで、結婚という奴隷生活から幸運にも逃げだすことができたという。

　夫と死別したあと、カズン・アデレードは一人で貧しく暮らすしかなかったため、親戚からすれば迷惑なことだが、あちこちの親戚を訪ねてまわってしばらく居すわり、ついにはその家族がほかの身内に泣きつき、今度はそちらの身内から〝しばらくわが家にどうぞ〟とを集めるのがレディ・ラヴィニアの趣味なのだ。

ハードフォード館に招待し、いつまでも滞在するように勧めると、カズン・アデレードはすぐさま押しかけてきて、ここで暮らすようになった。レディ・ラヴィニアはほかにもはぐれ者をひきとっている。人々が貝殻や嗅ぎ煙草入れをコレクションするのと同じく、はぐれ者

ええ、本館で暮らすしかなくても、たいした苦労じゃないわ——イモジェンは屋根のない自宅という気の滅入《めい》る光景から視線をそらしながら、ため息混じりに自分に言い聞かせた。でも、もうじき、大きな苦労を背負いこむことになりそうだ。当代のハードフォード伯爵がハードフォード館にやってくる。

屋根業者を乗馬鞭《むち》で打ち据えてやりたい。

当代の伯爵がいつまでこちらに滞在するかはわからない。ただ、彼が称号を継いだのは最近のことではない。イモジェンの義理の父親である先代伯爵が二年前に亡くなって、彼が爵位を継いだのだが、その時点で手紙をよこすことも、こちらに姿を見せることも、相続財産にいかなる関心を示すこともなかった。レディ・ラヴィニアに悔やみの手紙が届くこともなかった。新しい伯爵のことをきれいさっぱり忘れ去り、そんな人はいないふりをし、向こうもこちらのことをすべて忘れているよう願うのは、たやすいことだった。

世間の目には奇異に映るかもしれないが、この屋敷の人々は彼のことを何ひとつ知らなかった。年齢は一〇歳から九〇歳までのあいだだろうが、九〇歳の可能性は薄そうだし、一〇

歳でもなさそうだ。なぜなら、けさハードフォード伯爵家の荘園管理人のもとに届いた手紙は、伯爵の自筆のようだったからだ。イモジェンも手紙に目を通した。達筆とは言えないが、間違いなく大人が書いたもので、文面は短かった。荘園管理人のラチェット氏に宛てたもので、〝目下、ほかにすることがないので、コーンウォールの先端までふらっと出かけようと思っている。ハードフォード館がどうにか住める状態であれば、そして、屋敷に箒があればありがたい〟。

なんとも非常識な手紙だった。手紙と同じ字で署名されているところを見ると、たぶん伯爵自身が書いたのだろうが、書いたときは酔っぱらっていたのかもしれない。

ろくな人物ではなさそうだ。

〝屋敷に箒があれば〟？

既婚者なのか、それとも、独身なのか。一人で来るのか、それとも、妻と一〇人の子供を連れてくるのか。女性の身内三人と一緒に本館で寝起きしても平気なのか、それとも、三人が自発的に寡婦の住居へ（屋根があろうとなかろうと）移ってくれればいいのにと思っているのか。屋敷の者にはまったくわからない。愛想がいいのか偏屈なのか、肥満体なのか痩せ型なのか、ハンサムなのか醜男《ぶおとこ》なのかもわからない。あるいは、大酒飲みなのかどうかも。だが、とにかく伯爵がやってくる。〝ふらっと出かけよう〟という表現からすると、急いで来るわけではなさそうだ。伯爵の到着に備えて準備をする期間は一週間ほどあるはずだ。いえ、もっとあるかもしれない。

〝コーンウォールの先端までふらっと出かけようと思っている〟というのね。呆《あき》れた。二月なのに。

確かに、いまのところ、ほかにすることはなさそうね。

いったいどんなタイプの男性かしら。

それから、箒が何か関係してるの？

イモジェンは寒さにもかかわらず、のろい歩みで本館のほうへ向かった。さきほど彼女が出かけたとき、レディ・ラヴィニアは気の毒に、おろおろしていた。家政婦のアトリー夫人も、料理番のエヴァンズ夫人も同じだった。カズン・アデレードだけが平然としていて、客間の暖炉のそばに置かれた彼女専用の椅子に腰を下ろし、たかが男一人の到着におろおろするのは愚の骨頂だと断言した。もっとも、いま現在、彼女に住まいを提供しているのはその男なのだが（向こうは知らないとしても）。イモジェンはティリーに会いに村まで歩いて出かける絶好の機会だと決心した。

でも、そろそろ屋敷に戻らなくては。ああ、寡婦の住居の孤独がどんなに恋しいことか。芝生を横切って屋敷に近づいたとき、馬番の一人が一頭の馬を厩舎《きゅうしゃ》のほうへひいていくのを目にした。見慣れない馬だ。みごとな栗毛。近所の誰かの馬だったら、わたしにも見覚えがあるはずだ。

誰なの……？

もしかして……。

いえ、ありえない。早すぎる。事前に遣わされた使者かもしれない。でも……あのみごとな馬で？　イモジェンは不吉な予感を胸に、玄関扉に近づいた。片方の扉をあけてなかに入った。

そこに執事がいた。いつもの無表情な態度だ。そしてもう一人、見知らぬ紳士がいた。

イモジェンが最初に受けた印象は、圧倒的に男っぽいエネルギーにあふれているということだった。長身で均整のとれた体格。乗馬用の服装をしていて、渋い色合いの長いコートには少なくとも一ダースのケープが重ねられ、黒革のブーツは土埃《つちぼこり》で汚れているにもかかわらず、しなやかな感じで、いかにも高価そうだ。シルクハットをかぶり、黄褐色の革手袋をはめている。片手に乗馬鞭を持っている。イモジェンが見たところ、髪は黒に近い色で、目は鮮やかな青。しかも、すばらしくハンサム。こちらの膝の力が抜けてしまいそうだ。

第一印象のすぐあとに続いた二番目の印象は、つねに自分中心で、ほかの人間のことはほとんど考えない男だということだった。苛立ちと呆れるほどの傲慢さがその表情にのぞいている。男性はイモジェンに目を向け、彼女が閉めたばかりの背後の玄関扉にわざとらしく視線を移し、それから、完璧な弧を描く眉を上げてふたたび彼女を見た。

「で、きみは何者だ？」と尋ねた。

長く退屈な旅で――寒かったことは言うまでもない――その大半をパーシーは馬に揺られて進んだ。馬番が彼のレース用の二輪馬車を走らせ、そのずっと背後を旅行用馬車に乗った不機嫌な表情のワトキンズがついてくる。多数のトランクとカバンと箱に囲まれていて、馬車のなかも外も荷物でぎっしりのため、旅の途中ですれ違った下々の者たちも馬車のまばゆい豪華さには気づかなかったに違いない。ワトキンズはさぞ不満なことだろう。しかし、その前からすでに機嫌を損ねていた——ストイックな態度で。というのも、荷物専用の馬車をもう一台追加したかったからだ。荷物を二台に分散させるためではなく、二倍の量を積みこむために。しかし、パーシーはそれを拒否した。

ハードフォード館に滞在するのは一週間、長くてせいぜい二週間だ。デヴォン州を馬で走り抜け、次にコーンウォール州に入ると、文明を背後に置き去りにして荒野に小道を切り開いていくような気がしてきた。あたりは岩だらけの荒涼たる風景に変わり、どこにいても見える海は全体的に灰色で、空の色とおそろいだった。この地方では、太陽が輝くことはけっしてないのか？　しかし、コーンウォールはイングランドのほかの土地より温暖なことで有名ではなかったか？　そんなことは一瞬たりとも信じられない。

ハードフォード館が見えてくるころには、パーシーは退屈なだけではなくなっていた。苛立っていた。自分自身に。いったいなぜこんなことに？　もちろん、答えは明白。酒のせいだ。来年の誕生日は別の方法で祝うことにしよう。自宅の暖炉のそばへ椅子をひきずっていき、ウールのショールを肩にかけ、スリッパをはいた足を炉辺に伸ばし、ミルクを加えたお茶のカップをそばに置いて、ホメロスを読むのだ——ギリシャ語で。そうだ、タッセルつきのナイトキャップもかぶろう。

ハードフォード館は海の見える場所に立っていて、それはとくに意外なことではなかった。コーンウォールでそれ以外のどこに家が建てられるというのだ？　表側の部屋からは、とくにそれが最上階の部屋なら、大海原のみごとな景観を楽しむことができるだろう——それらの部屋が人の住める状態であれば、そして、いま目にしているのが、奥に瓦礫《がれき》を隠したがらんどうの外壁だったりしなければ。だが、彼の目に映った証拠のすべてが、ここが廃屋ではないことを示していた。灰色の堅固な石造りの建物で、パラディオ様式、荘園館というより貴族の大邸宅のような趣きがあり、壁面はツタに覆われているが、誰かの手で丹念に手入れされているように見える。ゆるい傾斜の斜面に立っているのは、おそらく、屋敷を印象的に見せるためだろう。しかし、屋敷の背後と左右の一部は、岩壁と、木立と、夏になれば彩り豊かになりそうな岩石庭園に囲まれている。おそらく、この地勢が、強風に飛ばされてデヴォン州かサマセット州のどこかに着地する運命から、屋敷を守ってくれているのだろう。風こそが〝楽しきイングランド〟のこの一角につきまとって離れない特徴のようだ。

屋敷からよく見えるところにごつごつした崖があるが、少なくとも、屋敷がぐらついて崖の縁から落ちてしまうことはなさそうだ。じっさいには、崖からかなり離れた場所に立っている。それに、彼の目に映るかぎりでは、塀をめぐらした庭に囲まれていて、そこも外壁のツタと同じく手入れが行き届いている感じだ。冬の襲来の前に誰かが草を刈り、木々の剪定《せんてい》をすませている。もちろん、花壇に花は咲いていないが、雑草も生えていない。ハリエニシダの茂みが塀のかわりとなって、庭園と崖を隔てているように見える。

屋敷のテラスに馬を乗り入れ、厩《うまや》から顔を突きだした馬番がやってきて馬を預かってくれるのを待つころには、今日一日の残りをクモの巣払いに費やす必要だけはなさそうだとわかって、パーシーも安堵《あんど》していた。たぶん、召使いもそろっているだろう――とりあえず、家政婦はいるはずだ。それに、外には少なくとも馬番が一人いたし、庭師も一人か二人いるに違いない。もしかしたら――そこまで期待していいだろうか？――料理番だっているかもしれない。部屋のひとつの暖炉に火が入っているかもしれない。そして、なんと、屋根のほうへちらっと目を上げると、煙突のひとつから煙が立ちのぼっているという歓迎すべき光景に出会えた。

玄関へ続く石段をつかつかとのぼった。石段は箒で掃いたばかりなのが見てとれたし、真《しん》鍮《ちゅう》のノッカーもよく磨かれていた。しかしながら、ノッカーを使うのは沽券《こけん》に関わると思い、両扉のノブを一緒にまわすと、施錠されていなかったので、そのままなかに入った――そこは心地よい広さの玄関ホールで、床は黒と白のタイル敷き、艶やかに磨きあげた黒っぽい木製のどっしりした古い家具がまわりに置かれ、壁には重厚な額入りの肖像画が並んでいる。もっとも印象的なのは、ある紳士の肖像画だった。大きな白いかつら、裾に豪華な刺繍《ししゅう》をした上着、膝丈ズボン、白い靴下、バラ飾りと高い赤のヒールがついた靴。紳士の周囲には、すべすべした毛並みの猟犬が四頭、バランスよく配されている。

昔の伯爵だろう、とパーシーは思った。もしかして、ぼくの先祖の一人だろうか？

しばらくのあいだ、玄関ホールは無人のままで、パーシーは邸内が清潔そうで、手入れが行き届いているのを見てほっとしつつも、なぜなのかと不思議に思った。誰のために屋敷と敷地がきちんと管理されているのか？　ここにはいったい誰が住んでいるのだろう？

ぎしぎしという音と共に、地下から白髪の年配男性が姿を見せ、玄関ホールに入ってきた。〝執事〟という言葉が額に刻みつけてあるような人物だった。執事以外の何者でもない。しかし――住む者もいない屋敷に執事が？

「ハードフォードだ」乗馬鞭でブーツの脇を軽く叩きながら、パーシーはぶっきらぼうに言った。

「伯爵さま」執事は上体を五センチほど前に傾け、その拍子にぎしぎしと驚くほど大きな音を立てた。コルセット？　それとも、年老いた骨がぎしぎしいうだけなのか？

「で、おまえは？」パーシーは空いたほうの手で苛立たしげに輪を描いた。

「クラッチリーと申します、旦那さま」

ほう、寡黙な男だ。そのとき、みすぼらしいトラ猫が玄関ホールに飛びこんできて、あわてて立ち止まり、パーシーのことを犬と間違えたのか、背中を丸めてシャーッとうなると、そのまま飛びだしていった。

パーシーが大嫌いなものがひとつ、いや、一種類あるとすれば、それは猫だった。

そのとき、彼の背後で玄関扉の片方が開いて閉じたので、ノッカーを扉に打ちつけもせずに玄関から入ってくるような図々しい人物は誰なのかと思い、パーシーはふりむいた。

それは女性だった。けっこう若いが、うら若き乙女ではない。身に着けているのは灰色のマントとボンネット、たぶん、外に出たとき、周囲の景色に溶けこんで自分を目立たなくするつもりなのだろう。ほっそりした長身の女性だが、マントで身を包んでいるため、魅力的なスタイルを作りあげる曲線があるかどうかを知るのは不可能だった。髪はダークな色合いの金髪。ボンネットのせいで髪はわずかしか見えず、しかも、まったくカールさせていない。顔は面長な卵型で、頬骨が高く、目は大きくて青緑色、鼻筋が通り、唇はふっくらしていて、かすかに突きでた歯を覆っているかに見える。古代スカンジナビアの神話から抜けだしたような女性だ。生き生きとした表情が加われば、美しい顔だと思えたかもしれない。ところが、女性は彼をじっと見つめるだけで、まるで値踏みしているかのようだった。ここはぼくの家だというのに。

それが、パーシーが女性から受けた第一印象だった。そのあとに続いた第二の印象は、まるで大理石の柱のようで、女らしい魅力はどこにもないということだった。妙なことだが、厄介な相手のように思われた。大理石の柱に似た女性、彼の屋敷に無断で入りこみ、うっとりすることも、頬を赤らめることも、女っぽいしなを作ることもなく、じっと視線をよこすだけの女性を相手にすることに、パーシーは慣れていなかった。もっとも、彼女が頬を赤らめたとしても、それに気づくのはむずかしかっただろう。両方の頬も、鼻の先も、冷気で艶やかな赤に変わっていたからだ。その色からすれば、彼女が本物の大理石でないことだけは確かだった。

「で、きみは何者だ？」

こんな不躾《ぶしつけ》な訊き方になったのは、女性が玄関扉をノックするという礼儀すら示さず勝手に入ってきたせいだった。とはいうものの、女性に不躾な態度をとることにパーシーは慣れていなかった。

「イモジェン・ヘイズ、レディ・バークリーよ」

おや、なんと鋭い顔面パンチ。このパンチがこぶしとなって飛んできたなら、ぼくはきっと、床に伸びていただろう。

「ぼくは記憶をなくしていたのだろうか？」パーシーは彼女に尋ねた。「きみと結婚したのに、すべて忘れてしまったのか？　ぼくがバークリー卿だという記憶はあるように思うが。正確に言うなら、バークリー子爵だ」

「もしわたしがあなたと結婚していたら、自己紹介のときにハードフォード伯爵夫人と名乗ったでしょう。違います？　あなたが伯爵さまなのね？」

パーシーは向きを変え、正面から彼女と向かいあった。彼女はベルベットのような低めの声をしていて、その底に悪意が感じられた。また、歯が出ていると思ったのはこちらの勘違いだった。上唇がわずかに上向きの曲線を描いているだけだ。色っぽい女であれば、男を惑わせるかもしれない。だが、そういう女ではなさそうだ。

女性に反感を持つのは、彼にしては珍しいことだった。相手が若い女性の場合はとくに。どうやら彼女だけは例外のようだ。

不意にひらめいた。

「あなたは先代伯爵のご子息の未亡人なんだね」

女性は両方の眉を上げた。

「そういう人がいたとは知らなかった」パーシーは弁解した。「夫人という意味だ。いまは未亡人というわけだ。で、ここで暮らしておられる?」

「一時的に。ふだんは向こうの寡婦の住居で暮らしています」ほぼ西と思われる方向を女性は指さした。「でも、屋根をとりかえる工事を頼んでいるので」

パーシーは眉をひそめた。「費用に関する報告は受けていないが」

彼女自身の眉は上がったままだった。「ご負担いただくつもりはありません。わたしは物乞いではありませんから」

「ぼくのものということになっている家屋敷の修繕の費用を、きみが出すつもりなのか?」

「わたしは先代伯爵の息子の嫁でした。いまは未亡人です。現実的な観点から、寡婦の住居はわたしのものだと思っています」

「再婚した場合はどうなる?」パーシーは彼女に尋ねた。「屋根の修理費用をぼくがきみに払い戻すことになるのか?」

なぜまた、玄関ホールから奥へ進みもしないうちにこんな議論を始めたんだ? ぼくはなぜここまで不躾な態度を続けてるんだ? 大理石の女たちに反感を持っているから。いや、〝女たち〟ではない。こんな冷たい女に出会ったのは初めてだ。その目は、魅力的にもなれるはずなのに、温かみがまったく感じられない。

「その点でしたらご心配なく」彼女が言った。「再婚するつもりはないので、払い戻しを要求することもありえません」

「そんな相手は現れないというのか?」おっと、礼儀の枠からはみだして暴言を吐いてしまった。いますぐ平身低頭して、ひたすら謝るべきだ。だが、パーシーはかわりに、彼女に不機嫌な顔を向けた。「きみは何歳なんだ?」

「わたしの年齢は、あなたには関係のないことだと思いますけど。わたしに求婚しそうな男性がいるかどうかということも。クラッチリーさん、ハードフォード伯爵はお部屋に案内されるのを待ちかねておいでのことでしょう。旅の汚れを落として着替えをなさるために。三〇分後に客間のほうへお茶を運んでもらえないかしら。レディ・ラヴィニアもきっと、お身内に会いたいと思われるはずですから」

「レディ・ラヴィニア?」パーシーは彼女に突き刺さるような視線を向けた。

「レディ・ラヴィニア・ヘイズ。亡くなった先代伯爵の妹さんです。ここで暮らしています。レディ・ラヴィニアのコンパニオンで母方のいとこでもあるファービー夫人も、現在、この屋敷の住人です」

パーシーの視線がさらに彼女に突き刺さった。しかし、彼をからかっている可能性はなさそうだった。「寡婦の住居に屋根がついたら、そちらへ移るというのではなく?」

「ええ、こちらの屋敷です。クラッチリーさん、お願いしていいかしら」

「こちらへどうぞ、旦那さま」執事がそう言うのと同時に、屋敷に近づいてくる車輪のガラガラという音が外から響いてきた。彼の二輪馬車のようだ。パーシーはほんの一瞬、玄関扉から飛びだして石段を下り、馬車に飛び乗り、すぐさま馬を出してロンドンの方角へ向かうよう、二輪馬車の手綱を握った馬番に命じようかと思った。しかし、お気に入りの馬をここに置いていくことはできない。

かわりに、遠ざかる執事のあとを追うことにした。ワトキンズと荷物が到着するまで、いましばらくかかるだろう。レディ・バークリーと、レディ・ラヴィニア・ヘイズと、ファービー夫人には、旅の汚れを落としていないぼくとお茶を飲んでもらうことにしよう。女性が三人。すばらしい！　退屈とその他もろもろの悩みを忘れるにはもってこいだ。泥酔したときに衝動的な決断をするのは禁物だという、いい教訓になるだろう。

3

「この手でシーツの具合を確かめておいたわ」レディ・ラヴィニアが言った。「ちゃんと乾いていましたよ。あのシーツで寝たあとで、悪寒がするなんて言われたら困りますもの」

「大丈夫ですよ」イモジェンはレディ・ラヴィニアに請けあった。ハードフォード館では、使わないシーツは乾燥用戸棚にしまっておく決まりなので、どれもよく乾いている。

「その人が高齢で、すでに悪寒に悩んでいるのでなければね」レディ・ラヴィニアはつけくわえた。「あるいは、リューマチにかかっているとか。ねえ、高齢なの、イモジェン?」

「いえ、ご高齢ではなさそうです」イモジェンは答えた。

「じゃ、奥さまがいるの?　お子さんは?　夫人とお子さんたちがあとから来るのかしら。ああ、その人のことがほとんど何もわからないとは困ったものね。身内同士で対立なんてしたくないわ。わたし、そんな経験は一度もありませんよ。一族のなかに安らぎと調和と愛がなかったら、なんのための身内なの?」

「安らぎと調和と愛に満ちた暮らしを送っていると主張する身内がいるなら、見せてもらいたいものね、ラヴィニア」ファービー夫人が言った。「そしたら、わたしが先頭に立って、戸棚に隠されたうしろ暗い秘密をすべて探りだしてみせるわ。たかが男一人のことで騒ぎすぎですよ」

レディ・ラヴィニアは言った。「お迎えする支度ができているかどうか点検するのに忙しくて到着に気づかなかったのが、自分でも信じられないわ。でも、こんなに早くいらっしゃるなんて、わかるわけがないじゃありませんか。そうでしょ? ああ、いったいどう思われることやら」

「わたしをもっと見習ったほうがいいわよ、ラヴィニア」ファービー夫人が言った。「人からどう思われるかなんて気にしちゃだめ。とりわけ、男性から」

伯爵の到着に気がつかず、玄関ホールで出迎える義務を果たせなかったことで、レディ・ラヴィニアはひどく落ちこんでいた。目下、客間の椅子に腰を下ろし、伯爵がお茶に現れるのを、巻いたバネのような様子で待ち受けているところだ。

「結婚なさってるかどうか尋ねることまでは思いつきませんでした」イモジェンは言った。もし結婚しているのなら、その夫人に心の底から同情したかった。イモジェンが人を嫌うことはあまりない。ましてや、初対面で嫌いになるなんて考えられない。しかし、ハードフォード伯爵には男性の悪い点がすべてそろっていた。不作法、傲慢、横柄。人から非難されたことはこれまで一度もなかったに違いない。男性には称賛され、ひたすら慕われ、女性にはまとわりつかれ、うっとりされるタイプだ。このタイプの男なら、これまで何人も見てきた。彼女が出入りしていた士官用クラブにもこういう男があふれていた。幸いなことに——本当に幸いなことに――夫はそういうタイプではなかった。でも、そんな男だったら、わたしはそもそも結婚しなかったはず。

「ねえ、ひょっとしてプルーデンスを見なかった、イモジェン?」レディ・ラヴィニアが訊いた。「あとの子はすべて集めて、二番手の家政婦の部屋にちゃんと閉じこめておいたのよ。ブルースなんか、すごくいやがったけど。でも、プルーデンスがどうしても見つからないの。どこかに隠れてて、不都合な瞬間に飛びだそうと待っているのでなければいいけど」

「いいえ、見ていません」イモジェンは答えた。「ハードフォード伯爵はわたしの存在をご存じなかったみたいです。ラヴィニアおばさまのことも。それから、カズン・アデレードのことも」

「まあ、そんな……」レディ・ラヴィニアは言った。「困ったことね。でも、本当だったら、向こうから問いあわせてくださってもよかったのに。いえ、爵位を継承なさったときに、こちらからお祝いの手紙を差しあげるべきだったかしら。そうすれば、わたしたちの存在を知ってもらえたでしょう。でも、当時はブランドンが亡くなったばかりで、わたしもそれどころじゃなかったから。あ、ディッキーの父親のことよ」レディ・ラヴィニアはつけくわえた。まるで、ブランドンが何者なのか、イモジェンにもカズン・アデレードにも理解できないかのように。

いきなり客間のドアが開いた。ノックもなければ、先に執事のクラッチリーが入ってきて新たな人物の到着を告げることもなかった。

ハードフォード伯爵は着替えをしていなかった。イモジェンは思った——馬に乗ってやってきたから、荷物はまだ着いていないのかもしれない。馬車がこちらに向かっているに違いない。一台だけではなく、二台か三台ぐらい、などと意地の悪いことを考えた。渋い色合いの乗馬用コートはすでに脱いでいたが、いまも身に着けている乗馬服は見るからに高価そうで、仕立ても丁寧だ。上着も、膝丈ズボンも、長身のたくましい身体にぴったり合っていて、その身体に不完全なところはまったく見当たらない。麻のシャツは馬で旅をしてきたときのままだというのに、驚くほど真っ白で、パリッとしている。ブーツに関しては、光沢をよみがえらせる道具を何か見つけたようだ。イモジェンは結論を出した——この服装からすると、大金持ちなのか——でも、ハードフォードは特別豊かな領地ではないけど。そうでしょ？　おそらく後者だろうと想像したのは、とにかく彼のことを最低の男だと思いたいからだった。髪に櫛《くし》が入っていた。濃い色をした豊かな髪で、艶があり、しゃれた形に整えてある。

なんと、彼は微笑を浮かべていた——歯並びもきれいで、完璧な白さだ。

伯爵が物慣れた優雅なしぐさで頭を下げるあいだに、レディ・ラヴィニアは苦労して立ちあがり、膝を折って最上級の正式なお辞儀をした。カズン・アデレードはその場にじっとしていた。イモジェンは椅子から立った。さきほど彼から無礼な態度をとられたお返しにこちらも無礼にふるまう、などということはしたくなかったからだ。

「これはこれは」圧倒的な魅力を全開にしてレディ・ラヴィニアに向けながら、伯爵は言った。「レディ・ラヴィニア・ヘイズでいらっしゃいますね？　ようやくお近づきになれて光栄です。このようにあわただしく押しかけてきたことをお詫《わ》びせねばなりません。また、荷物と従者よりもずっと早くぼく一人が馬で到着したため、こういう場違いな服装で客間に参上したこともお詫び申しあげます。ぼくがハードフォードです。お見知りおきを」

おやまあ！

「ご自分の家に帰ったことを詫びたりなさってはいけませんわ」胸の前で両手を握りあわせ、両の頬を赤く染めて、レディ・ラヴィニアはきっぱりと言った。「あるいは、自宅でくつろいだ服装をなさっていることも。それと、身内なのですから、わたしのことはカズンとお呼びになって。レディ・ラヴィニアなどという他人行儀な呼び方ではなく」

「光栄です、カズン・ラヴィニア」伯爵は言った。イモジェンに笑みを向け、鮮やかな青い目にたちまち嘲りの色を浮かべた。「そして、図々しさを許してもらえるなら……カズン・イモジェンと呼んでもいいだろうか？　だったら、ぼくのことはカズン・パーシーと呼んでほしい。そうすれば、幸せなひとつの家族になれる」

伯爵はカズン・アデレードにも魅力的な笑みを向けた。

「ファービー夫人をご紹介してもよろしくて、カズン・パーシー？」レディ・ラヴィニアが不安そうな声で言った。「わたしの母方の身内なので、あなたと血のつながりはありませんのよ。でも――」

「ファービー夫人」伯爵はお辞儀をした。「おたがい、身内同然だと思うことにしましょう」

「好きなようにお思いになって」自分はそんなことを考える気にもなれない、とファービー夫人から暗に言われても、伯爵は平静を失うどころか、心から楽しそうに微笑し、また一段とハンサムな印象を強めた。

「感謝します、ファービー夫人」

レディ・ラヴィニアが進みでて、暖炉の左側に置かれた大きな椅子に伯爵をすわらせた。彼女の兄だった先代伯爵の椅子で、伯爵が亡くなったあとでさえ、そこにすわることは誰一人として許されていなかったのに。すぐさま、お茶のトレイが運ばれてきた。スコーンをのせた大皿と、クロテッドクリームと苺《いちご》のプリザーブの鉢も添えてあった。

運の悪いことに、メイドたちは客間に入ってきたとき、背後のドアをあけたままにしておいた。同じく運の悪いことに、二番手の家政婦の部屋のドアを誰かがすでにあけていたに違いない。なぜ〝二番手の家政婦の部屋〟と呼ばれているのか、いくら考えてもイモジェンにはわからない。屋敷の使用人にそのような立場の者はいないからだ。お茶のトレイが置かれ、イモジェンがその前にすわってお茶を注ぐ暇もないうちに、客間が侵略された。犬たちがワンワンキャンキャン吠え、息を切らし、自分のしっぽを追いかけ、もの欲しそうにスコーンを見ている。猫たちはニャーンと鳴き、爪を研ぎ、シャーッと威嚇し——威嚇したのはプルーデンス、無事に戻ってきたようだ——人々の膝と家具に飛び乗り、ミルクの壺《つぼ》に目を向けている。

愛らしい顔や凛々《りり》しい顔をした犬や猫は、ここには一匹もいない。醜いとしか言いようのないのが何匹かいる。

一瞬、イモジェンは目を閉じ、伯爵の反応を見ようとしてふたたび目をあけた。たぶん、微笑は薄れ、毛穴のひとつひとつからにじみでていた魅力も消えているだろう。いちばん毛深くて抜け毛もひどい猫のブロッサムが伯爵の膝に飛び乗り、悪意に満ちた顔で伯爵をにらみつけてから、身体を丸めて毛むくじゃらの玉になった。

「まあ、どうしましょう」レディ・ラヴィニアがふたたび立ちあがり、両手を揉みしぼった。「きっと誰かが一番手の家政婦の部屋のドアをあけてしまったのね。出ておいき、みんな。シッシッ！　申しわけありません、カズン・パーシー。毛だらけになってしまうわ。あなたの……ズボンが」レディ・ラヴィニアの頬がふたたび真っ赤に染まった。「ブロッサム、どきなさい。その子のお気に入りの椅子ですのよ。火に近いから。たぶん、あなたのことに気づかないで……あら、大変」

イモジェンはティーポットを手にした。

ブルドッグのブルースが騒々しく鼻を鳴らして暖炉の前のマットを独占し、眠る態勢を整えた。お世辞にも毛がふわふわ《フラッフィー》とは言えないフラッフと、少しも獰猛《どうもう》ではないタイガーがその両脇に寝そべった。この二匹は猫だ。ベニーとビディーはどちらも犬で、片方は背が高く、ひょろっとしていて、目も耳も顎も哀れっぽい感じ。もう一匹は背が低くて細長く、ソーセージにそっくりだ。足が短すぎるため、上から見ると完全に隠れてしまう。その二匹が相手の周囲をまわって尻の匂いを嗅ぎあい――ビディーはかなり伸びあがらなくてはならない

——前に会ったことがあると納得し、窓辺に並んでドサッと横たわった。トラ猫のプルーデンスはお茶のトレイのそばに立ち、背中を丸めてヘクターを威嚇した。ヘクターはこの屋敷でいちばん新顔の（伯爵を除外するなら）小柄な犬で、典型的な雑種。細い脚はぎょっとするほど貧弱だし、ところどころ剝《は》げた艶のない被毛のあいだに肋骨がくっきりと浮きでている。両耳をぴんと立て（片方の耳は半分ちぎれているが）、四分の三になったしっぽを軽くふっている。伯爵の椅子の横に立ち、とがった不器量な顔から飛びでた目で彼を見上げて、無言で何かを懇願している。たぶん慈悲を？　もしかしたら愛を？

レディ・ラヴィニアがシッシッと言いたげに両腕をふりまわした。犬も猫もみんな知らん顔だ。

「とにかくおすわりください。カズン・ラヴィニア」伯爵が言った。持参していた片眼鏡をどこからかとりだし、右手に握っている。「遅かれ早かれ、動物たちと顔を合わせる運命だったのでしょう。ならば早いほうがいい。そういえば、うなり声を上げるトラ猫とすでに短い対面をすませました。さきほどぼくが玄関ホールにいたとき、猫が——メス？　オス？——ホールを走り抜けたのですが、ついでに、ぼくに向かってうなりました」

「メスですけど、きっと知らないのね」お茶のカップと受け皿を伯爵の横に置きながら、イモジェンは言った。「猫はシャーッといい、犬はうなるものだということを」

三〇センチも離れていないところにある伯爵の顔をじっと見た。伯爵の笑みはすでに消えていた。しかし、感心なことに、冷静さはまったく失っていなかった。また、片眼鏡を目元へ持っていくのはやめていた。イモジェンは手を伸ばして伯爵の膝からブロッサムを抱きあげ、その拍子に、指の背が彼の太腿に触れた。彼が片方の眉を上げてイモジェンに視線を返した。イモジェンは身をかがめて猫を床に下ろしてやった。

「ご迷惑でなければ」スコーンを渡す用意をしているイモジェンに、伯爵が不吉なまでに礼儀正しい口調で言った。「ぼくの家が野良犬と野良猫と思われるものの集団に侵略されているように見える理由を、どなたかに説明していただけないでしょうか？」

カズン・アデレードが答えた。「この子たちをペットとして迎えた者は、もちろん、一人もおりません。まったくもって、みっともない集団ですもの」

「田舎にはいつも家のない動物がうろついているものです」レディ・ラヴィニアが言った。「たいていの人が冷たく追い払うか、棒切れや箒や、さらには銃まで手にして追いかけたりします。結局、どの子もここに逃げこんできますのよ」

「それはたぶん」伯爵の声は絹のように柔らかだった。「あなたが情けをかけるからでしょうね」

〝カズン・ラヴィニア〟と呼びかけることも、自分たちがひとつの幸せな家族であることも、伯爵は忘れてしまったようだ。

「子供のころ、わたしはペットがほしくてたまらなかったんです」レディ・ラヴィニアはため息混じりに説明した。「でも、父がどうしても許してくれませんでした。大人になり、父が亡くなったあと、ペットを飼おうとしたのですが、今度はブランドンが許してくれなくて。

ブランドンというのはわたしの兄で、いまは亡き先代伯爵のことです」

「なるほど」そう言いながら、伯爵はクロテッドクリームも苺のプリザーブもつけずにスコーンをかじった。

「ある日、野良猫に餌をやっていたら、ブランドンに叱られました」レディ・ラヴィニアは言った。「猫が哀れでした。残りものなんてどうせ捨てるだけなのに。ブランドンが亡くなったあと、別の猫が迷いこんできました。それがブロッサムです。ガリガリに痩せていて、衰弱がひどく、毛はほとんどなし。わたしは餌を与え、家に連れて入り、愛情を注ぎ、いまもこうして面倒をみているのです。次にベニーが――あの背の高い犬が――現れました。あと一日もすれば餓死しそうな状態で。どうすればよかったとおっしゃるの？」

伯爵は空《から》になった皿を脇に置き、椅子のアームに肘をのせて、両手の指を尖塔《せんとう》の形に合わせた。

「猫が四匹に犬が四匹。それで全部ですね？」

「ええ」レディ・ラヴィニアは答えた。「先週ヘクターがここに来たので、八匹になりました。あなたのそばに立っている犬がそうです。いまも痩せこけていて、おどおどしています。生まれてからずっと虐待を受け、邪険にされてきたのでしょう」

伯爵が犬を見下ろすと、犬は伯爵を見上げた。軽蔑に満ちた伯爵の顔が――イモジェンには軽蔑のように思われた――期待に震える犬の顔をじっと見つめ返した。ヘクターが軽くしっぽをふり、さらにもう一度ふった。

伯爵の目が険悪になった。

「ぼくには猫への愛はありません。自分でネズミをつかまえて、家のなかでは自分に与えられた場所でじっとしていてほしいものです。それから、犬はすぐれた猟犬であれば、ぼくも多少は我慢できます」伯爵は顔を上げ、イモジェンにきびしい視線を向けた。「女というのはどうやら、勝手気ままにさせておくと、やたらと感傷的になり、役にも立たないことを始めるようですね。上限は何匹ぐらいでしょう……この家に入りこむのを許されている犬と猫の数ですが」

カズン・アデレードが鼻を鳴らした。

イモジェンはお茶をひと口飲んだ。この人の言動ときたら、まさにわたしが想像していたとおりだわ。女を行儀よくさせておくには男の力が必要だなんて。彼の質問には答えないことにした。レディ・ラヴィニアも同様だった。

「思ったとおりだ」伯爵はぶっきらぼうに言った。「上限は決まっていないのか。すると、ぼくはこの屋敷の客間と、たぶんダイニングルームと、書斎と、ぼく専用の部屋を、増える一方の可愛くもない犬や猫と共有しなくてはならないのですね？」

「あの子たちには二番手の家政婦の部屋が用意してあります、カズン・パーシー」レディ・ラヴィニアが言った。

「窓とドアに鉄格子をつけて？」伯爵は尋ねた。「連中は四六時中そこでじっとしているのでしょうか？　たまに集団で脱走し、居心地のいい場所を求めてここに駆けこんでくるとき以外は？　ところで、犬猫と同じ部屋で寝起きすることを、二番手の家政婦はどう思っているのでしょう？」

「二番手の家政婦はおりません」レディ・ラヴィニアは答えた。「いたことがあるかどうかも知りません。もちろん、わたしの記憶にはそうした人物はおりません。窓の鉄格子もありません。また、四六時中部屋に閉じこめておくわけにはいきません。運動が必要ですもの。愛情も」

伯爵はヘクターに視線を戻した。

「愛情ねえ……」その口調には嫌悪がありありと出ていた。しかし、犬は一歩進みでて伯爵のブーツに顎をのせた。ヘクターが自分から進んで人間に触れたのは、イモジェンの知るかぎりではこれが初めてだった。この犬には人を見る目がないようね。伯爵はきびしい声で犬に言った。「まさか、ぼくになつく気ではなかろうな？　もしそうなら、いますぐあきらめてくれ。女々しい心はぼくには無縁のものだ」

「まあ、驚きだわ」カズン・アデレードがティーカップに向かってつぶやいた。

伯爵はちぎれていないほうのヘクターの耳をさっとなでてから、ブーツにのっている顎をどけて立ちあがった。

「この件についてはあらためて話しあうことにしましょう」レディ・ラヴィニアを見下ろして、伯爵は言った。「ぼくが不在のときであっても、ハードフォード館を動物の避難所にされては困ります。それから、ぼくがいままですわっていたのよりも快適な椅子が、ほとんど使わない部屋に置いてあるなら、もしくは、屋根裏のどこかにしまってあるなら、どんな椅子でもかまわないので、ふたたびこの椅子を勧める前にそれをここに運びこんでもらえると、まことにありがたい。それから、スコーンのおいしさをぼくが絶賛していたことを料理番に伝えていただきたい。晩餐でまたお目にかかりましょう。では失礼します、カズン・ラヴィニア、カズン・イモジェン、ファービー夫人」

伯爵は一人一人に向かってお辞儀をし、部屋を出ていった。

ヘクターが一度だけクーンと鳴いて、空いた椅子のそばに寝そべった。

「人類の半分を占める女性に対する神からの贈物ね」カズン・アデレードが言った。

「でも、あの方のおっしゃるとおりよ」重いため息をついてレディ・ラヴィニアが言った。「わたしたち女は確かに役にも立たないことをしがちだわ。優しい心を持っているから。殿方も心がないわけではないけど、感じ方が違うのね。周囲の苦しみに気づかない。あるいは、気づいたとしても、自分に無関係であれば冷たく切り捨ててしまう」

イモジェンは言った。「ハードフォード伯爵は確かに心を持たない人ですわ、ラヴィニアおばさま。わたしが断言してもいいぐらいです。気むずかしい人で、都合のいいときに少しばかり魅力をふりまいておけば、自分の欠点は人に知られずにすむとでもお思いなのでしょうね」

カズン・アデレードに同意するのは癪《しゃく》だが、あの伯爵にはどうにも我慢がならないイモジェンだった。魅力といってもせいぜい皮一重。それも薄い皮だ。

「まあ、なんてことを」レディ・ラヴィニアがスコーンをもう一個とりながら言った。「わたしならそんなことは言いませんよ、イモジェン」

「わたしは言うわ」カズン・アデレードが言った。

4

代々の伯爵専用の部屋は、当然のことながら、二階正面の中央という最高の場所にある。ほかのどの部屋よりも眺めがいい。芝生と花壇の向こうにハリエニシダの茂みが広がり、それが崖に続き、崖の下の海がはるか彼方まで延びていて、パノラマのような景色が楽しめる。まことに雄大な眺望だ。

だが、パーシーは恐怖のあまり膝の力が抜けてしまった。

おまけに寝室は湿気がひどく、最初の晩にひどく湿ったシーツに横たわった瞬間、それを実感した。家政婦は恐縮し、不思議がり、謝罪した。ベッドに敷く前にわたくしがこの手でシーツを点検したのですが――伯爵に訴えた――奥さまも点検なさいました。しかし、シーツが湿っているのは事実で、証拠の品を突きつけられると、家政婦にも否定できなかった。

「たぶん」パーシーは意見を述べた。「マットレス自体が湿気を含んでいたのだろう」

マットレスとシーツと毛布が屈強な従僕一人とメイドの一団の手で交換された。屋敷の主人が溺死せずに眠れるよう、全員がベッドからひっぱりだされたに違いない。

新たに整えられたベッドに横たわる前に窓のカーテンをあけてみると、窓敷居の下の壁紙に湿気のせいでV字形の大きなしみができているのが目についた。首をひねった。ここに来る道中、雨には一度もあわなかったし、さっき見たときは、こんなしみには気づかなかった。

翌朝、パーシーがベッドを出てこわごわ外に目をやると、太陽が海面にまばゆく反射していた。海も空も真っ青――久しぶりだ。すべてが優しさに満ちている感じで、屋敷から崖まで続く庭園もパーシーの不安を解消するほどの幅があるように見える。屋敷からハリエニシダの茂みまで歩くだけでも、たっぷり五分はかかるに決まっている。それでもやはり、自分の部屋が屋敷の裏手にあって、あの頑丈な岩肌と向かいあっていればいいのにと思わずにはいられなかった。

窓敷居の下のしみに目をやると、けさはかなり乾燥しているように見えた。

彼の化粧室でワトキンズが立ち働く物音を耳にして、パーシーは髭《ひげ》でざらざらする顎に片手をすべらせた。そろそろ今日という日に立ち向かう時刻だ。だが、そう思ったとたん、かすかに苦い顔になった。この二年のあいだに、誰かが報告してくれてもよかったはずだ――亡くなった先代伯爵には屋敷で暮らす妹と未亡人になった嫁がいることを。おまけに、親戚だという毒舌家の女もいる。幸いにも、ぼくとは血のつながりがないが。話す声が低いので、顔を見なければ男と間違えるかもしれない。それから、動物がたくさんいて……。

急に、ロンドンの自宅と〈ホワイツ〉の静けさが、親しい友が、そして……退屈な日々がなつかしくなった。だが、いまは自分を責めるしかない。

朝食はレディ・ラヴィニアとファービー夫人と一緒にとった。レディ・ラヴィニアがゆうべの彼の話から自分たちの血縁関係を推測し、正解と思われる説を披露した。年齢差からすると、誰が見ても一世代は離れているはずの二人だが、どうやら同じ高祖父を持っているらしい。つまり、パーシーとレディ・ラヴィニアは三《み》いとこどうし。ディッキーはレディ・ラヴィニアの亡くなった兄の息子だから、パーシーにとっては三いとこの子。ゆえに、イモジエンは義理の三いとこの子ということになる。

問題のそのレディはまだ姿を見せていなかった。朝に弱いタイプなのだろうとパーシーは推測した。

「ディッキーですって！」ファービー夫人が皿の上の料理に向かって言った。「正式にはリチャードだったんでしょ、ラヴィニア？　ディッキーなんて幼稚な呼び方に当人が反発しなかったのが驚きだわ」夫人は食事の手を止めて、パーシーに視線を据えた。「あなたはたぶん、パーシヴァルね？」

「そうです」パーシーはうなずいた。

「夫がわたしを〝アディ〟と呼んだのは一回だけだったわ。最初で最後だったわね。結婚して七カ月後に夫は亡くなったの」

ふたつの出来事に関係があるのかどうかを、パーシーは尋ねなかった。

「そのとき、わたしは一七歳」ファービー夫人はさらに続けた。「夫は五三歳。喩えて言うなら、五月と九月のお似合いカップルではなく、一月と一二月の不似合いカップルだったわね」

短い結婚生活は天にものぼる心地のものではなかったようだ、とパーシーは結論した。だが、若い花嫁と七カ月暮らしたあとで天に召されたファービー氏は、たぶん、とても幸福だっただろう。

朝食がすんだらモーニングルームへご案内しましょう、とレディ・ラヴィニアがパーシーに言った。燃え盛る火の前で彼が足を伸ばしてくつろぎたがっているとでも思ったのだろう。モーニングルームは広くて、彼なら書斎と呼びたいところだが、東向きであることは確かで、それゆえ朝の太陽の光がたっぷり入っていた。書棚には夥《おびただ》しい数の本が並んでいる。こんな場合でなければ、本を拾い読みして楽しみたいところだ。

窓辺で猫が二匹、のんびりと寝そべっていた。どちらも暖かな日差しを浴びている。賢い猫だ。ブルドッグの大きな身体が暖炉の前の敷物を占領して手足を伸ばしている。どうやら眠っているようだ。痩せこけて目の飛びでた犬がオーク材のデスクの下で身をすくめていたが、パーシーの姿を見ると這いでてきて、おどおどした期待の目で彼を見上げた。パーシーは片眼鏡を犬に向け、おすわりと命じた。トウシューズをはいて片脚で旋回しろと命じたのも同然だった。

野良犬と猫どもをなんとかしなくては――パーシーがこう考えたのは、昨日の午後から数えて少なくとも一二回目だった。

モーニングルームでくつろぐつもりはなかった。彼の頼みでレディ・ラヴィニアが屋敷の裏手にある荘園管理人の事務室へ案内してくれ、ラチェットにひきあわせてくれた。どう見ても八〇歳を超えていそうな老人で、デスクの上も含めて事務室の至るところに積み重ねてある荘園関係の帳簿の山に劣らず、埃まみれという感じだった。

ラチェットははげた頭で何回かうなずくと――それとも、身体の震えがひどいだけなのか？――パーシーの左耳のあたりに目を向けた。埃まみれの帳簿の山のほうを指し示し、「旦那さまはきっと、今日一日かけてあれを点検しようとお望みのことでしょう」と意見を述べた。〝旦那さま〟にはそんな望みはなかった。しかし、一度も目を合わせようとしない忠義者らしき管理人を見て考えこみ、この男に荘園の案内を頼むのはやめようと即座に決心した。

迷いこんできた犬猫と、年老いた管理人をなんとかする必要がある。それに、執事も少々がたが来ている。

「今度にしよう」パーシーは言った。「今日は昼まで外をまわって、どこに何があるかを確認しようと思っている」なんとも曖昧な予定だ。

そのあと、外へ飛びだそうとした矢先に執事に呼び止められ、申しわけなさそうな報告を受けた。伯爵の寝室は以前から屋敷のどの部屋よりも湿気に悩まされていて、いまでは先代伯爵のころよりさらにひどい状態だというのだ。屋敷の裏手にある客用寝室のなかでいちばん広い部屋へ移ってもらえるよう、執事がじきじきに手配をするとのことだった。

まさにパーシーが望んでいたことだ。昨日のうちに、夜になって彼が寝室にひきとる前にこの申し出があったなら、喜んで応じていただろう。しかし……いまの寝室でぼくが心地よく眠れるよう、召使いたちが大車輪で働いてくれた。丸二年のあいだ、この屋敷のことは放りっぱなしにしていたのに。そうだろう？

「そこまでしてもらう必要はない。だが、寝室の暖炉に火を入れて、その火を絶やさないようにしてほしい」

執事は軽く頭を下げ、ぎしぎし音を立てそうな身体で前に出て玄関扉をあけた。

パーシーは外に出ると、海辺の空気を何回か深々と吸った。控えめに言っても爽やかな空気だ。玄関前の石段を下り、大股で芝生を横切っておおまかに西の方角へ向かった。しかし、一分後、玄関をあけっぱなしにしておくのがこの家の習慣に違いないという結論を出した。犬がついてくるのに気づいたのだ。例の痩せこけた犬で、レディ・ラヴィニアが哀れに思ってひきとったときには、餓死の一歩手前だったに違いない。いまだって、この世にちゃんと踏みとどまっているようには見えない。

「おまえに言っておこう」パーシーは足を止め、苛立ちをこめて話しかけた。「ヘクターだったな？　ギリシャ神話の英雄ヘクトールから来ているのに、これほど不似合いな名前がついた犬に出会ったのは初めてだ。おまえに言っておこう、ヘクター。ぼくはいまから散歩に出る。大股で、かなり遠くまで行こうと思っている。おまえが愚かにもついてくる気なら、それを止めようとして無駄なエネルギーを使うつもりはない。おまえが途中でつまずいても、ぼくは足を止めて待とうとは思わないし、おまえが疲労困憊《こんぱい》して屋敷と餌入れから遠く離れた場所で動けなくなっても、抱いて運んでやるつもりはない。それから、餌の話が出たついでに言っておくと、ぼくは犬のおやつなど持っていない。一個たりとも。わかったな?」

申しわけ程度についているみすぼらしいしっぽが気乗りのしない様子でふられ、パーシーが向きを変えて大股で歩きだすと、ヘクターも小走りで追ってきた。

古代ギリシャ語なら理解できる犬かもしれない。

庭園は心地よく設計されていた。季節が夏であれば、芝生がもっと青々として、木々は葉をつけ、花壇には花が咲き乱れて、屋敷のみごとな前景となるだろう。もちろん、ほとんどの人にとって最大の魅力は、屋敷が高い崖の上に立っているので、果てしなく広がる海を何物にも邪魔されずに眺められることだ。そんなふうに考える変わり者がけっこういるわけだ……いや、大部分の者がそうだ。庭にあるふたつの花壇は窪地に巧みに配置され、おかげで風から守られている。錬鉄製のベンチも置いてある。たぶん、帽子や頭を吹き飛ばされることなく花を楽しめるようにという配慮からだろう。

庭園の三方を囲む塀はあらゆる大きさと形の石でできていて、モルタルもその他の接合剤も使われていないのに気づいて、パーシーは興味を覚えた。すべての石が職人の技で組まれている。一個の石を次の石と合わせ、さらに次の石と合わせ……しかし、どんな技を使えば、職人が背を向けたとたん塀全体が崩れてしまわないようにできるのか、パーシーには理解できなかった。誰かに訊いてみなくては。

西側の塀越しに谷間の入口が見える。もっとも、谷底に何があるのかはわからない。北のほうには農地が広がっている。たぶん、彼自身の土地だろう。見渡すかぎりの野原に羊が点々と散らばっていて、その数はかなりのものだが、耕作された畑らしきものはどこにもない。もちろん、いまはまだ二月だが。

荘園全体に活気がないのはなぜだろうと不思議に思った。調べてみようか。いや、面倒なことはやめておこう。こんな土地で暮らすことに、みんな、よくも耐えられるものだ。ぼくなら退屈のあまり、たちまち死んでしまうだろう——いや、考えてみれば、ロンドンにいたときも退屈でたまらなかった。もしかしたら、退屈を感じるのは場所のせいではなく、自分の心持ちのせいかもしれない。そう思うと気が滅入る。

塀に沿って北側へまわり、屋敷の裏手の岩が露出している場所まで行こうかと思った。そこからさらに多くの領地が見渡せる。しかし、歩きにくそうなので向きを変え、塀の内側に沿って南のほうへ延びる小道をたどることにした。一歩進むたびに崖の縁へ近づいていることはわかっていたが。ところが、崖まで行く前に、庭園の南西の端に立つ一軒の家に出合った。窪地にちょうど収まっていて、背の高い岩場と茂みに三方を囲まれている。まるで屋敷を縮小した模型のようだ。その家には屋根がなかった。いや、とりあえず垂木はあるのだが、風雨を防ぐための屋根材がついていない。これが寡婦の住居、つまり、先代公爵の息子の妻だったレディ・バークリーの住まいに違いない。そう結論するのにたいした推理力は必要なかった。垂木の上に男が二人いた。一人が金槌《かなづち》を使い、もう一人がそばで見ている。

パーシーは大股で進みでた。がっしりした四角い家で、広さもけっこうある。二階に寝室が少なくとも四つ、いや、たぶん六つぐらいあるだろう。一階にも部屋がいくつか。こぎれいな庭があり、東側を、つまり岩場と茂みのない側を低い生垣が縁どっている。生垣の中央にある素朴な木製の門を開くと、その先がまっすぐな小道で、玄関扉まで続いていた。

パーシーは門の外で足を止めた。近づいてくる彼に二人の男がすでに気づいていた。金槌の動きが止まっている。

「進み具合はどうだい？」パーシーは上に向かって声をかけた。

二人の男は自分たちの前髪をひっぱり、頭を下げたが、無言だった。古代ギリシャ語なら理解できるとか？

「進んでいます」ベルベットのような声が冷たく答え、家の横手から声の主が姿を見せた。雑草らしきものが入った籠《かご》を片方の腕にかけ、反対の手に小さなシャベルを持っている。二月に花は咲かなくても、雑草は生えてくるのだろう。

彼女は今日も灰色のマントとボンネット姿だった。ただし、マントの前身頃を肩にかけているので、シンプルな青いドレスがのぞいている。シンプルなデザインが彼女にぴったりだ。パーシーが昨日気づいたように、みごとなスタイルをしている。豊満ではないが、出るべきところは出ているし、あらゆる部分が身長と完璧なバランスをなしている。脚が長い。パーシーが彼女に性的な魅力を感じていれば、この脚に惹かれたかもしれない。だが、大理石と愛を交わす気にはなれない。冷えきってしまいそうだ。

髪もボンネットがないほうが魅力的なのに。豊かで、光沢があり、なめらかで、シンプルなスタイルにまとめている。きっと、まっすぐな髪で——長く伸ばしているのだろう。しかし、その髪に指を走らせたいという妄想にパーシーが駆られることはなかった。

「屋根にのぼる職人の数を増やせば、作業もずっとはかどるのに」パーシーは言った。「あるいは、一人ずつ交代で作業するかわりに、二人で一緒にやればいいのに。ぼくからラチェットに言っておこう。悪天候で何か被害が生じる前に屋根をつける必要がある」

「ご心配には及びません」彼女が言った。眉が額の真ん中あたりまで上がっていた。「わたしのコテージは、ラチェットさんとはなんの関係もないことです。あなたとも」

パーシーは背中で両手を組んで、わざとらしくあたりを見まわした。ふと気づくと、犬がいまも離れようとせず、忠実な猟犬のごとく彼の足元にすわっていた。

「ここはぼくの領地じゃないのかい？」パーシーは彼女に尋ねた。寡婦の住居を見た。「それから、これはぼくの家じゃないのかい？　自分の所有物の修理に気を配り、費用を負担するのは当然のことだと思うが？　ラチェットはぼくの荘園の管理人だろう？」

最後の点は、正直なところ、疑わしいかもしれないが。

「法的には、もちろんあなたのものよ。でも、じっさいにはわたしのもの。いまは亡き先代伯爵の嫁として、一人息子の未亡人として、わたしにはここに住む権利があります。維持管理はわたしの責任で、わたしが費用を負担すべきことです」

パーシーが彼女に視線を据えると、向こうも視線を返してきた。

膠着《こうちゃく》状態。

こういう議論はふつうならこの逆ではないのか？　修理費の負担から逃れようとして、口論になるものではないだろうか？

「いまにわかる」パーシーは言った。

「ええ、そうね」彼女も同意した。

彼女とぼくは明らかに、おたがいの神経を逆なでしている。女性と敵対関係になったことなど、ぼくは一度もないのに。いや、相手が誰であろうとも。ふつうなら、ぼくみたいに愛想のいい人間はどこにもいない。ぼくが義理の父親の称号を受け継いだことが、彼女にはたぶん腹立たしいのだろう。いつの日かハードフォード館のレディ・ハードフォードになることを夢見て、いまは亡きディッキーと結婚したに違いない。ところが、一文無しの未亡人になり、伯爵よりも身分の低い子爵の夫人だったせいでレディ・バークリーと名乗ることしかできず、庭園の片隅に立つ質素な家で暮らすことになってしまった。さぞかし落胆したに違いない。

「仕事に戻れ」パーシーは屋根のほうへ視線を上げた。屋根の上では、二人の男が下をのぞき、地上で進行中の口論を興味津々で見守っている。「レディ・バークリー、よかったら草とりを中断して、ぼくと散歩に出かけてもらえないだろうか？」

後戻りして最初からやり直したほうがいいかもしれない。昨日彼女にかけた言葉をパーシーはいまになって後悔していた――〝で、きみは何者だ？〟。彼女がぼくに腹を立てるのも無理はない。ぼくが丸二年のあいだ放置していた屋敷が、本来なら彼女の夫が相続すべきものだったならとくに。だが、夫は戦争ごっこをするために妻を捨ててポルトガルとスペインへ飛んでいったのだ。妻のほうは何が期待できただろう？

　彼女はパーシーの提案について考えこみ、そのあいだずっと彼を見ていた。やがて、庭仕事をするのにはめていたと思われる手袋をはずして、シャベルと一緒に籠の雑草にのせ、家の正面の石段のそばに籠を置いてから、マントをもとどおりにはおった。ポケットから別の手袋をとりだした。

「いいわよ」と答えた。

「きっと、ぼくに腹を立ててるだろうな」崖の小道を二人で東のほうへ歩きながら、パーシーは彼女に言った。ハリエニシダの鬱蒼《うっそう》たる茂みで庭園と崖が隔てられ、小道のすぐ横が断崖の縁になっていることに気づいてぞっとしたが、すでに手遅れだった。しかも、紳士である以上、崖のほうの側を歩くしかなかった。

「わたしが？」

「きみはぼくのこの地位が夫のものになるのを夢見ていたはずだ。伯爵夫人になるのが夢だったはずだ」

「もしそうだとしても、夢をあきらめる時間は充分にあったわ。夫が亡くなってから八年以上たちますもの」

「八年？　再婚しなかったのか？」

「あなたも結婚なさってないでしょ？」彼女から逆に尋ねられた。最初は無関係な質問に思えたが、パーシーはやがて、彼女が言わんとすることを理解した。

「男と女は違う」

「なぜ？　女というのは、自分を守って生活を律してくれる男がいないと、まともな人生も送れないから？」

「きみの夫がそうだったのか？　きみの生活を律する男だったのか？　きみを置いて戦争に行き、きみには、国に残って忍耐強く忠実な妻の役割を果たして夫の帰りを持つように命じたのか？」

「ディッキーはいい友達でした」彼女はパーシーに言った。「最高の友達。わたしたちは対等な仲間だったわ。わたしを置いて自分だけが戦争に行ったんじゃなくて、一緒に連れていってくれた。いえ、訂正します。わたしがついていったの。最後まで夫と一緒だった」

「ほう、女性が軍と行動を共にしたわけか」パーシーはそう言いながら、彼女のほうを向いた。うん、想像がつく。苛酷な状況に置かれてもくじけず、危険を前にしてもひるまない女だ。「たいしたものだ。戦闘で亡くなられたのか？」

彼女は顎をつんと上げて、まっすぐ前を見つめていた。パーシーの足よりも下のほうでカモメの群れが鳴きかわしている。なんとなく不穏な響きだ。

「捕虜になり、そのあとで亡くなりました。偵察士官だったの。要するにスパイね」

そうだったのか、気の毒に。だが、捕虜になった士官は尊厳と名誉と礼儀をもって遇されるのではなかったか？　恭順宣誓をすれば――つまり、逃亡しないことを紳士として約束すれば。ただし、つかまったときに軍服を着ていなかったら話は違う。偵察士官だったとすると、その可能性が大きい。尋ねるのはやめておこう。知りたくない。だが――。

「最後まで一緒だったと言ったね？」パーシーは眉を寄せた。

「夫があの任務を命じられたとき、わたしも丘の途中までついていったの。充分に安全だと判断したときは、よくそうしてたのよ。あとは夫の従卒が兵舎まで連れ帰ってくれるはずだった。まだ味方の陣地内にいたわけだし。でも、二人一緒につかまってしまったの」

「従卒は？」

「ちょうど焚《た》き木拾いに行ってて、なんとか逃げきったみたい」

捕虜になった二人のうち片方は生き延びたが、もう一人はだめだった。パーシーは不意に、彼女の大理石のごとき冷たさをこれまでとは違う目で見つめた。捕虜となってからどんな目にあわされたのか？　とくに、夫が軍服姿でなかったとしたら？　想像するだけでもおぞましく、パーシーは何も考えまいとした。これ以上質問するのはやめよう。そんなことは知りたくない。

「それで、一人でイングランドに戻ったわけか。そのまま寡婦の住居のほうに？」

「実家に帰ったの。父の屋敷に。ここから三〇キロほどのところよ。でも、わたしは誰ともしゃべらず、眠れず、自分の部屋から出ようとしなかった。食事もしなかった。母のまたいとこの一人にスタンブルック公爵という人がいて、コーンウォール州の東端にあるペンダリス館に住んでるんだけど、心身にひどい傷を負って戦争から戻ってきた士官たちのために自宅を開放し、腕のいい医者と看護人を雇い入れていた。母が絶望のあまりそちらに手紙を出すと、公爵が迎えに来てくれたわ。わたしはそこで三年を過ごした。三年もいたのは全部で六人だった。ジョージも含めると七人——あ、公爵のことよ。みんなで〈サバイバーズ・クラブ〉と名乗ってたわ。いまもそうよ。毎年、三月になると、三週間ほどみんなで集まるの」

二人はすでに足を止めていた。パーシーがふと見ると、岩壁に裂け目があり、ジグザグの小道らしきものが下の砂浜まで続いていた。急傾斜で、下りていくのはかなり危険そうだ。犬が彼の横にすわり、ブーツに頭をもたせかけている。

「忠実な猟犬を連れて領地をまわる光景を思い浮かべるときは、たくましくて利口な牧羊犬か、それに似た犬種を想像するものだが」

彼女がヘクターを見た。「犬が主人についていく光景を思い浮かべるときは、思いやりのある言葉と優しい手を想像するでしょうね」

まったくもう。辛辣な女だ。

「ぼくはこの犬の主人ではない」

「あら、そう。でも、選ぶのはどっちかしら」

「三年か」パーシーは言った。「ペンダリス館に三年もいたんだね？」

悲惨なことだ！　どれほど深い傷を負ったのだろう？　それにしても、ぼくはなぜこんな質問を続けてるんだ？　暗い話は聞きたくない。〝ええ〟か〝いいえ〟で答えるか、まったく返事をしないか、どちらかにしてくれ。

「ベン――サー・ベネディクト・ハーパー――は馬に両脚を踏みつぶされたけど、切断を頑として拒んだ人なの。ダーリー子爵ヴィンセントは一七歳のときに初陣で視力を失い、しばらくは聴力もなくしていた。ワージンガム公爵ラルフは突撃のときに落馬して、敵兵のサーベルでずたずたにされるところだった。ポンソンビー子爵フラヴィアンは頭に銃弾を受けて馬からふりおとされた。トレンサム卿ヒューゴには肉体的な怪我はなかった。かすり傷ひとつ負わなかったの。ただ、決死隊を率いて突撃したとき、部下の兵士の大部分が殺され、生き残った数名も重傷を負ったため、ヒューゴの心はこわれてしまった。ジョージは戦争には行っていないけど、一人息子が戦死して、夫人が領地の端の崖から身を投げた。そして、わたしは……？　わたしは夫が亡くなったとき、その場にいたけど、敵はわたしを殺そうとはしなかった。ええ、三年間よ。そして、いま話した男性たちがこの世でもっとも親しいわたしの仲間なの」

パーシーは半分ちぎれたヘクターの耳を無意識のうちになでながら、こんな会話を始めなければよかったとふたたび後悔していた。〝一七歳のときに視力を失い――聴力もなくしていた。息子は戦死、妻は自殺――崖から身を投げて〟。夫が捕虜となり、おそらく拷問されていたあいだ、レディ・バークリーの身に何があったのだろう？　ペンダリス館で三年も療養したことから考えると、壮絶な体験をしたはずだ。パーシーは背中を汗が伝い落ちるのを感じた。知りたくない。

「ペンダリス館を去ったあと、わたしはここに来ました。あそこにいた三年のあいだに実家の父が亡くなり、母はカンバーランドに住むお姉さんの、つまり、わたしのおばのところへ越し、父の屋敷はわたしの兄が相続して妻子と暮らすようになっていた。だから、わたしが実家に戻るのは迷惑だろうと思ったの。もっとも、兄嫁はとても優しい人で、戻ってくるように言ってくれたけど。こちらに戻ってきて三年以上たっても、義理の父やラヴィニアおばさまとこの屋敷で暮らすことには耐えられなかった。寡婦の住居で暮らしたいとお願いしたら、お義父《とう》さまも渋々承知してくださった。それがわたしの身の上話よ、ハードフォード卿。あなたにはお聞きになる権利があるわ。あなたの領地にわたしが住んでいることを、今回の訪問で初めてお知りになったんですもの。浜辺に下りましょうか？」

「あそこに？」パーシーは尖《とが》った声で尋ねた。「いや、いい」

彼女がパーシーのほうをじっと見た。

「浜辺に魅力を感じたことは一度もない」パーシーは言った――まあ、長いあいだそうだった。「大量の砂と水があるだけじゃないか。ところで、ハードフォードの荘園はなぜもっと収益を上げられないのだろう？　いや、きみの与り知らぬことかな」

「収支がとんとんならそれでいい。少なくとも、それがお義父さまの口癖だったわ」

「そうだな」パーシーはうなずいた。「で、先代はそれで満足だったのだろうか？」

彼女は顔を背け、すぐには返事をしなかった。

「あまり意欲的な方ではなかったから。そんなお義父さまに、ディッキーはいつも苛立っていたわ。いろんなことを思いついて計画を立てても、一度も実行に移せなかったの。自分のエネルギーを発散させるには軍隊生活のほうが向いていると考えるようになった。ディッキーが亡くなったあと、お義父さまは生きる気力をなくしてしまわれたみたい」

「ところで、ラチェットのことだが」パーシーは尋ねた。「有能な管理人だった時期はあったのかい？」

「たぶん、昔はそうだったでしょうね。お義父さまのそのまた先代伯爵の時代からいた人なの」

「そろそろ牧草地に人をやって、もっと……屈強な男を雇う季節になっているはずだが、ラチェットはそういうことは考えないのだろうか？」パーシーは渋い顔になっていた。誕生日の夜に時間を戻して、酔った勢いでコーンウォールへ出かけようと衝動的に思いついたことをとり消せればいいのに、と心の底から思った。ときとして、知らないことは知らないままにしておくのがいちばんだ。

「たぶん、考えもしないでしょうね。ラチェットさんは帳簿づけがとても几帳面で正確なの。帳簿に囲まれて日々を送り、必要に応じて新たに記入をしている。過去四〇年から五〇年の荘園に関して、地代や、作物の収穫量や、家畜の頭数や、その他のことを知りたければ、帳簿に几帳面に記入された詳細のなかに答えがあるはずよ」

パーシーはいらいらしながら言った。「別世界に足を踏み入れたような気がする、レディ・バークリー」

「その状況は変えられるわ。お戻りになればいいのよ――」彼女は不意に黙りこんだ。

〝……これまでいらしたところへ〟?

〝……あなたのいるべき場所へ〟?

「そして、あの屋敷を、ぼくの家を、動物園に変えろと? きみ、わかっているのか? ずる賢く玄関にやってくる野良犬や野良猫をレディ・ラヴィニアがひきとりつづけたら、またたくまに動物王国に噂が広がり、屋敷はいずれ人の住めない場所になってしまうんだぞ。犬と猫の抜け毛に覆われて惨憺《さんたん》たる有様になり、悪臭が充満するんだ」

「じゃ、追い払って餓死させろというの?」

「腹を減らしたこの世のすべての相手に餌を与えるのは不可能だ」

「ラヴィニアおばさまは世界の苦悩を一身に背負おうとしてらっしゃるわけじゃないわ。おなかをすかせて自宅の玄関に――いえ、あなたの屋敷の玄関にやってくる相手に食べものを恵んでらっしゃるだけよ」

パーシーは不意に疑惑にとらわれた。「いま話題にしているのは犬と猫のことだけだろうね?」

「人間もいるわ。いろんな事情で仕事が見つからない人たち」

パーシーはふたたび足を止め、愕然として彼女を見た。「屋敷の地下に、あるいは厩に足を踏み入れたら、身体の不自由な連中や犯罪予備軍の連中がわが家の財産を食いつぶそうとしているというのかい?」

ゆうべ、ベッドを整えに来たメイドの一人も足をひきずっていた。

「全員ではないわ。それに、あなたが目にする人たちはうちの雇い人としてまじめに働き、自分で食扶持を稼いでいるのよ。お義父さまが亡くなったころには、庭師も馬番も数が足りなくなっていたし、邸内で働く召使いもずいぶん減っていた。ラヴィニアおばさまは心の優しい方だけど、お義父さまが生きているあいだは優しさを発揮できなかったの。お義父さまが昔どおりのやり方で満足してらしたから。お年を召すにつれて変化を嫌うようになり、デイッキーを失ったあとはそれがさらにひどくなったの」

「迷いこんできた人間の一人がファービー夫人というわけだな、たぶん。カズン・アデレード。アディと呼ばれるのを断固拒否する女性」

「朝食のときに、七カ月で終わった結婚生活のことをお聞きになったのね？　個人的な財産がほとんどなかったため、親戚の慈悲にすがって暮らすしかなかった人なの。そこでラヴィニアおばさまが、自分一人がとりのこされた屋敷にコンパニオンを迎えれば体面を保つことができる、とご自身に言い聞かせたのよ。確かにそうかもしれないわね。それに、選んだコンパニオンは親戚なんですもの」

「ぼくの親戚ではない」パーシーはそっけなく言った。「きみがぼくを追い返したがっている気持ちは理解できる、レディ・バークリー」

「それに、あなたはこの二年間、ハードフォード館なしで立派にやってらしたようだし。ほんの気まぐれからこちらにいらしたばかりに、ずいぶん不機嫌になってしまわれたのね。こんなところはさっさと離れて、わたしたちの風変わりな生き方など忘れ去り、気立てのいい人間にお戻りになったらどうなの？」

「ずいぶん不機嫌になっただと？」犬がキューンと鳴き、彼の足元で縮こまった。「不機嫌なときのぼくを見てもいないくせに」

「きっと、見るに堪えない光景でしょうね。しかも、怒りっぽい人にありがちなように、見当違いの相手に怒りをぶつける傾向がおありだわ。ハードフォード館と領地内の農場を放置してきたのは、わたしじゃないのよ。ちゃんとした計画も立てずに宿なしの犬猫と人間で屋敷をいっぱいにしたのも、わたしではない。カズン・アデレードをコンパニオンとしてここに呼んだのも、わたしではない。彼女が一生居すわることは、おばさまも充分にご承知だったと思うけど。ふだんのわたしが気にかけるのは自分の家のなかの個人的な事柄だけで、荘園のことや運営に関わる人のことには口出ししない主義なの」

「この世でもっとも腹立たしいのは」目を険悪に細めてパーシーは言った。「喧嘩《けんか》を吹っ掛けられても冷静に理路整然と応じるタイプの人間だ。きみはつねに冷静なのか、レディ・バークリー？　つねに大理石のような人間なのか？」

彼女は両方の眉を上げた。

「ほら、自分が何をしたか見てみたまえ。ぼくの神経を逆なでし、おかげでぼくは許しがたい無礼な態度をとってしまった。またしても。本来なら無礼を働くことはけっしてない人間なのに。いつもは優しさと魅力のかたまりなのに」

「ふだんは別世界にいらっしゃるからでしょう。あなたを中心にしてまわっている世界に。

ペンダリス館にも礼儀知らずで偉そうな士官がたくさんいたわ。ほかの人間は自分に敬意を払うために生まれてきたと思いこんでいるような人たち。ただの愚か者だから無視するのがいちばんだって、わたしはずっと思ってきたわ」

彼女はそう言うなり向きを変え――生意気な女だ――いま来た道を戻りはじめた。彼がついてくるかどうか、ふりむいて確かめようともしなかった。パーシーはついていかなかった。彼女が声の届かないところへ遠ざかるまで、腕組みをしてその場に立っていた。やがて犬を見下ろした。

「ほかの何よりもぼくの神経を逆なでする女がいるとすれば、それは、人をやりこめようとせずにはいられないタイプの女だ。〝礼儀知らずで偉そう。無視するのがいちばんだって、わたしはずっと思ってきたわ〟だと。愚か者。お・ろ・か・も・の！このまま厩へ直行して、ぼくの馬に飛び乗り、ロンドンに向かうことにしようか。罰あたりなこの屋敷のことなど忘れて。おまえは屋敷が荒れ果てるまで、遊び仲間と一緒に邸内を荒らしまわるがいい。伯爵の部屋はカビだらけになるがいい。あの管理人は埃だらけの事務室で化石になるがいい。レディ・ラヴィニア・ヘイズは親戚のコンパニオンと二人で、優しい心を抱えて暮らせばいい。あの大理石の柱みたいな女は、屋根の修理代の請求書と今後必要になるその他の修理代を抱えこんで貧乏になればいい。断崖の下で潮が満ち干をくりかえして、永遠の時間のなかで崖が浸食され、屋敷も寡婦の住居もころがり落ちてしまえばいい」

ヘクターは何も意見を出さなかった。パーシーがこの場に立ったまま、怒りの元凶である女が遠ざかっていくのを見守りながら無闇に鬱憤をぶちまけたところで、なんの意味もなかった。

「そうなれば、犬に向かってたわごとを並べる自分の姿だけは見ずにすむ。おまえも疲れてくたくただろうな。だが、それは自業自得というものだ。ぼくが警告しなかったとは言わせないぞ。夕飯にありつく準備はできたか？　そのあばら骨が見えなくなるように、少し脂肪をつけないとな。さあ、来い。何をぐずぐずしている？」

ハリエニシダの茂みのあいだに隙間がないかと探すと、強引に通り抜けてもわずかなひっかき傷だけですみそうな場所が見つかった。従者のワトキンズが悲劇の主人公みたいにストイックな顔をすることだろう。しかし、パーシーは茂みの隙間に足を踏み入れ、そこでふりむいて犬に目を向けた。顔をしかめ、誰にも見られずにすむよう願いつつ、犬を抱きあげて棘《とげ》だらけの茂みを通り抜けた。むっつりした顔で、芝生の上を屋敷へ向かって歩きはじめた。

少なくとも――歩きながら思った――少なくとも、退屈はしていない。それに、退屈も結局のところ、そう惨めなものではないということがわかってきた。

5

午後から来客が何人もあった。

ハードフォード伯爵が屋敷に来ているという噂がいつのまにか広まってしまい、表敬訪問するのが礼儀だということで、人々が訪ねてきたのだ。おまけに、ようやく伯爵と近づきになれるというので、誰もが好奇心に駆られていた。

イモジェンは寡婦の住居で午後の時間を過ごすつもりだった。もっとも、屋根がないため、一階の部屋でさえ耐えられないほど寒いのだが。午餐はとらなかった。あの男と礼儀正しく会話をするなど、考えるのもいやだったからだ。わたしを怒らせて無礼なことを言わせておきながら、年配の女性たちには思いきり魅力をふりまくに決まっている男。また、彼に身の上話をしたことでイモジェンは神経が高ぶっていた。話を短くまとめ、細かい点には触れないようにしておいたが。過去の話をすることも、思いだすことも、なるべく避けるようにしている。悪夢にうなされることさえ、いまはめったにない。

ところが、屋敷を出て寡婦の住居へ行こうとする前に、最初の客の一団が到着した。厳密に言うならイモジェンを訪ねてきたわけではないが、すぐに出ていくのは不作法な気がした。

しかし、こんな午後は近所づきあいなどせずにすめばいいのに、と思わずにはいられなかった。なにしろ、顔を合わせたとたん、誰もがハードフォード伯爵に魅了されてしまうからだ。もちろん、伯爵がこちらに来たというだけでも、人々にとっては光栄なことだ。しかし、彼の若さ、抜きんでた容姿、さらにはみごとな仕立ての服に、女性はぼうっとなり、男性は感銘を受けていた。彼の魅力、微笑、巧みな会話が決定打となって、誰もが伯爵にもう夢中だ。伯爵は一人一人に向かって、ようやくこちらに来られて喜んでいる、美しさでも、自然の豊かさでも、その他の点でも、ハードフォードとその周辺地域にかなう場所はどこにもない、と断言した。

〝その他の点でも〟という言葉はついでにつけたしたような響きだったが、伯爵の目は退役したペイン提督の夫人に向けられていた。ふだんのペイン夫人は不機嫌を表情に出さなくとも、たいていその一歩手前にいるのだが、今日は頭を軽く下げて、遠まわしな称賛を礼儀正しく受けとった。

しかしながら、真っ先にやってきたのはブードル牧師で、夫人と長女と次女を連れていた。次が提督夫妻。そのすぐあとに、いまは亡き前任の牧師の娘たちで、中年になるミス・クレイマー姉妹が老齢の母親と一緒にやってきた。この母子は、当然ながら、独身男性を訪ねるというようなはしたないまねはしていないという立場をとった。姉のほうが弁明した――レディ・ラヴィニアとレディ・バークリーとファービー夫人にお目にかかりたくて伺ったのですが、まあ、なんという驚きでしょう。伯爵さまがこちらにいらしてるなんて。何も知らずにこんなふうにお邪魔してしまい、伯爵さまに図々しいと思われなければよろしいんですけど。〝伯爵さま〟はもちろん、予想どおりに相手を安心させる言葉を返し、ほどなく、三人の女性はレディ・ラヴィニアに会いに来たことをすっかり忘れてしまった。

イモジェンも伯爵を徹底的に嫌っていなければ、このような展開を目にしておもしろがったに違いない。しかし、こう思っていた——お客さまの相手をするのは、はっきり言って、耐えがたい拷問のようなものでしょうね、いい気味だわ、と。この意地悪な考えが頭をよぎった瞬間、目が合い、彼の眉がかすかに上がったので、自分の想像があたっていたことを知った。

ブードル牧師と夫人と娘たちがきっかり三〇分後に暇を告げようとしたとき、ウェンゼル氏が妹のティリーと一緒に馬車でやってきた。イモジェンはティリーを軽く抱きしめて出迎え、客間で彼女の横にすわった。しかし、ティリーでさえ伯爵の魅力に無関心ではいられなかった。数分たつとイモジェンのほうへ身を寄せ、人々の会話の声よりも低くささやいた。

「いやでも認めるしかないわね、イモジェン。非の打ちどころがない男性の見本だってことは」

しかし、そう言いながら、ティリーの目はいたずらっぽく輝き、二人はこっそり笑みを交わした。

ソームズという年配の医師が、彼よりはるかに若い二度目の妻と、三人の娘と、再婚でできた息子を連れてやってきた。最後にオールトン氏が息子と一緒に到着した。息子はひょろっとした若者で、気の毒なことに、ここ一年ほどニキビと格闘を続けている。ほどなく、真剣な英雄崇拝の思いに身を焦がすことになった。クラヴァットの結び方を伯爵に褒められたからだ。イモジェンには平々凡々たる結び方だとしか思えなかったが。

イモジェンは伯爵に鋭い視線を向けた。親切な人だとは思いたくなかった。ソームズ医師の息子のエドワードに対しては、お世辞のひとつも言っていない。エドワードはハンサムな若者で、去年の春、しばらくロンドンに出て母親違いの姉の家に泊めてもらったとき以来、ダンディーな服装とふるまいを心がけている。

最後の客が暇を告げるころには、屋敷に住む四人は膨大な数の招待を受けていた――晩餐会、カード遊びの夕べ、気軽な音楽会の夜、浜辺のピクニック（もちろん天候次第）、ミス・ルース・ブードルの一八歳の誕生パーティ（まだ先のことで、五月の終わり）。また、客が押し寄せてくるたびに言われた――五日後の夜、村の宿屋の二階にある集会室でダンスパーティを開くので、ハードフォード伯爵にご出席いただきたい、もちろん貴婦人方もご一緒に、と。

万難を排して伺います――伯爵はみんなに約束した。ブードル家の長女、ソームズ家の長女、ペイン夫人にダンスを申しこんだ。一方、ミス・クレイマー（姉のほう）は、若い人たちが踊るあいだ、レディ・ラヴィニアとファービー夫人とくつろいでおしゃべりをするつもりだった。ウェンゼル氏とオールトン氏はそれぞれ、イモジェンと踊る約束をした。

「さてさて」全員が帰ったところで、レディ・ラヴィニアが言った。「とても楽しいひとときでしたわね。カズン・パーシー、あなたもご覧になったように、こんな田舎ですけど上流階級の隣人たちがいないわけではありませんし、上流階級の娯楽が不足しているわけでもありませんのよ。時間を持て余すことはたぶんないでしょう」

「あのクレイマーって女、母親と妹の分までしゃべってたけど、うんざりだわね」カズン・アデレードが言った。「パーティのあいだ、あなたはくつろいでおしゃべりしてればいいわ、ラヴィニア。わたしはもっと気の合う相手を選ぶつもりよ」

イモジェンは言った。「どうやら、あなたは少なくともあと二週間ほどここに足止めされる運命のようね、カズン・パーシー。だって、そんな先の招待をお受けになったんですもの。おまけに、三カ月以上も先になるルース・ブードルの誕生パーティまで」

「運命？」伯爵は微笑した。彼がもっとも得意とする最大の破壊力を秘めた微笑が自分に向けられているのを、イモジェンは意識した。「だが、まことに幸せな運命に違いない」

〝女性に対する神からの贈物ね〟と、カズン・アデレードは言った。同時に、男性に対する贈物でもある。伯爵自身がそう思っている。そして、今日訪ねてきた人のすべてが、彼のその思いを嬉々として裏づけた。でも、現実の彼は軽薄な殻のようなもので、そのなかに、虚栄心と、気どりと、傲慢さと、思いどおりにならないときに起こす癇癪《かんしゃく》が詰めこまれているだけだ。高慢な鼻をへし折ってやる必要がある。

とはいえ、〝で、きみは何者だ？〟と問いかけただけで、わたしにそれ以上の無礼を働いたことのない相手にずっと腹を立てていても始まらない。ふだんのわたしはしつこく恨みを持ちつづけるタイプではないのに。

伯爵の微笑がとても愉快そうなものに変わっていたので、イモジェンは彼を凝視していた自分に気がついた。メイドを呼んでお茶のトレイを下げさせようと思い、立ちあがって呼鈴の紐《ひも》をひいた。

さっき、伯爵から、ディッキーのものになるはずだった地位を横どりされてわたしが腹を立てているのだと指摘されたが、そうなのだろうか？　そうかもしれないとは思いたくなかった。

イモジェンは一瞬、レディ・ラヴィニアに優しい視線を向けた。イモジェンの母とレディ・ラヴィニアはバースの女学校時代の同級生で、その後も堅い友情で結ばれていた。イモジェンは少女のころからよくここに遊びに来ていた。母親に連れられて来ることもあれば、一人で長く泊まっていくこともあった。レディ・ラヴィニアはイモジェンのことをいつも、自分がついに持てなかった娘のようなものだと言っていた。けっこうお転婆だったイモジェンには、最初からこの屋敷の息子が遊び相手だった。二人は親友になり、同志になった。おたがいに恋心を抱いたことは一度もなかった。恋をするなんて馬鹿馬鹿しいと思っていた。しかし、成人するといつしか、ずっと一緒にいるために友情から結婚へ移ることにしようと両方で決めていた。プロポーズがあったのかどうか、もしあったのなら、どちらから求婚したのか、どうしても思いだせない。何をするにも二人一緒だった。

イモジェンは彼を深く愛していた。もちろん、結婚したからには肉体の結びつきもあった。

二人の行為は熱く満ち足りたものだった。ただ、それが二人の関係の中心になることはけっしてなかった。人々が〝恋に夢中〟と呼ぶ感情を持つのは、イモジェンにはたぶん無理だっただろう。それでも二人の結婚生活にはなんの支障もなかった。

伯爵が誰にともなく尋ねた。「名字がオールトンなのに、息子の名前をオールデンにする者がどこにいる？」

明らかに、形ばかりの問いかけだった。

伯爵は頭をすっきりさせようとするかのように横にふり、レディ・ラヴィニアに視線を据えた。

「野良の犬猫のことですが」

「あら、何か……？　でも、午後はずっと二番手の家政婦の部屋に閉じこめておきましたよ、カズン・パーシー。お願いだから、追いだせなんて言わないで。屋根のある場所で暮らして、餌をちゃんともらえる暮らしを経験してしまったら、そして、少しだけ可愛がってもらったら、野良に戻ったときに前より惨めな思いをすることになるわ。お願いですから、追いだせなんて言わないでちょうだい」

「言いませんよ」伯爵は約束した。「すでにここにいる連中はそのまま置いておきましょう。もっとも、ぼくはいずれ、この決断を後悔するに決まっていますが。とにかく、これ以上増やされるのだけは困ります」

「とても追い払えないんですもの」レディ・ラヴィニアは胸の前で両手を組んだ。「おなかをすかせた子たちから絶望の目ですがるように見つめられると」

「ひとつ提案してもいいでしょうか？」イモジェンは言った。

青い目が彼女に向けられ、濃い色の眉が目の上でアーチを描いた。

「なんなりと」

「野良の犬猫だって、しばらく世話をしてやり、餌を与えてやれば、驚くほど可愛い姿に変わるものよ。体重が増え、毛も増えてつやつやになる。家庭に無縁だった野良の犬猫ではなく、家庭を必要とする愛らしいペットだったら、喜んでもらってくれる人がたくさんいるはずだわ」

「まあ、イモジェン」レディ・ラヴィニアが言った。「ええ、そうですとも。幼い少女はみんな、犬や猫をほしがるものだわ。わたしがそうでしたもの。幼い少年もきっとそうに違いない。それから、たぶんクレイマー姉妹も。あるいは……」

「動物なんて、わたしはほしいと思ったこともないわ」カズン・アデレードが言って、レディ・ラヴィニアからひどく悲しげな表情を、伯爵からはほんの一瞬、愉快そうな表情を向けられた。

二人のメイドが入ってきてトレイを下げようとしたので、伯爵はドアの脇へどいた。イモジェンは彼の視線が片方のメイドにじっと注がれているのに気づいた。痩せこけた少女で、肩を丸めている。耳と口が不自由だ。もっとも彼にはまだわからないはず。一度も声をかけていないのだから。作男をしていた少女の父親が亡くなったあと、ソームズ医師が少女のために精神科の病院を見つけようとした。しかし、そこでレディ・ラヴィニアが乗りだし、独自の解決策を提示したのだった。

「さっきのあなたの提案とは、つまりこうかな?」トレイが下げられたところで、伯爵が言った。「われわれがここでペットのお手入れサロンのようなものを開いて、愛らしい猫と凛々しい犬を近隣の人々に無料で進呈し、女子供に甘やかしてもらおうというのかい?」

レディ・ラヴィニアが息を止めているかに見えた。

「ひとことで言えば、そうね」イモジェンは答えた。「ただし、〝われわれが〟というのは間違いだと思いますけど。みんなでそんなことをしようなんて、夢にも考えてはおりません。あなたが野良の犬猫に餌をやり、頭をなでる姿なんて、想像できませんもの、カズン・パーシー。醜い犬や猫ならなおさらね。可愛がる姿も想像できないわ」

「まあ、イモジェンったら」レディ・ラヴィニアが非難の口調になった。

伯爵は唇をすぼめた。「ぼくが提供するのは家と餌だけというわけだな」

「ええ。それと、できれば厩の隅をフラッフのために空けてやってほしいの。もうじき子猫が産まれるから」

「なんだと?」伯爵の眉がひそめられた。

「あら、誰だって子猫は大好きよ」イモジェンは言った。「母猫から離しても大丈夫な時期が来れば、もらい手はすぐに見つかるわ」

伯爵は険悪な目でイモジェンを見つめ、それから、レディ・ラヴィニアに注意を移した。

「邸内の犬猫をこれ以上増やすのはやめていただきたい」このうえなく優しい口調で言った。「この界隈の犬猫はあなたがすでに残らずひきとっているものと期待したい。厩の件については、場所を用意するよう、ぼくから指示しておきます。もしかしたら……子猫を出産したあと、ネズミとりの腕を発揮して自分の食扶持を稼ぐようになるかもしれない。迷いこんできた人間については、別の機会に話しあうことにしましょう。その一人がメイドに変装しているのを、さっき見かけたような気がします」

「アニー・プルウィットのこと？」レディ・ラヴィニアが言った。「いい子よ。自分が何を言われているかを理解すれば、指示されたとおりに働いてくれます。あなたに声をかけられたときに唇の動きを見ることができ、あなたがゆっくり話してくだされば、あの子にも理解できるのです」

伯爵はしばらくレディ・ラヴィニアを見つめていたが、やがてイモジェンに視線を戻した。「ワルツはこんな荒野にまで伝わっているだろうか？」彼女に尋ねた。「もしそうなら、村のパーティのときに最初のワルツをぼくと踊ってもらいたい。よろしければ。ワルツのステップも知らない相手とダンスフロアを跳ねまわるのはごめんだが、きみはたぶん知っているだろう」

まるでイモジェンへの命令のように響いた。ただ、〝よろしければ〟という言葉が添えられていた。

イモジェンのワルツの相手は、これまではたいていオールトン氏で、つねに汗ばんでいるむっちりした手が彼女のウェストを支え、彼女の手を握りしめていた。その試練に比べれば、ハードフォード伯爵とのワルツははるかに楽しいはずだ。思いもよらず、心地よい期待にイモジェンの胸はときめいた。

「ありがとうございます。ダンスカードと相談してみます」

不意に彼が笑顔になったので、胸のときめきが何かに変わり、胃のあたりに落ち着かないものが広がった。魅力を巧みにふりまく彼のいつもの微笑ではなく、心から楽しそうに笑っている感じだったからだ。

「きみのダンスカードのワルツのところに氏名を書きこむ男が、ぼく以外にいたら、拳銃で夜明けの決闘をすることにしよう」伯爵はそう言って、イモジェンに軽くお辞儀をした。

ふざけたことを……。口説いてるつもり？　横柄な人だから、このわたしまでも自分の魅力の圏内にひっぱりこめると思ってるの？

イモジェンは両方の眉を上げて彼に冷ややかな視線を返した。そばでレディ・ラヴィニアが笑い、カズン・アデレードが鼻を鳴らした。

田舎紳士のイメージというのは、パーシーからすれば、昔からまことに魅力のないものだった。サイズの合わない上着と膝丈ズボンと型崩れしたブーツで所有地を歩きまわる地主。頑丈なステッキを持ち、忠実な犬をうしろに従え、農場の親方や作男とは作物と家畜の話を、荘園管理人とは輪作と市場と天候の話を、近隣の人々とは競馬とボンネットと天候の話を、そして、あらゆる相手と天候やその他さまざまな話をし、その一方、村の催しに顔を出して浮かれ騒いだり、胸をときめかせている初心《うぶ》な顔の村娘たちを品定めしたりする地主。

まっぴらだ――その後何日かのあいだそう思いつつも、自分がそういう田舎紳士になりかねない危険をパーシーはひしひしと感じていた。第一陣の客が押し寄せてきた翌日の午後(客はその後も次々とやってきた)、あのままロンドンにいればよかったと後悔した。社交シーズンはまだ始まっていないし、貴族仲間の姿もあまりないだろうが、ロンドンならもっと楽しく過ごせるはずだ。タッターソールの馬市場やジャクソンのボクシング・サロンに出かけたり、仕立屋やブーツ職人のもとを訪れたり、友人たちとの前夜の酒盛りの酔いをさますためにベッドで熟睡したり、あるいは、新しい愛人とのひとときを楽しんだりできるはず。

ところが、かわりにラチェットの埃だらけの事務室を見まわして、提案したりしている――きみぐらい優秀な筆頭管理人なら(この時点では、管理人はラチェット一人しかいないが、たいした問題ではない)、事務所にこもって帳簿を完璧に整えるという大切な務めを果たすのが最優先だ。農場を運営し、変更と改善のための提言をするという平凡な日常の仕事は、きみほどの腕も経験もない若い男に、つまり下っ端にまかせておけばいい。荘園管理人補佐として、きみの助言と指導を大いなる糧にしてもらおう。その男にはもちろん、きみの配下として働いてもらう。いわば徒弟のようなものだ。

ラチェットは目を細めてパーシーの左耳のあたりを見つめ、ぼそぼそと答えた――近所の連中に訊いてみますが、新しく誰か雇ったとしても、新規にどんなことができるのかよくわかりませんな。しかし、パーシーはすでに、ロンドンで伯爵家の財産管理を担当しているヒギンズという男に手紙を出して、荘園管理の経験を持つ人材を見つけるよう指示していた。表向きの肩書きは〝管理人補佐〟だが、実質的には単なる〝補佐〟ではないことをこころよく受け入れ、平均よりややましな程度の給金で草深い田舎にこもって働くことを承知してくれる人材を。そういう逸材が一刻も早く見つかるとうれしいのだが、とパーシーは手紙に書き添えた。一刻も早くというより、いますぐ見つけてほしかった。

この手紙は、ゆうべ、召使いたちが寝室を掃除しているあいだに書いておいた。寝ようと思って寝室に入ると、暖炉の火はすでに消え、煙突から落ちてきた大量の煤《すす》が部屋を汚し、そこにはわずかに焦げた一羽の鳥の死骸も交じっていた。パーシーに呼ばれて、狼狽《ろうばい》したアトリー夫人のすぐあとに飛んできた執事のクラッチリーが意見を述べた——お屋敷の表側の部屋は、それもとくにこの部屋は、風の威力を正面から受けるため、裏側の部屋に比べてこういうことが起きやすいのです、と。裏側にある最高の客用寝室に移るよう、クラッチリーはまたしてもパーシーに助言をした。ところがパーシーは自分でもはっきりしない理由から、またしても頑強に抵抗した。伯爵の部屋は代々の伯爵が使うために造られているのだし、いまは自分がその伯爵だ、と言って。彼がようやくベッドにもぐりこんだときには、少なくともシーツの湿りはなかった。水のしみがかすかに残る窓敷居の下の壁紙にも湿りはなかった。

朝のうちにパーシーが気づいたことだが、領地内の畑は何年も前から耕されていないようだし、早く予定を立てないと、今年も耕されずに終わってしまいそうだった。どうやら、ラチェットと先代伯爵は作物栽培に力を入れる気がなかったようだ。種をまくにも、育てるにも、収穫するにも多くの人手が必要だし、これら三つの段階のすべてにおいて、天候に左右されることが多すぎる。しかし、羊の数は豊富で、早くも子羊が生まれはじめている。いまはまだ冬だから、風に吹かれる心配のない暖かな母羊の胎内でもうしばらくじっとしているよう、子羊たちに助言してやる者がいればよかったのだが。

じつのところ、荘園の最大の収入源は羊毛だ。しかし、羊の繁殖の勢いがすごすぎるため、老齢で死亡する羊とのバランスがとれず、すべての羊が牧草地で快適に共存するのがむずかしくなっている。領地を管理する者が必要なのと同じく、羊の群れを管理する者も必要だ。パーシーは荘園管理人ではないし、管理人になろうと思ったこともない。まっぴらだ！　しかし、管理がいい加減なのを、いや、ひどい手抜きなのを目にしたときと同じく、羊の状態からも、やはり優秀な管理人の必要性を痛感した。

庭園の北側のすぐ外に広がる農場は、ひどくみすぼらしい様子だ。わずかな乳牛がいて、子牛の出産を間近に控えている。それを可能にした雄牛がどこにいるのかを尋ねるのは、やめることにした。なんの役にも立ちそうにない山羊が何頭かいる。鶏の数はものすごくて、地面をつつきながら歩きまわるあいだも、おたがいにぶつからずにいるのが無理なほどだった。糞《ふん》を踏みつけないようにするのも無理だった。アヒル池には、その名にふさわしくアヒルが数羽泳いでいる。羊小屋がいくつかある。出産に使ったり、羊毛刈りのシーズンになると――とくに悪天候のときに――羊の群れを入れておいたりするのだろう。どの小屋も、いつ崩壊してもかまわないと思っているかに見える。

たわんだ納屋のなかの干し草はどす黒く変色し、納屋ができたときからそこに積んであったかのようだった。干し草のなかに住みついたネズミたちは快適に暮らし、天寿を全うしてきたのだろう。

作男は大半が指の節くれだった老人だった。息子たちはおそらく、文字どおりのもっと青い芝生を求めて、とっくの昔に出ていったものと思われる。馬番と庭園で働く庭師たちは作男よりも若くて元気がいい。もっとも、脚が悪い者や身体の不自由な者がやけに多いようだが。これもまた、レディ・ラヴィニアの優しき繊細さの証拠というわけだ。

パーシーは新しい管理人が一刻も早く見つかって、自分が猛スピードでここを抜けだし、途中で食事も休憩もとらずに走り去ることができるように願った。新しい管理人がこちらに着いたとき、ひと目見ただけでしっぽを巻いて逃げだしたりしなければいいのだが。

領地をまわるにあたって、パーシーはいちばん古い服を着ていった。もっとも、誂《あつら》えてから一年以上たつものは一枚もない。そんなものを持っていたら、ワトキンズが許してくれないだろう。乗馬ブーツについても同じことが言える。農地でひどい扱いを受けてまことに気の毒としか言いようがない。ステッキは持たなかったが、忠実な犬がつき従っていた。瘦せこけた駄犬ながらも、名前だけはトロイアの偉大な英雄ヘクトールにちなんで〝ヘクター〟という立派なものだ。パーシーが思うに、ヘクターが彼にくっついているのは、屋敷にいるほかの犬たち――ものぐさな大型ブルドッグやソーセージ形の犬など――から仲間はずれにされて、みんなの餌入れに近づくと威嚇され、自分専用の餌入れにも自由に近づけず、猫たち――とくに、うなってばかりのプルーデンス――に怯《おび》えているからに過ぎないのだろう。はっきり言うと、ヘクターは哀れな弱虫で、放置された領地を歩きまわるパーシーの男らしいイメージを高める役には立っていない。

それだけでも自尊心のある田舎紳士を号泣させるには充分だ。もっとも、田舎紳士になりたいわけではない。少なくとも、田舎紳士らしくふるまう田舎紳士にはなりたくない。ごめんこうむる。

翌朝、寝室で平穏無事に一夜を過ごしたパーシーが決然たる足どりで芝生を横切って寡婦の住居へ向かうと、予想どおりの光景が目に入った。すなわち、屋根のない建物には職人の姿がまったくなく、それ以外の人の気配もない。パーシーは屋敷に戻って着替えることにした。従者ワトキンズの手で着替えが終わったときには、たとえロンドンのボンド通りでも――いや、ボンド通りだからこそ――人々が驚いてふりむきそうな伊達男になっていた。

「黒檀《こくたん》のステッキを出してくれ、ワトキンズ。確か黒檀も持ってきているな？」

「はい、旦那さま」ワトキンズはそれを持ってきた。

「それと、宝石つきの片眼鏡を」

「えっ、宝石つきですか？」

パーシーが彼に視線を据えると、ワトキンズはそれ以上何も言わずに宝石つきの片眼鏡を出してきた。

「それから、レースで縁どりをしたハンカチ。それから、ルビーの嗅ぎ煙草入れがあったはず。そう、ルビーの嗅ぎ煙草入れだ」

育ちのいいワトキンズは、朝の装いにこういう華美な飾りが加わったことに意見を述べるようなまねこそしなかったが、不満を表すいつもの仏頂面が化石に近くなった。

「すまないが、窓の外をのぞいて、ぼくの旅行用馬車が玄関先に来ているかどうか見てほしい」パーシーはワトキンズに指示した。

ちゃんと来ていた。しかも、職人技の極致とも言うべき豪華な馬車だ。父から相続したものだが、めったに使ったことがない。それをこちらに持ってきたのは、ワトキンズを安物の馬車に乗せたりしたら、ストイックな失望の表情を浮かべるに決まっているからだ。

屋敷に戻ったときに、レディ・バークリーが一頭立ての二輪馬車でポースメアへ出かけたかどうかを確認した。朝食の席で彼女がそう言っていた。腰を痛めた老婦人の見舞いに行くらしい。女性というのは時と場合に応じて天使になれるものだ。もっとも、レディ・バークリーと天使を同列に考えるには、想像力をかなり働かせる必要がある。

しばらくして、荘園管理人から屋根業者の名前と住所を聞きだしたパーシーは、業者の作業場の外に止めた馬車からゆっくりと降り立った。作業場があるのはメイリオン、谷を流れる川の一〇キロほど上流に位置する村だ。彼は物憂げにあたりを見まわし、見世物を——つまり彼の姿を——楽しもうとして足を止めた野次馬連中のざわめきは無視することにした。

お仕着せを身に着けるよう、さきほど命じられて驚いていた御者に、パーシーはうなずきを送った。

「ハードフォード伯爵閣下のお越しです」御者は作業場のドアを勢いよくあけ、見るからに楽しげに告げた。

〝伯爵閣下〟は作業場に入ると、ハンカチをとりだし、親指の先で嗅ぎ煙草入れの蓋を開き、そこで手を止めて考え直した。そもそも嗅ぎ煙草は好みではない。元どおりに蓋を閉め、ポケットにしまってから、片眼鏡を目に持っていった。

「じつは、ふと疑問に思ったものだから」目を真ん丸にしている三人の男に片眼鏡を向けて見据えながら、パーシーはため息をついた。「ハードフォード館の寡婦の住居が屋根を失ったのは去年の一二月なのに、二月になってもまだ屋根がついていないのはなぜなのか。また、ときたま男が二人で垂木にのぼり、一人が釘を打つのをもう一人が見物しているのはなぜなのかという疑問もある。しかも、作業が捗《はかど》っている様子はまったくない。そこで、ここに来れば答えがわかるかもしれないと気がついたのだ。さあ、ぜひとも答えを教えてもらいたい」

それから一五分もしないうちに彼の馬車が村の通りを戻っていき、ざわめいていた野次馬をはるかに上まわる大人数の村人が通りの両側に並んで、パレード見物のような気分でそれを見送った。屋根業者の弁明によると、職人がみな、病で臥《ふ》せったり、よその仕事で忙しかったりしたのだが、その午前中に全員が奇跡的に健康を回復したり、よその仕事を終えたりしたので、ハードフォード館の寡婦の住居へ向かう支度をしていたとのこと。そこに伯爵閣下がやってきたため、職人たちの出発が遅れてしまったというわけだ。ただ、職人全員をひとつの仕事に集中させると料金が高くなる、と屋根業者はずる賢くほのめかしたが、伯爵閣下からまたしても片眼鏡を向けられ、戸口から射しこむ日の光を受けて片眼鏡がまばゆくきらめくと、とたんに料金を下げて最初の見積もりよりも安くした。パーシーが判断するに、相場よりわずかに高い程度だった。

ハードフォード伯爵が御者に合図を送ると、御者は膨らんだ革の財布を開いて半額を前払いした。「あとの半額は、屋根が満足のいく仕上がりになった時点で、わたしのいとこのレディ・バークリーが支払う（三いとこの子だの、義理の関係だのという説明を持ちだして話をややこしくしても意味がない）。レディ・バークリーにはきみのほうから、工事がひどく遅れたお詫びに料金を下げさせてもらった、と言っておいてほしい」

なかなか屋敷に帰り着きそうもない馬車のなかで、パーシーは考えた——爵位を持つ貴族という立場にあるのは、男にとってきわめて有利なことだ。もっとも、ただのパーシヴァル・ヘイズに過ぎなくても、あのいまいましい屋根業者を叩きのめす力がないわけではないが。

6

その日の夕方、みんなで早めの晩餐の席に着いたとき、イモジェンの気分は多少明るくなっていた。今夜はクレイマー家の音楽会に出かける予定で、それがありがたかった。寡婦の住居で本を片手に、ふたたび一人の夜を過ごせるようになるのを心待ちにしているのに、いましばらくは望みが叶《かな》いそうもないからだ。ただ、近隣の人々と夜を過ごすことを思っても、わくわくすることはなかった。

「今日の午後、寡婦の住居まで行ってみたら、いつものように誰もいないものと思っていたのに、うれしい光景が待っていたのよ」食卓を囲んだあとの三人にイモジェンは言った。「屋根業者のティドマウスさん本人が姿を見せて、六人もの職人の仕事を監督していたの。六人とも垂木の上でせっせと働いていました」

「六人も？」口へ運ぼうとしたスープのスプーンを途中で止めて、レディ・ラヴィニアが言った。「では、あっというまに完成ね」

「連中が明日も来てくれれば」カズン・アデレードがつけくわえた。

「あらあら。でも、来ますとも」イモジェンは断言した。「作業の遅れをティドマウスさんが平謝りに謝っていましたから。クリスマス以降ずっと体調が悪かったんですって。おまけに、職人頭がティドマウスさんに無断で、あまり重要じゃないほかの仕事に職人たちをまわしてしまったそうなの。屋根の工事が終わるまで職人が一人残らずハードフォードに通ってくるよう、自分がじきじきに監督するって言ってくれました。さらに、自分の目で住居を見てみて、修理代の見積もりが高すぎたとわかったので、作業が遅れたお詫びも兼ねて見積額を下げてくれるそうです」

「女に詫びを入れる男なんて信用しちゃだめよ」カズン・アデレードが言った。「見積額を下げる商売人も」

「ほんとによかったわね、イモジェン」レディ・ラヴィニアが言った。「ただ、屋根の工事が終わったら、あなたは寡婦の住居に戻ってしまう。寂しくなるわ」

「でも、すぐ近くですもの」イモジェンは言った。「毎日お顔を見に来ます。これまでもずっとそうだったでしょ」

自分の住まいに戻り、出かける気になったとき以外は一人で過ごせることになるのが、イモジェンはうれしくてたまらなかった。伯爵という鬱陶しい存在から離れることができたら、どんなにせいせいするだろう。

伯爵は屋根談義には加わらなかった。かわりに料理とワインに集中し、軽く伏せたまぶたの下からときたま物憂げにイモジェンのほうを見るだけだった。これまでになかった表情で、その気障《きざ》な態度がイモジェンの神経にさわった。

イモジェンは彼をまっすぐに見て言った。「今日、ティドマウスさんが職人たちを連れて謝りに来たのは、きっとわたしが昨日送った手紙のおかげだわ。丁重な文面にしたの。どなり声より礼儀正しさのほうが効果的なことが多いものね。カズン・パーシー、あなたの昨日の助言に従ってメイリオンまで出かけて、文句を言ったとしたら、たぶん、意趣返しにさらに一週間ほど待たされていたでしょう」

「確かにそうだね、カズン・イモジェン」伯爵は愛想よく答えて、彼女のほうにグラスを掲げた。「きみに脱帽だ」

しかし、ローストビーフにナイフを入れた瞬間、イモジェンは不意に、考えたくもないような恐ろしい疑惑にとらわれた。〝女に詫びを入れる男なんて信用しちゃだめよ。見積額を下げる商売人も〟はっと顔を上げて伯爵に鋭い視線を向けたが、彼はローストビーフを食べるのに夢中の様子だったので、イモジェンの疑惑は苛立ちに変わった。なにしろ、濃紺の夜会服、水色のサテンのチョッキ、雪のように白いクラヴァットという装いが文句なしにすばらしい。クラヴァットは凝った形に結んであり、あの気の毒なオールデン・オールトンが今夜のクレイマー家の音楽会に顔を出したら、きっと羨望と絶望で死んでしまうことだろう。

でも、今日の午後、いきなりあれだけの職人がやってきてみんなで勤勉に働きはじめたことを、本当はどう説明すればいいの？　そして、ティドマウスさんがおもねるような詫びの言葉を並べたことは？　奇妙にも見積額が大幅にダウンしたことは？　単純に喜んでいたなんて、わたしはどうしようもない世間知らずだったの？

しかし、疑惑に立ち向かう暇も、疑惑をひきおこした男性に立ち向かう暇もなかった。みんなで伯爵の豪華な旅行用馬車に乗りこんで村へ向かった。そこでイモジェンが思ったのは、伯爵にはハードフォードの領地だけでなく、ほかからも収入があるに違いないということだった。ヘイズ家の分家は本家より野心的だったのかもしれない。イモジェンは馬に背を向ける形で伯爵と並んですわっていた。年配のレディたちが進行方向を向いて楽にすわれるようにという配慮だった。しかし、乗ってみてわかったのだが、いくら豪華な馬車でも、横幅のほうは馬車置場に残されているもっと慎ましい馬車と変わらない。身体の片側に彼の温もりを感じた。その温もりのなかに、麝香《じゃこう》に似た高価なコロンのかすかな香りと男っぽい強烈なオーラが混じっていなければ、こうした寒い二月の夜には心地よいものだったかもしれない。男っぽいオーラがイモジェンをひどく戸惑わせていた。力強く魅力的な男性と出会ったことは何度もあるが、相手の男っぽさに窒息しそうになったのは生まれて初めてだ。

ああ、自分だけの住まいに戻れたら、心からほっとできるだろう。

退屈から逃れてコーンウォールにやってきたのはこのためだったのだ——パーシーは考えていた。いや、正確に言うと違う。そうだろう？　退屈から逃れるつもりだったのではなく、退屈のなかへさらに踏みこんでどういうことになるかを見届けてやろう、とわざわざ決心したのだ。そして、こういう結果になったわけだ。

彼はいま、三人のレディと一緒に旅行用馬車に乗っていた。一人は優しい繊細さが災いして、彼の屋敷を野良の犬猫や人間でいっぱいにしている女性。もう一人は男のような低い声でしゃべり、彼がこちらに来て以来、人類の半分を占める男性に関して褒め言葉を口にしたことは一度もなく、男性を貶《おとし》めることばかり言っている女性。そして、三人目は大理石でできている女性。こうした馬車のひとときだけで深い憂鬱に陥ることはなかったものの、目的地がクレイマー家だと思うと気分が沈んでしまう。クレイマー家の女性たちや近隣の人々が音楽の才能で客をもてなすことになっている。

到着後にパーシーが知ったことだが、クレイマー姉妹は自分たちのことをピアニストと歌手だと思っていて、招待客がすべて到着したあとの二時間ほどのあいだ、その思いこみが正しいのか正しくないのかを演奏で示すことになった。ただ、公平を期すために言っておくと、姉妹がこの夜のもてなしを独占したわけではなかった。ほかにも何人かの女性が歌ったり、ピアノフォルテを弾いたりした。オールトン氏はバイオリンを持参し、その息子は、火が燃え盛っているうえにライオンの群れまで待ち構えている炉に投げこまれたほうがまだましだという顔をしつつも、フルートで父親と合奏した。ブードル牧師は妻の伴奏に合わせてバスの歌声を披露した。室内に酒のデカンターがあれば、振動しはじめていたかもしれない。

音楽会が始まるまで、レディ・バークリーはサー・マシュー・クウェンティンの夫人やミス・ウェンゼルとおしゃべりをしていた。演奏を聴くために全員が席に着いたとき、彼女の隣にすわったのは田舎紳士のウェンゼルだった。すわるときに自分の椅子を彼女のほうへ少し近づけた。次に、音楽を無視して彼女を会話に誘いこみ——というか、一人でしゃべりはじめた。控えめに言っても、礼儀に反することだ。もっとも、礼儀正しく耳を傾けている周囲の者の迷惑にならないよう、声をひそめてはいたが。パーシーは礼儀正しい人々のなかに彼自身も含めることにした。ウェンゼルは耳を傾けるふりすらしていなかった。視線と注意のすべてを隣のレディに向けている。身体のすべての曲線を完璧にひきたてる青いドレス姿の彼女は確かに魅力的だ。その色が彼自身のチョッキまでもひきたてていることに、パーシーは晩餐の席で気づいていた。ウェンゼルはどの演奏者にも拍手を送ろうとしなかった。この五年間、仕立屋を一度も訪ねていないに違いない。頭の半分以上がはげている。パーシーにしては珍しく意地悪なことを考えたものだが、自分を責めるつもりはなかった。

レディ・バークリー自身はちゃんと耳を傾けていた。というか、少なくとも演奏者に視線を向けていた。拍手も送った。彼女がウェンゼルに短く返事をするのを、パーシーは二回だけ目にした。彼のほうへまともに顔を向けたのは二回のうちわずか一回だった。

ウェンゼルのことがパーシーは腹立たしかった。だが、本当に腹立たしいのは、自分が二人の様子を気にしているということだった。ウェンゼルはレディ・バークリーの気をひこうと懸命だ。そうしていけない理由はどこにもない。独身の紳士で、年齢も彼女とほぼ同じだし、彼女のほうは未亡人だ。ウェンゼルが彼女との結婚を望むなら、努力するがいい。ただ、よほど努力しないとだめだろう。レディ・バークリーは気のあるそぶりをいっさい見せていない。ただ、ウェンゼルの熱いまなざしを迷惑がっている様子がないのも事実だ。いつもの大理石のような姿のままだ。パーシーは不快感を口にしたいが、口実が見つからなかった。

だが、なぜ腹立たしいのか？　同じ屋根の下で暮らしているというだけで、彼女を自分の所有物みたいに思っているのか？　そう考えただけで、冷や汗が出てきそうだった。

ペイン提督の夫人はソプラノの声にやたらとビブラートをかけるタイプで、この夜のために選んだヘンデルのアリアを歌うあいだ、ペインという名字よりも大きな苦痛《ペイン》を周囲にふりまいていた。独唱が終わると、パーシーは礼儀正しく拍手を送り、耳の遠いクレイマー夫人のために声をやや大きくして、「ええ、本当にそうです。ペイン提督が退役後にここに腰を落ち着けようと決心されたのは、この界隈の人々にとって幸いなことでした」と、夫人の意見に同意した。

今宵の音楽会のグランドフィナーレは繊細な指使いが必要とされるバッハの曲で、演奏したのはミス・ガートルード、クレイマー姉妹の妹のほうだった。どうやら、これを合図に召使いたちが軽食を運んでくることになっていたらしく、部屋の片側の大きなサイドボードに料理が並び、お茶とコーヒーのトレイはテーブルに置かれて、クレイマー姉妹の姉のほうがカップに注ぐ役を担当した。アルコール類が出てくる気配はまったくなかった。

ウェンゼルがレディ・バークリーのほうに身を寄せ、それから立ちあがってサイドボードへ向かった。パーシーは急ぐ様子もなく席を立つと、演奏や歌を披露した二人か三人に――顔を赤らめ、しどろもどろで答えるオールデン・オールトンも含めて――称賛の言葉をかけながら、サイドボードとは反対方向へ進んでレディ・バークリーの横の空いた椅子に腰を下ろした。

彼女が驚いた様子で顔を上げた。およそ考えられないことながら、その顔に安堵が浮かんだようにパーシーには思われた。

「音楽の催しを楽しまれたことと思いますが」

「ええ。どなたも聴衆を喜ばせようとして、精一杯努力しておいでてでしたもの」

下手だとは言えないから、こんな褒め言葉でごまかしたわけだな——パーシーはそう思って愉快になった。「確かにそうですね。では、会話も楽しまれましたか？」

彼女は両方の眉を上げた。「できれば音楽に集中したかったわ」

「だったら、なぜあの男に〝黙れ〟と言わなかったのです？」

「それはたぶん、礼儀作法を守ることをわたしがつねに心がけているからでしょう」

「いや、たぶん、紳士にちやほやされるのがうれしいからだ。たとえ音楽に集中したいと思っても。あの男がきみのために皿を持って戻ってきたら、この椅子を明け渡すとしようか。やつは料理をとりに行ったのだろうから」

「ちやほやされてわたしがうれしく思おうと、思うまいと、あなたには関係ないことだと思いますけど。でも、いいのよ。そのままずわってらして」

その言葉とほぼ同時に、料理をのせた皿を左右の手に一枚ずつ持って、ウェンゼルが戻ってきた。眉を上げ、パーシーに棘のある視線を向けた。

「おお」パーシーは言った。「なんて親切なんだ、ウェンゼル」片方の皿をとってレディ・バークリーに笑顔で渡し、次にもう一枚を自分のためにとった。

両手が空っぽになったウェンゼルは、なんとも言えない表情を浮かべてその場に立ちつくした。

「だが、もう一度サイドボードまで行って、自分の分を皿にとったほうがいいぞ」パーシーは親切に言った。「料理がなくなってしまう前に。もっとも、食べきれないほど用意されているようだが。クレイマー夫人と令嬢たちのもてなしはみごとなものだ。きみ、音楽会も楽しんでくれただろうね？」

ウェンゼルは何か言いたげにレディ・バークリーを見たが、やがて意味不明のことをつぶやき、お辞儀をして立ち去った。

「ありがとう」レディ・バークリーが言った。

「いや、たいしたことではない」パーシーは断言した。「きみのために皿を確保するのは造作もなかった」

すると、彼女が笑みを浮かべた。

大きな衝撃だった。パーシーは椅子から吹き飛ばされて床に激突したような気がした。一瞬の笑みで彼女の顔全体が輝き、生気にあふれたまばゆい美しさが生まれ、やがて、跡形もなく消えてしまった。

彼女を抱きたがっている自分に気づいて、パーシーは呆然《ぼうぜん》とした。

幸い――とても幸いなことに――人々の会話はすでに一般的なことに移り、人々の関心の的らしき事柄について、サー・クウェンティンがパーシーの意見を尋ねていた。

「では、ハードフォード、密輸品のブランディーに関するきみの意見はどうだね？」

アルコール類はどこにも見当たらなかったので、一般論として尋ねられたのだろうとパーシーは推測した。「間違いなく上等のものが多い。しかしながら、違法な手段で国に持ちこまれたことによって、禁じられた喜びが大きくなるのだろう」

ほとんどの者が薄笑いを浮かべたようにパーシーには思われた。まるで、彼がウィットに富んだ発言をし、それによって秘密クラブへの入会を許されたような雰囲気だった。

「なるほど。しかし、禁じられた果実こそ、つねにもっとも甘いものではないでしょうか？」ダンディーなソームズ青年が尋ねた。

父親が彼に渋い顔を向け、妹のうち二人がクスッと笑い、クレイマー姉妹が啞然たる表情になった。ソームズ家の三人目の妹とブードル家の娘の一人が、縦ロールの髪をピアノフォルテのそばで寄せあい、開いた扇子で顔を隠して忍び笑いを漏らした。

「そうとも」パーシーは青年のほうへにこやかにうなずいてみせた。今夜遅くなってから、青年に父親の雷が落ちるに決まっている。

レディ・クウェンティンが中国産のお茶とインド産のお茶のそれぞれの長所について、猛然と議論を始めた。

パーシーはうわの空でそれを聞きながら、いくつかのことを結びつけていた。密輸されたブランディー。密輸団。コーンウォール。とくに、コーンウォールの南側の海岸。

「このあたりに密輸が横行しているのだろうか？」パーシーは帰りの馬車のなかで女性たち

に訊いてみた。

「いまはもうそれほどでもありませんよ」いささか長すぎる沈黙のなかで、レディ・ラヴィニアが言った。「戦時中はかなり盛んだったようですけど」

「だが、いまも多少はあるわけですか？」

「まあ、あるかもしれませんね。ただ、耳にしたことはないけど」

「それに、ロマンティックなところなんて少しもないわ」レディ・バークリーがつけくわえた。

「ロマンティック？」狭い馬車の座席でできるだけ距離をとって、パーシーは彼女と向きあった。それでも彼女の顔をはっきり見ることはできなかった。月のない暗い夜だし、馬車のランプは背後ではなく前方を照らしている。

「密輸団、海賊、追いはぎ」レディ・バークリーは言った。「颯爽《さっそう》たるヒーローとして美化されることが多いわね」

「気を失ったヒロインが船のマストに縛りつけられたり、馬の背に投げだされたり、男の肩に担がれて険しい崖のてっぺんまで超人的な力で運ばれたりする場面で、ヒーローが助けに駆けつけるとか？　きみはロマンティックな人じゃなさそうだね」

カズン・アデレードが鼻を鳴らした。

「乱暴者や犯罪者や人殺しにロマンを感じたことはありません」レディ・バークリーは言った。

パーシーは暗いなかでいまも彼女のほうに目を向けていた。彼女の声には本物の苦々しさがにじんでいた。

「だが、ヒーローはつねに公爵家の悲運の息子ではないだろうか？　しかも長男で、命知らずの大胆不敵な行動によって世の悪を正し、自分の汚名をすすぎ、美しき囚われの乙女の不滅の愛を得る。乙女は十中八九、王女で、男は最後の報奨として、相続権と父親の愛情をとりもどし、王女と結婚し、いつもいつまでも幸せに暮らす――そういう筋書きじゃないのかな？」

カズン・アデレードがまたしても鼻を鳴らした。「この人の長所を認めてあげなきゃ、ラヴィニア。ユーモアのセンスがある人だわ」

「ミネルヴァ文庫から本を出すべきね」レディ・バークリーは言った。

微笑しているのではないだろうか、とパーシーは思った。たとえ心のなかだけのことだとしても。クレイマー家で彼女が笑ったときのように、もう一度笑わせて、さらに何度も何度も笑わせることができるなら、価値ある英雄的行為と呼んでいいだろう。それをわが人生の使命とすべきかもしれない。しかし、はたしてゴールに到達できるのか？　パーシーは暗い馬車のなかでかすかに笑みを浮かべた。人はときとして、そんなくだらない考えがどこから生まれたのかと不思議に思うものだ。ぼくはいまもひどく退屈しているに違いない。

年配のレディたちの意見では、屋敷に帰り着いたのはずいぶん遅い時刻だった。だが、古い豪華なケースに収められた玄関ホールのグランドファーザー時計を見ると、まだ一一時にもなっていなかった。パーシーはみんなにおやすみの挨拶をしてから、書斎の暖炉に火が入っていることをクラッチリーに確認し、ほかに興味が持てることもなさそうなので、寝る前に一杯やりながら本でも読もうと思ってそちらへ行った。

当然のことながら、書斎にも動物たちがいた。暖炉のそばに猫が二匹、デスクの下にヘクター。無視することにした。

サイドボードでポートワインを注いでいると、ドアがあいてレディ・バークリーが入ってきた。マントとボンネットをはずし、あの魅惑的な青いドレスの上にウールのショールをはおっている。凝ったデザインのドレスではない。彼がこれまでに目にした彼女のドレスはどれもシンプルだ。だが、凝る必要はない。見たこともないほど最高に完璧なスタイルの持ち主なのだから。いや、〝最高に〟完璧とか、〝より〟完璧というのはありえない。〝完璧〟という言葉自体が絶対的な最上級だ。かつて家庭教師の一人にそう教わったときの教師の声がよみがえった。

「ワインは?」彼女に尋ねた。

「今日の午後、どうしてティドマウスさんがわたしの家に来ていたの?」彼女が訊いた。「しかも、どうして職人を六人も連れていたの? どうして新しい屋根をつける料金が半額になったの?」

うっ……。

「ワインは?」パーシーはもう一度尋ねた。

レディ・バークリーが彼のほうへ二、三歩進みでた。戦いに来たのだとパーシーは悟った。彼の質問に対する返事はなかった。

「わたしの家?」パーシーは言った。「きみの家という意味かい? ぼくはいまも、あれはぼくの家だと思っている、レディ・バークリー。もっとも、お望みなら八〇歳になるまできみが住みつづけてもかまわない。あるいは、さらに長生きするとしたら、九〇歳まででも。それを過ぎたら、あらためて交渉しよう」

「あなたはティドマウスさんに会いに行った」彼女がさらに一歩近づいた。「どなりつけた。脅しをかけた」

パーシーは眉を上げた。怒るとすばらしく魅力的になる女だ。頬がうっすら赤く染まり、目にきらめきが宿る。

「どなりつけた?」パーシーは小さくつぶやくと、片眼鏡——宝石がついていないもの——の柄を片手で握り、目のほうへわずかに上げた。「脅しをかけた? 断わっておくが、それは濡れ衣《ぎぬ》だ」

「あら」彼女が目を細めた。「たぶん、尊大な貴族を演じてらしたんでしょうね」

「演じる?」わずかのあいだ、パーシーは片眼鏡を目に持っていった。「だが、貴族の役を演じることもできないのなら、貴族に生まれた意味がどこにある? 言っておくが、どなり声も脅しもすべて不要だった。身分の低い連中は——ぼくは屋根業者もそこに含めているが——尊大さと、宝石つきの片眼鏡と、レースで縁どりしたハンカチを前にしただけで、萎縮してしまうものだ」

「あなたにはなんの権利もなかったのよ」彼女はさらに一歩近づいた。

「とんでもない。あらゆる権利がある」

パーシーはこのひとときをけっこう楽しんでいる自分に気がついた。読書よりはるかにおもしろい。今夜はなんと、アレクサンダー・ポープの詩集を読むつもりでいたのだ。

「わたしが進めるべき戦いだったのよ。邪魔されたことに抗議します」

「きみには称号があり、先代ハードフォード伯爵の息子の嫁だった。だが、それでもなお、女性を歯牙にもかけないティドマウスとの戦いに勝利を収めてはいないようだ。あの男は確かに人の風上にも置けないやつで、妻や娘がいるとしたら同情せざるをえない。だが、きみがやつの腕を必要とするという事実は依然として残る。少なくとも八〇キロ四方に同業者はいないようだから。ぼくにもやつの腕が必要だ。でないと、さらに一年以上、このハードフォード館できみを歓待しなくてはならない運命になる」

この言葉にレディ・バークリーは呆然とした。じつのところ、パーシー自身も呆然としていた。女性に無礼を働いたことは一度もない。いや、ほぼ一度も。しかし、この女性にだけはつい無礼な態度をとってしまう。

「紳士とは呼べない方ね、ハードフォード卿」

彼女がこれほど近くにいなければ――全面的に向こうが悪い、ぼくはサイドボードからただの一センチも離れていないのだから――その意見の正しさを立証することはなかったかもしれない。だが、すぐそばに彼女がいた。彼女のうなじを片手で包むのに、パーシーは腕を伸ばす必要すらなかった。唇を重ねるのに大きく身をかがめる必要もなかった。

彼女にキスをした。

自分が大きな間違いをしたことを悟るのに、一秒の何分の一すらも必要なかった。

彼女からすれば確かに大きな間違いだった。たぶん二秒ぐらいキスが続いたところでレディ・バークリーは身をふりほどき、彼の頬に平手打ちをくれた。

そして、パーシーからすれば——彼女がほしかったのだ。しかし、こんなタイプの女性を選ぶとはおよそ考えられないことだ——いや、選んだわけではない。ありえない。大理石でできた貴婦人なのだから。

頬が疼き、涙がにじんだ。人生初の体験だった。頬をぶたれたことはこれまで一度もなかった。

「恥を知りなさい」

ひれ伏して謝らなくてはならない。最低でもそれだけはしないと。

「たかがキスじゃないか」かわりにそう言ってしまった。

「たかが——」彼女が目をむいた。「いまのはキスじゃありません、ハードフォード卿。侮辱です。許しがたい行為だわ。あなたも許しがたい人だわ。そして、たぶん、屋根をとりつける費用の半分をあなたがティドマウスさんに払ったのね」

「ぼくの経験からすると、屋根が半分ではなんの役にも立たない」

「屋根全体の費用ぐらい、わたし一人で楽に払えます」

「ぼくもだ。覚えておいてもらいたい――きみのプライドを傷つけてはいけないと思って、ぼくが代金の半分を未払いにしたことを」

レディ・バークリーが彼を見つめた。たぶん、さきほどの彼女の手仕事に見とれているのだろう。パーシーは彼女のてのひらと五本の指の跡が頬に赤く浮きでていることを疑いもしなかった。いまもひどく疼いている。今後は彼女を怒らせないほうが賢明だ。

「この妥協案で納得してくれるね？」パーシーは尋ねた。

「自分の家に戻ることができれば、それに勝る喜びはないでしょう。わたしだけでなく、あなたにとっても」

「ほらね？　真摯に努力すれば、おたがいに意見の一致を見ることができる。さまざまな話題に関して。例えば、この地域では密輸がどれほど横行しているのか、とか。ワインを少しどうだい？」

「ええ」一瞬ためらってから、レディ・バークリーは答えた。

彼がワインを注ぐと、彼女はグラスを受けとったが、椅子のほうへ行こうとはしなかった。

「お義父さまはブランディーがお好きだったわ。この地方に住むほとんどの紳士と同じように。政府から課される税金や関税をごまかすのを悪いことだとは思っていなかった。お義父さまから見れば、収税吏や行政官は自由と贅沢を脅かす天敵だったし、その一方、密輸業者のほうは最高級のブランディーを飲む紳士の権利を守ってくれる英雄だったの」

「この屋敷は海のそばにある」パーシーは言った。「地下室が密輸品の保管場所として使われていたのではないだろうか？」

「近いわね。でも、正解じゃないわ」レディ・バークリーはそう言いながらグラスのワインを軽くまわし、それから唇に持っていった。

「寡婦の住居？」

彼女が顔を上げ、パーシーと視線を合わせた。「お気づきかもしれないけど、あの家は浜辺に下りる険しい小道からそれほど離れていないでしょ。海に面した側に石段とドアがあって、そこから直接地下室に入れるようになっている。わたしはあの家に移る前にお義父さまに強く頼んだの——地下室の密輸品をすべて運びだし、ドアを内側と外側の両方からふさいでほしいと。お義父さまは願いを聞いてくださった。わたしのことがお気に入りだったから、わたしが安全に暮らせるように、密輸がらみで残忍な目にあったりしないようにとお思いになったのね。それに、ハードフォードの領地での密輸行為を黙認することにも、寡婦の住居で密輸品を保管することにも、ディッキーが昔から強く反対していたことは、お義父さまもおわかりだったでしょうし」

ほう。興味深い。

「残忍というのは？」

「密輸はロマンティックなものじゃないわ。帰りの馬車のなかであなたがふざけ半分に口になさったような筋書きとは違うのよ」彼女はワインを飲み干し、サイドボードにグラスを置いた。「おやすみなさい、ハードフォード卿。それから、今度またキスしようとしたら、平手打ちではなく、こぶしを使うことにしますからね」

パーシーは彼女にニッと笑いかけた。「その戦術は間違いだ、レディ・バークリー。敵に事前に警告するのは禁物だ。相手に武装を促すことになる」

レディ・バークリーは向きを変えて彼から離れた。廊下に出ると背後のドアを静かに閉めた。感情をむきだしにすることも、ドアを叩きつけたりすることもない女性だ。

彼の頬はまだ疼いていた。

ぼくも何を血迷ったんだ？　だが、あのキスが二秒続いたのなら――続いたのは間違いない――その二秒のあいだ、彼女もキスを返していたことになる。クレイマー邸でぼくが目にしたあの笑みに似て、一瞬のことではあったが。まばたきするあいだに消えてしまう笑み。あのときも、今回も、ぼくはまばたきをしなかった。

大理石が大理石でなくなるのはどんなときか？　大理石はなぜ大理石になったのか？　とくに、それが本物の大理石ではなく、女性だとしたら。彼女はなぜ大理石なのか？　ナポレオン戦争で夫を亡くした女は何千人もいるはずだ。そのすべてが永遠に大理石に変わったら、イングランドは大理石だらけの国になってしまう。いや、とにかくイングランドの半分が。男たちは人間の男のままだろうから。大きな挫折感を抱えたままで。

どの本を読もうかと考えた。詩集――それも脚韻のない詩――だったら、心を静めて眠りにつけそうだ。

だが、パーシーはかわりに大股で玄関ホールに戻り、外套と帽子と手袋を身に着けた。上の階へ行って靴をはき替えるべきだったが、イブニングシューズで間に合わせることにした。玄関扉から外に出て芝生を横切り、崖のほうへ向かった。雲が流れ去り、月と星の光が行く手を照らし、崖っぷちから人が転落する危険を防いでいた。崖から転落なんて、考えただけでぞっとする——しかし、その前に、ハリエニシダの棘にひっかかれて死んでしまうかもしれない。

突然、ヘクターがついてきていることに気づいた。困ったやつだ。次はぼくのベッドの端っこで寝るつもりかもしれない。

「幽霊と密輸団とその他さまざまな悪漢からぼくを守ってくれるのかい？」パーシーは犬に問いかけた。「さすが、わが忠犬」

7

イモジェンのてのひらはいまも疼いていた。化粧台に置いたろうそくの光で見ると、赤い色もまだ消えていなかった。

彼を嫌悪した。いや、もっと悪い。自分自身を嫌悪した。自分がいやでたまらなかった。あのキスを避けることはできたはず。彼と距離をとっていればよかったのだ。しかし、それを別にしても、向こうの意図を察して顔を背ける時間ぐらいはあった。彼の目に浮かんだあの危険な表情、こちらのうなじにまわされた片手、近づいてきた彼の顔。そう、時間はあった。

わたしが顔を背けなかっただけ。

そして、彼の口が——唇ではなく口が——初めて触れた瞬間、衝撃で頭のなかが真っ白になった。でも、そのあとに真っ白ではない瞬間が訪れて、狂おしいほど彼がほしくなり、キスを返していた。ほんの一瞬のことだったが。

でも、一瞬の長さってどれぐらい？　定義されてるの？　時間制限があるの？　一瞬というのは一秒のこと？　二分の一秒？　一〇分？　自分の弱さを露呈した瞬間がどれだけ続いたのか、イモジェンにはわからなかった。でも、どれだけ続いたとしても関係ない。現実に起きてしまったことだ。自分を許すことは永遠にできない。

たかがキス。ええ、そうね。

たかがキス！

彼は何も気づいていないはず。でも、わたしは彼のキスを予期していたの？　彼もただの男――ハンサムで、たくましくて、傲慢な男。たぶん、ほしいものはすべて手に入れてきたのね。目をつけた女たちも含めて。今夜だって、年齢を問わず、未婚既婚を問わず、すべての女が彼に向ける視線を、わたしは目にした。でも、彼は何も気づかなかったに決まっている。夜遅く、書斎で二人きりになり、すぐそばに立ち、口論を始めた。彼が肉欲に駆られたのも当然だ。駆られなかったとしたら、そのほうが意外だわ。

イモジェンは鏡に背を向けて、化粧台の前のスツールにすわった。またしても、人生がいきなりズタズタにされてしまった。ペンダリス館で毎年開かれる〈サバイバーズ・クラブ〉の集まりまで、まだ数週間もある。六人の仲間に会って元気づけてもらいたいという思いがこみあげてきて、突然のその強い思いに、イモジェンは身体をふたつ折りにし、額が膝につくほど身をかがめた。ペンダリス館には、ジョージが――スタンブルック公爵が――いるはず。わたしが早めに押しかけても……。

早めに押しかけても、何も訊かずに温かく迎えてくれるだろう。わたしを包みこんでくれるだろう。静けさと、安全と、そして……。

でも、自分の人生と一人で向きあうことを学ばなくては。ペンダリス館で三年が過ぎたとき、それができるようになったつもりだった。人生と協定を結んだ。とりあえず人生を続け、ハードフォード館に戻って、いい嫁になり、いい姪になり、明るく社交的な隣人になり、実家に対しては、優しい娘として、妹として、おばとして生きていこうと決心した。一人暮らしを始めても世捨て人にならないよう気をつけるつもりだった。人に優しくしようと決めた——何よりもまず、優しい人間になりたかった。日々呼吸をくりかえすうちに、やがて呼吸ができなくなり、心臓が止まり、最後に至福の忘却が訪れるだろう。

人生を続ける決心をしたものの、生きる意欲はなかった。自分には生きる資格がないと思っていた。ペンダリス館にいた医師がその状態から彼女を救いだそうとしたが、イモジェンの心は動かなかった。六人の仲間が無条件の癒しと励ましと愛をふんだんに与えてくれた。彼女が求めれば助言もくれただろうが、自分で定めた将来を変えるような助言を仲間に求めたことは一度もなかった。

イモジェンは両手で顔を覆い、仲間に再会したい、仲間の声を聞きたい、自分のありのままの姿を仲間が受け入れ、自分という人間を知り、愛してくれていることを実感したいという思いに胸を焦がした。ええ、そう、わたしは年に数週間だけ、人の愛をすなおに受けとることができる。

でも、いまでは脆《もろ》い安らぎも打ち砕かれてしまった——ほんの一瞬で、ハードフォード伯爵が不用意にも〝たかがキス〟と表現したものによって。

とうてい寝られそうになかったが、ベッドに入るために寝間着に着替えた。

翌日、パーシーはほぼ一日じゅう屋敷を留守にしていた。彼の庇護《ひご》下にあってひとつ屋根の下で暮らすレディの唇を奪うなどというのは、あるまじきことで、もちろん彼のほうから謝罪すべきだし、折りを見て詫びるつもりでいた。だが、まずはしばらく彼女から離れ、彼女の視界から逃れたかった。

今日も寡婦の住居で屋根職人たちが働いていることを確認した――職人は全部で六人、ほかにティドマウスも来ていて、門から庭に入り、腕組みをしてその門にもたれ、いかにも親方らしい顔をしていた。レディ・バークリーが同じ目的でやってくるといけないので、パーシーは早々にその場を離れた。

オールトンとサー・マシュー・クウェンティンを訪ねた。二人とも地主で、じっさいに鍬《くわ》を使ったことや羊の毛刈りをしたことがなくても、一応は農業従事者だ。パーシーは自分が情けないほど無知のような気がした。いや、じっさいに情けないほど無知だから、なんとかする必要があった。気がついたときには、終日、二人の土地を順番に歩きまわっていたし、話題にするのは農業のことばかりだった。午餐の席でレディ・クウェンティンが一緒だったときですら、夫人が選ぶ話題は農業だった。午後遅く馬で帰宅する途中で気づいたのだが、驚くほど楽しい一日で、退屈を感じる暇もなかった。領地に関して、パーシーはいくつか計画を立てはじめていた。新たな管理人はまだ決まってもいないのに、その人物が到着したらあれこれ相談しようと思い、興奮に胸を躍らせていた。

興奮に胸を躍らせる？

早くコーンウォールを離れて、文明の地に、慣れ親しんだ怠惰な暮らしに戻らないと、おかしくなってしまう。

その夜は書斎にこもってポープの詩集を読んだ。女性陣はたぶん、二階の客間に集まって、雑談をしたり、お茶を飲んだり、時間を注ぎこむ価値のある有意義な手仕事にでも精を出したりしているのだろう。晩餐の席のレディ・バークリーはほぼ無言で、大理石よりむしろ花《か》崗《こう》岩に近かった。こちらから真剣に詫びる必要がありそうだ。

翌朝、パーシーはふたたび寡婦の住居への道をたどり、当然ながらヘクターが小走りでついてきた。ただ、彼の目的地はそこではなかった。まったく別の場所で、ゆうべ、ポープの魅力が失せたあと、勇気をふるいおこしてそこへ行く決心をしたのだった。脚韻のない詩が二〇ページも続けば、魅力も失せるに決まっている。

今日はレディ・バークリーのほうが先に寡婦の住居に来ていた。門のところに立ち――みんなに人気の場所だ――ティドマウスと話をしている。ティドマウスはお世辞たらたらの様子で、パーシーが近づいてくるのを目にすると、それがさらにひどくなった。感心なことに、屋根のとりつけがすでに終わり、六人の職人が屋根にのぼってせっせと働いているように見える。

パーシーはこの場を去って午前中の主な計画にとりかかろうかと考えたが、遅かれ早かれ、彼女に詫びを入れなくてはならない。彼女のおばとバリトンの声をした女性までが同席するダイニングルームのテーブルで平身低頭して謝罪するよりは、いますぐ謝っておくほうがましだろう。

「やあ、ティドマウス」レディ・バークリーにおはようと挨拶したあとで、パーシーは言った。「今日もわざわざ出てきて、特技を披露してくれるんだね？　鞭で職人たちを追い立てるんだろ？」

「レディに喜んでもらうためなら、なんだってやりますとも」ティドマウスは横目でパーシーを見ながら答え、黄ばんだ四角い歯をむきだしにした。「二月になったばっかでえらく寒いし、ふつうだったら、こんなきびしい屋外作業をする時期じゃねえんだが、レディの住まいに屋根をつけるためなら、おれも職人どもも苦労と不便に喜んで耐えまさあ。鞭は必要ねえ」

「なるほど。では、作業を進めてくれ。レディ・バークリー、散歩にお誘いしてもいいでしょうか？」

彼女との散歩などまっぴらと言いたげな顔で、彼女がパーシーを見た。しかし、遅かれ早かれ二人で話をするしかないと悟ったようだ。

「かまいませんけど」と答えた。

パーシーは腕を差しだそうとせず、彼女のほうも腕を必要とするそぶりも、期待している様子も見せずに、横に並んで歩きはじめた。

門のところに立つティドマウスに聞かれる心配のない場所まで行ってから、彼女がこわばった声で言った。「わたしのかわりにティドマウスさんと交渉してくださったことに、やはりお礼を申しあげるべきね。今年じゅうにあの家に戻るのはあきらめてたけど、来週には戻れるってティドマウスさんが約束してくれました」

「すると、ぼくから早く離れられるようにしてもらえて感謝するというんだね？」

「身も蓋もない言い方ですこと」

「だが、本当だろう？」

「ひとこと言わせてもらってもいいかしら。二日前の晩、わたしが自分の家に住めない状態が長く続けば、屋敷でわたしをもてなさなくてはならない期間も長くなる――そう言って嘆いたのはあなただったのよ」

「ゆうべのキスについてはお詫びする。あんなことをしてはいけなかった。しかも、ぼくの屋敷のなかだというのに。きみを侮辱から守るのがぼくの役目だ。ぼくが自ら侮辱するのではなく」

「でも、あのときおっしゃったように」ボンネットのつばからのぞく顔を彼に見られずにすむように向きを変えて、レディ・バークリーは言った。「たかがキスですもの」

許してくれそうもない口調だった。

断崖の裂け目のところで二人は立ち止まった。ジグザグの小道が下まで続いている。二日前の晩、パーシーはここから少し離れたハリエニシダの茂みの手前で足を止めた。密輸の連中が浜辺に集まり、短剣を構えているかどうかを見に来たのだった。とりあえず、それを確認するつもりで来たのだ。あのときの彼は少しばかり胸を躍らせていた。今日は膝に力が入らず、呼吸が荒くなっていた。

強風の日ではないが、いくらか風があるため空気がひんやりしている。潮が半分ほど満ちてきているようだ——いや、半分ほどひいているのか。どちらなのかパーシーには見当もつかない。波が砕けて海岸と平行に白い泡の筋ができていた。沖合いにも白波が立っている。それを別にすれば、海面は鉄のような灰色だ。

「下りてみるかい？」パーシーは彼女に訊いた。

いいえと言ってくれ。頼むから、いいえと言ってくれ。

「海と崖が苦手な方かと思ってましたけど」

「苦手？」まさかと言いたげに、パーシーは眉を上げた。「ぼくが？　なぜそんなふうに思ったんだ？」

彼女から探るように顔を見つめられて、その瞬間、パーシーはどぎまぎした。彼女はやがて向きを変え、崖の向こうへ姿を消した。いや、そんな芝居がかった言い方はやめよう。崖っぷちの小道からそれて、下の浜辺に続く小道を下りていっただけだ。ふりむきもしなかった。

パーシーは足元のヘクターを見下ろした。「ここで待つか、屋敷に戻るか、どちらかにしろ」と助言した。「誰もおまえを腰抜けとは言わないから。このぼくはとくにそうだ」

それに、ぼくを腰抜け呼ばわりする者もいないはず。そんなやつはこれまで一人もいなかった。自分が弱さをさらけだしたことは一度もない――いや、待て、一度だけあった。あのときは海が怖くてたまらなかった。急な崖も怖かった。金色の砂浜もあまり好きではない。その最大の理由は、潮の満ち干に従って幅が広がったり狭まったりする意地悪な習慣が砂浜にあるからだ。ときには狭まりすぎて海と崖がひとつになることもある。

なぜ強がってみせなきゃならない？　しかし、計画を変更したくても遅すぎた。ここに突っ立ったまま、彼女が浜辺まで下りたときに手をふろうと待つわけにはいかない。

パーシーは宙に向かって足を踏みだした。

もちろん、危険きわまりない小道ではない。交通量の多い街道みたいなものだ。寡婦の住居の地下室に禁制の品々を運びこむため、ブランディーの樽やその他さまざまなものをひきずって、密輸団の連中が数えきれないぐらいここをのぼったはずだ。レディ・バークリーだってたぶん、散歩を楽しむために何回もここをのぼりおり《トリップ・アップ・アンド・ダウン》しているだろう。だが、トリップには〝つまずく〟という意味もあるため、この言葉を選んだことで、パーシーは一瞬、吐き気に襲われた。

小道が消えているところが二カ所だけあったが、かわりに大きく頑丈な岩が姿を現し、安全そのものの足場となってくれた。気づいたときには、無事に浜辺に下りていて、パーシーは安堵と勝利感に包まれた。ただ、時間がたてばふたたび崖をのぼらなくてはならないことを思うと、安堵と勝利感もいささか翳《かげ》り気味だったが。

どこかで羊に似た鳴き声がした。羊の姿はどこにもない。しかし、よく見ると、彼の肩の上あたりに突きでた岩があり、ヘクターがそこで立ちすくんでいた。

「あら、お友達が一人、ついてきたのね」

「一人だけ？　ぼくはそこまで哀れな人間なのか？」

パーシーは腕を伸ばして犬を抱いた。慎重な手つきだった。犬の四肢はいまも、枯れ枝みたいにポキッと折れてしまいそうに見える。あばら骨も浮きでている。もっとも、脂肪が薄くつきはじめている。犬を抱いたまま向きを変えたとたん、レディ・バークリーの表情が目に入った。いまにも笑いだしそうな顔をしている。

「何か？」パーシーは訊いた。

「なんでもないわ」

「何か言いたいのでは？」

「ラヴィニアおばさまの寝室にかかっている絵を思いだしただけ。イエスさまが子羊を抱いてる感傷的な絵」

やめてくれ！

ヘクターを砂の上に下ろしてやると、犬は二羽のカモメを追って駆けていったが、カモメのほうは犬の挨拶を待つつもりなどなかった。

「できれば、ぼくの知りあいの前できみの口からいまの意見を披露する機会がないように願いたい。ぼくの評判がズタズタになってしまう」

「男らしいという評判のことかしら。あなたにとっては、たぶん、それがほかの何よりも大切なんでしょうね」

「辛辣な人だ」パーシーは背中で両手を組み、砂浜に落とした視線を海のほうへ向けながら言った。正直なところ、こうして浜辺に下りて眺めてみると、どこを見てもけっこう安心できる。海はまだ遠くにあって、物騒な感じはまったくない。

「わたしはこう言いたかっただけ——動けなくなった犬を助けてやるのは、けっして男らしくない行動ではない、と」

パーシーには、この方面の会話を続けようという気はまったくなかった。「こうして見てみると、なるほど、密輸団にとっては最高の場所だろうな」

「そうね」彼女も同意した。「湾内は外海から守られてて、上陸の障害になりそうな危険な岩場はない。崖をのぼる道もある。洞窟だってあるのよ」

「案内してくれ」パーシーは言った。

洞窟は大きなもので、都合よく、崖の上へ続く小道のすぐそばにあった。岩の奥まで続いている。パーシーは入口に立ってのぞいてみた。

「満潮のときは波がここまで届くのかな？」

「その心配はほとんどないわ。満潮線はかなり下のほうだから」

なるほど。さらさらの柔らかい砂地と、潮の満ち干によって一二時間ごとに波に洗われる硬い平らな浜辺を隔てる境界線が、パーシーにも見てとれた。

「この湾内では、密輸はもうやってないんだろう？」

「やってるとしても、ハードフォードの領地に入ってくることはないわ。ぜったいとは言いきれないけど。月のない暗い深夜に、明かりを消した窓辺で監視でもしないかぎり。寡婦の住居の地下室がもう使われていないのは確かよ」

「きみが前に〝残忍な〟という言葉を使ったのはなぜだ？」洞窟から離れ、冷たい潮風を頬に受けて二人で浜辺をゆっくり歩きながら、パーシーは尋ねた。

レディ・バークリーは肩をすくめた。「密輸団を率いるのは冷酷な暴君タイプの連中ですもの。男たちを脅して手下にすることもあるそうよ。そして、脅し文句を並べ、ときには暴力までふるって、忠誠と秘密厳守を強要すると言われているわ。うちの馬番のなかに、わたしの夫を崇拝し、夫に仕えるのが大好きだった若い子がいたの。夫の従卒としてイベリア半島についていきたいと懇願したけど、まだ一四歳だったから、父親が許そうとしなかった。あの子は戦争のないこの土地に残ることになった。なぜ悪の道へ走ったのか、詳しいことは知らないし――わたしたちはすでに国を出ていたから――こちらに帰ってから一度だけ、あの子に訊いてみたけど、何も答えてくれなかった。でも、密輸団の連中に両脚の骨を折られたらしいの。いまもうちの厩で働いてるわ。ラヴィニアおばさまの配慮なの。でも、骨はうまくつかなかったし、あの子の心は折れてしまった」

くそ、そんな話は聞きたくない――パーシーは思った。彼の人生は三〇歳になるまで平穏そのもので、苦労とは無縁だった。そこから逸脱しないよう気をつけていた。変化を求める気はまったくなかった。なぜ変わらなきゃいけない？　いまのままの人生が気に入っている。まあ、退屈と、自分は役立たずだという漠然たる思いと、時間が素通りしていく点だけは気に入らないが。

「ウェンゼルはきみが好きなようだな」パーシーはそう言いながら流木の小枝を一本拾い、ヘクターに投げてやった。

いきなり話題が変わったので、レディ・バークリーが驚いて彼のほうを見た。「いい人よ。夫の親友だったの」

「だが、きみの好みではない？」

「ハードフォード卿、わたしの私生活も、好みも、あなたが気にかけることではないと思いますけど」

「おや」パーシーは彼女に笑いかけた。

彼女の頬がピンクに染まっていた——憤りよりも風のせいだろう。なぜなら、鼻もうっすらとバラ色を帯びているから。とても健康そうに見える。大理石でも花崗岩でもない。ただ、彼女が腹を立てているのは間違いない。「だが、きみは先代伯爵の息子の嫁。つまり身内だから、ぼくが気にかける必要がある」

「身内といってもずいぶん遠い関係だし、しかも血縁関係じゃないのよ。ウェンゼル氏も、ほかのいかなる男性も、わたしの好みではありません、ハードフォード卿。前にも申しあげたはずだけど、求婚にも再婚にもまったく興味がないわ」

「なぜ？」パーシーは尋ねた。「うん、そうそう、前にもこのやりとりをしたことがあったね。だが、途中で立ち消えになった。確か、ぼくがきみの年齢を尋ねたが、きみは教えてくれなかった。誰にきみが非難できるだろう？　レディにそんな質問をするなんて不作法だ。たぶん、ぼくと同年代なのだろうね。ぼくはコーンウォールに出発する二日前に三〇歳の誕生日を祝ったんだ」

「三〇歳になるのは恥ずかしいことではないわ。女性にとっても」

なるほど、それで答えがわかった。

「ぼくの経験からすると、結婚に関しては男女に大きな違いがある。女性は結婚を望む。誰もがそうだ。男性は結婚を望むか、もしくは、自分なりのペースでとりあえず結婚生活を我慢するかのどちらかだ」

「じゃ、あなたはご自分なりのペースで結婚生活を我慢なさるタイプ？」

ヘクターがパーシーの前に立ち、ハアハアいいながら、飛びでた目に期待をこめて彼を見上げていた。ふっくらしたとしても、愛らしい犬にはなれそうもない。二人のあいだの砂の上に小枝がころがっていた。パーシーは身をかがめてそれを拾い、ふたたび投げてやった。

「たぶんね。跡継ぎを作らなくてはならない。爵位の継承者となれる者が、いまのところ払底しているようだから。きみの夫君が亡くなってどれぐらいになる？」

「八年以上よ」彼女は答え、向きを変えてさらに歩きつづけた。

これもたぶん前に聞いたことがあるのだろう。「すると、そのとき、きみは二二歳ぐらいだった」

「計算なさったのね。ええ、たぶんそれぐらいだったわ」

「そして、結婚生活は何年ぐらい？」パーシーは尋ねた。

「四年近く」

「心の傷を癒すのに八年では足りなかったのかい？　結婚生活の二倍もの長さなのに」パーシーはひどく困惑していた。それほど長く続く愛も、それほど深い苦悩も、彼には想像できなかった。想像したいとも思わなかった。

彼女はふたたび足を止め、向きを変えて海のほうを眺めた。「癒えない傷もあるのよ。永遠に」

パーシーは黙っていられなくなった。「もう少し……強くなったほうがいいのでは？　自分を甘やかしてるだけじゃないのかな。夫の死を嘆き悲しみ、やがて悲しみを乗り越えた女性たちもいるはずだ。悲嘆に暮れるばかりでは、いずれ、わざとらしいと思われるときが来るのではないだろうか？　きみは悲しみを名誉のバッジのごとく身にまとい、ほかの平々凡々たる連中よりも自分のほうが偉い、その連中がいくら嘆き悲しもうと自分の悲嘆にかなうはずはないと思ってるんじゃないのかい？」

ひどく無礼な言葉を並べ立てた。ひとこと加えるたびに事態を悪化させていた。彼女に腹を立てていたのだ。だが、なぜ？　一度だけキスをして、それもわずか二秒のことだったのに、いまでも忘れられないから？　彼の言葉を聞いて彼女が笑ったことがあったが、それ以後一度も笑ってくれないから？　これまでの女性たちとはまったく違うタイプで、彼の魅力にいっさい反応しないから？

パーシーは自分のことがあまり好きではなくなってきた。

謝らなくてはならないのに、かわりに黙りこんでしまった。ヘクターがふたたび彼の足元であえぎ、投げてもらった小枝をふたたび追いかけていった。骨と皮だけの犬なのに、どこにあんな活力があるのだろう？

「わたしが身も世もなく嘆き悲しむ姿を一度でもご覧になったことがあって？」満ちてくる潮に視線を据えながら、彼女が尋ねた――間違いなく満ち潮だ。「もしあれば教えていただきたいわ。今後は自分を甘やかさずにすむように」返事を待った。

「もちろん、そんな場面は一度もなかった」パーシーは正直に答えた。「だが、若く美しい女性に出会い、相手が大理石で身を包んでいたら、なかに何が潜んでいるのかと思わずにはいられない。そして、きっと苦悩に違いないと推測せずにはいられない」

「たぶん、何もないでしょうね。すべて大理石かもしれない。あるいは、空洞になっていて、そこにあるのは空虚さだけかもしれない」

「たぶん」パーシーは譲歩した。「だが、空虚さだけだとしたら、二日前の笑いはどこから生まれたのだろう？　それから、キスは？　あの夜、ほんの一瞬だったが、ぼくがきみに一方的にキスしたのではなかった。二人でキスしたんだ」

「うぬぼれ屋にありがちな妄想をなさる方ね、ハードフォード卿」

「ほう。ならば、きみは嘘つきだ、レディ・バークリー」

ヘクターは疲れはてた様子だった。小枝をくわえて戻ってくると、パーシーの足元にどさっと横たわった。たちまちぐっすり眠りこんだ。

「多少の慰めになるなら申しあげておきますけど、わたしがあなたになんの興味も持てないのは、あなたご自身のせいではないのよ。あなたほどハンサムな人にも、魅力的な人にも会ったことはないと断言できるわ。恋の戯れや、求婚や、再婚に関心があれば、あなたの気を惹こうと努めたでしょう。でも、わたしにはよくわかってるの。そんなことをしても失望と悲嘆を味わうだけだって。興味が持てなくて、たぶん幸いだったわ。あなたにも、ほかのどんな男性にも。色恋という意味での興味はないの。わたしのこの言葉を聞いて、男としてのプライドを傷つけられたのなら、わたしが一週間以内に寡婦の住居に戻る予定でいることを考えて、慰めになさってね」

「〝なんの興味も持てない〟と言いながら、ぼくにキスしたわけか」

「不意のことだったから」彼女が言い、言葉が二人のあいだにたゆたった。うわべの意味よりも奥深いものが、そこに秘められているように思われた。

彼女の自制心の奥に何が隠れているのだ？　なぜ自制心を捨て去ろうとしない？　四年間の結婚生活ののちに八年も喪に服すなど、ぜったいやりすぎだし、自分に酔っているだけだ。しかし、これ以上探りを入れるのはやめておこう。彼女から話を聞けるはずはないし、もし聞けたとしても、それはたぶん、ぼくがけっして知りたくないようなことだろう。

捕虜となってからどんな目にあったのか？

「わたしが大理石を鎧《よろい》のかわりにしているのなら」奇妙な静寂をこわして、レディ・バークリーが言った。パーシーはその静寂のなかで、海の原始的なうなりとカモメの孤独な叫びを痛いほど意識していた。「あなたは魅力を鎧にしてるんだわ。無頓着な魅力を。その奥に何が潜んでいるのかと、人はつい興味を持ってしまう」

「いや、何もない。断言しよう。何ひとつ潜んではいない。ぼくはハートの奥まで魅力のかたまりなんだ」

グレイのボンネットのつばで彼女の顔が半分隠れているにもかかわらず、その顔に微笑が浮かんだのがパーシーにも見てとれた。

そして、なぜか彼のハートに痛みが走った。魅力のかたまりであるハートに。

レディ・バークリーが向きを変えて彼を見た。微笑は消えていたが、目は開いていた。いや、開いているに決まっている。閉じた目でこちらを見ることはできないのだから。キスをせがんでいるのでないかぎり。そんなことはありえない。しかし、その目は……開いていた。問題は、そこに何が浮かんでいるのか、彼には理解しきれないことだった。

信じられないほどきれいな女だ。男心をそそるカーブを描く上唇に指を触れたかったが、それを我慢すべく背中で両手を組んだ。

「あなたって」彼女が柔らかな口調で言った。「なかなか好感が持てる人のようね、ハードフォード卿。そういうことにしておきましょう。ねっ？」

〝なかなか好感が持てる〟

愚かにも、これまでに受けた賛辞のなかでもっとも貴重なもののように感じた。

「では、許してもらえるのかな？　きみにキスしたことを」

「そこまで好感が持てるかどうかはわからないわ」レディ・バークリーは向きを変えると、崖の上まで続く小道のほうへ戻りはじめた。

なんと、彼女が冗談を言った――パーシーはそう思いながら、熟睡からさめてよたよた起きあがろうとしているヘクターに視線を落とした。

「おまえを抱いて運んでやらなくてもすむよう願いたいものだ」パーシーは言った。

ヘクターはずんぐりしたしっぽをふった。

8

〝あなたってなかなか好感が持てる人のようね〟

自分がこんな意見を口にしたことを思いだして、イモジェンは気恥ずかしくなった。もちろん〝なかなか〟という控えめな表現を添えておいたものの、本気だったかもしれないのが自分でも不思議だった。

できれば、ティドマウス氏の作業場でハードフォード伯爵が文句を言う光景を見てみたかった。来月ペンダリス館で仲間に会ったときに披露して楽しんでもらえそうな、愉快なエピソードができただろうに。伯爵のことだから、どなりちらしも、声を荒らげもしなかっただろう。うわべの魅力の奥に何が隠れているのかしら、とイモジェンは考えこんだ。もし何かがあるとすればだが。もちろん、最初は魅力的とは思えなかった。彼の初めての言葉を忘れるには長くかかるだろう——〝で、きみは何者だ?〟。中身のないうぬぼれ屋に過ぎないのかもしれない。でも、あの哀れな犬が彼になついている。人を見る目にかけては、人間より犬のほうがしばしばすぐれているものだ。ただ、ヘクターは自分で選んだ主人の男っぽいイメージを強める役にはまったく立っていない。そんなことを考えて、イモジェンは思わず口元をほころばせた。ついでに、イエスさまが子羊を抱いている感傷的な絵にそっくりだったことと、わたしにそう言われて彼が雷に打たれたような顔をしたことも、忘れずに〈サバイバーズ・クラブ〉のみんなに話さなくては。

ふと気づくと、その日の残りの時間も、翌日も、ハードフォード伯爵のことばかり考えていた。顔を合わせることはあまりなかったものの、屋敷のなかに彼というとても男っぽい存在があるだけで、息苦しくなりそうだった。でも、それに腹を立てることも、ひいては彼に腹を立てることもできない。ここは彼の屋敷なのだから。玄関ホールも、庭園も、荘園も彼のものだ。寡婦の住居までが彼のものだ。彼からそれを遠慮なく指摘されたことも一度ならずあった。爵位も彼のものだ。

ああ、早く寡婦の住居に戻りたい。あとはハードフォード伯爵とそう頻繁に顔を合わせずにすむ。この屋敷にどうか長居しないでもらいたい。でも、もちろん、長居するわけがない。復活祭が終われば、ロンドンで議会と社交シーズンが始まる。彼はどちらにも顔を出すつもりに決まっている。わたしがペンダリス館から戻るころには、もういなくなっているだろう。たぶん、二度と来ないだろう。海があまり好きではない様子だった。浜辺へ続く小道を下りるときには、勇気をふるいおこす必要があったはず。自ら選んだ挑戦であるかのように。また、洞窟へ案内したときには、なかに入って探検するかわりに、入口に用心深く立っただけだった。満ちてくる潮に目を向けたときは、見るからに不安そうだった。

この屋敷のこともあまり快適とは思っていないようだ。すべての煙突を掃除するよう指示を出すつもりだとレディ・ラヴィニアに告げ、掃除はクリスマス前にすんでいるとおばに言われて驚きの表情になった。ある晩、彼の寝室の煙突から煤が大量に落ちてきて、部屋の半分が真っ黒になったというのだ。伯爵はまた、最初の晩に湿ったシーツをとりかえさせなくてはならなかったことにも触れた。なんとも不可解な出来事だ。乾燥用の戸棚から出したものに間違いないとレディ・ラヴィニアが言っていた。自ら確認したという。湿っていたというのは、たぶん伯爵の勘違いだったのだろう。冬の夜はシーツも冷えきってしまい、湿っているように感じることがある。

　イモジェンは自分の部屋の姿見で装いを点検した。幸い、村の宿屋でのパーティだから、フォーマルすぎる装いは必要ない。セージグリーンの絹に銀色がかった紗《しゃ》を重ねた、お気に入りのドレスのひとつならぴったりだ。ヒューゴの結婚式に出るためにロンドンで買ってから二年近くになるし、村の催しで何回も着ているのだが。高いウェストラインの上に銀色のリボンを飾り、スカートを広げてふると、布地がゆるやかに流れ落ちて裾で控えめなフレアを描いた。袖は短く、襟ぐりは四角くて大きめだが下品な感じではない。きれいにまとめたシニヨンに軽く手をやり、ヘアピンはこれ以上必要ないことを確かめてから、銀色の長い手袋をはめて扇子をとった。

　最初のワルツを一緒に踊ってほしいと伯爵に頼まれた。部屋を出るときにそれを思いだし、胃のあたりに軽い動揺を感じた。じつをいうと、ワルツは一回しか予定されていない。村のパーティではいつも一回と決まっている。ステップを知っている村人がほとんどいないうえに、男女が密着して踊ることに大反対の者もいるからだ。幸い、いまのところは、自由な意見のほうが多数派を占めている。

本物の優美なステップを踏める紳士が村には一人もいないが、イモジェンはワルツを踊るのが好きだった。

今夜はハードフォード伯爵とワルツを踊る。

玄関ホールで伯爵がカズン・アデレードと一緒に待っていた。彼女は紫色のドレスで近寄りがたい雰囲気だ。パーティの装いはいつもこれに決まっている。背の高い紫色の三本の羽根も装いに含まれていて、頭の上で直立していた。左右の頬に頬紅が真ん丸く描かれている。幾何学的な見地からすると、惚れ惚れするほど正確な形だ。

伯爵がイモジェンの頭から爪先まで視線を走らせた。彼女もお返しに同じことをすると、それに気づいて伯爵が唇を尖らせるのが見えた。

彼の装いにけちをつけるべき点はなかった。当然だ。黒と白と銀色で統一した一分の隙もない装いで、本物の紳士はかくあるべしという静かな優雅さを漂わせている。この容貌と体格だから、もちろん、補正パッドの必要はない。

「宝石はつけないのですか、レディ・バークリー？」彼が尋ねた。「いや、あなたには必要ない。フリルやひだ飾りも必要ない」

じっさいには、イモジェンは実家の父から結婚祝いに贈られた小さな真珠の耳飾りと、結婚指輪をつけていた。でも……いまのはお世辞だったの？　ええ、たぶん。しかも、すばらしく巧みだ。言われたほうは、なぜだかよくわからないまま、ほのぼのとした気分になる。彼に対してほのぼのとしたものを感じるのだ。女性をおだてる腕前は完璧だ——たぶん、誘惑する腕前のほうも。

伯爵に返事をする暇もないうちに、レディ・ラヴィニアが階段の上に姿を見せたので、イモジェンは執事のクラッチリーからマントを受けとろうとして向きを変えた。ところが、別の手が執事からマントをとりあげ、ハードフォード伯爵がイモジェンの肩にマントをかけた。伯爵はそれと同時に、レディ・ラヴィニアが今年の冬の初めに新調したイブニングドレスを褒めちぎった。

やがて、今夜もまた彼の旅行用馬車にみんなで乗りこんだ。それぞれが先日と同じ座席にすわった。馬車のなかが冷えこんで耐えきれなくなる直前に、宿屋に到着した。二階の集会室にはすでに人があふれていた。ハードフォード伯爵が魅力をふりまきながら、くつろいだ様子で部屋に足を踏み入れた瞬間、彼の登場によって興奮のざわめきが一段と高まったことにイモジェンも気がついた。いくつもの扇子がせわしなく揺れはじめた。

「あなたの前に出ると、いつものことだけど、誰もが恥じ入ってしまうわ、イモジェン」レディ・クウェンティンがそう言いながらイモジェンの腕に手を通し、夫のほうは伯爵を初対面の何人かに紹介する仕事にとりかかった。「そのシンプルな装いこそ洗練の極致ですもの。でも、あなたの顔立ちとスタイルだったら当然ね。わたしたちがまねをしたところで、地味になるか、もっと悲惨な結果になるだけだわ」

「あなたこそ、いつものように最高にすてきよ、エリザベス」イモジェンはきっぱりと言った。レディ・クウェンティンは小柄なほうで、小太りのタイプでもあるが、艶やかな黒髪を今夜は凝ったカールと縦ロールに結い、顔立ちは愛らしく生気にあふれている。

「あなた、まさか、ハードフォード卿に一目惚れなんてことはないでしょうね？　ほれっぽいタイプじゃないもの。そうでしょ？　わたしはそれを願ってはいるけど、あなたの好みにぴったりの紳士でなくては。わたしが推測するに、伯爵は好みに合いそうもないわね。あなたには恋の相手をほかの女性たちと喜んで共有する趣味はない。あら、言いすぎたかしら」

「かなりね」イモジェンはそう答えると、この友と一緒に向きを変えて伯爵を見た。彼ときたら、その周囲に早くも憧れのまなざしで輪を作り、頬を染めてくすくす笑いながら扇子を揺らす女性たちに魅力をふりまいている。「でも、あの魅力は鎧みたいなものだと思うわ。どのお嬢さんにも笑顔を向け、喜ばせ、おおげさなお世辞を言う。時間が許すかぎり、多くの相手とダンスをする。でも、そのなかの誰とも結婚しないでしょうね。それどころか、誰か一人を選ぶことも、希望を持たせることも、貞操を汚すこともないはずよ」

イモジェンは自分自身の言葉に驚いていた。そこまで断言できるの？——彼が貞淑な貴婦人や令嬢を傷つけるようなまねをするはずはないと？　ああ、どうしよう、彼のことが好きになってきたに違いない。あるいは、わたしまでが彼の魅力のとりこになったのか。

そのとき、ティリー・ウェンゼルが兄と一緒に到着し、イモジェンたちのところにやってきたので、ダンスが始まるまでの一五分ほどのあいだ、部屋に入ってくる隣人や友人を観察して、その外見や物腰を、ときには新しいドレスや縁飾りを批評しながら、三人で楽しく過ごした。もっとも、悪意のある批評ではなかった。誰もが親しい間柄だ。その点で自分は恵まれている、とイモジェンは思った。みんながとくに喜んだのは、息子と牧師に両脇を支えられてパーク夫人がゆっくり入ってきたときだった。痛めた腰もずいぶんよくなったようだ。夫人が部屋でいちばんすわり心地のいい椅子に腰を下ろすあいだ、ソームズ青年がその椅子を支え、次に、カズン・アデレードとクレイマー夫人のために別の椅子を用意して、三人が心地よくおしゃべりできるようにした。

イモジェンはペンダリス館を去ってからしばらくのあいだ、一度もダンスをしなかった。娘時代はいつもダンスを楽しんでいた——それこそ踊るのが大好きで、機会さえあれば深夜まで踊りつづけたものだった。あれ以後は——イモジェンは自分の人生を〝あれ以前〟と〝あれ以後〟に分けて考えるようになっていた——そうした楽しみを自分に許そうとしなかった。しかし、そのうちに、まだ二〇代半ばの自分が踊るのを拒みつづけたら隣人たちが落胆するだろうと気がついた。若いだけでなく、バークリー子爵夫人であり、ハードフォード伯爵家の嫁であり、誰からも慕われていた若き子爵の未亡人なのだから。夫に先立たれた悲しみと虚脱状態から立ち直る姿を見たいと、誰もが心から望んでいた。彼女がもう一度幸せになれるように手を貸したい、というのがみんなの願いだった。

悲しみに沈む姿を見せつけようなどとは、イモジェンは思ってもいなかった。苦悩をひけらかすのは、傍《はた》で見ていて気持ちのいいものではない。

そこで、ふたたびダンスを始めたのだった。

今夜は一曲目のカントリーダンスをウェンゼル氏と踊った。ウェンゼル氏のほうは、オールトン氏が彼女にワルツをまだ申しこんでいないように願い、自分が申しこむつもりでいた。イモジェンが次に〈サー・ロジャー・デ・カヴァリー〉をオールトン氏と踊ると、オールトン氏は、レディ・バークリーがワルツも自分と踊ってくれるものと思いこんで有頂天になった。そこでイモジェンは二人に、ワルツはハードフォード伯爵と踊ることになっている、と説明しなくてはならなかった。夜食の前に、まずペイン提督と、それからサー・マシュー・クウェンティンと踊った。

やがて、おなかいっぱい食事をしたあとで、カズン・アデレードが家に帰ると言いだした。レディ・ラヴィニアは自分も少々疲れ気味なのを認めた。ただ、とても楽しい一夜だったし、早めに切りあげるのがイモジェンに気の毒だと言った。イモジェンは落胆を押し隠した――ワルツはこれからだというのに。

「馬車を玄関先にまわすよう頼んできます」イモジェンは言った。「それから、足をのせるための熱いレンガを用意してもらえるかどうか、宿の主人に訊いてみますね」

しかし、ハードフォード伯爵が背後からやってきて、イモジェンたちが食事をしていたテーブルのところに立った。

「きみの手を煩わせる必要はない。すべてぼくにまかせてくれ。ぼくの馬車でレディ・ラヴィニアとファービー夫人を屋敷まで送り届け、あとできみとぼくを迎えに来るよう手配しておく」

そう言うと、レディ・ラヴィニアが感謝の言葉を並べているあいだに、悠然と立ち去った。

「あなたが残れることになって、ほんとにうれしいわ」レディ・ラヴィニアはイモジェンの腕に手をかけ、周囲の会話のざわめきに紛れてひそかな声で言った。「若い人たちが家に帰るには早すぎますもの。楽しいことがまだたくさん残っているのに。カズン・パーシーはほんとに親切で思いやりのある人ね」

ええ、そうね――イモジェンも同意した。彼が早い時間に辞去したりすれば、もちろん、村で反乱が起きかねないが、イモジェンを馬車に乗せて帰らせ、彼一人がここに残って、女性の身内に煩わされずに過ごすこともできたはずだ。わたしはそうなることを望んでいたの？　やはり帰ります、と強く言ってもよかったのに。でも……ワルツが待っている。彼はダンスが上手な人だ。イモジェンはそう思った。一曲ごとに違う女性と踊り、どの相手ともまじめに向きあって、カントリーダンスのパターンに従ってパートナーのそばに戻るたびに微笑を浮かべ、言葉を交わしていた。自信と自然な優雅さを漂わせて踊っていた。

どこにも欠点が見当たらない人。

でも……魅力のほかに、この人の性格には何があるの？　中身はあるの？　わたしにはまだ判断がつかない。でも、どちらでもかまわない。わたしはもうじき自分の住まいに戻り、たとえ彼がハードフォード館に長く滞在するとしても――それは疑問だけど――顔を合わせることはほとんどなくなる。

ハードフォード伯爵は馬車と熱したレンガの手配をすませ、二人の女性を見送ってから、ルース・ブードル——牧師の次女で器量のよくないほう——を相手に、活発なリールを踊りはじめた。ほどなく、ルースは頬を染め、笑い声を上げ、とても愛らしく変貌を遂げていた。イモジェンは自分自身のパートナーに注意を戻した。

やがてワルツの時間になり、伯爵が片手を差しだして彼女の前に立った。その顔に笑みはなく、お辞儀もなく、言葉もなく、ただ、彼女の目を真正面から見つめるだけだった。この人の目は驚くほど鮮やかな青なのね——イモジェンは間の抜けたことを考えた。いま初めてその色に気づいたかのように。目までが欠点とは無縁だ。

この人は何もかも計算ずくでやっている。それに、ええ、とても効果的。もちろん、イモジェンは胃を締めつけられ、かき乱された。頬が赤くなっていないといいけど——心からそう願った。

伯爵の手に自分の手を預け、彼のリードに従って、誰もいないダンスフロアへ出ていった。ワルツのときのフロアはいつも無人に近い。単純なステップではあるが、踊れる者は少なく、村人の前で踊ってみせる勇気のある者はさらに少ない。しかし、村人のほぼ全員が勇気ある人々のダンスを見るのを楽しみにしている。間隔が広く空くので、踊り手はありとあらゆるターンや凝った足さばきを披露できる。いつもイモジェンのパートナーになるオールトン氏はそのすべてに熟達している。

イモジェンがふと見ると、今夜のオールトン氏はティリーと踊ろうとしていた。ソームズ青年はレイチェル・ブードルをフロアへリードするところだし、サー・クウェンティンはペイン夫人とすでにフロアに出ている。夫人のエリザベスはウェンゼル氏とペアを組んでいる。それで全部だった。ワルツが始まる直前は、誰もが人目にさらされているように感じ、期待に胸を躍らせ、自分の足につまずきはしないか、パートナーの足を踏みはしないか、ほかにも何か恥さらしなことをしはしないか、と不安に駆られるものだ。

ハードフォード伯爵はイモジェンに視線を据えたままだった。ずっと見られていたのは確かだとイモジェンは思った。伯爵は微笑を浮かべようとも、口を利こうともしなかった。ほかのパートナーのときとはずいぶん違う。ふたたび彼の目を見ると、その目は間違いなく彼女を見つめていた。

「いまはどんな役を演じてらっしゃるの?」イモジェンは尋ねた。

「役?　芝居のように?」伯爵は眉を上げた。「いま?　いつもと違うと言いたいのかな?」

「いまのあなたは微笑を浮かべることも、魅力をふりまくこともない。ほかの人と踊るときとはずいぶん違うわ」

いけない。いつもならこんな不作法なことはけっして口にしないのに。

「だが、そのいずれかを実行すれば、芝居をしているという非難がきみから飛んでくるに決まっている。そうだろう?　ぼくが何をしようと、きみに認めてもらえることはなさそうだ。きみとどんなゲームをしているかがわかれば、ぼくも助かるのだが」

どうして音楽が始まらないの?　どうやら、バイオリン奏者が弦の一本を切ってしまい、ピアニストの協力で新しい弦の音合わせをしているようだ。

「きみの前で、まじめで誠実なタイプに見せようと思ったんだ。さらには思索好きなタイプに。きみに感心してほしくてね」

「わたしの失礼な意見は忘れてくださる？　お詫びするわ」

「ほう、きみはぼくをじっと見てたわけだね？」伯爵が訊いた。

わけがわからなくて、イモジェンは眉をひそめた。

「ぼくがほかのパートナーに微笑し、魅力をふりまいていることに、きみは気がついた」伯爵は説明した。

「どうして気づかずにいられて？」イモジェンはそっけなく尋ねた。

「それもそうだ」伯爵が彼女のほうへわずかに顔を近づけ、そして……微笑した。ほかの人々に向けていた魅力をひけらかす微笑ではなく、目尻にしわが刻まれた温かくて純粋な微笑だった。そして……愛情もこもっているの？

大切な身内に向けるような微笑なの？

イモジェンは唇をきつく閉じ、憤りを抑えこもうとした。自分たちが広い集会室の中央に立ち、まわりはがらんとした空間で、ここに集まった多数の人々の視線を浴びていることが、痛いほど意識された。

辛辣な口答えをする暇もないうちに、楽団が果敢に和音を奏でてイモジェンを救ってくれた。

伯爵がイモジェンのウェストのうしろ側に右手をあてて、彼女の右手を左手で握り、そのあいだに彼女が彼の肩に手を置いた。そして……ああ、オールトン氏とはずいぶん違う。まず、オールトン氏より背が高い。手はひきしまり、指が長く、温かだ。肩はがっしりと広い。そして、強く感じられるのは……オーラ？　体温が伝わってきて、誘惑的なコロンのかすかな香りがそれをさらに強めている。しかし、イモジェンが感じたのは体温だけではなく、コロンの香りだけでもなかった。なんなのかはわからないが、伯爵が作法どおりの距離を置いて立っているのに、イモジェンはその何かに包みこまれていた。単なるオーラでもなかった。オーラに性的なものはない。というか、少なくともイモジェンはそう思っている。彼女が感じたのは圧倒的な男っぽさだった。

この男っぽさは計算されたものなの？　それとも、青い目や濃い色の髪や端整な顔立ちと同じく、彼の一部なの？

音楽が始まった。

イモジェンがまず思ったのは、本当にワルツの上手な人だということだった。次に、この人はワルツの魂をつかんでいて、凝ったステップや華麗なターンを見せびらかす必要はないのだと思った。踊っていてこれほど気分が高揚したのは初めてのような気がした。次の瞬間、思考がすべて停止した。いまという瞬間に、純粋な感覚に、イモジェンは身を委ねていた。その感覚には五感のすべてが含まれていて、色彩と光がまわりで渦巻くのを目にし、旋律とリズムを耳にし、コロンの香りを嗅ぎ、夜食の席で飲んだワインの味がなぜかよみがえり、肌に触れる手の温もりを感じた。その手にリードされて、大切にされているという思いと、高揚感と、幸福感に浸った。あれ以後、絶えてなかったことだ……そう、あれ以後。

しかし、当然のことながら、演奏が終わる直前に思考力がよみがえり、同時に憤りが大津波のごとく押し寄せてきた。伯爵への憤りが。なにしろ、彼の態度は計算しつくされたもので、何もかも欺瞞《ぎまん》なのだから。また、自分自身への憤りもあった。そう、自分に腹が立ってならなかった。心を惑わされ、単純な喜びを超えて愚かな陶酔に酔いしれてしまった。すべて向こうの責任とは言いきれない。いえ、責任はまったくない。わたしが唯々諾々と従っただけのこと。

「ありがとう」ワルツが終わり、みんながいつものように拍手喝采をしたとき、イモジェンは言った。

伯爵の肩にかけていた手をはずしたが、彼の腕はいまもイモジェンのウェストにまわされ、反対の手を握りしめた彼の手にはいまも力がこもっていた。顔を上げて視線を合わせると、その目が彼女にじっと据えられていた。やがて、彼が一歩下がり、お辞儀をして、笑みを浮かべた。

「とんでもない。お礼を言うのはこちらだ、カズン・イモジェン」

洗練された魅力的な態度に戻っていた。彼が無意識のうちに身に着ける鎧。

伯爵はふたたび彼女の手をとり、自分の袖にかけさせてから、フロアを離れてサー・マシューと夫人のところへ行った。何分かその場に残って談笑に加わり、それからゆったりした足どりで、今宵最後のダンスの相手が見つかっていない様子のルイーズ・ソームズに申込みをしに行った。ウェンゼル氏がイモジェンに二度目のダンスを申しこんできた。

イモジェンはレディ・ラヴィニアと一緒に帰ればよかったと後悔した――ああ、どんなに、どんなに、どんなに後悔したことか。

伯爵と一緒に帰りの馬車に乗らなくてはならない。二人だけで。

ここに来てちょうど一週間だ――パーシーは思った――一年も過ぎたような気がする。いまもこちらにとどまっていることに自分でも驚いていた。去ろうと思えばすぐにでも去れるのに。ハードフォード館の住み心地はお世辞にも快適とは言えない――ゆうべベッドに入ったときに気づいたのだが、ベッドカバーとおそろいだった趣味のいいカーテンがとりはずされ、ずっしりと重くて暗い色のブロケード織りに変わっていた。しかも、なぜかカーテンレールにひっかかっていて、片手で押さないと開かない。パーシーに呼ばれたクラッチリーは、隙間風を防ぐためにかけかえたのだと説明した――幸いなことに、これまでは風の強い日がそれほどありませんでした。もしあれば、まるで窓などないかのように風が寝室に吹きこむことに、すぐさまお気づきになっていたでしょう。裏手の客用寝室へ移られたほうが、はるかに快適にお休みになれます。

誰かがぼくをこの部屋から――そして、たぶん、この屋敷からも――追いだそうと画策しているのではないか。パーシーは半ば真剣に疑いはじめていた。

画策する必要などないのに。退屈を紛らしてくれるものは、ここにはほとんどない。親しい友達づきあいができる相手もいない。とにかく、ふだんの友達と同じようなタイプはいない。ただし、サー・クウェンティンには好感が持てるし、ウェンゼルもレディ・バークリーに言い寄ろうとしていないときは、けっこういいやつだ。屋敷では三人の女性と動物の群れとの同居を余儀なくされ、そのうち一匹にしつこくまとわりつかれている。今夜、宿屋の集会室にヘクターがついてこなかったのはまさに奇跡だ。野良連中はほかにもいる。ヒトという種類の野良連中。それから、荘園関係の帳簿と一緒に埃をかぶっている管理人もいる。そろそろ引退するよう、なんとか説得しなくてはならない。荘園は荒廃しつつある。それから……。

それから、馬車の隣の席に女性がすわっている。黙りこみ、身をこわばらせ、ふたたび大理石のような冷たさをまとって。今夜は何が原因で彼女の機嫌を損ねてしまったのか、パーシーにはまったくわからなかった。口論したのは事実だが、彼女のほうから始めたことだ。〝いまはどんな役を演じてらっしゃるの？……あなたは微笑を浮かべることも、魅力をふりまくこともない〟だが、そのあと、多少機嫌がよくなった様子だった。失礼な態度を詫びさえした。だが、いまは……。

彼女がなぜこんなに怒りっぽいのか、パーシーにはなんとも理解できなかった。気にしないことにした。いや、気にしてはならないと思った。人をいらいらさせる女で、我慢がならない。彼女がいるだけで、ぼくは自分自身の世界に戻りたくなってしまう。もっとも、この一週間で自分にも頑固な一面があることを知った。昔からそういう面があったのだろうか？彼女に好意が持てないことはほぼ確かだ。それに、とくに魅力的な点などない女だ。美しくもない——最初は美しいと思ったものだが。

ただ、上唇が曲線を描いている。

いや、曲線を描く唇は魅力的な女の条件ではない。

馬車のなかのパーシーは自分の座席にじっとすわり、外の闇に目を向けていた。彼女もじっとすわって同じようにしていた。もっとも、馬車の座席で距離を置いてすわるのは無理だし、馬車がごくゆるいカーブを曲がったり、わだちにぶつかったりするたびに身体が触れあうのは避けようがない。嘆かわしいことに、イングランドの道路ではそういうことがよく起きる。大気が冷たかった。少しでも明かりがあれば、おたがいの息の白さまで見えることだろう。

パーシーはいつもワルツを楽しんできた。ただし、パートナーを自分で選べればという条件つきだが。今夜の会場の様子や演奏のレベルを考えると、どうにも理解できないことだが、さっきのワルツにはいつも以上に魅了された。そして、驚いたことに、レディ・バークリーも楽しんでいた。彼をもっとも困惑させたのはその点だった。自分の喪が明けることはけっしてないと頑なに心を閉ざし、たとえダンスフロアであろうと、一瞬の幸福すら自分に許そうとしない女性に見えたのに。

まあ、心ゆくまで自分を哀れむがいい。ぼくには関係ないことだ。今後、彼女の前では永遠に沈黙を通すことにしよう。唇に錠を下ろそう。鍵を投げ捨てよう。

「おそらく」パーシーは言った。「きみは強姦《ごうかん》されたのだろうな」

なんてことを！　くそっ。この頭に雷が一〇〇〇回も落ちればいい。この馬鹿！　本当にこんな言葉を口にしたのか。いや、もちろん、口にした。こだまとなって響いている。まるで、発射された弾丸が馬車のなかを飛びかい、出口を見つけられずにいるかのようだ。口にしたことを疑いたい思いがわずかにあったとしても、彼女がはっと向き直り、大きく息を吸ったという事実には勝てなかった。

「な、なんですって？」

「あくまでもぼくの推測だが」パーシーは前より柔らかな口調で言いながら、目を閉じ、ここから逃げだしたいと願った。できれば自分のベッドにもぐりこんで、悪夢が終わるまでじっとしていたい。

「ポルトガルでという意味？」彼女が言った。「捕虜になっていたときに？」

パーシーは目と口を閉じたままだった。いささか手遅れではあるが。〝頼むから答えないでくれ。頼むから〟。不愉快なものはことごとく避ける名人として人生を送ってきたのに、この一週間で、惨事を招き寄せる才能を大きく開花させてしまった。

何も知りたくなかった。

「その推測は間違ってるわ」抑揚のない静かな声でレディ・バークリーは言った。彼女に罵られ、こぶしで殴りかかってこられたほうが、パーシーとしてははるかに楽だっただろう。

信じろと言われても無理だ。彼女自身は否定するしかないではないか。捕虜になっていたあいだに強姦されたことを認める女がどこにいる？　相手が赤の他人に近い存在であればとくに。

しかし、パーシーは彼女を信じた。いや、信じたかっただけかもしれない。すがるような思いで。

「その推測は間違ってるわ」ふたたび彼女は言った。前よりさらに静かな声だった。

パーシーは彼女のほうを向いた。暗いために顔をはっきり見ることはできなかったが、もちろん、おたがいの顔の距離は近く、彼の唇に目は必要なかった。目の助けがなくても、正確に彼女の唇を探りあてた。

数秒もしないうちにパーシーは身をひき、頬に彼女の平手打ちが――もしくは顎にパンチが――飛んでくるのを覚悟した。どちらも飛んでこなかった。かわりに、彼女のため息が聞こえた。ごくかすかな息遣い。パーシーが彼女を腕に包んで抱き寄せると、向こうも彼に腕をまわし、彼が唇を重ねた瞬間に自らも唇を開いた。彼が舌を差しこんでも抗《あらが》おうとはしなかった。

座席にすわっていて幸いだった。彼女に舌を吸われた瞬間、パーシーは膝の力が抜けるのを感じ、反射的に舌先を丸めて彼女の口蓋の中央にある骨の隆起部分をなぞった。やがて彼女の低いうめきを耳にして、自分が何をしていたかに気づいた。

抱擁に身をまかせた淫らな未亡人。

ぼくが単なる性欲を超える激しさで求めている相手。

ぼくのわずかな言動をきっかけに大理石と化してしまう人。

ぼくがあまり好きになれない相手。

亡くなった夫のことをふたたび思いだしたとき、この人はいま以上にぼくを嫌悪するだろう。

ああ、もう、地獄行きだ！

先に身をひいたのは彼のほうだった。彼女を放し、腕組みをして座席の角に肩をもたせかけた。いまは二月か？　それとも七月か？

無礼な言葉を投げかけた。「平手打ちを正当化するのは、今回は無理だな。丸二分のあいだ、きみも積極的にキスに応じたのだから」

「紳士とは呼べない方ね」

勝手に言うがいい。彼女にこう言われたのは初めてではない。

強姦されてはいないという。では、何をされたのか？

小学校のころの自分を思いだした。膝のかさぶたが気になり、また出血するだけだとわかっていても、はがさずにはいられなかったものだ。

9

翌朝、イモジェンは寡婦の住居に戻った。屋根の工事はまだ完了しておらず、二階は散らかったままだ。置き去りにされた家具には布のカバーがかけてあり、粉塵《ふんじん》や砕片に覆われている。二階から下ろした家具が一階にひしめいている。暖炉の火は入っていないし、この二カ月、家の掃除もしていない。食料貯蔵室も石炭入れも空っぽだ。

それでもかまわなかった。とにかく、寡婦の住居に戻った。

戻って一時間もしないうちに、召使いが大挙してやってきた。ただし、彼女が命じたわけではない。召使いたちは彼女の身のまわりの品をすべてきちんと荷造りして持参し、食料とろうそくと石炭を運びこみ、さらに、バケツやモップや箒やその他の掃除用具まで持ってきた。まるで、イモジェンのところには掃除用具がひとつもないかのように。彼女の指示を待たずに、一階のすべての部屋の暖炉に火を入れ、あらゆるところを掃除し、台所を片づけて使えるようにし、その他さまざまな作業にとりかかった。恐ろしいほど活力旺盛なプリムローズ夫人が至るところで監視の目を光らせていた。この夫人はイモジェンが雇っている家政婦兼料理番で、妹のお産のあいだ、村の南側にある妹の家に泊まりこんでいたが、女主人が寡婦の住居に戻ったという知らせがハードフォード館の従僕から届いたとたん、飛ぶように戻ってきたのだ。

プリムローズ夫人はまもなく、居間で腰を下ろしたイモジェンの傍らにお茶のカップとオーブンから出したばかりのレーズンスコーンを置き、自分がいるべき場所に戻れてこれほど幸せなことはないと言った。〝自分がいるべき〟という言葉にはかすかな非難が含まれていた。イモジェンが初めて寡婦の住居に移ったときは、一人で暮らすと言いはって義理の父親を困惑させ、プリムローズ夫人を落胆させたものだった。一度も結婚したことがない女性なので、〝夫人〟というのは呼び名のようなものだが、部屋つきの上級メイドに昇格したものの、当時はまだ屋根裏にある彼女の部屋で寝起きしていたのだ。

猫のブロッサムがメイドの籠に入れられて寡婦の住居に連れてこられた。とくに抵抗もしなかったという。お気に入りだった暖炉のそばの椅子を奪われたショックからまだ立ち直ることができず、かわりに運びこまれた椅子は前のに比べると寝心地が悪く、おまけに、部屋にいる男性がそこにすわろうとするたびに、ブロッサムがどかなくてはならなかったのだ。新たな住まいに着いたブロッサムは二階から一階まで調べてまわり、やがて、居間の暖炉の片側に置いてある椅子に腰を落ち着けた。下りろと命じる者は誰もいなかった。台所でおいしい餌をもらい、オーブンのそばの片隅に居心地のよさそうな寝場所が用意された。ブロッサムは古い屋敷のことなどたちまち忘れ去り、新しい家になじんだ。

屋根のほうから一日じゅう聞こえてくる金槌の音で耳がおかしくなりそうだったが、イモジェンは気にしなかった。少なくとも、音が聞こえてくるのは作業が進んでいる証拠だ。騒音がひどく、冷えこんでいて、やや湿気があり、粉塵が舞っていようと（少なくとも最初の一、二時間はそうだった）、屋敷で暮らすのに比べればはるかに好ましい。

最初の日は朝から晩まで一歩も外に出なかった。庭に出て早咲きのスノードロップが芽を出したかどうかを確かめることすらしなかった。居間の掃除が終わって大騒ぎがほかの部屋へ移ったあとは、ほとんど居間に閉じこもって過ごした。ダイニングルームで食べていただくのはまだ無理です、とプリムローズ夫人が言うので、食事も居間に運ばせた。

天国にいるような気分だった。夜のあいだも午後と同じようにすわったまま、裁縫道具入れをそばに置き、開いた本を膝にのせて過ごした。だが、主として、静寂と孤独を楽しんでいた。家政婦も屋根職人も仕事を終えて退散し、押しかけてきた召使いもすべて屋敷に戻っていった。

あの人はアレキサンダー・ポープの詩集を読んでいた――イモジェンは自分の本のページをめくりながら思った。少なくとも、ある朝、書斎をのぞいたときはテーブルにその詩集がのっていた。もしかしたら、あの人がなかをちらっと見ただけでページを閉じ、書棚に戻すのを忘れたのかもしれない。もしかしたら、見てもいないかもしれない。

でも、もしかしたら、ちゃんと読んだかもしれない。

わたしはどうして、あの人のことでいつも最悪の想像をしてしまうの？

イモジェンは本のページを開いておくために手で押さえてから、目を閉じ、椅子の背に頭を預けた。ゆうべのことを記憶から消せればいいのに。いえ、記憶だけじゃなくて――現実からも消してしまいたい。現実に起きたことでなければどんなにいいか。ラヴィニアおばさまとカズン・アデレードのお供をして帰ればよかった。

でも、いまさら後悔しても仕方がない。三年かけてそれを学んだはずなのに。

あのワルツを単純に楽しめばよかったんじゃない？　よけいな感情は抜きにして……ああ、考えがまとまらない。踊る喜びのほかに何を感じていたのか、自分でもよくわからない。もしかして、魅了されていたの？

帰りの馬車のなかで、あの質問が飛んできた。あんなことを尋ねた人はほとんどいなかった。身内ですら遠慮していた。ただ、多くの人が危惧していたはずだ。〈サバイバーズ・クラブ〉の仲間とペンダリス館の医者だけが真実を知っている――すべての真実を。わたしから打ち明けたのだ。

あんな質問をするなんて、無礼にもほどがある。赤の他人も同然なのに。〝おそらく、きみは強姦されたのだろうな〟でも、たぶん、どんな質問でもできる人なのね。他人の秘密を暴くのは天から自分に与えられた特権だと思いこんでいる人。

イモジェンは彼に強烈な憎しみを抱いた。

あの人はわたしの返事を信じたかしら。

あんな質問をした彼を憎んだ。なのに、そのすぐあとで彼にキスしてしまった。ええ、そう、キスをした。今回は否定しようがない。何秒かは彼がわたしにキスをした。それは事実。

でも、そのあとは、彼のキスに劣らず奔放な情熱をこめて、わたしのほうからキスをした。いえ、もっと情熱的だっただろう。彼の情熱はたぶん、肉欲に突き動かされただけのもの。でも、わたしのほうは……自分の情熱をどう表現すればいいのか、イモジェンにはわからなかった。でも、あの人が抱いていたのが肉欲に過ぎなかったのなら、なぜ急に抱擁をやめてしまったの？　チャンスがあるうちに、どうしてもっと求めてこなかったの？　わたしが抵抗していないことは向こうも承知していたはずなのに。屋敷に帰り着くまでまだ何分かあったし、密閉された二人だけの空間だったのに。

あの人のことが理解できないし、よくわからない。理解している、わかっている、と思いたいけど。あんな人は嫌い。軽蔑したかった。中身のない空っぽな人だと信じこむのは簡単だった。あるのは傲慢さとうぬぼれと――そして、魅力だけ。

あんな人は嫌いだと思いたかった。それなのに、浜辺に下りたとき、〝なかなか好感が持てる人のようね〟と言ってしまった。ああ、頭が混乱して、どぎまぎしてしまう。

けさ、寡婦の住居に召使いの一団をよこしたのは彼だった。イモジェンはレディ・ラヴィニアの指図だったらいいのにと思っていたが、召使いの一人が正直に認めた。もちろん、彼のほうは厄介払いができたのを喜び、屋敷に戻る口実を与えてはならないと思って、召使いたちをよこしたのかもしれない。いえ、そんなふうに考えるなんてひねくれている。

あの人のことをわたしは何も知らない。ときどき思うことだけど、たぐいまれな美貌は、それがたとえ男性の美貌であっても、当人にとっては厄介なものに違いない。外見だけを見られ、それにふさわしい中身などなさそうだ、と思われがちだもの。

わたしが食ってかかったとき、あの人は〝ぼくはハートの奥まで魅力のかたまりなんだ〟と答えた。それを思いだして、イモジェンは思わず微笑した。馬鹿な冗談が言える天才ね――ウィットと知性を示す証拠だわ。さらには、自分を笑うことのできる魅力的な性格でもある。彼にそういう面があることを、イモジェンは信じたくなかった。

何もしないのにぐったり疲れた一日を終えて早めにベッドに入ったが、午前四時を過ぎるまで寝つけなかった。


村のパーティの翌朝、ベッドを出たパーシーがまず始めたのが、気に食わない窓のカーテンと、カーテンレールと、その他の付属品をはずすことだった。カーテンのせいで夜のあいだ部屋が真っ暗で、何時だかわからないがふと目をさましたときは、顔の前に手をかざしても何も見えないほどだった。ベッドから下りて何歩か離れたら、ふたたびベッドを見つけるのに一時間ほどかかったかもしれない。〈サバイバーズ・クラブ〉の仲間の一人は盲目だとレディ・バークリーが言わなかったっけ？　盲目だなんて、考えただけで耐えられない。彼女のことも考えたくない。ゆうべ……ああ、あのことも考えたくない。

この一週間の出来事はどれも、考えたくないことばかりだ。

クラッチリーを呼んで命じた――強風が吹きこんでもかまわないから、寝室のカーテンを前のものに戻し、夜になって寝ようとしたときに不快な驚きに出合ったりすることは二度とないよう気をつけてもらいたい。その重圧にぼくの心臓が耐えきれなくなるかもしれない。ついでにつけくわえた——たとえ今夜ベッドのなかでウナギや蛙を見つけることになろうと、伯爵専用の部屋から出るつもりはない。

朝食をとるためダイニングルームに足を踏み入れるという試練に備えて、パーシーは身をひきしめた。レディ・バークリーに詫びたほうがいいのかどうか、まだ心を決めかねていた。もっとも、その必要はないと思いたかった。キスされるのがいやなら、ぼくの手の届かないところへ逃げればよかったはずだ。ところが、ダイニングルームに入った瞬間に明らかになったように、それがまさに彼女のとった行動だった。レディ・ラヴィニアが焦りのあまり舌をもつれさせながら、イモジェンが出ていったという恐ろしい知らせを伝えた。しかし、荒涼たる荒野をさまよい、さらに荒涼たるダートムーアのほうへ向かう彼女の姿をパーシーが思い浮かべる前に、寡婦の住居に戻ったのだと知らされた。「いまも屋根の上に職人たちが群がっているというのに」レディ・ラヴィニアの口調からすると、まるで職人一人一人が屋根に穴をあけ、そこから下をのぞく以外に何もしていないかのようだ。

レディ・バークリーは何ひとつ持って出なかった。現実に疎いタイプだから無理もない。たぶん、ぼくと同じ屋根の下でもう一日過ごすよりも、凍えて、飢えて、ずっと同じ服で過ごし、金槌の音で耳を悪くするほうがいいと思っているのだろう。

ふん、ぼくもそのほうがいい。とにかく、同じ屋根の下にいるのはもうごめんだ。

パーシーは何も言わずにダイニングルームを出ると、召使いたちに命じた。レディ・バークリーの衣類と身のまわりの品を荷造りして寡婦の住居に届け、生活必需品もすべて運びこむように、と。彼女が使っていた家政婦も呼び寄せることにした。召使いたちには、衣類や品物を届けたあともその場に残って、家のなかを住める状態にするように、おそらく一日がかりの作業になるだろうが、それでもかまわない、と指示をした。屋根の工事はまだ完了していないが、雨風だけはしのげるはずだ。パーシーがたまたま客間に足を踏み入れると、つねに彼の椅子を温めている猫が悪意に満ちた顔で彼をにらみつけ、追い払えるものならやってみろと言わんばかりの態度をとったので、この猫も寡婦の住居へ運ぶように命じた。猫はそちらでレディ・バークリーをにらみつければいいし、遊び相手にもなるだろう。これで野良猫が一匹減る。

彼女が寡婦の住居で当てつけがましく不便な暮らしをするのを、許してなるものか。いかにも彼女のやりそうなことだ――いや、この結論にはなんの根拠もない。こんなふうに考えるなんて、ぼくらしくもない。

ハードフォード館と庭園から離れる必要があった。気分転換が必要だった。そこで、ポースメアへ出かけて一日の大半を過ごした。ただし、彼が出向いたのは、新たに知りあった村人の大半が家を構えている地区ではなかった。それらの家は川が流れる谷間のゆるやかな場所にあり、川の左右の斜面に並んでいて、向こう岸の景観や、橋にかかった石の太鼓橋二本の絵のような眺めを楽しむことができる。だが、そちらは避けて、下流の漁村のほうへ出かけることにした。川と海が出合う広い河口に漆喰《しっくい》塗りのコテージが立ち並び、海風をまともに受ける場所に村があった。そこに住んでいるのは大部分が漁業に携わる人々で、彼の領民ではなく、荘園の仕事とは無関係だ。ただ、季節的な仕事に余分の人手が必要になれば、たぶん、ここの村人を雇ったこともあるのだろう。とにかく、ハードフォード伯爵家の本邸から見れば近隣地区の一部なのだから、こちらにいるうちに村人の何人かと知りあいになっておきたい。何か聡明《そうめい》な質問を思いつくことだってできるかもしれない。

ゆうべのパーティ会場だった宿屋に馬を預けて、徒歩で下流の村へ向かった。空き地がずいぶん多いことに気がついた。広い河口の両側は切り立った崖になっている。外海から守られた河口に漁船が何隻か浮かんでいる。頭上でカモメの群れが旋回し、鳴きかわしている。上流にあるハードフォードの領地に比べると、こちらのほうがこころもち気温が高いようだ。だが、景色ははるかに荒々しい。潮の香が強い。引き潮の時間だった。

何時間かのんびり過ごして、あたりをぶらついたり、たまたま外に出ていた村人たちと挨拶を交わしたりした。裏返した舟や漁網の修理をする者、集まって立ち話をする者などさまざまで、そばで子供たちが追っかけっこをしている。パーシーは最後に宿屋の酒場に入った。川の上流の村にある宿屋ほど立派ではないが、掃除がけっこう行き届いていて、居心地がよさそうだ。先客が何人かいて、ビールのジョッキのほうへ身をかがめていたので、パーシーは何人かを会話にひっぱりこんだ。

もちろん、心からくつろげる時間を過ごしたわけではない。村人はおたがいに知りあいだろうから、そこに完全に溶けこむのは無理だ。みんな、彼の姿に萎縮して口が利けなくなったり、自分の領地にとどまるかわりに彼らの縄張りに入りこんできた彼を胡散臭《うさん》く思ったり、さらにはむっとしたりしている様子だった。まあ、それを責めるわけにはいかない、とパーシーは思った。この連中がハードフォード館の庭園に勝手に入りこんで、頭を下げて前髪をひっぱるようぼくに要求したうえ、敬意のこもった挨拶をするよう求めてきたら、ぼくもきっと腹を立てるだろう。パーシーがかけた言葉に二、三人の男が返事をよこしたが、コーンウォール訛《なま》りが強烈なため、最初は外国語をしゃべっているのかと思ったほどだった。何を言っているのかをおおざっぱにつかもうとするだけでも、じっと耳を傾けなくてはならなかった。

パーシーはイングランドの僻地《へきち》にあるこの村のことをもっと知りたいと思っただけで、何か目的があって会話を始めたわけではなかった。しかし、しばらくすると、とりとめがないように見える彼の雑談はある方向へ向かい、興味深い情報を断片的に集めていた。ただ、真実にたどり着くには、村人たちがぬけぬけとつく嘘をふるいにかけなくてはならなかった。

このあたりで密輸？　このあたりで？　まさかと言いたげな表情。ゆっくりと首を横にふる者。頭を掻《か》く者。いや、ないね。とにかく、一〇〇年以上も前の話だ。遠い昔のご先祖さまの時代のことさ。じいさん連中に訊けば、少しは話してくれるかもしれんが、それだってガキのころに冬の暖炉のまわりで聞かされたことを話せる程度さ。いまの時代、密輸業に興味を持って始めるやつがいたとしても、うまくいくわけがない。収税吏が目を光らせとるし、州の役人どもがありもせん品物を捜して岬をうろつきまわり、時間を無駄にしておるからな。

政府が役人どもに給料を払うのは金の無駄遣いってもんさ。ご禁制の品なんぞ、ここいらには何もねえんだから。そもそも、なんで自分の舟を密輸に使わなきゃならん？　魚をどっさりとるほうがずっと簡単だし、法を守って楽に暮らしていけるんだぜ。

密輸団？　暴力？　強引に仲間にひきずりこむ？　昔はあったかもしれん。じいさん連中が身の毛のよだつホラ話をするかもしれんが、はっきり言って、それだけのことだ――つまり、真実のかけらもないホラ話に過ぎん。あとは、ガキが目を真ん丸にして、夜の夜中に「かあちゃん」と泣きわめくだけさ。最近は法律を守っとるからな、連中も。

すると、このあたりで密輸がおこなわれているのは事実だったのだ――馬を預けた宿まで歩いて戻り、馬で帰途につきながら、パーシーは結論を出した。首領がいて、ルールが決められ、秘密厳守の方針を徹底して、きわめて効率的に活動しているのは明らかだ。

密輸がおこなわれていようと、いまいと、パーシーにはどうでもいいことだった。厳然たる事実であり、消えることはけっしてない。憤慨して正義をふりかざしたところで、なんの得にもならない。収税吏か州の役人でないかぎりは。ただ、自分の土地がときどき輸送ルートに使われたり、さらには、寡婦の住居の地下室がかつてのように密輸品の保管場所にされたりしているのなら、話は違ってくる。また、自分の屋敷で働く召使いがおそらくは口封じのために脅され、さらには危害まで加えられていたとしたら。

そして――パーシーはふと疑問を抱き、それが頭から離れなくなった――ぼくが夜を過ごす部屋は海に面していて、月のない暗い夜中にたまたま目をさましたら、沖合いに大きな船が錨《いかり》を下ろし、小さな舟が何艘《そう》か櫂《かい》を使いながら湾に入ってくる光景や、箱や樽《たる》をどっさり背負った密輸団の連中が岬の向こうから現れる光景が、一望できるのではないだろうか？

湿気のひどいベッドと壁も、暖炉の煤も、光を通さない分厚いカーテンも、これで説明がつくのではないか？

短剣をくわえ、片目に眼帯をしたクラッチリーの姿を想像してみた。頭に浮かんだその姿に思わず苦笑した。しかし、がぜん好奇心が湧いてきた。

屋敷に戻ると、馬をそのまま厩に連れていって世話を頼むかわりに、厩の裏のパドックにつないだ。彼専用の馬番のミムズに三〇分ほどこの場をはずすように命じ、二、三度見かけたことのある脚の悪い下働きの男を捜しに行った。

生姜《しょうが》色の髪をした痩せた男で、レディ・バークリーが夫と共に戦場へ出かけた当時、一四歳だったとすると、現在は二〇代初めのはずだが、三〇歳か四〇歳でも、いや、もっと上でも通りそうだった。脚がねじ曲がっているのがひと目でわかる。顔色が悪く、妙に生気のない表情だ。パーシーが声をかけたときは馬房の汚物を掃除していた。

「きみがベインズか？」

「旦那さま？」ベインズは掃除の手を止め、パーシーのほうに顔を向けた。肩が丸まり、視線が定まっていない。

「パドックまで一緒に来てくれ」パーシーは言った。「ぼくの馬の右前脚がちょっと気になるんだ」

ベインズは驚きの表情になった。「ミムズさんを呼んできましょうか？」

「ミムズは使いに出した。大事な用があってね。きみに見てもらいたいんだ。以前は亡くなったバークリー子爵づきの馬番だったんじゃないのかい？」

ベインズはさらに驚いた様子だった。しかし、熊手を脇に置き、上着と膝丈ズボンの藁《わら》を払い落として外に出た。パーシーは彼が巧みな手つきと優しい声で馬を落ち着かせ、前脚の上に身をかがめるまで待った。ここなら厩に声が届くことはない。

「誰がきみにこんなことをしたんだ？」パーシーは尋ねた。

もちろん、返事は期待していなかった。相手は無言だった。いや、ほぼ無言と言うべきか。ベインズはいきなり身を起こした。

「誰が何をしたというんです、旦那さま」

「そのまま続けてくれ」パーシーはそう言って、柵に腕をもたせかけた。「正直なところ、きみから名前を聞きだせるとは思っていない。だが、いくつか質問するから、イエスかノーで答えてくれないか？　バークリー子爵はこの界隈で密輸がおこなわれていることに反対していた。どうだね？」

ベインズは馬の脚を丹念に調べていた。

「おれはまだ子供でした。子爵さまづきの馬番じゃなかったです」

「子爵は密輸に反対だった？」

「馬についてのご意見は知ってました。おれが知ってたのはそれだけです」

「子爵が戦場へ去ったあと、きみも密輸反対の声を上げたんじゃないのかい？　子爵をとても崇拝していたから」

「子爵さまと一緒に行きたかった」ベインズは答えた。「従卒になって、身のまわりの品の手入れをしたり、子爵さまのお世話をしたりしたかった。けど、おやじが行かせてくれなかったんです。おれが怪我するんじゃないかって心配して」

「皮肉なものだね。きみ、バークリー子爵のことが好きだったかい？」

「誰だって子爵さまが好きでした」

「そして、崇拝していた？」

「立派な紳士でした。本当なら――」

「父上亡きあとはバークリー子爵が伯爵になるはずだった？」パーシーは言った。「そうだね。そうなるのが筋だった。だが、子爵は死んでしまった」

「おれのかわりに、モーガンってやつがついていきました。なんでかっていうと、ラチェットさんの姪の息子だからコネがあったし、年も一八だったから。けど、ろくでもないやつだった。最後は逃げだしたんです。フランス軍のやつらが来て子爵さまと奥さまをつかまえたとき、あいつ、外国の丘で焚き木集めをしてたっていうんです。けど、賭けてもいいけど、死ぬほど怖くて岩の陰に身を隠してて、それから逃げだしたに違いない。おれがその場にいたら、ぜったい子爵さまたちを助けだしたのに。けど、おれはいなかった。この馬の脚、どこも悪くないですよ、旦那さま」

「村から戻ってくる途中、脚をかばっているように見えたんだが、では、きっとぼくの勘違いだ。だが、点検を怠らないに越したことはない。そうだろう？　きみ、このあたりの密輸をやめさせようとしたのかい？　バークリー子爵に喜んでもらいたくて」

「ブリストル海峡のほうでは密輸をやってます。というか、噂に聞いてます」ふたたび身を起こして、ベインズは言った。「それから、デヴォンのほうでも。けど、おれ、家から一〇キロ以上離れたことがないから、確かなことは知りません」

「それとも、密輸団に加わるのをきっぱり拒絶したのかい？」パーシーはさらに尋ねた。「それとも、収税吏に通報すると言って脅したのかね？　いや、答えなくていい。必要ない。その脚を最後にもう一度だけ見てくれ。ぼくも同じようにするから。話を聞かれる心配はないとしても、誰に見られているかわからないからね。どこも悪くない？　そう聞いてホッとした。では、もう行っていい。馬も連れてってくれ」

ベインズは馬をひいて厩へ戻っていった。痛みをこらえて歩いているのは明らかだった。先代伯爵は評判のいい医者に骨折の治療を頼んでくれたのだろうか、とパーシーは疑問に思った。例えば、ソームズなどに。どれほどひどい骨折だったのかも気になった。

こんなことはもうやめないと——屋敷に戻る道々、パーシーは考えた。ボウ・ストリートの警吏になったような気でいるなら、自分はよほど退屈しているに違いない。用心しないと、厄介ごとに巻きこまれるぞ。それに、叩きつぶされた脚や、暗い入江や、月のない夜や、崖の小道を運びあげられる重い樽や、大理石の貴婦人の足元にある地下室に怪しい男たちが忍びこむ光景など、想像したくもない。

あるいは、片手に剣をきらめかせ、反対の手に拳銃を構えて、大理石の貴婦人の救助に駆けつける自分の姿も。

彼女に詫びるべきだろうか？　ゆうべのあのキスには向こうも嬉々として応じていた。しかし、強姦されたかどうかなどとレディに図々しく尋ねる紳士がどこにいる？　それを自分がやってしまったことを考えただけで、冷汗が出るには充分だった。


翌朝、イモジェンは草むらに膝を突いて、スノードロップに違いないと思われるものを見つめていた。花はまだ咲いていない。だが、ひょろっとした茎だけでも、春のうれしい先触れだ。それに、今日は気温もほんの少し上がっている。太陽が輝いている。

屋根の工事も完了した。ティドマウス氏が代金を受けとり、職人たちを連れて去っていった。この屋根なら少なくともあと二〇〇年は持つと保証してくれた。イモジェンは今度雨が降ったときに雨漏りしないように願った。

本当なら、歩いて村まで行き、パーク夫人を訪ねて、村のパーティに出かけたせいで体調を崩したりしなかったかと尋ねるべきだった。本当なら、牧師館を訪ねて、ダンスや男たちの口説き文句について娘たちがおしゃべりするのに耳を傾けるべきだった。牧師館の娘たちは軽薄なおしゃべりを両親につねに禁じられているが、若い娘はときとして、心ゆくまでおしゃべりできる相手を必要とするものだ。本当なら、屋敷へ出向いて、寡婦の住居がふたたび快適な場所になったことをレディ・ラヴィニアに報告すべきだった。本当なら、ヒューゴの妻のレディ・トレンサム――グウェンに手紙の返事を出すべきだった。彼女から届いた手紙には、生まれたばかりの娘、メロディーは夜泣きのせいで気むずかしい人生のスタートを切ったが、クリスマス前には夜泣きをしなくなった、三月にパパとママに連れられてペンダリス館まで旅をするのをとても楽しみにしている、と書いてあった。本当なら……。

そう、用事は無数にあった。しかし、自分の家に戻ることができて天国のような気分だ、と自分にくりかえし言い聞かせても、何ひとつ手につかなかった。いまは一人きり。

そして孤独だった。

気分が滅入っているだけだわ。自分が孤独だと思ったことはなかった。だって、孤独なはずはないもの。

やがて、一人きりではなくなった。庭の門のほうから伸びた影がイモジェンの上に落ち、彼女は顔を上げた。ラヴィニアおばさまかティィリーならいいのにと願いつつ。ウェンゼル氏かオールトン氏でもかまわない。誰でもいい。あの人以外なら……。

「爽やかな戸外でお祈りでもしていたのかね、イモジェン」ハードフォード伯爵が尋ねた。

イモジェンは立ちあがり、スカートとマントのしわを伸ばした。

「ここにスノードロップが芽を出してるの。花はまだだけど。いつも最初の花を捜すことにしてるのよ」

「すると、春の季節を崇めてるんだね？」

「崇める？」イモジェンは不審そうに彼を見た。

「新たな命、新たな始まり、新たな希望」手袋に包まれた手の片方で宙に輪を描いて、伯爵は言った。「古きものを捨て、新たなものを迎え、年老いて疲れた魂をすべて呼び集めようというんだね？」

「わたしが願っているのは、寒い季節が終わることだけよ。そして、花々と木々に芽吹いた葉を見ることだけ」

散歩に行こうと誘われたら、今日は断わろう。ところが、そう考えているあいだに、彼が門をあけて入ってきた。すぐうしろにヘクターがいる。

「いいお天気ね」イモジェンは言った。

伯爵は青空を見上げ、それから彼女に視線を戻した。

「天気の話をしなきゃいけないのかい？　話題として、そのう……独創性に欠けているとは思わないか？　だが、確かにいい天気だ。それは認めるしかない。今日はうれしい知らせを持ってきた。親愛なるフラッフが子猫を出産した。全部で六匹。健康そうな子ばかりだ。できそこないは一匹もいない。きわめて信頼すべき筋から、世界でいちばん愛らしい子猫たちだとの意見が出た」

「ラヴィニアおばさま？」

「そして、メイド数人と従僕一人からも。玄関ホールで仕事を始めるべきなのに、みんな、不可解にも曲がり角を間違えて、かわりに厩にたどり着いてしまったらしい。ファービー夫人はそういう感傷的な出来事には例によって無関心だった。朝食をすませてダイニングルームを出るとき、〝溺れさせなさい〟という夫人の声が聞こえたような気がしたが、消化不良のせいで彼女の、そのう、胃から漏れた音に過ぎなかったのかもしれない」

選択の余地はなさそうね——イモジェンは思った。たとえこの伯爵が相手でも、露骨に無礼な態度をとることはできない。またもやくだらない冗談を並べているときはとくに。

「お入りになりません、ハードフォード卿？」イモジェンは尋ねた。「お茶でもいかが？」

「どちらのお誘いにも応じよう」伯爵はイモジェンに微笑した。自然で純粋な微笑——だが、どういうわけか、自然だとも純粋だとも思えない。

先に立って家に入りながら、イモジェンは思った——この人のことをよく知らなかったら、居心地が悪そうねと思ってしまうところだわ。ここには来てほしくなかった。それもわからない人なの？　昨日、屋根の修理も終わらないうちにわたしがここに戻ったのは、この人から逃げるためだったのに、それがわからないの？　でも、それはちょっと不当な言いがかりかもしれない。自分自身から逃げたくて、いえ、むしろ、この人がわたしに及ぼす影響から逃げたくて、ここに戻ってきたんだもの。彼の男っぽさに惹かれるのも、それに反応して自分のなかの女が目ざめるのも、イモジェンの望むことではなかった。

居間で伯爵とブロッサムがにらみあった。ブロッサムが対決に勝った。イモジェンが二人がけのソファの中央に腰を据えたあとで、伯爵は暖炉の反対側の椅子にすわった。足元にへクターがどさっとすわりこんだが、猫には無視された。二人が入ってくるのをプリムローズ夫人が見ていて、指示を待たずにお茶のトレイを運ぼうとしていた。訪問客はいつも、夫人のお茶と、彼女がその日に焼いたお菓子をどっさり勧められる。

トレイが運ばれてきて、イモジェンが二人分のお茶を注ぎ、彼のカップをそばに置き、受け皿にオートミールビスケットを二枚のせるまで、彼は熱のこもった口調で天気の話を続けた。晴天が何日か続くとその代償としてかならず悪天候に悩まされる、という事実をもとに、今後の天気について不吉な予測をした。イモジェンは伯爵の長話に思わず噴きだしそうになり、今日もまた、なかなか好感の持てる人だと思わずにはいられなかった。彼の圧倒的な存在感が居間を満たし、イモジェンが息苦しさを感じるほどになっていなければ、〝なかなか〟という限定の言葉は省いていたかもしれない。

彼がどこへ行こうとその周囲に漂っているように見えるカリスマ性に、イモジェンは憤りを感じていた。それにふさわしい人物でもないのに。

伯爵はビスケットを一枚とってかじった。よく噛《か》んでのみこんだ。

「それではないのなら、何があったんだ？」唐突に彼に尋ねられ、不思議なことに、何を訊かれているのかをイモジェンは正確に察した。彼の態度が一変し、室内の雰囲気も変わった。

〝強姦でないのなら、何があったのか〟――彼はそう尋ねているのだ。

返事なんかしなくていい。こんな質問をする権利は、この人にはない。無遠慮に尋ねた人はほかに一人もいなかった。ペンダリス館にいたときは、わたしから自発的に打ち明ける心の準備ができるまで、みんなが待ってくれた――お医者さままで。ジョージまで。すべてを打ち明けるのに二年かかった。二年も。この人と初めて会ったのは……何日前だった？　八日前？　九日前？

「何もなかったわ。あったと決めつけるのが、そもそも間違ってるのよ」

「そうか」彼は言った。「きみを信じよう。だが、何かがあったはずだ」

「夫が亡くなったの」

「だが、きみは喪に服すだけでなく」伯爵は手にしたビスケットに目をやり、初めてそれに気づいたかのような顔をして、もうひと口かじった。「生きていくことを拒んでいる」

洞察力がありすぎる人だわ。

「わたしは空気を肺に吸いこみ、ふたたび吐きだしてますけど」

「それだけじゃ、生きているとは言えない」

「じゃ、なんなの？」困惑して、イモジェンは尋ねた。こちらの気持ちを察してお天気の話に戻ってくれればいいのに。

「生存しているだけだ。かろうじて。生きるというのは、単に生存することではない。そうだろう？　大事なのは、人生で何をするのか、生存しているという事実をどう活かすかということだ」

「どなたか権威ある人のお言葉？」

しかし、イモジェンは不本意ながら〈サバイバーズ・クラブ〉の仲間に思いを向けていた。ペンダリス館を離れてから何年かのあいだに、自分の人生と生存を懸けてすばらしい成果を収めてきた仲間たち。ベンはいまも歩行困難だが、車椅子を使うようになってから行動範囲が大幅に広がり、ウェールズにある景気のいい炭鉱と製鉄所の経営をまかされて多忙な日々を送っている。また、幸せな結婚をしている。ヴィンセントは目が不自由なのにもかかわらず、散歩と乗馬と運動を楽しみ、ボクシングまでやっているし、妻と二人で童話を作り、そのあとで妻が挿絵を描いて出版している。息子が一人いる。フラヴィアン、ヒューゴ、ラルフ——この三人も幸せな結婚をして積極的に人生を送っている。きっと幸せな人生だろう。だが、みんなが絶望にあえぎ、肺に空気を送りこむことすら辛くてできなかった時代のことを、イモジェンは覚えている。とくに、ラルフは長いあいだ自殺願望に苛まれていた。

でも、わたしの重荷をほかの仲間が背負うことはない。わたしも仲間の重荷を背負うことがないのと同じように。スノードロップの最初の花を見ることができなかったら? 今年も、今後も永遠に。崖の小道や下の浜辺を散策することが二度とできなくなったら?

さっきの彼女の質問に、彼はまだ答えていなかった。一枚目のビスケットを食べおえようとしているところだった。

「何があったんだ?」

「あら、告白は両方からするものよ、ハードフォード卿」イモジェンは声を尖らせた。「片方が司祭さまなら別だけど。あなたにだって、できれば打ち明けたくないことが何かあるはずだわ」

伯爵が口に運ぼうとしていたビスケットが五センチ手前で止まった。「しかし、芳しくない話をしてレディを憤慨させるのは気が進まない」ビスケットを下ろしながら、彼は言った。

「あるいは、レディの耳を汚すのも」

イモジェンは舌打ちをした。「あなたは海を怖がってる。それから崖も。二、三日前にあなたが浜辺に下りたのは、きっとプライドのせいだったんだわ。たかが女に過ぎないわたしが先に下りたものだから」

伯爵はビスケットをカップの受け皿に戻した。

「交換するとしようか、イモジェン。きみの話とぼくの話を」

いいえ。

いいえ。できない。

発言する前によく考えるべきだった。こんな話を始めたのが間違いだった。

「ぼくから先に話そうか?」彼が言った。

10

伯爵は彼女の返事を待たなかった。

「ぼくは一〇歳か一一歳ぐらいで、手に負えない時期にいた。少年なら誰もが、そしてたぶん少女も通過する時期だ。何も知らないくせに、なんでも知っているつもりだった。家族で何週間か海辺に滞在していたときのことだ。正確な場所は覚えていないが、どこか東のほうにある海岸だった。金色の砂浜、高く険しい崖、桟橋とボート、海でバシャバシャ泳ぎ、白く泡立つ波の下にもぐりこむ。まさに少年の楽園だった。ところが――少年の存在を脅かす暗い影があった。大人の一団がぼくにつきまとい、海辺の時間を一瞬たりとも楽しませてなるものかと誰もが固く決意していたのだ――両親、家庭教師の一人、何人もの召使い、さらには老齢の乳母までが。海は危険で、幼い少年は溺れてしまう。ボートは危険で、ひっくりかえったら幼い少年は海に投げだされて溺れてしまう。崖は危険で、幼い少年は転落し、下のごつごつした岩場にぶつかって死んでしまう――あらゆるものが危険で、ぼくの安全を守るには大人がつねに監視を続けるしかないというわけだ。いつもぼくと手をつなぎ、何もかも禁じようとした。〝まだ小さいんだから〟と言われるたびに、大人が手をつなごうとするたびに、ぼくはむくれていた」

「そのうち」イモジェンは言った。「何か方法を見つけて反抗したのね？」

「思いきり派手に」彼はうなずいた。「ある日の夕方、どうやったかは覚えてないけど、こっそり抜けだして一人で浜辺に下りた。誰もいなかった。海は静かで、桟橋のそばで何艘ものボートが手招きするように揺れていたから、そのひとつに乗ってオールを握ってやろうと決めた。漕《こ》ぎ方ぐらい知ってるってみんなに訴えても、一度も許してもらえなかったんだ。やってみたら、けっこううまく漕げた。浜と平行にボートを進めるコツもつかんだから、デンマークの方向へ遠ざかる心配はなくなった。しばらくすると、海賊の隠れ家にぴったりの入江が見えてきたので、浜に上がってしばらく遊ぶことにした。ボートを砂浜にひっぱりあげて、海賊王になった。崖をよじのぼり、見晴らしのいい平らな岩棚に出たので、海賊ごっこを続けてたら、そのうち、いくつかのことに同時に気がついた。最初に感じたのは肌寒さだったと思う。太陽が沈んで黄昏が忍び寄ってきたせいだ。そのあと、矢継ぎ早にいろんなことがわかってきた。宝を積んだ船を襲撃しようと思って水平線に船影を探していたら、そのあいだに潮が満ちてきて、下の砂浜がほとんど消えていた。舫《もや》っておいたボートが持ちあげられ、沖へ流されていた。ぼくの背後と左右の崖はとても高くて、険しくて、ひどく危険に見えた」

「まあ。お母さまが心配なさったでしょうね」

「うん、そうだね」彼も同意した。「ただ、そのときのぼくは自分の心配をするので精一杯だった。岩棚で一夜を明かし、翌日もほとんどそこでじっとしていた。一週間、いや、一年ぐらいたったような気がした。潮がひき、ふたたび満ちてきたが、引き潮のときですらどうにもできなかった。岩場をまわって浜辺に出る道がなかった。たとえあったとしても、恐怖で身がすくんでいたから、まつげ一本動かせず、その場から一センチたりとも動けないまま、一時間ごとに狭く高くなっていくように見える岩棚に危なっかしくしがみついているしかなかった。やがて風が出てきて、ぼくをさらっていこうとし、空は鉛色に変わり、海はうねりが高くなって白波が立ち、ぼくは海の上にいるわけでもないのに船酔い状態になった。ついに、一艘の舟が荒波に揉まれながら姿を現し、舟に乗っていた船頭と家庭教師がぼくを見つけたが、上陸するのがひと苦労だった。二人はそのあと、ぼくを岩棚から文字どおりひきはがさなくてはならなかった。船頭がぼくを肩にかつぎあげ、目を閉じているように言ってから、崖を下りていき、ぼくを舟に放りこんだ。ぼくはたぶん、目をまわして、口から泡を吹いていたと思う。帰る途中、またしても気分が悪くなった」

伯爵はティーカップとビスケットに目を向けたが、そちらへ手を伸ばそうとはしなかった。たぶん――イモジェンは思った――手が震えそうで心配なんだわ。

「みんな、ぼくが死んだものと思いこんでいた。当然だよね。とくに、夜が明けてまもなく、海を漂流しているボートが見つかったんだから。誰も乗っていなくて、妙なことにオールが片方だけ消えていた。家庭教師に連れられて宿に戻ると、死からよみがえったぼくを父が抱きしめてくれた。その強烈さときたら、窒息せずにすんだのが、そして、全身の骨が折れてしまわなかったのが不思議なほどだ。父は次に、手近の椅子の背にぼくをうつぶせにさせ、ズボンをひきずりおろして、素手で思いきり尻をひっぱたいた――父に叩かれた記憶はこれ一度きりだ。それから母のところへ謝りに行くように言われた。母は芳香塩やその他の気付け薬を手にしてベッドで横になっていたが、飛びだしてきた。ぼくはまたしても骨を折られそうになり、母の涙で半分溺れてしまった。一連隊が養えるほどの料理をのせたトレイが料理番から届けられ、それを――立ったままで――食べてから、こっそり自分の部屋に戻ると、ステッキを手にした家庭教師が待ち構えていた。教師は身体をくの字にして両手を膝に置くようぼくに言い、それから一二回、思いきりぼくを打ち据えた。そのあと、ぼくはベッドに追いやられ、翌朝出発するまでじっとしていた。うつぶせで寝るしかなかった。その姿勢は昔から苦手だったが」

「それ以来、海と崖に関係したすべてのものを怖がるようになったのね」

彼がイモジェンのほうを向いて笑いかけた。いつもと違って、技巧には無縁の表情だったので、イモジェンは思わず息をのんだ。

「自業自得さ。周囲のみんなは地獄のような夜と朝を過ごしたに違いない。ぼくはそれだけ愛されてたんだ。たまに、ろくでもない子供になることもあったけど。ただし、念のために言っておくと、ごくたまにだよ」

ええ、きっと愛されてたんでしょうね。

「何日か前の朝、ぼくは自分を誇らしく思った。ぼくの怯えに気づいてそれを口にするなんて、きみも意地が悪いね」

「あら、最大の恐怖と向きあって、そのなかへ突き進み、通り抜けるには勇気が必要なのよ。わたしはたぶん、あなたの勇気を称《たた》えたかったんだわ」

彼が楽しそうに笑ったので、イモジェンはできれば知りたくなかったことに気づいてしまった。彼に好意を抱いていた。というか、人好きのする男性であることは認めるしかなかった。彼のせいで、自分が何年もかけて築いてきた冷静さが揺らいでいる。苦労して手に入れた自制心を乱されたのは、イモジェンにとって不本意なことだった。

「きみの番だぞ」彼が言ったが、あまりに静かな声だったので、うっかり聞き逃すところだった。

しかし、言葉の残響を感じた。

イモジェンは唾をのみこんだ。喉がからからだ。お茶には口をつけていないし、一枚だけとったビスケットもそのまま残っている。でも、お茶はたぶん冷めてしまっただろう。冷めたお茶は大嫌い。そして、この人が手の震えを心配していたのなら、わたしの手も震えているに違いない。

「話すことはたいしてないのよ。夫が英国軍の士官であることは敵もわかっていたはずなのに、軍服を着けていなかったため、自分は士官だと夫が言っても信じようとせず、あらゆる手段を駆使して強引に情報をひきだそうとしたの」

「拷問か」

イモジェンは膝の上で両手を広げ、そこに視線を落とした。

「わたしに対しては最高級の待遇だったわ。駐屯地の司令部に個室を用意し、歩兵の奥さんをメイドとしてつけてくれた。わたしは毎日、フランス軍の最高クラスの士官たちと食事をし、フランス語もほどほどにしゃべれたけど、向こうは苦労しながら英語で会話を進めようとした。あれほどいい待遇を受けたのはイングランドを出てから初めてだったわ」

「しかし、ご主人に会うことはできなかった」

「ええ」イモジェンはゆっくり息を吸い、乾いた舌で乾いた唇をなめた。「でも、たまに夫の悲鳴を聞かされることがあったわ。まったくの偶然のように見せかけて。あとでかならず、フランスの士官が平身低頭して謝ってくるの」

スカートの生地が彼女の指のあいだで折りたたまれていた。

「ご主人は秘密を漏らさなかったわけだね？」ずいぶん長く続いたように思われる沈黙のあとで、彼が尋ねた。

「ええ」イモジェンは折りたたんだ生地を伸ばした。「ひとことも」

「フランスの連中はきみから情報をひきだそうとはしなかったのかい？」

「わたしは何も知らなかった。向こうもそれは承知していた。時間を無駄にするだけだわ」

「きみを使ってご主人から情報をひきだそうとすることは？」

この人、ずいぶん鋭いのね。イモジェンの指のあいだでふたたびスカートが折りたたまれた。

「夫はひとことも秘密を漏らさなかった」イモジェンはふたたびそう言うと、目を上げて伯爵を見た。彼はやや青ざめ、唇のあたりをこわばらせていた。「そして、フランスの士官は……わたしには何もしなかった。わたしを傷つけることはけっしてなかった。夫が……亡くなったあと、フランス軍大佐が休戦の旗を掲げてわたしを英国軍の司令部まで送り届けてくれた。礼儀を重んじて兵士の妻を同行させるほどの気の遣いようだったわ。大佐は慇懃で礼儀正しい人だった。わたしが本当に英国軍の士官の妻だと——未亡人だと——知って、ひどく驚き、後悔していたわ」

「ご主人が亡くなったとき、きみもその場に？」

イモジェンは彼の視線にからめとられたような気がした。目をそらすことができなかった。

「ええ」指を広げ、折りたたんだ生地を放した。

伯爵はしばらくイモジェンに視線を据えていたが、不意に立ちあがった。犬も身を起こした。猫のブロッサムが寝そべったまま、伯爵と犬の両方を眺めたが、椅子の所有権を脅かされる心配はなさそうだと見てとると、ふたたび目を閉じた。伯爵は片方の前腕を炉棚にのせ、ブーツに包まれた片脚を暖炉の前に置いて、火を見つめた。

「勇敢な人だったんだね」

「ええ」

「そして、きみはご主人を愛していた」

「ええ」

イモジェンは目を閉じ、そのまま静止した。

ふたたび彼の声がした瞬間、びくっと目を開いた。伯爵はイモジェンが気づかないうちに部屋を横切って二人がけのソファに近づき、彼女のほうに身をかがめていた。何センチも離れていないところに彼の顔があった。しかし、彼の行動に性的な含みはなかった。イモジェンも即座にそれを悟った。

「戦争ほどくそいまいましいものはない。そうだろう？」下品な言葉遣いを詫びることも、彼女の返事を待つこともなく、伯爵は続けた。「戦死した者のことを耳にすると、人はその身内を気の毒に思う。負傷した者のことを耳にすると、同情に身を震わせつつも、運のいいやつだと思う。傷がある程度まで癒えれば、戦争へ行くために置き去りにした人生に戻れるのだから。だが、女性たちのことまでは考えない。愛する者を失った彼女たちに少し同情する程度だ。しかし、戦争はそれに関わった者にとって、生死に関係なく、もっとも、もっとも、くそいまいましいものだ。そうだろう？」

今度は彼女の返事を待った。伯爵の顔は蒼白で、険悪な形相になり、ふだんとは別人のようだった。

「そうね」イモジェンは柔らかな声で同意した。「もっともくそいまいましいものだわ」

「きみたちがそこにいることをどうやって知ったんだろう？」

イモジェンは眉を上げた。

「フランスの連中だよ」伯爵は説明した。「きみたちをとらえたとき、連中は英国側の陣地に入っていた。違うかい？　ご主人はそこまでならきみを連れていっても大丈夫だと思っていた。きみたちがそこにいることを敵はどうやって知ったんだ？　それに、ご主人が拘束するに足る重要人物であることをどうやって知ったんだ？　軍服姿ではなかったのに」

「あれはフランスの斥候隊だった。丘陵地帯に敵と味方の斥候がうようよしてたの。両方の陣地に。ただ、陣地といっても、こちらの庭園と向こうの土地を隔てる壁みたいに境界線を持つものではないし、しかも、日ごとに変化していた。戦争にきれいごとなんて存在しないのよ。ただ、夫はあのあたりの丘陵地帯ならわたしを連れていっても大丈夫だと確信していたの」

伯爵が身を起こして向きを変えた。苛立ちと傲慢のかたまりのような人物に戻っていた。

「今夜、サー・クウェンティンの家でカード・パーティが予定されている。きみのために馬車を用意させようか？　ぼくは自分の二輪馬車で行くつもりだ。それとも、きみは欠席だとぼくから断わりを入れたほうがいいかな？」

「馬車をお願い。わたしは一人暮らしかもしれないけど、隠遁《いんとん》生活をしているわけではないのよ」

彼がふりむいてイモジェンを見た。「そうしたいという誘惑に駆られたことは？」

「あったわ」

伯爵は何秒か無言で彼女を見つめた。「やはり、女性たちのことまで考えるべきだ。結婚生活において勇敢だったのはきみのご主人だけではない、レディ・バークリー。では、失礼する」

そう言うと、大股で部屋を出ていき、犬が小走りであとを追った。彼の背後で居間のドアが閉まってしばらくすると、玄関ドアの開閉する音がイモジェンの耳に届いた。

〝結婚生活において勇敢だったのはきみのご主人だけではない……〟

ディッキーが死んだとき、わたしも死ぬことができればよかったのに。二人一緒に。ほんの数秒の間隔をおいて。連中がわたしを殺してくれればよかったのに。当然そうなるものと予想していた。ディッキーもそれを予想していた。〝勇気を出して〟――彼の最後の視線がイモジェンに語りかけていた。声に出して言ったかのようにはっきりと。

〝勇気を出して〟

彼の目が語りかけてきた最後の言葉がこれだったことを、イモジェンはときどき忘れてしまう。その二、三秒前には〝ぼくを〟と言われた。〝ぼくを……イモジェン〟――その無言の叫びすら、ときどき忘れてしまう。いえ、声に出したものではないので、それが正解なのかどうかはわからない。でも、ディッキーとわたしはいつも相手の心の内を理解していた。それだけ密接に結びついていた――夫と妻、兄と妹、同志、親友だった。

〝ぼくを……〟そして次に〝勇気を出して〟。

じっとすわっているあいだに、彼女のカップのなかで冷めていたお茶が灰色の薄い膜に覆われた。ハードフォード伯爵のカップのお茶も。

自分なんか大嫌いだ――パーシーがそう思いながら背後の庭の門を閉め、とくに考えもせずに崖の小道を進んでいくと、やがて断崖の裂け目のところに出た。危険に出会う可能性があることは考えないようにして、浜辺に続く急な小道を下りていき、少し先の洞窟まで歩いた。足を止めることなく、なかに入った。潮が急激に満ちてきて砂浜を覆い、自分を洞窟に閉じこめ、溺死させる気ならやってみろ、という挑戦的な気分だった。洞窟は予想よりはるかに広かった。

うん、大嫌いだ――突きでた岩に片手を置き、外の明るい光のほうへ目を凝らしながら、パーシーは思った。自分なんか大嫌いだ。

「今日は助けてもらわなくても、自分で下りられたようだな」洞窟の入口に寝そべったヘクターに、パーシーは声をかけた。犬は前脚に顎をのせ、飛びでた目で洞窟をのぞいている。

「よくやった」

人間の屑《くず》みたいなこのぼくにどうしてヘクターがなつくんだ？　犬は人を見る目があるはずなのに。

比較的穏やかに進んできた自分の人生に影を落とす大きな黒い汚点を、パーシーはさっき告白したばかりだった。あの凄絶な恐怖からはいまも立ち直っていない。少年のやんちゃな愚行が悲惨な結末になった。そのときの惨めな屈辱感が大人になるまで彼につきまとって離れなかったが、いつも単純な方法でうまく隠してきた。例えば、海にはけっして近づかないとか、それ以外の挑戦の機会には進んで応じるとか。危険が大きければ大きいほど歓迎で、自分の命を顧みることはなかった。ちょっとした皮肉だな――パーシーは思った――二年前に思いがけず爵位を継いだときに一緒についてきた伯爵家の本邸と庭園は、コーンウォール州にあるだけでなく、高い断崖のてっぺんに危なっかしくしがみついているのだから。

彼の人生に暗い影を落としているのは、少年時代のあの事件だけと言っていい。いや、三年前の父親の死がある。あれほど悲痛な出来事はなかった。しかし、そういう別れは人生の自然な流れにつきものだし、時間がたてば悲しみも癒える。彼としては、自分があれ以来つねに危険を避けることを心がけて人生を送り、けっこううまくやってきたと思っている。しかし、選択肢を与えられたときに、同じようにしない者がどこにいるだろう？　痛みと苦悩を自ら進んで求める者がどこにいるだろう？

しかし、自分に対して言い訳をする気分にはなれなかった。成人してからの彼の人生は軽率な行動の連続だった。一〇年近く前にオックスフォード大学を出て以来、あらゆることに無関心に生きてきた。彼が関心を持つのは、薄っぺらで、無意味で、ときに愚かな軽挙とし か呼べないものばかりだった。現在三〇歳だが、人生において誇れるようなことは何もしていない。いや、在学中に二科目で最優秀の成績を収めている。だが、それを何かに活かしたことは一度もない。

そんな生き方がまともと言えるだろうか？

褒められたことでないのは確かだ。

ぼくは何かを言った――この午前中に。パーシーは顔をしかめてしばらく考えこんだ。

〝生存しているだけだ。かろうじて。生きるというのは、単に生存することではない。そうだろう？　大事なのは、人生で何をするのか、生存しているという事実をどう活かすかということだ〟

しかも、彼女への非難の言葉として言ったのだ。尊大な男だな、ぼくも。

ぼくも生き延びてきた人間だ。そうだろう？　誕生したときに死なずにすんだ。新生児の多くが死亡することを考えたら、立派なものだ。幼児期の危険と病気にも負けずに生き延びた。断崖でのあの試練を生き延びた。馬と二輪馬車を駆っての無謀なレースにも、拳銃の決闘にも、四階建ての家々のあいだの幅広い空間を飛び越える競争にも勝った。一度などは豪雨のなかだったのに。何度も生き延びてきた。肉体と精神と感情をほとんど傷つけられることなく、三〇歳という年齢に達した。

〝大事なのは、人生で何をするのか、生存しているという事実をどう活かすかということだ〟

ぼくは人生で何をなしとげたのか？　命という貴重な贈物をどのように活かしてきたのか？

洞窟を出て浜辺を歩いていくと、やがて波打ち際にやってきた。潮の香が一段と強まった。広大な自然のなかで野ざらしにされたような気分になり、海の原始的な轟《とどろ》きと波の砕け散る音で聴覚が麻痺《まひ》しそうだった。海面に太陽が反射してきらめき、まぶしくてたまらない。ヘクターが浅瀬で跳ねまわっていた。膝まで水に浸かり、水しぶきをうしろへ飛ばしている。

砂まみれになり、屋敷までその砂を持ち帰ることになりそうだ。

自分は海の何を恐れたのだろう？――パーシーは自分に問いかけた。水にとらえられて溺れてしまうから？　それとも、もっと根源的な何か？　広大な海のなかで無となってしまう恐怖？　それとも、広大な未知の世界と向きあう恐怖？　自分だけのちっぽけな陸の世界にしがみついているほうが楽だというだけのこと？

しかし、パーシーは自らを省みることに慣れていないため、はしゃぎまわる彼の犬に関心を戻した。

ぼくの犬？

「くたばっちまえ、ヘクター」低くつぶやいた。「誇り高きハンサムなマスチフ犬として生まれてくれればよかったのに。あるいは、ぼくじゃなくてファービー夫人になついてくれればよかったのに」

彼女はずるい――ファービー夫人ではなく、レディ・バークリーのことだ。ぼくは何もかも話したのに。ズボンを下ろされて尻を叩かれたことまで。彼女のほうは一部分しか話してくれなかった。かなりの部分が、それも重要な部分が省略されている。その部分こそ、すべての説明となるはずなのに。

ぼくには知る権利はない。そもそも、尋ねる権利もなかったのだ。どちらかといえば、彼女をだまし、こちらの話とひきかえに向こうから話をひきだそうとしただけのこと。それに、彼女が話すのを控えた事柄については、正直に言うと知りたくない。さっきの話だけでも身がすくんでしまった。省略された部分はおそらく耐えがたいものだろう——いや、きっとそうだ。

耐えがたい事柄を、パーシーはこれまでずっと避けてきた。

彼女はペンダリス館で三年もの月日を送った。いまだに回復していない。回復からほど遠いところにいる。彼女を苦しめているのは単純な悲しみではなさそうだ。

知りたくない。

ふだんの彼なら、他人の人生に探りを入れるようなことはしない。そもそも、自分に関係のないことには興味を持たない人間だ。苦痛を伴うことであればとくに。

レディ・バークリーは、ぼくとはなんの関係もない相手だ。どう考えても、ぼくを惹きつけるタイプの女性ではない。それどころか、ふだんのぼくが苦手とするタイプだ。

彼女の前に出ると、なぜふだんの自分でいられなくなるのだ?

くそ——不意に思った——去らなくては。浜辺からという単純な意味ではない。とりあえず大股で浜辺をひきかえし、ヘクターには勝手にあとを追わせることにした。ハードフォード館から。コーンウォールから。すべてを置き去りにし、すべてを忘れ、有能な管理人を派遣して荘園の運営を一任し、自分でこちらに来てあれこれ整理しただけでも荘園主の義務を立派に果たしたことになる、と思って満足すべきだ。自分の人生に戻らなくては。友達のところに、家族のもとに。

イモジェン・ヘイズのことを、レディ・バークリーのことを忘れなくてはならない。忘れてしまえば、彼女は大喜びするだろう。ぼくが去ったあとは、寡婦の住居に身を隠す必要もなくなる。

どうしてもここを去らなくては――崖のてっぺんをめざして小道をよじのぼりながら、パーシーは決心した。息が切れていたが、歩調をゆるめたくなかった。今日のうちに。あるいは、遅くとも明日の朝いちばんに。ワトキンズに命じて荷造りをさせ、厩にいるミムズに指示を出そう。だが、二人の支度が整うのを待つ必要はない。ロンドンから来たときと同じように、一人で馬を走らせて帰途につけばいい。

今日のうちに出発しよう。

クウェンティン家へはお詫びの手紙を届けさせよう。

きっぱり心を決めると気分も軽くなり、ブーツに致命的な傷をつけることなくハリエニシダの隙間を通り抜け、次に芝生を大股で横切って屋敷へ向かった。ひとつだけ迷ったのは、ヘクターを連れていくかどうかだった。もちろん、馬の横を走らせるわけにはいかないから、馬車に乗せてやるしかない。ワトキンズがストイックな態度を捨てて辞職願を突きつけるかもしれない。そうなれば、ぼくはロンドンじゅうの笑いものだ。いや、かまうものか。

暗くなる前に何十キロも先まで行けるだろう。そう思っただけで浮き浮きしてきた。ロンドンに帰ろう、ここには二度と来るものか――その心地よい思いに、自然と歩幅が大きくなった。

パーシーが屋敷に入ったとき、玄関ホールには誰もいなかった。しかし、目の前のテーブルに置かれた銀のトレイに手紙が二通のっていた。自分宛でないことを願い、たぶん違うだろうと思いつつ、手紙に視線を落とした。こちらに来て以来、手紙が届いたことは一度もない。

どちらの筆跡にも見覚えがあった――一通はロンドンで伯爵家の財産管理を担当しているヒギンズから、そして、もう一通は……彼の母親からだった。

11

パーシーは二通の手紙に渋い顔を向けた。二階へ直行して決意が鈍る前にワトキンズを呼ぶつもりでいたのに、こんなものに邪魔されるとはあんまりだ。

ヒギンズはたぶん、荘園管理人の仕事をまかせられる人間を見つけてくれたのだろう。だったら、ちょうどいいタイミングだ。しかもこんなに早く。だが、母のほうは、ぼくがここにいることをどうやって知ったんだ？　ぼくは怠け者だから、こちらに来てから一度も手紙を出していない。いとこのシリルが知らせたのかもしれない。やがて、記憶をたどるうちに彼の渋面がひどくなった。ぼくが母に手紙で知らせたんだっけ？　コーンウォールへ出発する前夜、現在の荘園管理人であるラチェット宛に手紙を書いたあとで。ラチェットへの手紙には、ぼくがこちらに来ることを告げ、到着前に梁《はり》のクモの巣を払っておいてほしいと書いたような気がする。

くそ、ほんとにそんなことを書いたのか？　酔っぱらったときに紙にペンを走らせると、ろくなことにならない。母にも手紙を出したのだろうか？　だとしたら、いったいどんなことを書いたのか？

封を切り、たった一枚の便箋を開いた。母の小さいきれいな字で行間を詰めて書かれた手紙にざっと目を通した。

なるほど、母は確かに彼がロンドンから出した手紙を受けとり、彼がようやく義務を果たす気になってコーンウォールの荘園へ出かけたことを喜んでいた。〝でも、あなたが惨めな人生を送り、孤独に苛まれていることを知って、心配でたまらず……〟

パーシーはいまこの瞬間から酒をやめようと決心した。今後は一滴たりとも飲まないぞ。いったいどんな感傷的な自己憐憫《れんびん》のたわごとをその手紙に書いてしまったのだろう？　実の母親に宛てて。

さらに手紙を読んだ。

〝ハードフォード館で責任を負うことになれば、あなたも成長できるでしょう。近隣の方々が両手を広げてあなたを歓迎してくださっても、わたしは少しも驚きません。だって、みなさん、二年も待たされたんですもの。きっと、そちらで人生の目的と友情が見つかることでしょう――そして、もしかしたら、特別な誰かまで？〟

パーシーは顔をしかめた。彼の母は永遠に楽観的《ホープフル》で、永遠に救いがたい《ホープレス》ロマンティストだ。馬に乗ってロンドンへ出発する前に、母を安心させるために――そして期待を打ち砕くために――手紙を書かなくてはならない。くそっ、少なくとも三〇分は出発が遅れてしまう。

しかも、くそっ、くそっ、母の期待を裏切ることになる。

またしても。

そして、落胆させることになる。

またしても。

母がはっきりと口にしたことはないものの、息子がいつか心から誇りにできる人物になってくれるよういまだに期待していることは、彼にもわかっていた。息子への愛情と誇りをつねに言明している母だが、オックスフォードを出た瞬間からその母を失望させてきたことは、彼も自覚している。あれほどすばらしい学問の高みにのぼりつめたのに、以来、怠惰で軽薄な人生を送ってきたのだから。

目の焦点がぼやけてきて、文字に目を走らせるかわりに、ぼんやり眺めるだけになった。しかし、文章はあとひとつかふたつ残っているだけだ。たぶん、手紙の最後に儀礼的につける挨拶の言葉だろう。そこに目の焦点を合わせた。

〝あなたを元気づけるために、わたしも力が及ぶかぎりのことをしようと思っています〟母はそう書いていた。〝わたしと、たぶん、おじさま、おばさま、いとこたちとで。あなたのお誕生日を一族でお祝いする機会がありませんでしたね。遅ればせながら、お祝いをすることにしましょう。明日の朝、コーンウォールへ向かうつもりです〟

母がやってくる。

ここに。

誰に声をかけたのかわからないが、とにかく親戚を何人か連れて。

こちらに滞在する。遅ればせながら、ぼくの誕生日を祝うために。

すでに出発したあとだろう。大量の荷物とお供を連れてひとつの場所から別の場所へ移動するときの、母のいつものやり方からすれば、ダービーシャー州からはるばる出かけてくるわけだから、到着までかなりの日数がかかるはずだ。だが、それでも……いまはこちらに向かっているわけだ。つまり、母を止めることはもうできない。おじとおばといとこの大軍も地球上のこの地点に続々と集まってくるだろう。それも止めようがない。身内の誰かが母の鬨《とき》の声を心に留めているとすれば。

そういう者が何人かいると思っておけば間違いない。

ハードフォードでみんながお祭り騒ぎに興じることだろう。一族のパーティ。盛大に。誕生祝いや一族のパーティにはとどまらないだろう。ハードフォード伯爵としての彼の帰還を祝う場になるはずだ。屋敷の奥に舞踏室がある。広い部屋だが、陰気で、みすぼらしくて、残念ながらほとんど使われていない。ぼくの財産を半分賭けてもいいが、母のことだから、いまこそ自分の出番だと張りきり、エネルギーを大爆発させて準備にとりかかるはずだ。誕生祝いと身内のパーティと歓迎祝賀会がひとつになって、コーンウォール州の誰も見たことがない盛大な舞踏会になりそうだ。ついでに、デヴォン州とサマセット州も含めるとしよう。ぼくの残り半分の財産をそれに賭けてもいい。

ひとつだけ明瞭なことがある。今日は結局、馬で逃げだすのをあきらめるしかなさそうだ。いや、明日も。

クラッチリーがブーツをぎしぎしいわせて玄関ホールにやってきた。背後から猫のプルーデンスが走ってきて、パーシーに向かってシャーッとうなり、ふたたび走り去った。既視感を覚えた。

「クラッチリー」パーシーは言った。「屋敷のなかを徹底的に掃除するよう、みんなに命じてくれないか。二週間ほどしたら、ぼくの母が到着する予定だ。また、何人ぐらいになるかわからないが、ほかにも客がやってくる。母と前後して。母の同行者たちもいるだろう」

たとえ面食らったとしても、執事がそれを顔に出すことはなかった。「かしこまりました、旦那さま」ブーツをぎしぎし鳴らして、もと来たほうへ戻っていった。

パーシーはレディ・ラヴィニアがどこかにいないかと思い、のろい足どりで二階に上がった。財産のあと半分を喜んで賭けたい気分だった――いや、あと半分はさっき賭けたから、もう残っていない。そうだったな？　とにかく、何を賭けるにしても、この知らせにレディ・ラヴィニアが有頂天になるのは間違いない。

ああ、ふたたびレディ・バークリーと顔を合わせなくてはならない運命だ。できれば会いたくない。会えば心を乱される。

過去を語るよう彼女に迫らなければよかった、とパーシーは後悔した。語られなかった部分のことを思うと、何も知らなかったとき以上に胸が痛んだ。

二日後、イモジェンは不安と憂鬱に苛まれていることを自分で認めた。それに孤独だった。そして、ひどくふさぎこんでいた。

どん底まで落ちてしまった気分だった。恐れていた場所に。五年前にペンダリス館を去って以来、こんなことは一度もなかった。もっとも、この五年のあいだ、幸せだったわけではない。幸せはけっして望んでいない。そんな資格はない。もちろん、孤独と塞ぎの虫にとりつかれたことはあった。しかし、絶望に近いものにのみこまれ、そこから抜けだして自由になる方法を見つけられずにいるのは、初めてのことだった。

これまでは深い感情をすべて押し殺し、表面だけをとりつくろって生きることで、かろうじて人生の均衡を保ってきた。魂の高揚に身を委ねるのは、年に一度〈サバイバーズ・クラブ〉の仲間と共に過ごす数週間だけだった。しかし、その高揚感にも限度がある。仲間のことが大好きで、彼らの絶えざる苦悩に共鳴し、彼らが苦悩に打ち勝てば自分も共に喜ぶものの、それぞれの人生に親密に関わっているわけではない。

いま、自分の人生が怖いほど空虚なものに感じられた。

それはたぶん、前回の集まりから一年近くたつのに、仲間の誰とも顔を合わせていないせいだろう。もうじき再会できる。しかし、そう考えても気分は晴れなかった。

あれこれ用事を作って忙しく過ごした。花壇の雑草をすべて抜き、門の両側の生垣を刈りこんだ。もっとも、春にはまだ早いため、生垣は少しも成長していなかったが。クリスマスのときに兄の家で始めた繊細なレース編みを再開し、本を一冊読みとおした。内容が頭に入っているのかどうか、はっきりしなかったが。手紙を書いた。実家の母と兄の妻に。レディ・トレンサムとヒューゴに。レディ・ダーリーに（彼女がヴィンセントに手紙を朗読してくれる)。ジョージに。また、ポースメアまで徒歩で出かけて買物をし、何人かを訪問した。下流の村に住むプリムローズ夫人の妹が四度目のお産を終えたばかりなので、そこへ届けるために前もってケーキを焼いておいた。二階のすべての部屋と、あらゆる戸棚と、洋服だんすを点検して、何もかも以前の場所に戻っているかどうかを確認した。

あとは読書やレース編みにさらに精を出すしかなかった。孤独だった。今夜予定されている社交的な催しは何もない。

自己憐憫に浸るなんて情けない。

最後に彼の顔を見たのは一昨日の晩、クウェンティン家で開かれたカード・パーティのときだった。彼はいつものように魅力をふりまき、イモジェンのことは眼中にないかのようにふるまっていた。その夜、二人は一度も目を合わせなかった。言葉を交わすこともなく、カード遊びのときは別々のテーブルについた。

イモジェンはほっと胸をなでおろしていた。過去を語ったばかりに、いまも生々しい痛みに苛まれていた。どうしてあの人の口車に乗せられてそんなことをしてしまったの？

でも、一度ぐらいこっちを見てくれてもいいんじゃない？　または、パーティが始まったときに〝こんばんは〟と言うとか、最後に〝おやすみ〟と挨拶するとか。または、その両方とか。

混沌とした自分の思いにイモジェンは困惑し、動揺していた。誰かのことで頭がいっぱいになったり、気分を左右されたりするなんて、わたしらしくもない。

ハードフォード卿が屋敷に客を迎える予定だという。その前に寡婦の住居に戻ることができて、わたしは幸運だった。客というのは彼のお母さま。それから、たぶん、ほかの身内の方々も。母はぼくの三〇歳の誕生パーティか何かを、遅まきながら開こうと決めたんだ——クウェンティン家で開かれたカード・パーティの席で、彼がみんなに伝えた。当然ながら、誰もが大喜びだった。ハードフォード館に最後に客を迎えたのがいつのことか、あるいは、最後にパーティを開いたのがいつのことか、イモジェンには思いだせない。もしかして、ディッキーの一八歳の誕生日だった?

客の訪問にも、パーティにも、いっさい関わりたくなかった。たぶん、わたしがペンダリス館へ出発したあとのことになるだろう。

彼が黙って立ち去ってくれればいいのにと思った。もっとも、いまとなっては叶わぬ願いだ。少なくとも、しばらくのあいだは。あの人がいなくなれば、わたしも少しは心の平安をとりもどせる。

ケーキを焼くのに使った道具を洗ってからお茶を淹《い》れ、居間へ運ぶと、暖炉の前でブロッサムが番をしていた。少なくとも、猫は生きている——イモジェンはそう思いながらカップと受け皿を置き、猫の耳のあいだをなでてやった。満足そうなゴロゴロという音を耳で聞くというより、手で感じとった。ブロッサムがこちらに来て、そのまま住みついてくれたのが、イモジェンはとてもうれしかった。ペットを飼おうなんて考えたこともなかったのに。ペットは人の心を癒し、話し相手になってくれるものだ。

玄関ドアにノックが響いた。

イモジェンは驚いて顔を上げた。遅い時刻ではないが、いまは二月、外はすでに暗い。雨も降っている。窓を叩く雨音が聞こえる。久しぶりの雨だ。

誰かしら……？

ふたたびノックの音。

ドアをあけるために、イモジェンは玄関へ急いだ。


ノッカーを手から放し、それが玄関ドアにぶつかるまでのあいだに、パーシーは自分に言い聞かせた――ぼくは夜の散歩に出ただけだが、ひとまわりして屋敷に戻る前に、寡婦の住居に屋根が無事にのっているかどうかを確認することにしたのだ、と。

暗い夜だが、ランタンは持ってこなかった。外套についている一二枚重ねのケープが雨と寒さを撃退してくれる。シルクハットのつばもどうにか顔を守ってくれるが、そのためには頭を一定の角度に保つ必要があり、それでもなお、つばの縁に雨がたまるたびに小さな氾濫が起きて、滝となって流れ落ち、そのひとつが彼の首筋を伝うのだった。歩いてきた小道は足の下で少々すべりやすくなり、さらに雨が続けばぬかるみに変わりそうだ。風も出てきた。強風ではないが、優しいそよ風ではないし、暖かな風でもない。

言い換えれば、外に出たら惨めな思いをする夜で、ノッカーを手から放したとき、パーシーはようやく、外に出たのが散歩のためではなかったことを自分に認めた。

レディ・バークリーが玄関に飛んでくることはなかった。ノッカーの音が聞こえなかったのかもしれない。こっそり立ち去るチャンスはまだありそうだ。いま来た道を戻り、書斎の暖炉の前で、片手にポートワインのグラスを、反対の手にポープの詩集を持って、服が乾くのを待てばいい。

もう一度ノッカーを打ちつけると、何秒もしないうちにドアが開いた。

彼女がここに戻ったのはぼくから逃げるためだった。いまごろ思いだしても遅すぎる。

「この家に本当に一人きりなのか？」パーシーは彼女に尋ねた。「それはよくない」

家政婦が住込みではないことを、今日の朝食の席で知ったばかりだった。家政婦の考えなのか、彼女の考えなのかと首をひねった。後者に賭けてもいいと思った。

「お入りになったほうがいいわね」優雅にはほど遠い口調で、彼女が言った。

パーシーはその言葉に従い、狭い玄関ホールに雨の雫《しずく》を落としながら立った。

「いや、けっこう」片手を差しだそうとした彼女にきっぱりと言った。「きみは執事ではないし、二人ともびしょ濡れになる必要はない」パーシーがそう言いながら帽子と外套を脱いで近くに置くあいだ、彼女は両手をウェストのところで重ねあわせ、不愛想な表情を浮かべていた。

クラヴァットの内側に指を走らせるパーシーを、彼女がじっと見ていた。湿ったクラヴァットはどうにもできず、我慢するしかなかった。

「わたしがこの家に一人きりだという事実も、礼節の点から見て大丈夫なのかという問題も、あなたには関係のないことよ、ハードフォード卿。わたしのこの家で荘園領主の役を演じるのはやめていただきたいわ」

彼はこの最後の点に異議を唱えようとして口を開いたが、何も言わずにふたたび閉じた。「家政婦が帰ってしまったら、玄関ドアをあけるだけでも危険じゃないか。さっきはなぜ、あけても安全だとわかったんだ？」

「わかったわけじゃないわ。それに、確かに安全ではなかった。でも、恐怖のなかで暮らすつもりはありません」

「だったら、きみはなおさら愚か者だ」彼女の侮辱をパーシーは聞き逃さなかったが、たぶん、いまの言葉で仕返しできただろう。ふつうだったら、貴婦人を愚か者と呼ぶようなことはしない。「玄関ホールでこうして凍えさせておく気かい？」

「まあ、失礼しました」彼女は礼儀正しく詫びると、向きを変え、彼を居間に案内した。居心地がよさそうな暖かい部屋だった。「不愉快なことを言いにいらしたのでなければいいけど、ハードフォード卿。暖炉のそばの椅子におすわりになって。お茶を淹れてきます」

「いや、お構いなく」パーシーは勧められた椅子に腰を下ろしながら言った。「それに、ぼくは不愉快なことばかり言っているわけではない。そんなことはめったにない」

「そうでしょうね。ハートの奥まで魅力のかたまりのような人ですもの」

おや、ぼくの言葉をそのまま引用している。まあ、知りあいのほとんどもそう思ってるわけだし。正確に言うなら、レディ・バークリー以外のすべてが。二人がけのラブシートにすわってスカートの形を整えている彼女に、パーシーは視線を据えた。大理石でできた女だと思ったのは、彼女に対して失礼だった。とはいえ、女らしい温もりはまったくない。自分がなぜここに来たのか、パーシー自身にもわからなかった。

「なぜここに来たのか、自分でもわからないんだ」パーシーは言った。

ああ、完璧な礼儀作法を身につけ、上品な話題を無尽蔵に用意していて、それで会話を弾ませることができる洗練された紳士のはずだったのに。

「わたしを非難し、あら探しをして、叱りつけるためにいらしたんでしょ。わたしはあなたの屋敷に居すわっている厄介者。無視なされればすむことなのに、あなたは苛立ちが高じてそれもできなくなっている」

おやおや。

「おおげさな！　きみのほうは屋根の修理代をぼくに払わせるだけの従順さすら備えていないではないか」

「そのとおりよ」彼女はうなずいた。「でも、あなたはとにかく修理代の半分を支払い、工事が遅滞なく進むよう手配してわたしに恩を売ったのよ」

「ぼくの苛立ちがひどいときみは言うが、きみのほうだって、同じようにぼくに苛立ってるじゃないか」

「でも、今夜わざわざあなたを訪ねるようなことはしなかったわ」彼女は癪にさわるほど理路整然と指摘をした。「わたしがお屋敷に押しかけたのではなく、あなたがわたしの家にいらしたのよ。〝きみの家ではなく、本当はぼくの家だ〟と指摘なさるおつもりなら、このまま帰ってください」

パーシーは椅子にもたれたが、あまり賢明なこととは言えなかった。湿ったシャツが背中に貼りついたのだ。椅子のアームを指で軽く叩いた。「ぼくは誰とも喧嘩をしない主義だ。女性とはとくに。きみと揉めるのはなぜだろう？」

「わたしがあなたを崇拝していないし、憧れてもいないからよ」

パーシーはため息をついた。「ぼくは孤独なんだ、レディ・バークリー」

そう、彼女と揉めるのはなぜだろう？　なぜこんなことに？

「〝退屈〟という言葉のほうが合っていそうな気がしますけど」

仰せのとおり。

「ほう、ぼくのことがよくわかっているつもりかい？」

彼女は口を開き、息を吸いこみ、そして――興味深いことに――頬を赤らめた。

「失礼ですけど、どうして孤独なの？　身内と友人の方々から遠く離れてるせいかしら。たくさんいらっしゃるんでしょ？」

「身内が？　山ほどいる。みんながぼくを愛していて、ぼくもみんなを愛している。それから、友人たち。やはり山ほどいて、仲のいいやつばかりだし、とくに親しいのが何人かいる。この前、誕生日にいとこの一人から言われたように、ぼくはこの世でもっとも幸運な男だ。

すべてを持っている」

「持っていないのは？」

パーシーは眉を上げた。

「持っていないのはなんなの、ハードフォード卿？　だって、すべてを持っている人なんていませんもの。ほぼすべてを持っている人も」

「なるほど、そう聞いて安心した」パーシーは彼女に笑みを見せた。「では、ぼくには人生の目的がまだあるわけか？」

「ほんとにお上手だこと」

「何が？」

「あなたには中身がなくて、あるのは……魅力だけだという印象を与えるのが」

「ほう。しかし、ぼくを失望させないでほしい、レディ・バークリー。そこらの女と同じになってくれては困る。ぼくの内部のどこかにハートがあるなどと思いこむのはやめてくれ」

そのとき、彼の心臓がドキッと疼き、完璧な宙返りをした。彼女から笑みが返ってきたのだ。唇が、目が、顔全体が微笑していた。

「あら、そんな愚かな思いこみはけっしてしないわ」彼女は言った。「どうして孤独なの？」

この話題から離れるつもりはないらしい。ぼくはなぜ孤独などというくだらない言葉を使ってしまったんだ？　単に退屈だと言うつもりだったのに。

彼が答える暇もないうちに、次の質問が飛んできた。「自分を誇りに思えるようなことをした経験があるなら、ひとつ挙げてくださる？　ぜったい何かあるはずよ」

「ぜったい？」

「ええ」彼女は待った。

「オックスフォードでかなりいい成績を収めた」パーシーはおずおずと言った。

彼女は両方の眉を上げた。「あなたが？」

驚いたらしく、疑わしげな表情になっていた。パーシーは急に腹が立った。「二科目で最優秀賞をとった。古典学だ」

彼女はパーシーを凝視した。「じゃ、ポープのあの詩集、ほんとに読んでらしたのね」

「ぼくをスパイしてたのか？　ミネルヴァ文庫の安っぽい小説でも予想してたのかい？　そうさ、コーンウォールの田舎でくすぶっているうちに、ポープを——英語で読むところまで、やむなく身を落としてしまったのだ」

「どうして孤独なの？」またしても彼女が尋ねた。

「おそらく」パーシーは答えた。「いや、きっと、性的な欲求のせいだろう。しばらくご無沙汰だからね。嘆かわしいことに、禁欲生活が続いている」

彼が期待していたのがレディ・バークリーの愕然たる表情だったのなら、期待はずれに終わった。彼女はゆっくりとうなずいた。「これ以上訊くのはやめておくわ。質問に答えたくないようだから。たぶん、答えることができないのね。なぜ孤独なのか、ご自分でもわからないのでしょうね」

「きみは？」

「孤独かって？　ごくたまに。一人暮らし。ええ、そう。人を頼らない。ええ、そう。なるべくそう心がけているの。ただし、隠遁生活をするつもりはありません。誰だって人の助けが必要ですもの。わたしも例外ではないわ」

「おそらく、この八年間、きみは男なしで生きてきたはずだ。セックスしたいとは思わないのか？　身を焦がすことはないのかい？」

どこからこんな言葉が出てきたんだ？　お願いだ、誰でもいいからぼくの頬をつねってくれ。喜んで目をさまそう——ただし、彼女の返事を聞いたあとで。レディ・バークリーの顔にはいまだに、衝撃も、腹立ちも、困惑も浮かんでいなかった。彼をまっすぐ見つめ返していた。やれやれ、彼女が現在三〇歳なら、二二の年からセックスしていないことになる。若い時代をずいぶん無駄にしてしまったわけだ。

「あるわ」レディ・バークリーの返事がパーシーを驚かせた。「ええ、したいと思っている。身を焦がしてはいけないと自分を律しているの」彼女は膝の上でゆるく組んだ両手に視線を落とした。「いえ、律してきたの」現在形を過去形に変えて柔らかな口調で言い、ついでに、いまはそうではないことを暗に伝えた。

暖炉で石炭が一個崩れて、煙突に火花が舞いあがり、パーシーは室内にみなぎる強い緊張を感じとった。自分がなぜここに来たのか、いまもわからないが、このような展開はもちろん予期していなかった。これは会話ではない。恋の戯れでもない。これは……いったいなんなのだ？

「ぼくがコーンウォールにやってきたのは、たぶん、自分自身を見つけたかったからだ。もっとも、それに気づいたのはたったいまだが。これまでの人生から離れて、三〇歳になったのをきっかけに価値ある人生の目的を新たに見つけることができないか、確かめてみたかったのだ。ところが、またしても古い人生が追いかけてきた。母を先頭にして、ぼくの一族が大挙して押し寄せてくる。ぼくはみんなのことが大好きだが、鬱陶しくもある。ときたまここに避難してもいいだろうか？」

なんと愚かな質問をしてしまったのだ。彼女がここに戻ったのはぼくから逃げるためだった。そして、彼女が去るのを見て、ぼくはほっとしていた。

猫が目をさまして前脚を広げ、背中を弓なりにそらして伸びをした。床に飛びおりると、ラブシートまで歩いてレディ・バークリーの膝に飛び乗った。そのまま丸くなり、いまの運動の疲れをとるためにふたたび眠ることにした。パーシーは猫の背中をなでる彼女の手を見守った。ほっそりした指で、爪の手入れも行き届いている。

「わたしと友達になりたいとおっしゃるの、ハードフォード卿？　あなたの古い世界とは無関係の人間と？　あなたを崇拝することも、ちやほやすることもない人間と？」

「愛人としてつきあいたい。だが、それが無理なら、友達で我慢しよう」

彼女が腕を伸ばしたところでぼくには届かないし――パーシーは思った――膝にのった猫のせいで自由に動けないだろうから、大いに助かった。でなければ、ぼくはいまごろ、ひりひり疼く頬か、骨を砕かれた顎の手当てをしているだろう。

ところで、いまのは本気だったのか？　愛人としてつきあいたいのか？　レディ・バークリーと？　大理石の女と？　いつもの愛人のタイプからこれほどかけ離れた女もいないというのに。

いや、たぶん、そこに惹かれたのでは？

「友情が育つとは思えないけど、ありえなくはないわ」彼女は言った。猫を見つめていた。

パーシーは何も言わなかった。息すら止めていた。息を吐いた瞬間、それに気づいた。またここに来てもいいと言ってくれているのか？　ぼくはそれを望んでいるのか？　賢明なことと言えるだろうか――こうして夜になってから、付添役の婦人はおろか、召使いすらいない家を訪れるのが？　彼女はそれでかまわないのか？　ぼく自身は？

レディ・バークリーの目が彼をじっと見ていた。

「もうひとつの点についてはよくわからないけど」

この言葉はぼくの想像どおりの意味だろうか？　だが、それ以外の意味で言っているとはどうしても思えない。

空気がひどく熱い――暖炉の火とはなんの関係もない。炎はかなり弱くなっている。

パーシーは不意に立ちあがり、暖炉に石炭をくべた。

「そろそろ帰らないと」くべるのを終えてから言った。「夜の時間をずいぶん奪ってしまった。いや、どうかそのままで。勝手に出ていくから。だが、あとで玄関に施錠するのを忘れないように」

しばらく彼女の前に立って見下ろした。それから身をかがめ、猫を起こさないよう気をつけて短いキスをした。パーシーは身を起こした。彼女の唇は柔らかくて温かだった。キスに応えはしなかったが、反応がなくはなかった。

「イモジェン」と呼びかけた。自分の舌の上で彼女の名前が響くのを聞きたいという純粋な思いからだった。

「おやすみなさい、ハードフォード卿」彼女がそっと言った。

外に出たとき、雨の勢いが少し弱まり、風も静まっているのを知った。ただし、周囲は漆黒の闇だった。今夜、ぼくは何かを始めた――たぶん。だが、何を？

友情？

火遊び？

心の一部は高揚していた。一部はひどく怯えていた。しかし、なぜ？　友達は前からたくさんいるが、女性の友達があまりいないのは事実だ。火遊びなら、もちろん、何度も経験している。

しかし、その相手はイモジェン・ヘイズ――レディ・バークリー――ではなかった。

12

「正直に白状すると」サー・クウェンティンが言った。「知人や近所の人々と上質のブランディーを楽しんでも、わたしはその出所をあまり詳しく尋ねないことにしている」

「ぼくもたぶん、同じことをしてきたと思う」パーシーも認めた。「ただ、密輸というものには賛成する気になれなかった。理由は政府の歳入が減ることだけではない。それより、密輸で大儲《もう》けするのは、いちばん辛い作業をこなして最大の危険にさらされる下っ端連中ではなく、遠くから命令を出して、商売の邪魔になりそうな相手には脅しをかける少数のやつらだというのが理由だ。やつらは恐怖と弾圧によって莫大な金を儲ける。贅沢品の市場がつねにあり、じかに関わっていない者も黙秘の申し合わせに加わることは、確実にわかっているからな。どうがんばっても阻止できないことのために自ら危険を冒そうとする者など、どこにもいない」

「ああ、まったくだ」サー・クウェンティンは言った。「どうやら、きみも知ったようだな。先代伯爵が密輸を奨励し、ハードフォードの領地に密輸団の拠点を置くことを黙認し、その見返りに贅沢品を受けとっていたことを。ビールのおかわりはどうだね？」

二人はサー・クウェンティンの書斎にくつろいですわり、午餐が始まるのを待っていた。パーシーが招待を受けたのだ。昨日、新たな荘園管理人となるポール・クノールがエクセターから到着した。クノールを選んだことを告げる手紙がヒギンズから届いた三日後のことだった。クノールは目下、クウェンティン家の荘園管理人を務める男と村の宿屋でビールを飲みながら食事をし、あれこれ助言を受けているところだ。クノールに会って、パーシーはすっかり気に入った。ヒギンズとつきあいがあった紳士の息子で、若いうえに教育があり、新たな仕事に早くとりかかろうとはりきっている。父親の生前、実家の所有地を何年も管理してきたのだが、彼の兄が全財産を相続したため、どこかよそに働き口を見つけるしかなくなったのだ。

「いただこう」パーシーは言って、グラスにビールがなみなみと注がれるのを待った。「浜辺と、寡婦の住居の地下室のことだね？　しかし、レディ・バークリーがあそこに住むようになったとき、すべてが終わったんじゃなかったのか？」

「さあ、どうかな」サー・クウェンティンは眉を上げてパーシーを見た。「だが、その時点では続いていたとしても、おそらく、二年前に終わりになっただろう。密輸団と密輸品を自分の住まいに入れることに、レディ・ラヴィニアが賛成するとは思えないからね」

自分の住まいに？　屋敷内にという意味か？

「そりゃそうだろう」パーシーは言った。「しかも、いまではファービー夫人が……」

二人で笑った。

レディ・クウェンティンによって会話が中断させられた。午餐の支度ができたことを告げに来たのだ。夫人はポール・クノールのことと、ラチェットがもうじき引退しそうかどうかについて、詳しく知りたがった。パーシーは彼にできる範囲で夫人の好奇心を満たした。しかし、ラチェットの名前を聞いてほかのことを思いだした。

「ラチェットには甥がいますね。バークリー子爵の従卒としてイベリア半島へ渡ったそうですが」

「あの気の毒な若者のかわりに選ばれましたのよ。子爵たちが戦争に行った一カ月か二カ月後に、若者は両脚を骨折しました。ポルトガルへ行っていれば無事だったでしょうに。ほんとに恐ろしい事故でした。厩の屋根から落ちたんです。屋根の上で何をしていたのか、誰にもわからずじまいです」

「確か、ラチェットの姪の息子だったと思う」サー・クウェンティンが言った。「帰国後、ハードフォード館の庭師頭に任じられたが、一部ではあまり評判がよくなかった。バークリーと夫人の身に何が起きたかも説明できず、ただ、マスケット銃を持たずに焚き木集めに行っていて、夫妻に届けようとしたら、凶悪そうなフランスの斥候隊に夫妻がつかまっていたという事実を述べるだけだった。いずれにしろ、やつには夫妻を救うことなどできなかったと思うが。しかし、一部の者は、何か消息がつかめるまで向こうにとどまるべきだったと思っている。向こうにいれば、レディ・バークリーが帰国するときに付き添うこともできたはずだ。ふつうの状態ではなかっただろうから。無理もない」

「かわいそうなイモジェン」レディ・クウェンティンが言った。「深い愛情で結ばれたご夫婦でしたのよ。でも、あの男のほうは、一応は庭師頭だけど、ゼラニウムとデイジーの違いも知らないし、オークの木とハリエニシダの茂みも区別できないでしょうね。庭師頭なんて名目だけ。あら、申しわけありません、ハードフォード卿。はしたないことを言ってしまいました。お母さまの到着を待ちわびておいででしょうね。わたしどもも含めて近隣の者はみな、早くお母さまにお目にかかりたくて、うずうずしておりますのよ」

パーシーとクノールがハードフォード館に戻ったときには、日もとっぷり暮れていた。

「きみを〝管理人補佐〟と呼ぶことを忘れないようにしなくては」パーシーは言った。「八〇代の老人の心を傷つけるのはいやだからね」

「ラチェット氏の筆跡を見ると羨ましくなります」クノールが笑顔で答えた。「それに、帳簿は几帳面に記入してあり、わかりやすいです」

留守中にレディ・バークリーが屋敷にやってきたことを、パーシーは知らされた。レディ・ラヴィニアがひどく残念がっていた。パーシー自身は残念だとは思わなかった。それどころか、昨日も今日も、その前の二日間も、彼女を避けるために屋敷を留守にしたのだ。あの夜、いったい何を血迷って寡婦の住居を訪ねたりしたのか、彼自身にもわからない。なぜあそこに行ったのかも、いまだにわからない。自分が口にしたことの一部については、なぜそんな発言をしたのか理解できないままだ。

〝ぼくがコーンウォールにやってきたのは、たぶん、自分自身を見つけたかったからだ。も

っとも、それに気づいたのはたったいまだが〞

〝ときたまここに避難してもいいだろうか？〞

〝愛人としてつきあいたい。だが、それが無理なら、友達で我慢しよう〞

自分の言葉を思いだして、パーシーは身のすくむ思いだった。くそ！　口を開いたときには、どんな言葉が飛びだすのか、自分でもまったくわかっていなかったに違いない。

〝友情が育つとは思えないけど、ありえなくはないわ〞彼女はそう答えた。〝もうひとつの点についてはよくわからないけど〞

パーシーはそこであわてて立ちあがり、逃げるように出ていった。いや――その前に彼女にキスをしたんだった。

だめだ、ぼくという人間も、ぼくの思いも、レディ・バークリーから遠ざけておいたほうがいい。自分自身をこの手にしっかりつかむまで。

どういう意味かよくわからないが。

伯爵が寡婦の住居を訪ねてきたあと、イモジェンは丸四日のあいだ彼の顔を見ていなかった。二日目には勇気を出してレディ・ラヴィニアとカズン・アデレードに会いに行ったのだが、伯爵は新たに雇い入れた荘園管理人補佐を連れて出かけていた。サー・マシュー・クウエンティンの豊かな農場を彼に見学させ、経験豊かで有能なそこの管理人にひきあわせるためだった。レディ・ラヴィニアは次のように言っていた――クノール氏は若い紳士で、頭がよさそうだし、容貌にも物腰にも好感が持てるけど、ラチェット氏という管理人がいるのに、パーシーがなぜお金をかけて二人目を雇おうとするのかわからないわ。

イモジェンが思うに、それはたぶん、ハードフォードの荘園には積極的に働く管理人が必要なのに、親切な伯爵はラチェット氏を引退させることができないせいだろう。彼が親切な人物であることを、イモジェンも不承不承ながら認めるようになっていた。

また、亡くなった夫も含めてほかのどの男性よりも魅力的で、彼女の心を乱す相手であることも認めるようになっていた。ディッキーを魅力的だと思ったことは一度もない。彼はイモジェンの親友で、彼のすべてがすてきだった。あの行為も。ハードフォード卿は無神経にも、わたしの前でそのものずばりの言葉を使った。大きな衝撃だった。セックス。そう。ディッキーとのセックスはすてきだった。彼もすてきだと言ってくれた。でも……魅力的だと思ったことは？

魅力とセックスは同じものじゃなかったの？　それとも、好き嫌いや友情や愛とは別物なの？　悪趣味だと思うけど。

だが、イモジェンはそれを求めていた。

成人してからずっと抑えこんできた欲求を満たしたかった。もう八年以上になる。彼女が求めているのは、豊富な経験と技巧を持つ男性だ。ハードフォード卿が両方を備えているのは間違いない。

こちらがその気でいることまで匂わせたのに――〝もうひとつの点についてはよくわから

ないけど〟

その意味を向こうがとり違えるはずはない。

いまだによくわからないけど。

たぶん、それほど間違ったことではないのだろう。長くつきあっていくつもりはない。本物の幸せをもたらしてくれるものを手に入れようとは思っていない。自然の欲求を満たしたいだけ。それは自然なこと。違う？　男性と同じように、女性にとっても。

それが現実になれば、ふたたび心の安らぎが得られるだろう。しばらくすれば、彼は去っていく。それは間違いない。荘園管理人をもう一人雇い入れたのだから、なおさらだ。若くて、頭がよくて、たぶん有能な人材だろう。ハードフォード卿はここを去り、おそらく二度と戻ってこない。わたしはふたたび心の安らぎを得る。というか、望みうるかぎりの安らぎを。

だったら……。

何がいけないの？

こうした思いと内心の葛藤で頭をいっぱいにしつつも、イモジェンはレディ・ラヴィニアの興奮したおしゃべりに耳を傾けた。レディ・ラヴィニアが話題にしているのは予定されている訪問客のことだった――でもね、人数がどれぐらいなのか、到着がいつになるのか、わたしにはわからないし、カズン・パーシーも知らないのよ。困ったものね。レディ・ラヴィニアはさらに続けて、社交的な催しの計画を立てなくてはという話に進んだ。〝ハードフォード館で最後に夜の催しが開かれてからずいぶんになるわ。ブランドンの時代には、そういうものが一度もなかったの。でも、そろそろ……〟

楽しそうにしゃべるレディ・ラヴィニアを、イモジェンはそっとしておいた。そして、自分の訪問中に伯爵が戻ってこなかったことに安堵していた——ついでに失望も？　四日のあいだ、彼がふたたび寡婦の住居を訪れることはなく、そのため、イモジェンは何を始めてもせいぜい数分しか集中できなくて、一階と二階をうろつくだけだった。崖の小道を通って浜辺に下りてもよかったのだが、彼とばったり出会うのが怖かった。一度だけ屋敷へ出かけたのを別にすれば、あとは庭に出ただけだった。そして、今年初めてのスノードロップの花を見つけた。

伯爵が訪ねてくることはなく、おかげでイモジェンは自分の弱さと優柔不断さに直面せずにすんだ。間違ったことかどうかと悩む必要がなくなった。

五日目、プリムローズ夫人がイモジェンの午餐と一緒にニュースを運んできた。屋敷から産みたての卵を届けに来た下働きの少年から聞いたのだが、人々をぎっしり乗せた大型の旅行用馬車が二台、馬に乗った者が二、三人、そして、大量の荷物が、騒音と大騒ぎのなかで到着したという。やがて午後も遅くなってから、同じ少年がふたたび寡婦の住居に姿を見せた。レディ・ラヴィニアが急いで書いた手紙を届けに来たのだ。イモジェンを晩餐に招待する手紙で、ずっと音信不通だった多くの身内に会ってほしいと書いてあった。もっとも、何人かはパーシーの母方の家系だから、厳密に言うと身内ではないのだが。

じゃ、伯爵のお母さまはやっぱり一人でいらしたのではないのね。

晩餐に出かけずにすむ口実を考えていたとき、イモジェンの目が最後のふたつの文章に釘付けになった。〝カズン・パーシーがわざわざわたしに頼んできたのよ、可愛いイモジェン、あなたに手紙を書いてほしいって。自分で書く暇がないと言って謝ってらしたわ。愛する方々を迎えて大忙しのご様子よ〟

では、伯爵からの招待なのね。謝罪の言葉はたぶん、ラヴィニアおばさまの作り話でしょうけど。わたしを招待するのは儀礼上当然のことね――イモジェンは渋々ながらそう思った。先代伯爵の一人息子の嫁ですもの。わたしが晩餐の席に顔を出さなければ、とんでもない礼儀知らずということになる。

ため息をつき、今夜の食事の支度は必要ないことをプリムローズ夫人に告げるために台所へ行った。

案ずるより産むが易しだったな――晩餐のための着替えをしながら、パーシーは思った。父方も母方も含めて親戚が一人残らず押し寄せてくるのかと思っていた――もちろん、その可能性はまだ残っているが。いまこの瞬間、人々をぎっしり詰めこんだ一ダースの馬車が、ハードフォード館の方角をめざして街道を走っているかもしれない。確かなことは誰にもわからない。

午前中の遅い時間に、亡き父の妹エドナが夫のテッド・エルドリッジと共に到着した。息子のシリルも、三人の娘――ベス、双子のアルマとイーヴァ――も一緒に来た。シリルの話だと、三人はロンドンではしゃぎながら社交シーズンが始まるのを待っていたという。ベスが社交界にデビューし、結婚市場へ送りだされることになっているのだ。コーンウォールにある伯爵家本邸に滞在中のパーシーに会いに行き、彼の三〇歳の誕生日を遅ればせながら祝うという計画に、三人そろって夢中になった。

　母方のおばのノラ・ヘリオットも招待を受けて同じく夢中になり、夫のアーネスト、息子のレナード、グレゴリーを連れて出かけてきた。エルドリッジ一家と同じくロンドンからやってきたので、街道の料金所で一家とばったり出会い、あとは一緒に旅をしてきた。

　幸せな大家族がぼくと一緒に浮かれ騒《ジョリフィケート》ぐためにやってきた――クラヴァットのひだの具合をきびしい目で点検し、ワトキンズに承認のうなずきを送りながら、パーシーは思った。〝ジョリフィケート〟なんて動詞はあったっけ？　なければ、新語として承認すべきだ。ぼくの一族がこれから一週間ほどにわたって予定していることを、この言葉が完璧に表現しているのだから。考えただけでわくわくする。

　しかも、身内だけでは終わらないかもしれない。シリルの話だと、シドニー・ウェルビーとマーウッド子爵アーノルド・ビッグズも、こちらにゆっくり向かうことを考えていたらしい。すでに、ゆっくり向かっているかもしれない。

　やがて午後も半ばになり、屋敷の騒ぎがようやく一段落したころに、パーシーの母親が到着した。おじのロデリック・ガリアード（母親の弟）、その娘で未亡人のメレディス、幼い孫のジェフリーも一緒だった。

幼子の到着であとの者はみな影が薄くなり、誰も彼もが――いや、誰も彼もに加えて、例によって二番手の家政婦の部屋から抜けだしたハードフォード館の野良犬と野良猫も――幼子のまわりに群がって、勝手に抱きしめ、キスをし、叫び声や歓声を上げ、キャンキャン、ワンワン吠え、プルーデンスはシャーッとうなった。幼子は豊かな金色の巻毛に青いつぶらな瞳の持ち主で、なんとも愛らしい子供だった。そこにパーシーも加わり、子供を抱きあげると、天井に向かって放り投げ、その子からは楽しげな金切り声を、男性のいとこからは歓声を、女性のいとこおばたちからは恐怖の悲鳴や驚愕の叫びをひきだした。一方、メレディスは落ち着き払ってわが子を見守っていた。

彼の母親は到着したときから有頂天だった。さすがのファービー夫人も、彼の母親から「カズン・アデレードと呼ばせてね」と強く言われたあとは、抱擁の手と気さくな喜びの叫びから逃れられなくなった。この二人のあいだに共通の血を見つけるためには、アダムとイヴの時代までさかのぼることも厭《いと》わない熱心な研究者が必要だろうが、彼の母親から見れば、ファービー夫人も大切な身内だった。彼の母親とレディ・ラヴィニアは似た者どうしで、すでに蜜蜂と花粉のように仲良くなっていた。

ぼくは早くも、寡婦の住居の安らぎと穏やかさに浸ることを夢見ている――ワトキンズの手でクラヴァットにダイヤモンドのピンをきちんと挿してもらうために顎を上げながら、パーシーは憂鬱な思いにとらわれた。もっとも、〝安らぎ〟という言葉は適切ではないだろう。

レディ・バークリーはぼくにあまり好意を持っていないし、ぼくも彼女のことが好きなのかどうかよくわからない。ただ、〝愛人としてつきあいたい。だが、それが無理なら、友達で我慢しよう〟と、彼女に言った。すると向こうは〝友情が育つとは思えないけど、ありえなくはないわ〟と答え、〝もうひとつの点についてはよくわからないけど〟とも言った。

では、ぼくたちは友達なのか？　友達ではないのか？　友達になることはできるのか？　友達でいるべきなのか？

いくら考えても答えは出ない。

晩餐の席に彼女がやってくる。少なくとも、招待したのだから、ほかに何も理由がなくとも、たぶん義務感から顔を出すはずだ。いずれにしろ、寡婦の住居にずっと身をひそめているのは不可能なことで、じきにぼくの家族が見つけて押しかけるに決まっているし、彼女だってそれを悟るだけの分別は備えているに違いない。母は早くも彼女の存在を知り、さっそく抱擁したくてうずうずしている――〝会いたい〟ではなく、〝抱擁したい〟のだ。

それだけで、一人前の男でもすくみあがるだろう。

「いや、いや」従者の心配そうな表情に気づいて、パーシーは言った。「ピンがぼくに突き刺さったわけではない、ワトキンズ。続けてくれ」

ああ――パーシーは彼女が来ることを願った。その一方で、来ないことを願った。

彼女はやってきた。

全員が客間に集まっているところに、クラッチリーが朗々たる声で彼女の到着を告げた

──そう、朗々と告げたのだ。胸を膨らませ、部屋に向かって言葉を響かせ、一同が好奇心に満ちた目を執事のほうへ向けると同時に、ざわめきが静まった。クラッチリーの態度ときたら、王室の絢爛《けんらん》豪華な舞踏会に臨む家老のようだ。どうやら、多数の客の世話をまかされて舞いあがっているらしい。

人々の視線を浴びながら、ある種の静寂に包まれた部屋に一人で入っていくのは、いささか気後れすることに違いないが、レディ・バークリーは落ち着いた優雅な物腰を崩さなかった。ブロンドに近い髪はなめらかで光沢があるが、とてもシンプルな形に結ってある。おばやいとこたちのカールやウェーブや縦ロールで飾り立てた髪形に比べると、シンプルさがなおさら際立つ。ドレスは濃い緑色のベルベット。長袖で、丸い襟ぐりはやや深め、胸の下からくるぶしに向かって柔らかなひだが流れ落ちている。ドレスの飾りは何もなく、装身具も小粒の真珠の耳飾りと結婚指輪だけだ。輝くような笑顔ではないが、不機嫌な表情でもない。

彼女の前では、室内のほかの女性はみんな影が薄くなってしまう。ベスもその一人だった。ロンドンで誂えたばかりの美しい衣装をまとい、パーシーから見ても、来たるべき社交シーズンには称賛を集める美女の一人になること間違いなしだというのに。

くそ！　ぼくはいつからレディ・バークリーの魅力に圧倒されてしまったんだ？

パーシーは進みでてお辞儀をした。好奇心でうずうずしている身内のほうを向いて言った。

「レディ・バークリーは、いまは亡きバークリー子爵リチャード・ヘイズの夫人だ。イベリア半島で名誉の戦死をしていなければ、子爵がここでぼくのかわりに伯爵となっていただろう。夫人は――当人のご希望により――寡婦の住居で暮らしている。ぼくの母のヘイズ夫人を紹介してもいいかな、カズン・イモジェン」

彼の母がすぐさま前に出て彼女を抱きしめ、歓声を上げ、カズン・イモジェンと呼んだ。

パーシーは彼女を連れて部屋をまわりながら、一人一人を紹介し、どういう血縁関係かを説明した。彼女の記憶に残るかどうか、パーシーは危ぶんだが、彼女は真摯に耳を傾け、すべての者に静かな声で挨拶をした。まさに本物の貴婦人だ。

〝愛人としてつきあいたい〟――彼女にそう言ってからまだ一週間もたっていない。今夜の彼女は月のように遠く感じられる――これまで以上に魅惑的だ。あの夜の自分は一時的に錯乱していただけだ、何日かたてば熱も冷めるはずだと期待していたのだが、その期待は打ち砕かれた。

ほどなく、あいかわらず王室の家老気どりのクラッチリーがふたたび姿を見せ、晩餐の準備が整ったことを告げた。パーシーは母親に腕を貸し、ロデリックおじがレディ・バークリーに腕を差しだし、テッドおじがレディ・ラヴィニアのエスコートを買って出た。

ダイニングルームにこれほど多くの人間があふれているのを見ると、めまいがしそうだ――晩餐のあいだにパーシーは何度か思った。拡張板を使ってテーブルが広げられ、台所ではエヴァンズ夫人が料理の腕をふるっていた。手伝いの人間を誰か雇おうかとパーシーが提案したとき、自分一人で大丈夫だと断言したとおりに。

めまいなんかするわけがないのに。パーシーはこれまでの人生の多くを、人があふれた場所で送ってきた。子供のころは、遠くの寄宿学校に入るかわりに自分の屋敷で家庭教師について勉強したが、そのときでさえ、邸内には、いとこや、その他の親戚や、隣人や、両親の友人など、人があふれていた。こちらに来てからまだそれほどたっていないのに、いつのまにかハードフォードの静けさに慣れてしまった。まあ、遠縁の者が二、三人と、野良犬と野良猫の集団はいるけれど。ここがけっこう気に入っている――自分でも意外だった――ただし、今後もずっと滞在するつもりはない。家族が帰るときに一緒に行くつもりだ。クノールが来てくれたからではない。ここに残る理由がないからだ。穀物を育て、羊の数を減らし、新しい納屋を建て、羊小屋を修理し、ほかにも無数の作業が必要だ。ラチェットが帳簿に記入すべきことが増えていく。彼も大満足だろう。

「珍しく静かね、パーシー」ローストビーフを食べながら、エドナおばが言った。

「ぼくが？」パーシーは微笑した。「きっと、三〇歳になって多少落ち着いたんだね」

「もしくは」ロデリックおじが言った。「会話に割りこむのが困難なのかもしれん。われわれのことをどう思われます、レディ・ラヴィニア？」

「幸せで泣きたくなるほどですわ」レディ・ラヴィニアは答えた。「一族のふたつの家系がこれまでずっと仲違いしてたんですもの。原因も思いだせないほど大昔の愚かな対立が災いして」

ここに集まった人々の半数はパーシーの母方の一族で、レディ・ラヴィニアとはなんの血縁関係もないのだが、それを指摘する者は一人もいなかった。レディ・ラヴィニアは見るからにうれしそうだし、パーシーの母親も同じで、レディ・ラヴィニアに微笑を返し、ハンカチで目頭を押さえている。感情を表に出さない一族だ、などと言う者はどこにもいないだろう。

「そして、パーシーがようやくこちらの領地に来る決心をしてくれたおかげで、めぐりあうことができましたのね、カズン・ラヴィニア」彼の母親が言った。「そして、カズン・イモジェンのご主人が不幸にもお亡くなりになったために。人生とはなんと不思議なものでしょう。悪しきものから善なるものが生じるのですもの」

けっして深遠とは言えないこの意見を前にして、誰もがほどほどに厳粛な表情を浮かべた。パーシーの視線がレディ・バークリーの視線とからみあった。彼女にはいまも大理石を思わせるものがある。

晩餐がすむと、客間で女性のいとこたちがレディ・バークリーを独占し、パーシーはおじたちと腰を下ろして、いつのまにか、こともあろうに農場経営を話題にしていた。耳に入ってくる会話の断片からすると、いとこたちはどうやら、レディ・バークリーが夫と共にイベリア半島へ赴いたことを知り、どんな日々だったのかと興味を抱いて次々と質問している様子だった。アルマは連隊の舞踏会でレディ・バークリーがひっきりなしにダンスを申しこまれたのかどうかを知りたがり、舞踏会に出たときにダンスの相手がすべて士官だったら、まさに夢の世界だと言った。

幸い、レディ・バークリーの返事はパーシーの耳に届かなかったが、彼女の話に聴き入るいとこたちを喜ばせているようだった。

お茶のトレイが下げられたあとで、彼女が帰ろうとして立ちあがった。

「馬車でいらしたの？」ノラおばが尋ねた。

「いえ、とんでもない。寡婦の住居はすぐそこですもの」

「でも、月の出ている夜でも小道は暗いわ、イモジェン」レディ・ラヴィニアが言った。「ランタンを持った従僕を連れていきなさい」

「ぼくがカズン・イモジェンをエスコートします」パーシーは言った。

「必要ありません」彼女が言った。

「いや、必要はある。ぼくが責任感の強い荘園領主の役目をいかにみごとに果たしているかを、身内の者たちに印象づけなくてはならない」

彼の身内のほとんどが笑った。イモジェンは笑わなかった。ただ、反論もしなかった。

「お宅を見せていただくのを楽しみにしているのよ、カズン・イモジェン」彼の母が言った。「お邪魔してもよろしくて？」

「もちろんですわ」レディ・バークリーは言った。「訪問したいという方がほかにもいらっしゃれば、その方々もお連れください」

「うちは社交好きな一族なんだ」ランタンを持たずに二人で屋敷を出たあとで、パーシーは彼女に警告した。「近くに別の家があり、人のことに首を突っこめそうな雰囲気がある場合は、ぼくの一族が屋敷に閉じこもって自分のことだけに没頭するなどという状況は期待しないでほしい」

「みなさん、気立てのいい方ばかりね」

「そうなんだ」パーシーはうなずいた。「ぼくの腕に手をかけてくれないか？　きみを守っている気分になれるし、男らしさを実感できる。父方の親戚も母方の親戚も気立てがよくて、そんな一族に囲まれたぼくは幸運だと思う。ただ、ときどき、ちょっと……息苦しくなる」

「世話を焼かれるから？」

「そう」

わりに明るい夜だった。空には雲ひとつないようだ。冷たい大気が爽やかだ。彼女がパーシーの腕に手を通した。二人とも無理に会話をしようとはしなかった。

前方に寡婦の住居の輪郭が見えてきた。もちろん、家は真っ暗だ。なかで待っている召使いがいないことが、彼は気に入らない。しかし、口出しはできない。干渉を受けるつもりはないことを、彼女から前にはっきり言われた。

「ありがとう」門のところに着くと、彼の腕から手をはずしながら、レディ・バークリーは言った。「送ってくださって感謝します。そんな必要はなかったけど。一人で何度も歩いている道ですもの」

「家のなかまで送ろう」

「玄関を入ってすぐのところにランプが置いてあるの。いつもの習慣よ。なかに入ったらすぐランプを灯して闇を追い払うことにするわ。ついでに、家のなかに潜んでいる幽霊と怪物もすべて。これ以上送っていただく必要はありません」

「これ以上ついてこられるのがいやなのかい？」パーシーは彼女に尋ねた。

彼を見上げたレディ・バークリーの顔が月の光にかすかに照らされていた。表情は読めなかったが、その目に……何かが浮かんでいた。

「ええ」彼女はうなずき、低く言った。「今夜はだめ」

別の夜も？　パーシーはその質問を口にできなかった。

「わかった。ぼくのなかにある横暴な男の本能がきみに抑えこまれてしまったのがわかるかな？　だが、完全に抑えられたわけではない。きみが家に入って、ランプがつくまで、ぼくはここに立っていよう」

パーシーはそう言いながら門を開き、彼女が通り抜けたあとで閉じた。

「わかったわ」彼女がふりむいて彼を見た。「ランプの灯りが見えなくて、血も凍るような悲鳴が聞こえてきたら、飛びこんできて玄関を叩きこわしてもかまわないわ」

馬鹿なことを。しかし、彼女はふたたび微笑を浮かべた。薄闇のなかで見ても、じつに楽しげな微笑だった。

「自宅までエスコートしてくれた男性にキスするのが、一般の習慣じゃないのかな？」

「えっ、そんな……。ほんとなの？　きっと、わたしの少女のころに比べて時代が変わったのね」

彼がニヤッと笑うと、レディ・バークリーは手袋に包まれた両手を伸ばして彼の顔をはさみ、それから門の上に身を乗りだして彼にキスをした。形ばかりのふざけた短いキスではなかった。彼女の唇が彼の唇に重ねられた。柔らかく、軽く開いていて、冷たい夜気とは対照的にとても温かな唇だった。

パーシーが彼女のほうへ身を傾け、腕をまわして抱き寄せると、彼女の腕がうなじに巻きついた。淫らなキスではなかった。はるかに甘美だった。両方がキスに夢中になった。二人の口が開き、彼女の濡れた口の奥をパーシーが舌で探った。彼女に舌を吸われて、パーシーはその感触を楽しんだ。ただ、不思議なことに、性的な含みがあまり感じられないキスだった。かわりに……純粋な喜びに満ちていた。

これまでにない新たな経験だった。正直なところ、少し不安になった。

彼女が抱擁を中断した。もっとも、彼の首に軽くまわした腕はそのままだった。

「さあ、ハードフォード卿。いまのが今夜の感謝の気持ちよ」

「毎晩、きみを家までエスコートしてもいいだろうか？」彼は尋ねた。

すると、彼女が笑いだした。

パーシーは幸せで泣きたくなるほどだった――レディ・ラヴィニアの言葉を借りるなら。

次の瞬間、彼女は去っていった。パーシーは門に手をかけたまま、彼女が鍵で玄関をあけてなかに入り、ふりむきもせずに背後のドアを閉めるまで、その場に立っていた。玄関ドアの縁からかすかな光が射し、次にその光が居間に入るまで待った。それから向きを変えて立ち去った。

そこで初めて、ヘクターがすぐうしろにいることに気づいた。

「馬鹿な犬だな」パーシーはぼやいた。「それにしても、閉まったドアをどうやって通り抜けたんだ？　なぜそんなことを？　外は寒いし、おまえがついてくる必要はないのに」

ヘクターは発育不良のしっぽをふりながら、パーシーの少しうしろについて歩きはじめた。

13

イモジェンの一日は安らぎのなかで始まった。もっとも、この心地よい状態が続くとは思えなかった。

午前中の郵便配達のときに手紙が二通届いた。どちらも〈サバイバーズ・クラブ〉の仲間の夫人からだった。彼女たちの手紙をイモジェンはいつも楽しみにしている。みんなのことが大好きだ。ただ、ワージンガム公爵夫人、すなわちラルフの妻とはまだ一度も顔を合わせていない。夫人たちのことが好きなのは、一人一人がイモジェンの大切な仲間を幸せにしてくれたからだ。また、それぞれに強い女性で、人間的にも興味が持てるからだ。ただ、自分が夫人たちから好かれているかどうかはわからない。彼女自身も〈サバイバーズ・クラブ〉のメンバーの一人で、年に一度の集まりでは七人の仲間だけで過ごすことが多く、夜はとくにそうだ。夫人たちはその必要性を尊重し、けっして邪魔をしない。とはいえ、それ以外の日中は全員が集まり、一緒になって大いに盛りあがる。

自分がそばにいると夫人たちはくつろげないのではないか、とイモジェンはしばしば考える。彼女たちとの違いを痛感し、向こうも同じように感じているはずだと思う。よそよそしい女性だと思われることもあるかもしれない。

それはともかく、彼女たちから手紙をもらうのはいつも楽しみだった。しかも、今日は特別なプレゼントで、二通も届いた。朝食のときにゆっくり目を通した。ラルフの妻となったワージンガム公爵夫人の手紙には、こう書いてあった――ペンダリス館でお目にかかるのをとても楽しみにしております。サー・ベネディクト夫妻にもまだお会いしたことがないので、そちらのご夫妻との顔合わせも楽しみです。わたしの健康状態を夫が心配していますが、なんの問題もないので、出かけるつもりでおります。もちろん、一部の人はそれを〝デリケートな〟健康状態と呼んで、哀れな夫を怯えさせているようですが、わたしの体調はこれまで最高と言ってもいいぐらいです。

公爵夫人に子供ができたのだ、とイモジェンは察した。では、今年じゅうに仲間の三人が父親になるのね。

みんなの人生は先へ進んでいった。わたしを――そして、ジョージを――置き去りにして。でも、スタンブルック公爵ジョージはもう四〇代後半。再婚など考えてもいないだろうと周囲には思われている。みんなの思い違いということもあるけど。

イモジェンはうれしくなるほど長い公爵夫人の手紙を読みおえ、次に、ダーリー子爵夫人ソフィアの手紙に移った。

〝一歳の誕生日を迎えたばかりの息子がど、こ、へ、で、も、歩、い、て、い、こ、う、と、す、る、の、で――ここに傍点が打ってあった――ヴィンセントが不思議な能力を身に着けて息子のあとをついてまわり、衝突やすり傷などの危険にあわないよう気をつけています。もちろん、ヴィンセントの犬もそれに協力しています。犬はどうやら、トマス坊やのことをヴィンセントの付属品だと思っているようです。児童書がまた新たに刊行されました――バーサと目が見えないダンの手に汗握る冒険物語。ペンダリス館の集まりに一冊お持ちします。

外は寒いのに、ヴィンセントは毎日乗馬を楽しんでいます。塀に沿って庭園をほぼ半周する形で特別に作られた乗馬コースを、なんと、ギャロップで駆けていくのです。わたしは心配のあまり、うなじの髪が逆立ちそうです――髪は去年よりさらに伸びました――でも、馬で思いきり走れるようにコースを造ることを思いついたのはわたしですから、文句は言えません。そうでしょう?〟

朝食の席を立つころには、イモジェンは笑顔になっていた。もうじきみんなと再会できる。窓の外に目をやると、青く澄んだ空に太陽が輝いていた。室内から見たかぎりでは、風もあまりないようだ。防寒用のマントとボンネットを身に着け、新たな雑草が花壇を侵略していないかを確認するためと、草むらのスノードロップがもっと咲いていないかを調べるために外に出た。猫もついてきて、庭をひとまわりしてから、玄関前の石段で日差しを浴びて丸くなった。

邪魔な雑草を何本か抜き、スノードロップの花をさらに五個見つけた。大気は暖かいとまではいかないものの、とりあえず、肌を刺す冷たさは消えていた。けさは春の訪れが肌で感じられる。

地面にしゃがみ、庭の門のほうを見た。

わたしはゆうべ、家に入ろうとする彼を止めた。でも、あそこで軽い冗談を交わして楽しんだ。二、三分のあいだ心が浮き立ったけど、そんな思いは久しぶり――前世のことだったような気がする。ゆうべは自分から進んでキスをした。しかも、ずいぶん……熱いキスを。そういう事態を避けるのは世界でいちばん簡単なことのはずなのに。

〝自宅までエスコートしてくれた男性にキスするのが、一般の習慣じゃないのかな？〟彼がそう尋ねた。そして、微笑した。いえ、ニヤッと笑った。ランタンがなくとも、イモジェンにはその違いがわかった。

それを思いだして口元がほころんだ。ああしてふざけている彼がとても好き。軽く口説こうとする雰囲気だけど、ふざけているだけで、物騒なところはまったくない。

今日のうちに安らぎが打ち砕かれることを覚悟していたが、ついにその瞬間がやってきたようだ。屋敷から続く小道をやってくるヘイズ夫人、つまり、ハードフォード卿の母親の姿が門の向こうに見えた。実の妹のノラ・ヘリオットと、亡き夫の妹エドナ・エルドリッジも一緒だ。三人の目的地はきっと寡婦の住居だろうと思ったので、イモジェンは立ちあがり、マントについた草を払ってから、門をあけに行った。

ゆうべは訪問を楽しみにする気になれなかったが、騒々しさと、笑いと、ハードフォード卿の身内から伝わる家族的な雰囲気を楽しんでいる自分に気づいて、イモジェンは驚いた。身内に愛されているのと同じぐらい、パーシーが身内を愛しているのは明らかだ。それでも、たまに……息苦しくなるという彼の気持ちも理解できる。

身内が到着したからには、たぶん、寡婦の住居に避難しようとするだろう。

三人の貴婦人は親しい身内であるかのようにイモジェンを抱きしめ、頬にキスをした。三人はまた、家の愛らしさと周囲の様子に歓声を上げた。崖のすぐそばに立っているが、小さな窪地に心地よく収まり、手入れの行き届いた庭に囲まれている。

「わたしもここで暮らせたら、夢のように幸せでしょうね」ヘイズ夫人が言った。「きっと、楽しくてたまらないわ。そうじゃなくて、エドナ、ノラ？」

「わたしたちもここに来て、あなたとカズン・イモジェンと一緒に暮らすことにするわ、ジュリア」夫人の妹が答えた。「夫と子供たちは家に置き去りにして」

三人の貴婦人は笑いさざめいた。ヘイズ夫人がイモジェンのウェストに腕をまわして、彼女を脇にひきよせた。

「気を悪くしないでね、カズン・イモジェン。冗談と笑いが好きな一族なの。笑いはいつだって、どんなことにでもよく効く薬なのよ。そう思わない？」

みんなで家に入り、コーヒーを飲みながら、プリムローズ夫人が焼いたスコーンを食べた。午後から村へ出かける予定なのよ、カズン・ラヴィニアが案内してくれるの、と三人はとても楽しそうに語った。レディ・ラヴィニアのこともすでに〝カズン〟と呼んでいるのだ。また、ヘイズ夫人は自分の計画を打ち明けた。

「ハードフォード館にあるひどく陰気で、ほったらかしにされてるあの舞踏室をなんとかして、大々的なパーティにふさわしい場にしてみせるわ。舞踏会を開いてもいいわね。息子の三〇歳の誕生日を祝うために。あいにく遅くなってしまったけど。だって、誕生日の当日、あの子ったらロンドンにいたんですもの。そうだわ、あの子が伯爵家の本邸に到着したお祝いもしましょうね。これも遅くなってしまったけど」

「ええ、ぜひ舞踏会を開きましょう、ジュリア」ヘリオット夫人が言った。「みんな、踊るのが大好きですもの」

「あなたもぜひ屋敷のほうに来て、いろんな案や計画に力を貸してちょうだいね、カズン・イモジェン」ヘイズ夫人が言った。

「お宅の料理番を誘拐しようかしら、カズン・イモジェン」ヘリオット夫人が言った。「こんなおいしいスコーンは生まれて初めてよ」

礼儀作法どおりに、三〇分ほどすると三人は暇を告げた。帰りぎわにふたたびイモジェンを抱きしめ、頬にキスをして、今夜も屋敷で会えるのが楽しみだという言葉を残して。みんなが帰ったあと、イモジェンは一人で苦笑するしかなかった。つむじ風に見舞われたような気分だった。

二時間ほどたって午餐を終えようとしていると、またもや客が押し寄せてきた。今度はエルドリッジ家の双子の姉妹――この子たちを区別できる人はいるの？――と、ヘリオット家の兄弟と、シリル・エルドリッジ氏だった。ハードフォード卿のいとこにあたる方たちね――イモジェンはゆうべの紹介を思いだした。今日はみんなで散歩に出かけることになり、イモジェンを誘いに来たのだった。

「ぜったい来てくれなきゃ」エルドリッジ家の双子の片方が頼みこんだ。「このままだと男女の数がそろわないんですもの」

「パーシーが言っていました。この近くに、浜辺に下りる道があるとか」シリルが言った。

「案内していただけるそうですね、レディ・バークリー。お願いできませんか？　それともほかに用があってお忙しいでしょうか？」

「喜んでご案内します」イモジェンは答え、本心からの言葉だと気づいて驚いた。いとこのうち四人はとても若い。みんな二〇歳以下だろう。双子はたぶん一五か一六。ほんの少しでもおもしろいことがあれば、青年たちは馬鹿笑いをするし、令嬢たちはくすくす笑う。しかし、イモジェンがゆうべ気づいたように、悪気はまったくない。まだ若いから仕方がない。自分はずいぶん年上に見えるだろうに、散歩に誘いに来てくれたことが、イモジェンはうれしかった。でも、エルドリッジ氏はたぶん、この子たちよりわたしの年齢のほうにずっと近いはず。みんなでその点を考慮したのかもしれない。

「ベスはぼくの母やおばたちやレディ・ラヴィニアと一緒に、よそのお宅を訪問に出かけました」崖の小道を歩きはじめたところで、エルドリッジ氏が説明した。「きっと、馬車のなかにぎゅう詰めでしょうね。メレディスは屋敷に残りました。ジェフリー坊やが昼寝からさめたら遊んでやれるように。ぼくの父とおじたちはパーシーと一緒に羊を見に行っています。なんと、パーシーが父たちの助言を求めてましてね。想像もつきませんよ、レディ・バークリー。パーシーが農業に興味を？　次はここに永住すると言いだすかもしれない。あ、すみません」

「誰かがここに永住することを考えただけでぞっとするなんて言われたら、わたしが気を悪くするかもしれないから？」イモジェンは言った。「そんなことはありませんいや、ただ、パーシーがここで長いあいだ満足して暮らせるとは思えないんです。あいつがここに来たのは、誕生日に死ぬほど退屈し、死ぬほど酔っぱらって、〝行くぞ〟と宣言したからで、自分の言葉はぜったい撤回したがらないやつなんです。パーシーの母上が一族をひきつれてこちらに来ようと決めたときには、あいつはすでにここを逃げだす計画を立てていたに違いない。脳卒中の発作を起こしかけていたはずです」

正解に近いわね――イモジェンはそう思い、心のなかで微笑した。でも――死ぬほど退屈し、死ぬほど酔っぱらってたなんて。それが、ゆうべわたしから進んでキスをし、喜びまで感じた相手なの？　わたしが好きになった人なの？　そして、この人となら男女の仲になってもいいと、いまも少し思っている相手なの？

しかし、彼に関してイモジェンがまだ知らないこと、推測していないことは、何ひとつない。とても頭がよくて、高い教育を受けた男性でもあるが、どういうわけか、一〇年ほど前に方向を見失ってしまい、いまだに漂流を続けている。その方向が見つかるかしら。いつの日か？　ひょっとすると、ここで？　ここではないことをイモジェンは願った。どうかここではありませんように。ほんのいっとき、彼との逢瀬《おうせ》を楽しむのはいいかもしれない。でも、長く続けるのは無理。

「ここから下りるの？」ヘリオット家の兄弟の一人――レナード？――が小道の少し前方で叫んでいた。

「そうよ」イモジェンは叫びかえした。「小道はちょっと危険に見えるけど、傾斜を最小限にするためにジグザグのコースにしてあるし、道幅がけっこうあって、足場もしっかりしてるわ」

「わたし、グレゴリーにつかまることにする」双子の片方が言った。「グレゴリーの腕のほうが頑丈だもの」

「デブって意味か、アルマ？」グレゴリー・ヘリオットが言った。

「頑丈な腕って意味よ」彼女はクスッと笑った。「それから、わたしはイーヴァ」

「いや、ぜったいアルマだ。午餐のあとで二人が服をとりかえてないかぎりは」

あとの三人が爆笑した。

イモジェンは進みでると、先に立って小道を下りはじめた。

彼が誕生日に死ぬほど酔っていなければ、コーンウォールに来ようなどとはたぶん考えなかっただろう――永遠に。二年ものあいだ、荘園を放りっぱなしにしていたのだから。酔っていなければ、こんな事態にはならなかったはず。でも、彼がこちらに来なかったら、わたしはいまも屋敷にいて、寡婦の住居の屋根がとりつけられるのを待っていただろう。

今夜は屋敷へ行くのをやめよう。イモジェンは決心した。だって、毎晩のように顔を出す義務はないもの。

〝毎晩、きみを家までエスコートしてもいいだろうか?〟ゆうべ、キスのあとで彼が尋ねた。イモジェンを笑わせるために尋ね――目論見は成功した。

いいえ、その冗談を現実にしてはならない。

でも、彼がここに来る前、わたしが最後に笑ったのはいつだったかしら。彼が来てから、少なくとも二回は笑った記憶がある。

ああ、彼のことが本当に好き――必要もないのにイモジェンの先に立ち、彼女を浜辺に下ろそうとして手を差しのべるエルドリッジ氏に片手を預けながら、ため息と共にイモジェンは思った。

その日の午後はすべてを忘れて浜辺で遊び戯れることにした。

パーシーは午前中を家族と過ごした。といっても、母とおばたちは数日もかかった旅のあとは新鮮な空気と運動が必要だと断言して、散歩に出かけていった。おそらく、寡婦の住居のほうへ向かい、レディ・バークリーが家にいるなら挨拶に寄るつもりだろう。

みんなを連れて屋敷のなかを案内し、厩へ出かけ――もちろん、子猫たちを見せるために――何人かのいとことビリヤードをやり、コーヒーを飲みながら雑談するという楽しい午前中だった。午餐の席も話が弾んで楽しかったし、午後はおじたちを農場へ案内して、彼の計画やクノールの計画のいくつかをめぐって議論をした。

屋敷に帰ると、うれしいことに、新たな客が二人到着していた。シドニー・ウェルビーとマーウッド子爵アーノルド・ビッグズ。遠路はるばる、本当に来てくれたのだ。何度も握手をかわし、背中を叩きあい、歓声と笑い声を上げげた。その場にいたのはパーシーと、この二人の客と、シリルだけだった。

シドニーとマーウッドの到着を知らされると、おじたちと男性のいとこは歓迎し、パーシーの母親とおばたちとレディ・ラヴィニアは喜んだ。女性のいとこたちは、身内ではない若いすてきな紳士二人が屋敷に滞在することになり、しかも一人は爵位を持っているというので、興奮でくらくらしていた。これまでの彼女たちがおしゃべりに興じてくすくす笑っていただけだとすると、いまや新たな高みへ飛翔《ひしょう》していた。

晩餐も、客間で過ごす夜のひとときも、じつに和気藹々《あいあい》としていて、全員で大いに盛りあがったので、パーシーはいつしか、外に出て月か何かに向かってわめきたい気分になっていた。人に聞かれる心配がなければ、実行していたかもしれない。

身内と友人たちを愛し、一緒に楽しく過ごし、みんなに感謝の念を抱きながら、その一方でひどい圧迫と束縛を感じるのはなぜなのか、パーシー自身にもわからなかった。原因はぼくにあるのか？　とにかく、何が原因にしろ、こんなふうに感じるようになったのはつい最近のことだ。たぶん、三〇歳の誕生日をきっかけに、何不自由のない暮らしをするだけではだめだ、家族がいても、友達がいても、愛があっても充分とは言えない、と感じるようになったのだろう。

自分のなかに大きな空洞があることを悟ったのだ。外側の出来事ばかりに気をとられ、生まれてから一度も探ったことのない部分だった。自分が虚ろな貝殻になったように感じ、〝あなたは魅力を鎧にしてるんだわ。その奥に何が潜んでいるの〟とレディ・バークリーに尋ねられたことを思いだした。

彼は〝ハートの奥まで魅力のかたまりなんだ〟と冗談で返した。心臓《ハート》が血液を全身へ送りだす以上の仕事をしているのかどうか、よくわからない。ただ、愛することはできる。自分にきびしすぎるのは禁物だ。ぼくは家族を愛している。

「今夜もやけに静かなのね、パーシー」エドナおばが言った。

「ぼくのためにみんなで遠くから来てくれたのがうれしいだけなんです」パーシーは答えた。大事なのは、それが嘘ではないことだった――嘘も多少混じってはいるが。

安らぎと静けさをとりもどしたいと思った。

なんだと？

いつだって、この両方を疫病のごとく避けてきたのに。

お茶のトレイが下げられたあと、人々は徐々に解散しはじめた。年配の世代に加えてメレディスもベッドに入った。いとこの何人かはビリヤード室へ行くことにし、シドニーとアーノルドを誘った。おじのうち二人は書斎に閉じこもって、一杯やりながら読む本を選ぶことにした。

「一緒に来るかね、パーシー」ロデリックおじが言った。

「新鮮な空気を吸いに出ようかと思います。寝る前に脚の筋肉をほぐそうかと」

「連れはいらないか、パース？」アーノルドが訊いた。

「いや、いい」

アーノルドはパーシーに視線を向けた。

「そうか。二月の夜に海辺に出るなんて、正直なところ、あまりぞっとしないな。楽しんできてくれ……孤独を？」アーノルドは両方の眉を上げた。

「ビリヤードにするかい、アーニー？」シリルが尋ね、ほかの若い連中を追って二人で出ていった。

パーシーは外套と手袋と帽子を身に着け、次にわざとらしく二番手の家政婦の部屋へ行ってヘクターを連れだし、それから外に出た。もっとも、なぜ犬を連れてきたのか、自分でもわからなかったが。この犬のことだから、勝手についてくるに決まっている。ヘクターよりファントムという名前にしたほうがよさそうだ。

時刻は一一時少し前。寝る前の散歩にはそう遅くない。社交的な訪問には遅すぎる。かなり遅い。しかし、必要に迫られた訪問の場合はどうだろう？

〝ときたまここに避難してもいいだろうか？〟以前、彼女に尋ねたことがあった。

夜の一一時に訪ねるなんて、とうてい無理だ。目的はただひとつだと思われかねない。

そして、それが自分の真意だろうか？

歩いていくうちに、玄関ドアの外まで来た。すぐそばに寡婦の住居の前を通る小道がある。

だが、このまま通り過ぎるつもりなのか？

彼女に決めてもらうことにした。いや、ランプか、ろうそくか、とにかく、彼女が眠っていないときに使っている照明に決めてもらおう。家が闇のなかに沈んでいたら、このまま通り過ぎよう。家のなかに明かりが見えたら、玄関をノックしよう。ただし、明かりが二階だったら遠慮しておこう。

明かりがついているのは居間だった。

パーシーは五分ほど門の前に立っていたが、やがて寒さのあまり、靴のなかで――ブーツにはきかえずに出てきたのだ――足がかじかみ、手袋のなかで指が不快に疼きはじめた。鼻の感覚までなくなってきた。居間の明かりに向かって動けと念じた。明かりが二階へ移動すれば、このまま去って屋敷に戻る決心がつく。

同時に、明かりがいまの場所から動かないように念じた。

ヘクターは彼の足元でおすわりを続けるのをすでに断念していた。いまは寝そべって、顎を前脚にのせている。弱い月明かりのなかで犬を見下ろして、パーシーは思った――ふつうの犬らしい外見になってきた。いいことだ。なにしろこの駄犬につきまとわれる運命のようなので。そして、困ったことに、愛情が湧いてくるのを感じた。

いまいましい犬。

明かりはもとの場所にとどまっていた。

門を開き、ヘクターを連れて通り抜けてから、背後の門を静かに閉めた。ここに来たことを彼女に悟られたくなかった。逃げる時間はまだ残っている。ドアのノッカーを持ちあげ、ためらい、手から放した。すさまじい音が響いた。逃げる時間はまだ残っている。

くそっ、すでに一一時を過ぎているだろう。

ほぼ同時に玄関があいた。パーシーは心の準備をする暇もなかった。

何も言わなかった。言うべき言葉が浮かんでこないばかりか、何か言わなくてはとの思いもなかった。

彼女のほうも無言だった。二人で見つめあい、彼女が手にしたランプが二人の顔を下から照らしていた。呪縛を破ったのはヘクターだった。寒い戸外より暖かな屋内のほうが好ましいと思ったに違いない。家に駆けこみ、向きを変え、住人のような顔で居間に入っていった。

彼女が脇へどき、家に入るよう無言でパーシーに勧めた。

「そういうつもりじゃないんだ」玄関を閉める彼女に、パーシーは言った。「遅い時間だけど、きみと寝ようと思ってここに来たわけではない」

彼女の前に出ると自分の舌がどうなってしまうのか、彼にはどうしてもわからなかった。ほかのレディが相手なら、彼女と話すときにしばしば使ってしまう口調にはけっしてならないのに。

「避難しにいらしたんでしょ」それは質問ではなかった。彼女が向きを変え、冷静な目と表情で彼を見た。「じゃ、お入りになって」

そして、彼の先に立って暖かな居間に入っていった。

14

レディ・ラヴィニアからふたたび短い手紙が届いたが、屋敷へ晩餐に出かけるのはやめにした。手紙には、〝来てくれれば大歓迎よ。あなたもわかってるように、いつだって大歓迎だから、招待状を待つ必要はないのよ。それから、お客さまが二人増えました。カズン・パーシーのお友達の紳士方で、ロンドンからいらしたの〟と書いてあった。

ハードフォードの静けさを破壊しにやってきた人々すべてにイモジェンは好感を持っていたが、にぎやかさと大騒ぎに少々辟易《へきえき》していた。自分だけの家があることがとてもありがたかった。みんながここをひきあげるときまで、日中は頻繁に人々が押しかけてくるのを覚悟しなくてはならないが。

ハードフォード卿も辟易しているのだろうかと思った。でも、彼と同じ世界に住む人々だし、その世界はきっと忙しいにぎやかな場所で、静かに思索にふける暇などないはず。たぶん、みんなと楽しく過ごして、〝ときたまここに避難してもいいだろうか〟と尋ねたあの夜のことは、きれいさっぱり忘れてしまっただろう。

しかし、イモジェンは書斎で彼がすわっていた椅子の横のテーブルにアレキサンダー・ポープの詩集が置いてあったことも、大学時代に古典学の二科目で最優秀の成績を収めたことも覚えている。そして、ここに来てもいいかと尋ねる直前に彼が言ったことも覚えている。〝ぼくがコーンウォールにやってきたのは、たぶん、自分自身を見つけたかったからだ。もっとも、それに気づいたのはたったいまだが。これまでの人生から離れて、三〇歳になったのをきっかけに価値ある人生の目的を新たに見つけることができないか、確かめてみたかったのだ〟

しかし、ハードフォード卿が人生から長く離れていることは許されなかった。人生がここまで彼を追いかけてきた。

午前中は年配のレディたちの訪問を受け、午後は元気いっぱいの若者のグループと浜辺で過ごしたせいで疲れていたものの、イモジェンはふだんより夜更かしをした。本を読んでも集中できなかった。いつもならくつろげるのに。実家の母に手紙を書くことも考えたが、明日の朝、頭が冴《さ》えているときまで待つことにした。レース編みを始めたものの、仕上がりが気に入らなかった。お茶を淹れようと思って台所へ行ったが、結局、ビスケットを焼きはじめ、あとの洗い物も自分でやった。ふたたびレース編みをしたり、ブロッサムと遊んでやったりした。ブロッサムは細い絹糸とかぎ針のきらめきがいつも大好きだ。

最後にとうとう、彼が来るのを待っているのだと自分で認め、こんなことではいけないと思った。心の安らぎも、苦労して身につけた自制心も、打ち砕かれようとしている。ベッドに入って、ぐっすり寝て、明日は自制心をとりもどそう。こんなことではいけない。

かぎ針と絹糸を片づけて立ちあがり、そこで思いだした。せっかく焼いたビスケットを一枚も食べていないし、湯を沸かし、茶葉を量ってティーポットに入れたのに、お茶を淹れていない。でも、もう手遅れだ。それに、おなかはすいていないし、喉も渇いていない。ランプのほうへ手を伸ばし、同時に炉棚の時計をちらっと見た。一一時一〇分。

玄関にノッカーの音が響いたのはそのときだった。イモジェンは飛びあがり、ブロッサムは目をあけた。

ランプを手にして、ドアをあけに行った。慎重にふるまうべきだという思いは心に浮かびもしなかった。

運命のその一瞬、二人は玄関の敷居をはさんで立ちつくし、おたがいを見つめるだけだった。外から冷たい空気が流れこんだ。ランプが彼の顔を下から照らしているため、ふだんより背が高く見え、いささか不気味な感じでもあった。にこりともせず、何も言おうとしないので、なおさらだ。しかし、イモジェンはその瞬間、自分が彼を求めていることを知った。決心する必要はない。すでに心を決めている。また、彼を求めている理由がそれだけではないことを知った——ううん、はっきり〝セックス〟と呼べばいい。そう、セックスだけが理由ではなくて……それを超えるものだ。だから、運命の一瞬のように思われたのだ。

やがてハードフォード卿が玄関に入り、寝ようと思って来たわけではない、というようなことを言った——この人、ほんとにそんなことを口にしたの？　しかし、彼女が言葉にならないほどの衝撃を受けることはなかった。イモジェンは彼が避難場所を求めてやってきたことを理解し、先に立って居間へ案内した。彼女が今夜ずっとすわっていた椅子の横に、ヘクターがすでに陣どっていた。彼がここに来るといつもすわる椅子だ。

いつも？

ここに来たのは何回ぐらい？　まるで、ハードフォード卿がいつもここに来ていて、来ないときはその椅子が彼を待っているかのようだ。イモジェンがそこにすわるときには、彼の椅子だと思い、それを慰めにしているかのようだ。

疲労と深夜の組みあわせのせいで、イモジェンの心に奇妙で危険な惑いが生まれていた。彼はイモジェンが二人がけのラブシートに腰を下ろすのを待ってから、自分も椅子にすわった。外套と帽子を玄関ホールに置いたままであることに、イモジェンは気がついた。彼はいまも微笑を見せない。甘い魅力という鎧も玄関ホールに置いてきたに違いない。

「きっと、そろそろベッドに入る支度をしてたんだろうね」そう言って、ハードフォード卿はようやく笑みを浮かべた――少し悲しげに。「会話の糸口としては、どうも冴えなかったな。そうだろう？」

「まだ起きてたわ」

ハードフォード卿は室内を見まわし、暖炉の火に目をやった。弱くなっている。立ちあがり、イモジェンが記憶している前回のときと同じように、火かき棒を手にして石炭の間隔を広げ、次に暖炉の横の容器から石炭をとってくべた。炉棚に片方の腕をのせ、そのまま立っていた。くべたばかりの石炭に火が移るのを見つめた。

「もしそうだとしたら？」イモジェンに尋ねた。

不思議なことに、この質問の意味をイモジェンは正しく理解していたが、それでもハードフォード卿は言葉を補った。「もしぼくがきみと寝るために来たのだとしたら？」

どう答えようかとイモジェンは考えこんだ。

「きみに放りだされていただろうか？」彼がふりむき、肩越しに彼女のほうを見た。

イモジェンは首を横にふった。

二人はしばらく見つめあい、やがて、炎に空気を送りこむために彼が火かき棒で石炭をふたたび突き崩し、それから椅子に戻った。

「人間が変わることは可能だろうか、イモジェン？」と尋ねた。

ハードフォード卿に――今夜もまた――名前を呼ばれて、イモジェンは軽い動揺を感じた。

「ええ」

「どうやって？」

「大きな不幸がきっかけになることもあるでしょうね」

彼の視線がイモジェンの顔を探った。「例えば、伴侶を亡くすとか？」

彼女はかすかにうなずいた。

「以前のきみはどんな人間だった？」

イモジェンは膝の上で両手を広げ、ドレスの布地を指でつまんで折りたたんだ。狼狽したときの癖だ。布地を指から放し、膝の上でゆったりと手を組んだ。

「生命力とエネルギーと笑いに満ちあふれていたわ。社交的だった。少女のころはお転婆で――母を絶望させてばかりだった。成人してからも、貴婦人らしいところはまったくなかった。人生を思いきり楽しみたくてたまらなかった」

とっくに消えてしまった遠い昔の少女の面影を捜し求めるかのように、ハードフォード卿がイモジェンに視線を走らせた。

「昔のきみに戻りたいと思うことはないのか？」

イモジェンは首を横にふった。「ウィリアム・ブレイクの『無垢《むく》と経験の歌』を読んだことは？」

「ある」

「幻影の世界に触れてしまったら、無垢な心をとりもどすのはもう無理なのよ」

「幻影？」ハードフォード卿は眉をひそめた。「どうして無垢が冷笑に比べて非現実的で偽りでなくてはならないんだ？」

「わたしは冷笑的な人間ではないわ。でも、昔にはもう戻れなかった」

「人生経験と苦悩を、人生の光を消して貧しいものにするかわりに、豊かにするために使えないものだろうか？」

「そうね」イモジェンは〈サバイバーズ・クラブ〉の仲間のことを考えた。一人一人が八年か九年前には想像もできなかった運命に見舞われ、そのうち少なくとも五人は苦難を乗り越えて、見るからに幸せで豊かな人生を築きあげた。苦痛と悲嘆に満ちたあの長く暗い夜を通り抜けていなかったら、いまのような幸せはたぶん手に入らなかっただろう。皮肉なものだ。

「ある意味で、きみは幸運な人だ、イモジェン」優しく言われて、彼女はハードフォード卿にはっと目を向けた。「空虚な楽しみと軽薄な騒ぎ以外に何もない人生を送ってきた者は、三〇歳で何を学べるだろう？」

「愛もあったでしょ」イモジェンは強い口調で言った。「あなたの人生には愛があふれている。愛ではちきれそうだわ。その犬までがあなたを愛し、あなたも犬を愛している。正直に認めるのは、男らしくないことではないのよ。それから、あなたの人生には、世界に存在した偉大な文明のうちふたつに関して猛烈に勉強した時期があった。オックスフォードを卒業したあとは無為に過ごしてきたかもしれないけど、その経験ですら無駄ではなかったはずよ。人生が差しだす教訓をけっして学ばない人は別として、本当に無駄な時間なんてどこにもないのよ」

ハードフォード卿は椅子にもたれ、唇にかすかな笑みを浮かべてイモジェンをじっと見ていた。「きみは放蕩者《ほうとうもの》に情熱を注ぎこむのかい、レディ・バークリー？　どんな教訓が得られるのかな？」

イモジェンはため息をついた。ついむきになってしまった。でも、この人は放蕩者なんかじゃない。一週間ほど前なら、そう思ったかもしれないけど、いまは違う。放蕩三昧の人生を送ってきた人かもしれない。でも、放蕩者にはならなかった。この一〇年間に何をしたか、何をしなかったかで、この人を判断してはならない。

「どう生きるべきでないかを悟れば、どう生きるべきかがわかるかもしれないわ」

「そんな簡単なことなのか？」彼が尋ねた。「ぼくが一夜にして立派な田舎紳士に、それもコーンウォールの田舎紳士に変身し、作物と、羊と、ぼくが可愛がっているという噂の醜い犬を相手に、このような世界の果てに骨を埋めることができると、きみは思っているのか？　跡継ぎと、予備の息子と、玉の輿《こし》に乗れそうな娘を作って？　妻を愛し、結婚生活が続くかぎり妻に忠誠を誓いながら？」

そう言われて、イモジェンは笑いだした。彼の言葉から耐えがたいほどの緊張が生じていたにもかかわらず、馬鹿馬鹿しくて話にならないような光景が浮かんできた。

ハードフォード卿の目が微笑していた——まあ、すてき！——やがて、彼の唇に微笑が広がった。

「きみがそんなふうに笑うと、ドキッとするほど魅力的だね」

そう言われて、イモジェンは真顔に戻った。しかし、彼女自身もハードフォード卿の表情と微笑を目にして、まさに同じことを考えていたところだった。

「きみから聞いた過去の姿と、そのまま大人になったときの姿を、垣間見たような気がする。もう一度幸せになることはできないのか、イモジェン？　幸せになろうとは思わないのか？」

イモジェンは微笑し、彼の顔がはっきり見えないことに気づいた。涙があふれているのを知った。

「だめだめ、泣かないで」ハードフォード卿が優しく言った。「きみを悲しませるつもりはなかった。一緒にベッドに入ろうか?」

イモジェンはまばたきをして涙を払いのけた。自ら進んで自分の人生から逃げだしたことが、急に無意味に思えてきた。無駄に過ごした歳月——八年から九年ものあいだ。彼の一〇年間といい勝負だ。

たったいま、ハードフォード卿に尋ねられた。

「ええ」イモジェンは答えた。

すると、ハードフォード卿が立ちあがってそばに来た。片手を差しだした。イモジェンはしばらくその手を見つめた。男の手。いまからわたしの肌に触れる手……そこに自分の手を置き、腰を上げた。彼とラブシートのあいだの間隔はあまりなかった。両腕を上げて彼の首にまわし、もたれかかると、彼の腕に抱きしめられ、そして二人の唇が重なった。

ずいぶん穏やかな抱擁だと思った。誘惑されたのではなく、奔放な情熱に押し流されたのでもない。罪悪感を持つことも、後悔することもないだろう。イモジェン自身がそれを望み、受け入れるつもりでいる。いえ、そういう受動的なことではない。本来の人生に立ち戻るためのきっかけ、際限なくのめりこみ、奔放に楽しむための手段。でも、一人ではだめ。二人で。二人で一緒に楽しむものだ。

短いあいだだけ。浮世を離れた短いバカンス。ほんのいっとき楽しんで、あとは人生の最期を迎えるときまで精一杯生きていけばいい。

イモジェンは顔をひいてハードフォード卿の目を見つめた。ランプの仄《ほの》かな光のなかで見ても、鮮やかな青い色だ。

「永遠に続くとは思ってないわ」彼に言った。「望んでもいない。明日の午前中、あなたがふたたびここに来て、罪悪感から結婚を申しこむなんてことは期待してないし。たとえそうなっても、お断わりするわ。いまだけのことにしましょう。ほんのしばらく」

ハードフォード卿の目がふたたび微笑し、続いて唇も微笑した。ドキッとするほど魅力的な表情だが、本人は意識していないようだから、練習で身につけたものではないのだろう。いまわたしが目にしているのが、本当の彼ね。いえ、少なくとも彼の一部なのね。

「きみと永遠の契りを結ぶとしたら、ぼくは愚か者だ。永遠に何かを所有することなど、誰にもできはしない。ランプを持ってくれ。ぼくが暖炉の前に炉格子を置いておくから」

イモジェンは先に立って階段をのぼった。ブロッサムは台所に置いてある猫用ベッドのほうへ歩き去った。

「そこにいろ」ヘクターに命じる彼の声が聞こえた。


寝室の暖炉には火が入っていた。石炭の一部はほぼ灰になっていたが、いまもかすかに赤く輝いていた。充分に暖かいとは言えない部屋だが、凍えるほど寒いわけでもない。

イモジェンが化粧台にランプを置いてろうそくに火をつけ、それからランプを消した。たちまち部屋が薄暗くなり、濃厚な親密さに包まれた。愛らしい部屋で、狭いわけではないが、屋根に沿って片方へ傾斜した天井と、ほぼ床までありそうな四角い窓のおかげで、こぢんまりとした居心地のいい雰囲気が生まれている。彼女がカーテンを閉めた。白地にパステルカラーの大きな花柄をあしらった清楚なカーテンで、ベッドカバーとおそろいだ。ふだん、こうしたことに気づく彼ではないが、今夜は、夫が亡くなる以前のイモジェン・ヘイズのイメージに合わせて、たとえ無意識だったにせよ、このカーテンとベッドカバーが選ばれたのではないかという気がした。

パーシーはドアを一歩入ったところに立ち、背中で両手を組んで、この不思議な瞬間に思いをめぐらせた。彼のほうから誘惑したのではなく、言葉巧みに言いくるめたのでもない。イモジェンも最初からその気だった。戯れの口説き文句は必要なかった。それはパーシーにとって初めての経験で、今後の展開が読めなかった。それも初めての経験だった。

彼女が腕を上げ、パーシーに背を向けてヘアピンをはずしはじめた。そこでパーシーは大股で彼女に近づいた。

「ぼくにやらせてくれ」

イモジェンはふりむくことなく、腕を下ろした。

髪は温もりを含み、豊かで、ろうそくの光を受けてきらめいていた。ほぼウエストまで届くまっすぐな髪だ。カールや縦ロールやウェーブさせた後れ毛がいまの流行だから、メイドにとって、この髪はおそらく悪夢だろう。金色の濃淡が交ざりあい、輝いている。パーシーは指を櫛がわりにして髪を梳《す》いた。ブラシでほぐす必要のあるもつれはどこにもなかった。

宝冠のごとき髪――愚かにも陳腐な表現が浮かび、口にしなくてよかったと思った。

イモジェンの肩に手をかけて自分のほうを向かせた。髪を下ろした姿は何歳も若返って見えた。そして、いつもの二倍の魅力が……。いや、さっき階下で目にしたとき以上に魅力的な姿などありえない。この一〇年間は彼にとって無駄ではなかったはずだと真剣な声で言った彼女。もう一度幸せになることはできないのかと彼が尋ねると、その目に涙があふれた。

彼女を幸せにしよう。いや、それはたぶん無理だ。心地よいセックスは幸福の同義語ではない。心地よいセックスなら彼女に差しだせる。自分が差しだせる値打ちものはそれしかない。どんな経験も無駄にはならない、と彼女は言った。よし、それならぼくには豊富な経験がある。

イモジェンに笑みを向けた。笑みは返ってこなかったが、彼女のまわりには柔らかな雰囲気が漂い、よそよそしさが消えていた。意識して冷たさを消したことが彼にも感じとれた。彼のために、そして、彼女自身のために、そうしているのだ。この自分を選んでくれた――パーシーは驚きのなかで思った。八年以上の年月が流れるあいだには、ほかの男が何人も登場したに違いない。ぼくよりはるかに値打ちのある候補者たちが。この界隈だけでも二人いる。だが、彼女はぼくを選んでくれた――いまだけ。いましばらくのあいだ。

身内が退散したらぼくもすぐここを離れるつもりでいるのを、彼女も察しているから？　永遠に続くはずがないのを知っているから？　ぼくは永遠を誓うタイプの男ではない。それとも、彼女が求めているのは永遠ではなく、心地よいセックスを楽しむための短い関係だけなのか？

彼女がぼくを選んだ理由が気になるのか？　あるいは、ぼくが彼女を選んだ理由が？

　パーシーはイモジェンの背後に手をまわし、ドレスのボタンをはずした。ドレスを肩から下ろして腕の先へすべらせた。布地がすべり落ちて彼女の足元で波打った。コルセットは着けていない。パーシーもさきほど階下で気づいていた。彼女にコルセットは必要ない。パーシーは膝を突いて、まずスリッパの片方を、次にもう片方を脱がせ、絹のストッキングをふくらはぎの下までおろして爪先からはずした。長くきれいな脚をしている。パーシーは立ちあがった。いまの彼女はシュミーズ一枚、胸をかろうじて隠す程度で、裾は膝までも届いていない。

　パーシーはゆっくりと息を吸って、シュミーズの裾に手を伸ばしたが、彼女の指先が彼の手首に軽く触れた。

「恥ずかしいわ」

　裸になることが？　パーシーはうなずいた。ベッドのなかで恥ずかしさを忘れさせればいい。急ぐ必要はない。経験がそれを教えてくれ、今夜の彼は経験を重ねてきたことに感謝した。もっとも、その相手となった女性たちのことは頭に浮かびもしなかった。

　今夜は彼女のことしか考えられなかった。最初は不粋な名前だと思ったものだが、いまでは彼女にぴったりの名前だと思っている。個性的で、強くて、美しいイモジェン。

　自分が裸になることにはなんの抵抗もなかった。彼女が見ている前で服を脱ぎ、窓辺の椅子にのせた。下穿《ば》きを脱ぐときも手を止めなかった。それが最後の一枚だった。すべてを脱ぐと、彼女のところに戻り、両手で顔をはさんで唇を軽く触れあわせた。彼自身はほぼ完全に硬くなっていたが、彼女のほうもそれを見て卒倒するような乙女ではない。欲望に高ぶる男性の姿は前にも見ているはずだ。

「想像はついていたわ——服を脱いでも、着ているときに劣らず美しい人だろうって」イモジエンが言った。怒っているような口ぶりだった。

「気を悪くさせたのなら申しわけない」パーシーは微笑した。「それから、賭けてもいいが、服を脱いだきみも、着ているときに劣らず美しいはずだ。男のほうは〝美しい〟と言われるのをあまり好まないものだが」

「たとえそれが事実でも？」

イモジェンの肩と腕に鳥肌が立っていることにパーシーは気づいた。

「寒い思いをさせてしまったね」彼女の肩に手をかけて抱き寄せた。「きっと、ぼくの腕が鈍ったんだ」

「そうは思えないけど」彼の胸で両手を——冷たい手を——広げて、彼女は言った。

「おいで」パーシーはイモジェンをベッドへ誘《いざな》い、ベッドカバーをめくった。「温めてあげる」

温まるのに長くはかからなかった。ただし、彼一人が温めつづけたわけではない。彼女が自然の流れに従うつもりでいるのをパーシーもすでに察していたが、けっして受身ではなかった。自ら流れを作りだそうとし、マットレスに背中をつけたとたん、情熱に身をまかせた。

シュミーズを頭から脱がされたことも、ろうそくがついたままであることも、気づいていない様子だった。どれだけ彼をむさぼっても足りないかのようにキスをした——じつのところ、彼のキスもそうだった。そして、パーシーの手と唇が彼女の身体を隅々まで探りながら、じらしたり、愛撫したりすると、イモジェンも手と唇で夢中になって愛撫を返した。暖炉の火もベッドの毛布も必要なかった。二人の体温と欲望と情熱から炎が生まれ、燃え盛っていた。

パーシーの手が脚のあいだに伸びると、彼女は身体を開き、彼のために腰を浮かせた。彼が指を触れた部分は熱く潤っていて、親指で愛撫すると、あっというまに頂点に達した。大きく吐息をついて彼にぐったり身体を預けた。しばらく全身の力を抜いたままだったが、まだ満たされてはいなかった。彼の唇を探りあてた。

「パーシー」唇を重ねたまま、イモジェンがささやいた。

おかしくなりそうだった——パーシーと呼ばれただけで。

彼女に覆いかぶさり、向こうが長い脚を上げて彼の身体にからめると、パーシーは強烈な勢いで彼女のなかに押し入った。その瞬間、これまでの経験が水の泡になるところだった。興奮しすぎた男子生徒みたいに、その場で果ててしまいそうだった。彼女は熱く濡れていて、身体の奥の筋肉が彼をじわじわと締めつけてきた。

痛いほどの陶酔のなかで女体に深く自分を埋めたまま、パーシーが欲望をコントロールするにはしばらくかかった。

二人はやがて、ゆっくりと、意識的に、極上の悦楽に浸りながら愛の行為に没頭した。彼がセックスを〝愛の行為〟と表現したことは、これまで一度もなかった。性の交わりに愛は含まれない。それは純粋に、露骨に、驚くほどに物理的な事柄だ。しかし、彼女との――イモジェンとの――ときは、それ以上の何かがあった。愛ではない。しかし……しかし、言葉が見つからない。

肉体が性行為に没頭しているあいだもこうした思いが頭のなかを駆けめぐるというのは、不思議なことだった。いや、性行為ではなく、愛の行為と呼ぶべきか。いや、どう呼ぼうと関係ない……。

次にイモジェンを刺し貫くと同時に、身体の奥の筋肉が彼を締めつけてきたが、この数分間、彼の動きと完璧にリズムを合わせていたのとは違い、その筋肉がゆるむことはなかった。しかも、身体の奥の筋肉だけではなく、全身に力が入り、こわばり、腰を浮かせてさらに強く押しつけてきた。彼はふたたび深く突き入れ、そこで動きを止めた。そして……。すごい。なんということだ……すごい。

イモジェンが絶頂に達するまで待って、そのあとで自分自身の欲望を解き放つつもりでいた。ところが、彼の頭のなかと、股間と――そして、彼女のなかで、同時に爆発のようなものが起きた。

ときとして、経験が参考にならないこともあるものだ。

そして、言葉がいっさい見つからないことも。

パーシーは疲れはて、息を切らしながら、イモジェンにぐったり身体を預けた。彼女も全身の力を抜いて、彼の下で息を切らしていた。火照った身体が汗ばんでいる。鳥肌はどこへ消えてしまったのだ？

「すまない」パーシーはささやきながら身体を離すと、脇へころがり、手を下へ伸ばしてベッドカバーをとってから、自分たちにかけた。「きみを押しつぶしていた」

「ん……」イモジェンが寝返りを打って彼に身を寄せた。柔らかな女の身体。そして、温もりがこもった絹のような髪。

たぶん、彼女も言葉が見つからないのだろう。

「ありがとう」パーシーはささやいた。暖かく心地よい忘却のなかへどんどん沈みつつあった。

「ん……」ふたたびイモジェンは言った。雄弁な言葉。

パーシーは身体の向きを変えると、彼女の身体の下に腕をすべりこませ、片手で彼女の肩を包んだ。

「ここで少し眠ってもいいかな？」イモジェンに尋ねた。

「ええ」

忘却のなかへさらに深く沈んでいったとき――たぶん彼女も同じだろう――カタカタと音がして、次に大きな温かいかたまりがベッドにどさっと飛び乗り、二人の脚のあいだにもぐりこんできた。

「くそ犬め」パーシーはつぶやいたが、眠くてたまらなかったので、悪態をついたことを詫びるのも、ベッドから下りて愛しい女と二人だけにしてくれとくそ犬に命じるのも省略した。

温かな唇にほんの一瞬自分の唇をふさがれて、イモジェンは目がさめた。しばらく目を閉じたままでいた。夢の邪魔をされたくなかった。夢ではなく現実であることはわかっていたが、心の半分で、夢ならいいのにと願っていた。夢なら責任を負わずにすむ。

しかし、願っていたのは〝心の半分〟に過ぎなかった。

ハードフォード卿の顔が真上にあった。はっきり見えた。ろうそくがまだ燃えている。いま何時なのか、どれぐらい眠っていたのか、見当もつかない。ふと気づくと、二人のあいだに割りこんでいた犬の姿がなかった。

「そろそろ帰らなくては」ハードフォード卿が言った。「召使いたちが働きはじめる前に」

乱れた黒っぽい髪、眠そうなまぶた、むきだしの肩という彼の姿は、予想どおり、うっとりするほどすてきだった。わたしのベッドで一緒に寝ている――イモジェンは他愛もなく考えた。二人で愛を確かめあった。すてきだった。罪悪感を伴うものだとしても、いまはまだ感じていない。いや、この先もずっと感じないだろう。こうすることを、この行為と彼から喜びを得ることを、自分の意思で決めたのだから。彼の肩に両手をすべらせ、首の両側をはさんで、左右の親指で顎の下をなでた。

「髭を剃《そ》る必要があるわね」

ハードフォード卿がゆっくりと微笑した。目から始まる、破壊的な魅力を秘めた本物の微笑。

「髭がちくちくするのがいやなのかい、レディ・バークリー？」

「いいえ」イモジェンは無意識のうちに微笑を返していた。「帰るんじゃなかったの、ハードフォード卿？」

「そうだよ」ハードフォード卿が言った。「あとで」

「あとで？」

「ちゃんと別れの挨拶をしたあとで。いや、それじゃ、最後の別れみたいに聞こえる。ちゃんとさよならを言ったあとで。それでいいかな？」

イモジェンは返事のかわりに彼の顔をひきよせた。

「もう一度……」ハードフォード卿は唇を触れあわせてささやきながら、イモジェンに覆いかぶさり、彼女の脚を広げて入ってきた。激しく、すばやく、深く。「力を抜いて」

予想もしなかったことだ。でも……でも、彼は巧みだった。

言葉にできないほど甘美なことだ——仰向けに横たわり、全身の筋肉の力を抜き、彼を締めつけたくて疼いている身体の奥の筋肉までゆったりさせるというのは。彼の愛の行為が刻む激しい不変のリズムが、熱く柔らかな体内に入ってくるのを感じるというのは。男の愛を受けながら、自分からは降伏しか返せないというのは。降伏するのはイモジェンの本来の性格には合わないことだ。生まれて初めての経験だった。

でも……ああ、言葉にできないほど甘美だ。

なんとも驚くべきことに、イモジェンは数分後、身を震わせて解放されていた――でも、何からの解放？　それを察知した彼はイモジェンの瞬間が過ぎ去るまで彼女のなかで静止していたが、やがてふたたび動きはじめ、のぼりつめ、イモジェンは自分の身体の奥深くに彼の熱い迸《ほとばし》りを感じた。

一瞬――ああ、本当に愚かなこと！――子供が産める身体だったらよかったのにと思った。しかし、その思いを払いのけ、ぐったり力を抜いて覆いかぶさった彼の身体の重みを楽しんだ。

部屋のどこからか、睡眠中の犬の鼻息が聞こえてきた。

この人が去ったあとはどうなるの？――天井の傾斜を見上げながら考えている自分に気がついた。今夜この家から去るだけでなく……ハードフォード館とコーンウォールから去ったら、たぶん二度と戻ってこないだろう。

ハードフォード卿は深く大きく息を吸うと、起きあがってイモジェンから離れ、ベッドを下りた。服を着る彼をイモジェンは見守った。彼がふりむいて、服を着ながらイモジェンを見つめた。自分の肉体にはまったく無頓着な様子だ。イモジェンは彼女のウエストまでを覆った毛布をひっぱりあげたくてたまらなかったが、やめておいた。この数時間に二人で二回もしたことを考えたら、恥ずかしがって身体を隠すなんて馬鹿げている。

「今度またここに避難してくるときは」外套をはおりながら、ハードフォード卿は言った。「会話と、たぶんお茶だけで充分に満足できると思う。たとえそっけなく追い払われたとしても、癇癪を起こしたりはしない。この先、きみをベッドに誘うことだけが目的でここに来るなんて思われたくないんだ。また、きみのことをぼくの愛人だとは思いたくない。きみはそういう存在じゃないから」

「あら、がっかりだわ。お手当ての額を交渉しようと思って楽しみにしてたのに」

「えっ？　屋根代を半分負担してもらっただけじゃ不足なのかい？」

「だって、屋根は全部あなたの所有物よ」イモジェンは彼に指摘した。「屋根の下の家もね。ご自分でそうおっしゃったでしょ。あのときのあなたはいかにも荘園領主って感じで、ずいぶん性格が悪そうだったわ」

「ぼくが？」ハードフォード卿は小首をかしげ、物憂げな笑みを浮かべてイモジェンを見た。これまで見せたことのない表情だ。「だが、その家に住む女性はぼくの所有物ではない。そうだろう？　所有するつもりもない。いつでも追い返してくれていいんだよ、イモジェン。あるいは、お茶を出してくれてもいいし、ベッドに誘ってくれてもいい」

ああ、これだわ。これが本当の姿。すべての技巧を捨てた本当のハードフォード伯爵パーシー・ヘイズ。節度を持った、まっとうな人。わたしの好きな人。いえ、表現が弱すぎる。好きでたまらない人。

「よかったら、犬もベッドに誘ってくれ。終わってから、二人のあいだに寝かせてやろう」

イモジェンは笑った。

ハードフォード卿はさらに小首をかしげた。

「イモジェン、そんなふうに笑う回数を増やしてごらん。いいね？」

しかし、彼女の返事を待ちはしなかった。ベッドにつかつかと近づき、唇に熱いキスをしてから、毛布を彼女の顎のところまでひっぱりあげた。

「この一〇分間、きみがこうしたくてたまらなかったことはわかっている。起きなくていいよ。一人で出ていくから。玄関ドアのそばに鍵が置いてあるのを見たけど、きみが持ってるのはあれ一本じゃないだろう？」

イモジェンはうなずいた。

「では、あれはぼくが預かっておこう。玄関を出たら鍵をかけておくからね。ただし、その鍵で勝手に玄関をあけて入るようなことはしない。ぼくが家に入るのは、ノックをして〝どうぞ〟と言われたときだけだ。じゃ、おやすみ」

「おやすみなさい、パーシー」イモジェンは言い、ハードフォード卿が向きを変える前に、その目に何かが――欲望？――ちらっと浮かぶのを見た。

「おいで、ヘクター。今度こそ、おまえの主人のあとにぴったりついてこい」

イモジェンはハードフォード卿と犬の足音が階段を下りていくのに耳を傾けた――ろうそくを持たずに行ってしまった――やがて、玄関ドアが開閉する音が聞こえた。鍵が鍵穴に差しこまれてまわる音が聞こえた。イモジェンは両手の親指の付け根で目を覆って泣きだした。

なぜ泣くのかわからなかった。悲しみの涙ではない――喜びの涙でもなかった。

15

屋敷に帰り着いたパーシーには時刻の見当がつかなかったが、少なくとも、屋敷に近づいた時点では、どの窓にも明かりはなかった。新たに到着した友人たちも含めて、屋敷の者が全員ベッドに入っているという意味であるよう願った。彼が数時間ものあいだ外で脚の筋肉をほぐしていたなどとは、誰も信じてくれないだろう。また、男として自慢話をしたい気分ではなく、友人たちの自慢話をひやかしたい気分でもなかった。

彼女が住んでいるのはぼくが所有する家で、その家はぼくの本邸をとりまくぼくの庭園の端にある。彼女の名字はぼくと同じで、いまもぼくの爵位のひとつと関係したレディ・バークリーという称号を持っている。ぼくはバークリー子爵。彼女は先代子爵の夫人。なんともややこしい。また、彼女が避妊法を知っているのかどうか、ぼくにはわからない。尋ねようとは思わなかった。尋ねたことは一度もなかったが、これまでの愛人たちも、ときたま浮気の相手をした貴族階級の女性たちも、そういうことは心得ていたから、わざわざ尋ねるまでもなかったのだ。だが、イモジェン・ヘイズは、レディ・バークリーは、そういうたぐいの女性ではなさそうだ。

仕方なくぼくと結婚する羽目になったら、きっと嫌がるだろう。

その点はぼくも同じだ。

ろうそくに火をつけてヘクターを見下ろすと、犬は飛びでた目とつねに希望に満ちた表情で彼を見つめ返した。

「困ったことだが、ヘクター」パーシーは言った。眠りに落ちた屋敷に遠慮して、声を低くした。「ぼくは責任ある考え方や行動をすることに慣れてないんだ。そろそろ学習する時期だと思うかい？」

ヘクターはひたむきな視線を返し、申しわけ程度についているしっぽをふった。

「答えはイエスか？　そう言うだろうと思ってた。だけど、彼女を失いたくない。いまはまだ。それに、彼女はぼくを必要としている。おっと、何を言ってるんだ？　ぼくを必要とする者がどこにいる？　だが、彼女には……何かが必要だ。笑い。笑いが必要なんだ。よし、笑わせることとならできるぞ」

まずいぞ。ぼくは犬に向かって話をしている。酔ってもいないのに。

ヘクターを二番手の家政婦の部屋に——なんでそんな呼び方をするんだろう？——連れて戻れば、たぶん、犬も猫もそろって脱走することになるだろう。

「あーあ、じゃ、ついてこい」パーシーはつっけんどんに言うと、二階への階段をのぼった。ヘクターが小走りであとに続いた。ひどく生意気な表情で。

男と忠実なる飼い犬。

彼女を失う覚悟はまだできていない。さっき結ばれたばかりだ。これまでの彼女はたった一人の男のものだった。それは疑いがない。そして、たった一人のその男は八年以上も前に亡くなった。四年間の結婚生活を経て。今夜の彼女は火薬樽のようだった。しかし、八年間封じこめてきた欲望が自然と発散されただけではない。少なくとも、自分にはそうは思えない。彼女自身がとても積極的だった。ぼくから喜びを得ようとした。ぼくの名前を呼んでくれた。

くそっ——情熱の赴くままにセックスを堪能したあとの安らぎに身を委ねることが、ぼくにはできないのか？　行為のあとで考えこむなんて、ぼくには似合わない。ましてや、不安になるなんて。

そう、不安でたまらなかった。

今夜のことを彼女がいずれ後悔するのでは？　ぼくが誘惑したか、少なくとも、その気にさせたのでは？　子供ができていないだろうか？　関係を続けていくなら、その危険も覚悟すべきではないか？　父親業をこなす準備はまだできていない。あるいは、夫業をこなす準備も。これは正しい表現だろうか？　夫業が？　たぶん違う。自分で辞書を作るべきだ。そうすれば、少しは役立つ仕事をしたことになる。

ワトキンズが——愚か者が——パーシーの化粧室にじっとすわって、彼の帰りを待っていた。

「いったい何時だと思ってるんだ？」渋い顔でパーシーは訊いた。

ワトキンズは時計を見た。パーシーがろうそくを手にして入ってきたので、時計を見ることができた。「三時一二分過ぎです、旦那さま」

〝何時だと思ってるんだ?〟と叱りつけたところでなんにもならない。彼の服を脱がせ、寝室の暖炉の前で温めておいた寝間着を差しだす従者に、おとなしく従うことにした。次にベッドにもぐりこみ、たちまち眠りに落ちた。ヘクターが横で丸くなって、満足そうな寝息を立てていた。

翌日の午前中、ウィルクス夫人――メレディスと呼んでほしいと言っていた女性――が幼い息子を連れて、父親のガリアード氏と一緒に寡婦の住居に立ち寄った。ガリアード氏がヘイズ夫人の弟であることを、イモジェンは思いだした。一族のなかで誰が誰とどういう関係にあるかを少しずつ理解しはじめていた。

ただ、メレディスたちは訪問に来たのではないため、イモジェンがコーヒーを出そうとすると感謝しつつも辞退した。いまからジェフリーを連れて砂浜に下りるつもりだった。そこなら幼子が自由に走りまわってエネルギーを発散できる。ジェフリーは目下、玄関前の石段にすわりこんで、うれしそうに喉を鳴らすブロッサムを両腕で抱きしめていた。メレディスは屋敷からの伝言を持ってきた。年配のレディたちが朝のコーヒーのあとで舞踏室へ行き、近々予定されている誕生パーティの計画を立てる気でいるらしい。

「もちろん」メレディスは笑顔で言った。「このあたりの田舎では誰も見たことがないような大々的な催しになるでしょうね。気の毒なパーシー――そういうのが大嫌いな人ですもの。でも、たぶん、その試練を乗り越えるはずだわ。いずれにしても自業自得ね。お誕生日当日にダービーシャーでそういうパーティから逃げようとして、ロンドンへ行ってしまったんだから。ジュリアおばさまががっかりしてらしたわ」

「あの若者は生まれたときから甘やかされてきた」ガリアード氏が愛情のこもった声で言った。「まあ、そのわりには、わがままにならずにすんだようだが。メレディスが言い忘れたことがあります、レディ・バークリー。お手数だが、なるべく急いで屋敷へ足を運んでもらえませんかな。みんながあなたの意見を聞きたがっている。わたしの姉妹が計画に夢中になっているときに、それをないがしろにするのは禁物だ。エドナ・エルドリッジも然り。レディ・ラヴィニアのことはまだよくわからないが、どうやら、計画の仲間になるのを喜ぶタイプのようだ。ただ、あのドラゴンのような女性だけは、男に関係したことを祝う計画にはけっして加わらないだろう」

「お父さまったら!」メレディスが笑いながら叫んだ。「ファービー夫人が一七歳のときに何カ月か結婚してらしたって本当ですか、カズン・イモジェン? それから、ご主人を心痛で死に追いやったというのも?」

それから三〇分もしないうちに、イモジェンは屋敷へ向かっていた。けさもまた太陽が輝いている。ハードフォード伯爵と顔を合わせずに舞踏室にたどり着けるよう、イモジェンは心から、心から、心から願っていた。心地よいかすかな疼きが証拠として残っているのに、ゆうべの出来事が今日はもう現実とは思えなくなっている。ふたたび顔を合わせたら、妙な気がして、なんだか気恥ずかしくなりそうだ。今日は彼のことを〝パーシー〟として考えることすらできない。

幸い、彼の姿は遠い厩のところにあった。そばにシリル・エルドリッジ氏と、見知らぬ紳士二人がいる。たぶん、ロンドンから来たばかりの友人たちだろう。この四人は、かつてディッキーの従卒を務め、現在は庭師頭になっているジェームズ・モーガンと話しこんでいた。

ハードフォード伯爵が彼女に気づき、片手を上げて〝そこにいて〟と合図をしてから、ほかの紳士たちと一緒に大股で芝生の上を歩いてきた。イモジェンは手袋に包まれた手をウェストのところで重ねあわせて待った。乗馬服姿がとてもハンサムで男性的だわ。きっと、みんなで乗馬に出かけていたのね。彼の手に乗馬鞭が握られていた。イモジェンはゆうべ彼を受け入れた場所に鈍い疼きの記憶を感じた。

「レディ・バークリー」彼が乗馬鞭でシルクハットのつばに軽く触れた。「マーウッド子爵とシドニー・ウェルビーを紹介させてもらってもいいでしょうか？　レディ・バークリーは先代伯爵のご子息の夫人で、夫君は半島戦争のときに亡くなられた。いまは向こうに見える寡婦の住居で暮らしておられる」彼はイモジェンが来た方向を頭で示した。

紳士たちはお辞儀をし、イモジェンは膝を折って挨拶した。

「何がご自分のためになるかを承知しておられるなら、ぼくの母とおばたちを避けてください、レディ・バークリー」エルドリッジ氏が言って、ニヤッと笑った。「とっくに過ぎ去ったパーシーの誕生日を盛大に祝うため、近隣の人すべてに招集をかけようとしていますから」

「大規模な舞踏会をなさるそうですね」イモジェンは言った。「舞踏室をどんなふうに飾るかを相談するために、わたしもお屋敷に呼ばれております」

「まあ、舞踏室を何に使うかは、われわれ全員、承知していますが」ウェルビー氏が言った。

「きみは村の乙女全員の相手をする運命だぞ、パース」

「きみもそうだろ、シド」伯爵が言った。「そうでなかったら、なぜロンドンからわざわざやってくる？　内輪の豪華な誕生祝いのお茶会に出るためか？　うちの母にはもう何度も会ってるだろ？　舞踏室までエスコートさせてください、レディ・バークリー」イモジェンに腕を差しだした。

イモジェンは躊躇《ちゅうちょ》した。できれば断わりたかったが、彼の友人たちに礼儀知らずだと思われては困るし、彼に恥をかかせることになりかねない。

「ご親切にどうも」イモジェンはそう答えて、彼の腕に手を通した。

「浜辺に下りる道へ案内しよう」エルドリッジ氏があと二人の紳士に言っているのが聞こえた。「昨日、下りてみたんだ」

「イモジェン」屋敷が近くなったところで、伯爵がそっと声をかけた。彼女をじっと見下ろしている。

「ハードフォード卿」

「けさのぼくは〝ハードフォード卿〟なのかい？」

イモジェンは仕方なく彼のほうへ顔を向けた。彼の目がこんなに青くなければいいのにと思った。

「後悔してる？」彼が訊いた。

「いいえ」

けっして後悔しない。そう決めていた。

「また行ってもいいかな？　現実に戻ったときに、きみが心変わりをしたのでなければ。かならずしもベッドへ行く必要はないが」

イモジェンはゆっくりと息を吸った。「いつでもどうぞ。お茶と会話を楽しむために。それから、ベッドにも行きたいわ」

一種の休暇をとって自分の人生から離れ、短期間だけここに滞在する男と関係を持つ決心をした以上、彼のすべてがほしかった。しばらくすれば去っていく人だ。そして、わたしももうじきここを離れる——ペンダリス館へ行くために。それまでのあいだ、何度も、何度も、何度もこの人と寝たい。たとえその代償が涙であっても。ゆうべも彼が帰ったあとで、イモジェンは泣いた。

「では、お邪魔しよう」彼が言った。「お茶と会話とベッドのために、イモジェン」

そんなことを言いながら二人で屋敷に入ると、双子が玄関ホールでプルーデンスを追いかけ、つかまえようとしていた。無駄な努力なのは明らかだった。双子は頬を紅潮させ、くすくす笑いながら、案内してくれる人がいたら子猫を見に行きたいと言った。一人が——どちらが誰なのか見分けがつかない——ハードフォード卿に向かってまつげをぱちぱちさせ、またしても二人で笑いだした。もう一人がウェルビー氏とマーウッド卿はどこへ行ったのかと尋ね、二人でくすくす笑った。イモジェンが彼とひそかに話せる機会はもうなさそうだ。伯爵は母親とおばたちとレディ・ラヴィニアが舞踏室に集まっているのを見て顔をしかめてから、開いたドアのところでイモジェンと別れた。

「楽しんでくれ」

「ええ」イモジェンはうなずいた。「大丈夫よ。最高に飾り立てられた部屋で踊るあなたを見てみたいわ」

「ワルツはすべて、ぼくのためにとっておいてくれ」

「丁寧にお頼みになるなら、一曲ぐらいはとっておきましょう」

彼は笑って大股で立ち去り、イモジェンはそれを見送って微笑している自分に気づいた。

厩に出かけたパーシーは、フラッフの寝場所を囲んだ木の仕切りにもたれて腕組みをしていた。彼のブーツの足元には忠犬がすわり、あたりを警戒している。パーシーは昔から、一族の若い子たちを可愛がっていた。とくに、五歳から一八歳までの始末に負えない年代の子を。くすくす笑ったり、馬鹿笑いをしたり、のぼってはいけない木にのぼったり、泳いではいけない湖で泳いだり、家庭教師のベッドにヒキガエルを入れたり、女性の家庭教師の首筋にクモを投げこんだりする子たち。この年代の子はほとんどの大人から、手がかかるとか、厄介だとか思われ、ときには、むっとする、よそへ行ってくれるのがいちばん楽だ、などと言われている。

そんな子たちをパーシーは可愛がっている。

彼の一族には、そういう若い子はもちろんのこと、五歳以下の子もたくさんいて、丸い頬とむっちりした脚と舌足らずのおしゃべりに誰もが夢中になっている。ところが、今日は双子のアルマとイーヴァしかいなくて、二人にせがまれたため、ここまで一緒に来たのだった。双子は子猫に歓声を上げて一匹ずつ抱っこし、そばでフラッフが心配そうに見守っていた。二人はどの子を家に連れて帰るかを決めようとしていた。一匹だけ選んで共同で飼うということで意見が一致したらしい。もちろん、子猫を母猫から離しても大丈夫な時期が来るのは、みんなが屋敷を去ったあとになるが、パーシーは二人の夢をこわさないことにした。

昨日の午後、彼の母親とおばたちがレディ・ラヴィニアの案内で村へ出かけた結果、六匹の子猫のうち四匹の行き先が決まったようだ。また、クレイマー家の姉妹とその母親が前にソーセージ犬のビディーを見かけたらしく、あんな愛らしい小型犬は見たことがないとレディ・ラヴィニアに言ったという。ゆうべの晩餐の席で、レディ・ラヴィニアは〝あの人たちに頼めばビディーをもらってくれるかもしれないわね。ビディーがいなくなるのは寂しいけど〟と言っていた。

パーシーは同意しつつも、ふと気づくと、ベニーも一緒にもらってくれなければだめだと強く言っていた。ベニーはビディーと仲良しののっぽの犬で、二匹は離れられない仲なのだ。そして、自分がこんなことを言ったのは、野良犬一匹のかわりに二匹を同時に厄介払いできるからではなく、二匹の幸せを願っているからだと気がついた。とはいえ、野良連中の数が減るのはいいことだ。ブロッサムは完全に寡婦の住居の猫になった。フラッフはハードフォード館に来る以前にネズミとりの技を習得していたようで、厩に移って以来、みごとな腕前を発揮している。今後も厩で暮らすことだろう。

しかし……パーシーの目の錯覚でなければ、この日の朝、朝食をとるため一階に下りたとき、ぞっとするほど大きな醜い猫が彼の行く手を走り抜けていった。完全な雑種で、性別不明、もつれた毛、獰猛そうな顔、長い口髭をしていた。見たことのない猫だ。しかし、じきにこの家の一員になるのか？　ぼくが気づかないことにレディ・ラヴィニアが期待をかけているのか？　それとも、ぼくを観察して彼女なりの結論を出したのか？　そうかもしれないと思い、パーシーはむっとした。

子猫のことで意見が分かれたようだ。双子が騒々しい怒りの声で口論を始めた——やがてふたたび、くすくす笑いに変わった。

ベインズの姿が目に入ったので、パーシーは考えこんだ。厩で下働きをしている脚の悪い男で、目下、シドニーの馬の馬房に新しい藁を広げている。パーシーは次に、庭師頭のモーガンのことを考えた。さっき、レディ・バークリーを見つける前に少し言葉を交わしてきた。ベインズは貧乏くじばかりひいている。イベリア半島へ行くと自分から申しでたのに置き去りにされたし、両脚を折り、心まで折れてしまった。いまだに厩の下働きに過ぎない。それにひきかえ、モーガンはバークリー子爵の従卒として戦争に赴き、帰国すると、卑怯者《ひきょう》という悪評をわずかに立てられたが——たぶん、難癖に等しいだろう——報奨として名誉職のような肩書きを与えられた。庭師頭になったのだ。ただ、クノールの報告によると、その役目をこなしているのは別の男だという。庭師たちはそちらへ指示を仰いでいる。給金に見合うだけのどんな仕事をモーガンがしているのか、クノールにはいまのところ確認できないが、二月になったばかりだから、本格的な園芸シーズンはまだまだ先だ。

お節介はやめたほうがいいかもしれない——パーシーは思った。バークリーの従卒として何か手柄を立てたものの、荘園の仕事にモーガンは不向きなのかもしれない。生まれ育ったのは川の下流にある村で、父親は漁師だが、すでに亡くなっている。モーガンはどうやら、漁師にも向いていなかったのだろう。

少女たちは子猫と遊ぶのに飽きてしまって、今度はヘクターに声をかけ、「すっごくみっともないのね。かわいそうに。でも、と〜っても可愛いわよ」などと言っていた。この子たちを浜辺に連れていってやらなくては、とパーシーは思った。しかし、さっきから彼を悩ませていることがあった。

お節介はやめたほうがいい、眠れる犬はそっとしておくほうがいい。最近、しきりとこの言葉が浮かんでくる。当然のことかもしれない。なぜよけいなことに首を突っこんで、蜂の巣をつついたような騒ぎを起こさなくてはならない？　やれやれ、物騒なイメージばかり浮かんでくるものだ。

「浜辺に下りてみないか？」パーシーは提案した。「この時期にしては天気も穏やかだし。シリルがウェルビーとマーウッドを誘って浜辺に出ている。ベスも一緒に連れていこう」

「ぜったいだめ」双子は声をそろえて叫んだ。

「ベスなんか連れてったら」イーヴァが説明した——パーシーにはいつも二人が見分けられるので、双子はときどきくやしがっている——「あの急な小道を下りる途中でぐったりしてみせて、マーウッド子爵かウェルビーさんの腕にすがるに決まってる。そしたら、アルマかあたしのどっちかがシリルと歩かなきゃいけなくなるのよ」

「念のために言っておくと」パーシーはニヤッと笑った。「きみたちの兄さんにとっても、それはたぶん、大変な試練だろう」

双子は瓜二つの顔でパーシーをにらんでから、姉のベスも仲間に加えるようパーシーに強く言われる前に、崖の小道のほうへ急いだ。

パーシーは屋敷に戻った。都合のいいことに、大きなエプロンをかけた執事のクラッチリーが食器室で華麗なデザインの銀の燭台《しょくだい》を磨いていた。

「地下室を見てまわろうと思う」パーシーが言うと、鋭い視線が返ってきた。「屋敷のなかでまだ見ていないのは地下室だけだからね」

「何もございませんが、旦那さま」執事は言った。「クモの巣とワイン以外には」

「だったら」パーシーは言った。「きみかアトリー夫人からいずれ命令を出してもらおう。

クモの巣を払い、ついでにクモも追いだすための命令を。その前にとにかく、ぼくは大地の内部へ下りてみるつもりだ。クモなど怖くないからな。ついでに、ワインも怖くない。よかったら一緒に来てくれ。ただ、その大事な仕事を放りだす必要はないと思う。ろうそくを持っていき、途中で火が消えてぼくが闇のなかで立ち往生したりしないことを願うとしよう。きみがぼくの寝室にあの分厚いカーテンをかけた夜も、ちょうどそんな闇を経験したものだった」

クラッチリーは地下までついてきた。

地下室にはワインだけでなく、ずいぶん多くの品があった。どこの家の地下室や屋根裏部屋にも置いてあるようなものばかりだ。興味深いことに、パーシーが見たかぎりでは、クモの巣はどこにもなかった。片側のドアは施錠されていたが、その奥にワインセラーがあった。ほどほどの本数のワインがストックされているだけで、けっして過剰な量ではない。反対側のドアも施錠されていたが、あけてみると……。

いや、あけられなかった。クラッチリーが手にした鍵束を調べ、ぶつぶつ言い、それから思いだした。「このドアの鍵はずいぶん前に紛失しまして、どこへ消えたのか、いまもってわかりません。まあ、たいした問題ではないですが。品物はいっさい置いておりませんので」

「ほう」パーシーは言った。「ドアに錠がおりているのは、たぶんそのせいだね。空っぽのスペースがあるときは、いくら用心してもしすぎではない。いつのまにか空っぽではなくなり、測り知れない被害がもたらされるかもしれないからね」

執事はパーシーに険悪な視線を向け、理解できないという表情を浮かべた。

「ドアが——そして錠が——なんの役目も果たしていないのなら」パーシーはさらに続けた。

「ドアを叩きこわして保管スペースを広げるとしよう。ドアの向こうにはかなり広いスペースがありそうだ。屋敷の端から端まで地下室が造ってあるのだろう？」

「そうだと思います、旦那さま」執事は言った。「とくに考えたことはなかったのですが。ただ、だだっ広い部屋という記憶はございません。それに、湿気がひどいです。だから、先代伯爵さまが壁で仕切ってドアをおつけになったのです——湿気を防ぐために」

パーシーはワインセラーに通じるドアに視線を戻した。しかしながら、彼のろうそくの光が届いていないため、もう一度ドアまで行くしかなかった。なるほど、このドアも周囲の壁も、湿気のひどい空っぽの部屋のものよりはるかに古い感じだ。

「では、あのドアは閉まったままにしておき、紛失した鍵のことは忘れたほうがよさそうだな」

「さようでございます、旦那さま」執事はうなずいた。

パーシーは正面玄関から外に出て、向きを変え、裏にまわった。彼もすでに知っているとおり、そちらに出入口があり、家庭菜園や、召使いたちが頻繁に行き来するその他の場所へ行けるようになっている。また、屋敷の横手にまわると、厩にいちばん近いところに召使いの通用口がある。地下のワインセラーと同じ側だ。以前、パーシーも目にしている。今回は反対側の様子を見に行った。案の定、そちらにもドアがあった。閉めてあり、しっかり施錠されている。不自然なことではない。何年も前から使われなくなっているのか、見捨てられたような感じだ。ドアに続く小道はなく、最近になって大人数が通ったことを示す形跡もない。ただ、注意して見てみると、移植用の四角い芝をいくつか敷いたと思われる跡があり、それがドアから一メートルほど続いていた。芝の切れ目を示すまっすぐな線がかすかに見てとれた。

ほほう。先代伯爵が寡婦の住居の地下室を閉鎖して、密輪団が使えないようにしたという。そこで、密輪の連中はかわりに、屋敷の地下室のかなりのスペースを使うことにしたのではないだろうか？　ぼくの目に狂いがなければ、あの芝は先代伯爵が亡くなった二年前よりも以前に敷かれたものだ。

二週間前にぼくがここに押しかけてきたときは、全員が狼狽したに違いない。ぼくをとりあえず屋敷の裏手へ移そうとして、誰もが必死だった。そうすれば、暗い嵐の晩に密輪団が品物をひきずって屋敷に近づいてくる姿をぼくに見られる危険がなくなる。ところが、その企みが失敗したため、外で密輪団が動きまわるときの光がぼくの寝室の闇にまで差しこむ心配のないよう、みんなで悪知恵を働かせたというわけだ。

すると、クラッチリーも密輪団の仲間だろうか？　召使いのなかに、ほかにも仲間がいるのだろうか？　もしかして全員が？

くそ、誰も彼も地獄に落ちるがいい。見て見ぬふりをするか、この状況をなんとかするか、ふたつにひとつだ。

ぼくのこれまでの習慣からすれば、見て見ぬふりを選ぶべきだ。近隣の人々も、密輸の恩恵に与っているかどうかには関係なく、それを習慣としているようだ。

このあたりの人々が密輸のブランディーやさまざまな高級品を好んでいるとしても、そして、誰かが——たぶん、誰か特定の人物が——地元の者たちを、この屋敷の召使いまでも含めて食い物にし、怯えさせ、密輸で大儲けしているとしても、ぼくになんの関係があるというのだ？　崇拝するバークリー子爵が戦争に赴く前に密輸反対の声を上げたという理由から、自分も蛮勇をふるって反対した一人の若者が、脚を折られたのだとしても。

その人物とは誰だ？　ぼくが知っている誰かか？

そうでないことを願った。

もちろん関係はある。くそっ、関係があるのだ。ぼくはいまここにいる。決断のときだ。これまで一〇年のあいだやってきたように、楽しみを求め、苦労を避けながら、ふらふらと人生を進みつづけるのか？　それとも、ろくでもない十字軍や殉教者のように泥沼に足を踏み入れ、蜂の巣をつつき、リンゴの荷車をひっくりかえし、近隣とその住人の平和を乱すのか？　なんのために？　みんなにまずいブランディーを飲ませるため？　それとも、ぼくの脚を誰かに折らせるため？

自分がとるべき道について、いささかむずかしい顔で考えた。

今後は誕生日が来るたびに、ショールにくるまり、ナイトキャップをかぶり、スリッパをはいて自宅の暖炉の前に一人ですわり、ミルク入りのお茶を飲むことにしよう。ついでに編物も始めようか。いったいどんな悪魔に魅入られて、ここに来る決心をしたのだろう？

ぼくはすべてを持っている。いや、それは過去の話だ。いまは違う。何かが欠けている。自尊心かもしれない。

こちらに来なければ、彼女との出会いはなかっただろう――屋敷の表側へひきかえしながら、パーシーは思った。そして、自分の領地内で彼女を誘惑することもなかったはず。いや、それは違う。誘惑したのではない。ゆうべの出来事は合意のうえだったし、至福のひとときだった。今夜もまた彼女のもとへ行く方法を工夫しなくては。彼女が招いてくれたのだから。そうだろう？　会話とお茶とセックスに？

だが、何かひっかかるものがあった。いったいなんなのか、よくわからないが。何についてもよくわからなくなっている。それがいちばんの問題だった。

16

舞踏会は一〇日後に開かれることになった。イモジェンがペンダリス館へ出かける予定日の二日前だ。そのあとになるよう、ひそかに願っていたのだが。深く関わるのは避けたかった……何に？　家族と笑いという誘惑に？　新たに生きることに？

イモジェンはあれこれ思い悩みながら、計画に協力し、招待すべき数キロ四方に住む人々の名前をレディ・ラヴィニアが残らず思いだせるように手を貸した。

舞踏室に掃除の一団を送りこまなくてはならない。天井から床まで隈なく拭いて汚れを落とし、埃を払い、ぴかぴかに磨きあげる。あらゆるところに花を飾る。三月の第一週だからかなり大変だが、なんとか用意できるだろう。また、豪勢な夜食とフルオーケストラが必要だ。カードルームも用意しなくては――もちろん、カード遊びが好きな人々のために――そして、舞踏室の喧騒を逃れて休憩しようという客のために、静かなラウンジをひとつかふたつ。

イモジェンは重い心にもかかわらず、午前中のひとときと、活気と熱意にあふれた女性たちとのやりとりを楽しんでいる自分に気づいて驚いた。ただ、屋敷で寝起きせずにすむのがありがたかった。自分だけの家があり、そちらに戻れば一人になれると思うとほっとする。自分がどういう人間なのか、どんな人生を選んだのかを、けっして忘れてはならない。

でも、ああ、人生の航路からそれることができたらどんなに楽だろう。ハードフォード伯爵が書斎に入ってきた瞬間、イモジェンの体内であらゆる神経の末端が震えた。というか、そんな気がした。愛想のいい彼の表情から、この不意の出会いに彼が驚き、それを照れくさく思っていることが読みとれた。

わたしったら、どうしてそこまでわかるの？

午餐までゆっくりしていくようにという誘いは辞退したが、晩餐のあとで馬車の一台に同乗させてもらうことは承知した。今夜はペイン提督夫妻の招待を受け、みんなで気軽な夜の集まりに出かけることになっているのだ。勇気あるご夫妻ね——イモジェンは思った——ほとんど知らない相手ばかりなのに、これだけの大人数を自宅に招待なさるなんて。

「この人をお宅までエスコートしてあげてね、パーシヴァル」彼の母親が言った。

イモジェンは断わろうとして口を開きかけたが、彼に先を越されてしまった。

「もちろんですよ、母上」彼がそう言って、イモジェンに礼儀正しい微笑を向けた。

「必要ないのに」外に出てから、イモジェンは言った。「こんなに明るいんですもの」そう言いつつも、怖いぐらい心が躍った。

「いやいや」彼が腕を差しだしたので、イモジェンはそこに手をかけた。「この世でもっとも必要なことだ。ぼくはかならず母の命令に従うことにしている。従わないとき以外はね。

それに、狼《おおかみ》の群れがいるかもしれない」

イモジェンは笑った。その声が自分自身の耳にすら奇妙に響いた。でも、今日は世界が明るい場所に思えてきた。太陽が照っていて、その光が温もりを与えてくれる。ほんの二時間ほど前に、また寡婦の住居を訪ねてもかまわないかと訊かれた。じゃ、ほんとに来るつもりなのね。最高にすてきな人生になりそうだわ——これから一〇日あまり。たったそれだけ。そのあとでペンダリス館へ出かけ、あとはいつもの生活に戻る。それにしても、この人の腕はたくましい。外套のケープの助けがなくても肩幅は広いし、いつもの男っぽいオーラが広がってわたしを包みこんでくれる。

彼が訊いた。「イモジェン、避妊の方法を知ってるかい？」

とたんに魔法が消えた。衝撃と困惑でイモジェンの胃がこわばった。

「必要ないわ」彼を安心させた。「子供ができない身体なの」

「四年の結婚生活のあいだに流産したことは？　死産は？」

「ないわ」イモジェンは答えた。「一度も」自分たちが芝生を横切って近道をしていることに気づいた。

「どうして断言できる？」彼が訊いた。「夫の側の欠陥ではないと——こんな言い方をしていいのかどうかわからないが。ご主人がよそで子供を作ったことは？」

「ありません！」イモジェンは憤然として彼をにらみつけた。「一度も。そんな人じゃなかったわ。わたしはお医者さまに診てもらったし」それを思いだして、彼女の頬が熱くなった。

「どこの医者だ？　ソームズ？」

「ええ」あれはかなり前のこと――一〇年以上になる。ずいぶんたつので、ソームズ医師と顔を合わせても、いまはもう何も考えなくてすむし、あのときの気恥ずかしさを思いだすこともない。診察中も、先生は赤ちゃんをたくさんとりあげてきた人だから、どんな光景も見慣れているはずだ、と絶えず自分に言い聞かせていた。

「で、不妊症だと診断されたのかい？　ご主人も医者に診てもらった？」

「いいえ。必要なかったわ。原因はわたしにあったの。罠にかかって結婚させられるのを怖がる必要はないのよ、ハードフォード卿」

「子供に押しつける名前として、パーシーは最高とは言えないし、パーシヴァルはさらに悪い。だが、〝ハードフォード卿〟に比べたら、そっちのほうがまだましだ。とにかく、きみの唇から出るときはね」

「あなたを罠にかけて結婚に追いこむ気はないのよ、パーシー」

「ぼくもだ」彼はきっぱりと言った。「ただ、ゆうべのぼくは、その危険がないことを知る前に無謀なまねをしてしまった」

　芝生の先端に広がるハリエニシダの茂みの隙間を抜けて、人々がぞろぞろと出てきた。騒音と笑いにあふれ、誰もが楽しそうだ――シリル・エルドリッジ氏、双子の妹、孫のジェフリー坊やを片手でしっかり抱いたガリアード氏、メレディス、そして、今日の早い時間に伯爵と乗馬に出かけていた二人の紳士。ジェフリー坊やが伯爵の姿に気づいて祖父から手を離し、芝生の上をころがるように駆けてきた。両腕を大きく広げて甲高い声で叫んでいる——砂のお城を作ったんだよ。海に入って靴も靴下も濡れちゃった。それから、大きな暗いほら穴に入ったけど、ちっとも怖くなかった。

伯爵も腕を広げ、飛んできた坊やをつかまえると、高く抱きあげてぐるぐる回転させてから、地面に下ろしてやった。

イモジェンの胸が少し痛んだ。子供ができないのは不幸中の幸いだったと無理にでも思うようにしてきた。子供がいたら、ディッキーについて半島へ行くことはできなかっただろう。彼と過ごした最後の一年余りの思い出は生まれなかっただろう——幸せな思い出だ。でも、いまになって考えてみると、もし子供がいれば、ディッキーも戦争へ行こうとはしなかっただろう。こちらにとどまり、父親との険悪な関係をどうにか受け入れていただろう。たぶん、命を落とすことなく、いまもここにいただろう。

いいえ、考えたところでなんにもならない！

とはいえ、子供を——というか、とにかくジェフリー坊やを——可愛がるハードフォード伯爵を見ていると、心穏やかではいられなかった。いい父親になるの？　それとも、自分の子供はほったらかしにして、妻と乳母と家庭教師にまかせておくの？　でも、愛情あふれる両親のもとで、仲のいい大人数の一族に囲まれて育った人だ。

一瞬、自分がたどっていたかもしれない人生への憧れがイモジェンの胸に湧きあがったが、あわててその思いを抑えこんだ。気をゆるめると、ついこうなってしまうのが厄介だ。好きな男と短いバカンスを楽しむことにしただけなのに、ほかの思いや感情までもが忍びこもうとしている――いや、飛びこんでこようとしている。

「ところで、パーシーの誕生日を祝う盛大な舞踏会を期待してもいいのでしょうか、レディ・バークリー？」残りの一行が追いついてくるあいだに、マーウッド子爵が笑顔で尋ねた。

楽しげにはしゃぐ双子に左右の腕を貸している。メレディスはウェルビー氏の腕に手をかけている。

「ええ、期待以上に盛大なものになるでしょう」イモジェンが請けあうと、この一〇年で最高の冗談だと言わんばかりに、周囲から歓声と笑いが上がった。

「三〇歳になるのは一生で一度だけだと思ってただろ、パース」ウェルビー氏が言った。「あいにくだったな」

そのまま屋敷のほうへ戻っていく一同と別れて、イモジェンとパーシーは寡婦の住居に向かったが、イモジェンはウェルビー氏が伯爵に向けたウィンクを見逃さなかった。

寡婦の住居までの残りの道を行くあいだ、二人とも無言だった。

「夜明けが近い下品な時刻にようやく解散という都会と違って、田舎の催しはたいてい、夜の上品な時刻にお開きとなる」門をはさんで両側に立ったところで、伯爵が言った。「今夜は真夜中にならないうちに帰れるだろうか。どう思う？」

「ふつうなら、もちろんと答えるでしょうね。でも、屋敷の泊まり客が大挙して押しかければ、村の人たちは興奮でざわめき、ペイン夫人は田舎者じゃないところを見せたがるでしょう。もっと遅くなりそうよ」

彼はイモジェンの手の両側に手を伸ばした。ただ、彼女の手にじかに触れることはなかった。

「では、遅すぎる時刻というのは何時ぐらいだろう、レディ・バークリー？」

「夜明けね」イモジェンは答えた。「夜明けだったら、遅すぎる時刻だわ」

「だったら、ひたすら祈るしかないな。ペイン夫人が夜明け前にぼくたちを無事に送りだしてくれるように。大あわてで自分の喜びを追求するのは、ぼくの好みじゃないから」

「二人で祈りましょう」イモジェンは賛成した。シルクハットのつばの陰で、彼の目が青空よりやや濃い色を帯びていた。

伯爵はうなずくと、彼女の右手の甲を軽く叩いてから向きを変え、芝生の上を大股で遠ざかった。外套のずっしりしたひだが誘惑するように揺れ、ブーツの外側にぶつかっていた。

イモジェンはスノードロップを捜してまわった。新たに開いた花が五つあった。

これまでの五年間は、〈サバイバーズ・クラブ〉の仲間との三月の集まりが春の訪れを告げるものだった。では、いまは？　ああ、いまは、大地がふたたび目ざめて――毎年のことだけど――冬を追い払ってくれるという喜びが、わたしのなかに湧きあがっている。光が闇を払い、陰気な灰色のかわりに色彩が広がり、希望が……。

いいえ、だめ。外の世界を楽しむだけにしておこう。外の世界はわたしという存在の境界線を越えたところにある。そこでは例年のごとく、豊かな命が新たに生まれている。そう思うと、わずかに気分が高揚した。
まばたきして涙をこらえた――また？　それから家に入っていった。

ペイン夫人なら、ロンドンの客間で女主人として客をもてなしても、けっしてひけをとらないだろう――その夜、パーシーはそう思った。彼や屋敷の客たちに愛想をふりまくとき以外は、表情がややこわばり、きつい感じだが、種々雑多な人がおおぜい集まる場をどうとりしきればいいか、ちゃんと心得ていた。

クレイマー家の姉妹はでしゃばるのが好きなようで――パーシーが想像するに、村の教会が作っている委員会のすべてに名を連ねているに違いない――全員が到着してしばらくすると、音楽のひとときを提案し、自分たちと母親の椅子をひっぱってきて、客間の端に置かれたピアノフォルテのまわりに小さな輪を作った。音楽のひとときはちゃんと用意しますから――上品ながらもナイフのように鋭い口調で、ペイン夫人が言った――夜食をお出ししたあとで。そうすれば、どなたもうっとりしてお帰りになれましてよ。

夫人は提督に、飲みものが行き渡っているかどうか確認するよう頼んだ。長いサイドボードにワインボトルやデカンターがどっさり置かれ、水差しに入ったレモネードや、大きな銀のコーヒーポットや、ふっくらしたカバーをかぶせた銀のティーポットも用意されていた。客間の隣にこぢんまりした部屋があって、夫人はそこへ年配客の何人かを案内し、カードゲーム用に置いてあるテーブルにすわってもらった。次に、ジェスチャーゲームのチームを作るため、シドニーとアーノルドを両チームのキャプテンに選んだ。招待客のなかに若い子がたくさんいるときにゲームをするなら、これにかぎる。年配の人々だって、ときには他愛もない遊びに夢中になるものだ。ミス・ウェンゼルなど、興奮のあまり椅子の上で飛び跳ねんばかりで、どうしようもなく下手なジェスチャーのときでさえ、みごとな推理力を発揮した。オールトンは演技力抜群で、みんなに笑われるのも平気な様子だった。

ゲームの興奮が薄れる前に、ペイン夫人が召使いたちを呼んで絨毯《じゅうたん》を片づけさせ、次に自らピアノフォルテの前にすわって、若い人々のために活発なカントリーダンスの曲をいくつか弾いた。カップルが四組なら楽に踊れるが、六組だとやや窮屈だ。今夜は八組もいるため、肘をぶつけたり、足先を踏まれたり、ドレスの裾を少し破ったりして、誰もが笑いころげていた。しかし、こういうダンスが続いて三曲目になったとき、レディ・クウェンティンと二人でダンスの列の最後につこうとしたパーシーは、九組目が割りこむのは物理的に不可能だと悟らされた。ペイン夫人が演奏の手を止めてそう言った。

広々としたダイニングルームで豪華な夜食が出され、人々はにぎやかに会話をしながら食事を楽しんだ。それがすむと、約束どおり、選ばれたわずかな客が演奏や歌声を披露したが、やがて、馬車を玄関のほうにまわすよう、ペイン夫人が執事に命じた。一一時半を少し過ぎたころだった。真夜中前に帰宅することができた。

屋敷でしばらく雑談に花を咲かせたあと、女性のいとこたちも、おばたちも、パーシーの母親も、ベッドに入ることにした。男性の大半は彼女たちと一緒に二階へ行くかわりに書斎に集まり、パーシーの酒のボトルを襲撃して、すわり心地のいい椅子に腰を落ち着けた。野良の犬猫軍団も大挙して押しかけてきていた。監視つきで運動させるとき以外は二番手の家政婦の部屋に閉じこめておくべしという規則があるのに、誰かが手抜きをしたようだ。いや、誰かが手抜きを続けているというほうが正解かもしれない。というのも、パーシーが知るかぎりでは、このルールが規則正しく適用されたことは一度もないからだ。

犬猫軍団には新しい猫も含まれていた。パーシーにはオス猫としか思えないが、すでにパンジーという不似合いな名前がついている。猫は暖炉の端で石炭入れにくっついて丸くなり、入ってくる人々を獰猛な顔でにらみつけていた。いつなんどき誰かのブーツに蹴られて宙に飛ばされるかわからない、と警戒している様子だ。言葉にできないほど痩せこけたみすぼらしい猫だった。

おじたちと、男性のいとこたちと、友人たちは深夜の会話で盛りあがっていて、この調子だと何時間でも続きそうだった。三〇分ほどたったころ、デスクの下に隠れていたヘクターにパーシーが強い視線を向けると、犬は感心なことに小走りで出てきて彼の前に立ち、飛びでた目と、垂れた舌と、ひとつ半の耳と、ぴんと立てた四分の三のしっぽで、パーシーをじっと見た。

「外に出たいのか、ヘクター？」パーシーはため息混じりに尋ねた。「ぼくに連れてってもらいたい？　よし、わかった。どっちみち、ぼくも脚を伸ばす必要があるからな」

シドニー・ウェルビーは、一瞬たりともだまされはしなかった。椅子から立ったパーシーにゆっくりと片目をつぶってみせた。無言だった。

「おいおい、パーシヴァル」ロデリックおじが不機嫌な声になった。「犬の散歩ぐらい、召使いがいるではないか。誰かが連れてってやる必要があるのなら。わたしだったら、その犬を外に出してやったあとで二度と戻ってこなかったら、もっけの幸いと思うだろう。こう言ってはなんだが、哀れな醜悪さの権化みたいな犬じゃないか。美を愛する者への侮辱だぞ」

「しかし、立派な名前がついていて」パーシーは言った。「それにふさわしい犬になれるよう、精一杯がんばってるんです」

そう言うと、ゆっくり部屋を出て外套と帽子をとりに行き、ヘクターが小走りであとを追った。

今日の午後の早い時間に、シドニーが思ったことをズバリと言った。「きみと陽気な未亡人。そうなんだろ、パース？　端整な美貌の持ち主だ。だが、きみの好みからすると、少々手ごわいんじゃないか？」

「陽気な未亡人とは誰のことだ？」パーシーは尋ねた。しかし、切り返すついでに片眼鏡を持ちあげてみせたものの、お粗末な反駁《はんばく》であることは彼自身も認めるしかなかった。

「夫が殺されたせいで、もうひとつの称号を逃してしまったのが、彼女にしてみれば残念だったんじゃないかな」アーノルドが横から言った。「気をつけろ、パース。新たなるハードフォード伯爵と結婚して、その称号を手に入れる魂胆かもしれないぞ」

片眼鏡を目の近くまで持っていきながら、パーシーは愛想よく言った「二人とも、ぼくの祝福を受けてとっとと地獄に落ちるがいい。それから、レディの悪口を言いふらすのは慎んでもらおう。彼女がぼくの領地に住み、ぼくが所有する家で暮らしている以上、ぼくの客人は彼女に敬意を払うべきだ」

「こいつ、偉そうだな、シド」アーノルドは言った。「ふだんの会話で〝慎む〟なんて言葉を使うやつはまずいないぞ。それに、ぼくたち、誰か特定のレディの名前を出したりしたかい、パース？」

「こいつは頭が混乱してるのさ、アーニー」シドニーがつけくわえた。「誰かを地獄に落とすときは、祝福ではなく呪いをかけるものだ。そうじゃないか？　表現が矛盾してるぞ、パース。こいつと陽気な未亡人はやっぱり怪しいよな、アーニー」

「そのとおりだ、シド」アーノルドは言った。「間違いなくできている」

パーシーはふたたび、二人とも地獄に落ちろと言った——彼の祝福と共に——そして話題を変えた。

悪魔のごとく暗い夜だったが、ランタンをとりに戻るつもりはなく、小道を大股で寡婦の住居へ向かいながら、パーシーは思った——あの二人の友がすでに勘づいているのと同じく、身内のあいだでも噂になっているはずだ。そうでないことを願うなんて虫がよすぎる。愚鈍な連中ではないし、女性陣は一〇〇〇キロ離れていてもロマンスの香りを嗅ぎつける。ただし、男性のほうは、声が届く範囲にレディが一人もいないときを選んで気さくに冷やかしの言葉をよこすだけで、あとは口をつぐんでくれるだろう。また、レディたちは求婚と結婚のことしか頭にない。気をつけていないと、誕生祝いの舞踏会の計画が完了する前に、ぼくの結婚式の計画を立てはじめるかもしれない。

とにかく、隣人たちのあいだにゴシップが流れないよう願うのみだ。ぼくは別にかまわない。もうじき去っていくのだから。だが、彼女は今後もここで暮らす人だ。もっとも、ゴシップが流れる心配はないだろう。ぼくは今夜だって、彼女によそよそしくしないように気をつける一方で——よそよそしくすれば、逆に怪しまれかねない——やたらと声をかけるのも控えた。村のパーティでは彼女とワルツを踊ったが、二週間近くも前のことだ。

今宵の時間の半分は、ジェスチャーゲームの敵チームでありながらウェンゼルが彼女のそばを離れようとしないのを見つつ、それを無視しようと努め、あと半分の時間のなかで、オールトンも彼女に思いを寄せていることに気づいた。それだけでも——つまり、気づいたという事実だけでも——男は歯ぎしりしたくなるものだ。

居間の窓にはまだ明かりがついていた。

今夜の彼は門を静かに閉めようとはしなかった。玄関ドアのノッカーを手から放す前に何秒間かためらうこともなかった。そして、ドアがすぐに開いても、今夜の彼は心の準備ができていた。彼女は今夜の集まりに着ていったドレスのままだった。頰が紅潮し、目が潤んでいる。ヘクターが横を小走りで通り抜けて居間に駆けこむあいだに、パーシーは敷居をまたぎ、彼女の手からランプを受けとって、ゆうべ外套や帽子をのせた椅子に置くと、玄関ドアを閉めもせずに彼女を腕に抱き、キスをした。

一日の重労働を終えて妻のもとに帰ってきた男のような気分だ——その思いにいささか動揺した。

「ウェンゼルともオールトンとも結婚しないでほしい」空気を求めて唇を離したとき、そう言っている自分の声が聞こえた。「約束してくれ」

言葉が口から飛びだす前に、たまには頭が彼に警告を送ったほうがよさそうだ。

彼女は眉を上げると、玄関を閉めるためにパーシーの横をすり抜けた。「お茶を飲みにいらしたんでしょ、ハードフォード卿？」と尋ねた。

17

　イモジェンは動揺していた。さきほど玄関ドアを閉めたあと、ふたたびパーシーの腕に抱かれた。彼は笑っていた。

「ぼくは嫉妬深くて、独占欲が強く、独裁的で、女性がぜったい我慢できないような、徹底的にいやな恋人になろうと思っている」パーシーはそう言って、ふたたび熱烈なキスをした。

　イモジェンとしては、憤慨するか、激怒するか、もしくは、ほかにもとるべき態度があったはずなのに――なにしろ、ウェンゼル氏ともオールトン氏とも結婚しないでほしい、と言ったときの彼は半分本気だったのだから――思わず笑ってしまった。

「まあ」おおげさにため息をついてみせ、まつげをぱちぱちさせた。「わたしの理想のタイプだわ。横柄な男性って」

　二人はベッドへ直行した――その前にパーシーが居間へ行って暖炉の前に炉格子を置き（ブロッサムもヘクターも落胆したに決まっている）、玄関ドアのそばの椅子からランプをとり、彼女に渡し、かわりに外套と帽子を椅子に置いた。

　イモジェンはそれからほどなく、二人の服が行方不明になっていることに気づいた。寝室のどこかにあるはずだが、窓辺の椅子にも、化粧台の前のベンチにも、一枚ものっていない。床のあちこちに散らばって、しわくちゃになっているのかもしれない。

二人はいま、彼女のベッドで横になっていた。矢継ぎ早に愛の行為を二回続けたばかりで、二回とも思いきり激しく愛しあった。ランプは化粧台にのせてあり、明かりが鏡に反射して輝きが二倍になっている。さっき帰宅したあとで、寝室の暖炉に火を入れておいたが、夜はやはり冷えこむため温もりが必要で、ベッドカバーをひっぱりあげて自分たちの身体をくるんだ。ベッドカバーをどうやってベッドの裾からここまで持ってきたのか、イモジェンには思いだせなかった。寒さを気にする暇もなく行為に溺れていたとき、ベッドの裾に放りだしたのだが、愛しあえたことがイモジェンはうれしかった。パーシーは半分イモジェンに覆いかぶさる形でうつぶせになって寝ている。顔を乳房に押しつけ、片方の腕をウェストのあたりに投げだし、片手を彼女の腕にかけ、片方の脚を彼女の脚のあいだに置いている。彼の髪がイモジェンの顎をくすぐった。彼女はその髪に指を通した。温かくて、豊かで、柔らかな手触りだった。

彼女の乳房のあいだに温かな息を吐きながら眠る彼を見て、イモジェンは無防備に眠る男ほど愛しいものはないと思った。

肉体が満たされ、気怠さに包まれていたが、どうしても寝つけなかった。しかも動揺していた。自分が恐ろしく無知だったことに気づいたのだ。魅力的な男性と関係を持つのは肉体だけの問題ではない。精神だけの問題でもない。人生から逃避してこの短いバカンスを楽しもうというのは、彼女の精神が決めたことだった。

同時に、それが感情の問題であることもわかってきた。それどころか、いまは、感情が大きなウェートを占めているに違いないと思いはじめている。肉体は情事が終わったあとの喪失感から立ち直るだろう。わずかな自制心があれば、精神も立ち直るだろう。自分を律することには長《た》けている。三年かけて必要な技を磨き、さらに五年のあいだ鍛錬を続けてきた。

でも、感情は？　数カ月後、さらには数年後、感情はどうなっているだろう？　安定と静けさをとりもどすのに、どれぐらいかかるだろう？　とりもどせるの？　肉体と精神と感情は別々に存在しているのではない。ひとつのまとまった存在であり、三つのどれかが優位を占めるとすれば、それはたぶん感情だろう。この人と愛人関係になったとき、そこまでは考えていなかった。

愛人。でも、この人に恋をしているわけではない。好きだという気持ちはある。ベッドでのひとときを楽しんでいる（しかも、これは控えめな表現だ）。それだけでは、恋をしていることにはならない。でも、考えてみたら、恋をしたときの気持ちをわたしは知らない。デイッキーといても、すぐれた恋愛詩に描かれているようなロマンティックな陶酔を感じたことは一度もなかった。そんな必要はなかった。彼に愛情を抱いていたから。

どういう感じなの？　恋をするというのは。でも、わたしがそれを知ることは永遠にない。たとえ機会があったとしても、自ら背を向けるだろう。わたしにそんな資格はない。

これからも苦悩が続くことをイモジェンは覚悟した。それがわたしの運命だ。

パーシーが深く息を吸い、満ち足りた長い吐息をついた。

「この枕は最高だね」と言った。

イモジェンは彼の髪に顔を近づけて、頭のてっぺんにキスをした。「なんだか物足りないわ」と言った。「お茶と会話がなくて」

パーシーが顔を上げると、その顔には笑いとセックスを堪能した満足感があふれていた。片方の肘を支えにして身を起こし、頬杖をついた。もう一方の手の甲で彼女の顎の片側をなで、さらに反対側をなでた。

「子供のころ、食事はデザートから始めて、栄養のあるちゃんとした料理はあとまわしにしたいと思わなかったかい？　ぼくの心は子供のままなんだ、イモジェン」

イモジェンは向きを変え、彼のてのひらが手首へ続くあたりにキスをした。「でも、デザートのおかわりなんてしてもいいの？」

「特別においしいときはね。好きなだけすればいい。弁解できないほどの旺盛な食欲をもりもり発揮して。ところで、きみ、暖かなガウンは持ってる？」

「ええ」

「それを着てから、下におりて、やかんを火にかけてくれ。いまのぼくは独裁的な恋人なんだ。服を着て、ぼくも下におりる。そこで従順な恋人に変身して、居間の暖炉に火を入れ、お茶のトレイを運ぶことにしよう。次に二人でお茶を飲み、雑談をする。まだ午前二時を過ぎたぐらいだろう」

数分後、高揚感と不安が奇妙に入り混じった心を抱えて、寝間着と古いガウンで暖かく身を包んだイモジェンは、ランプを手にして階下に下りた。彼はろうそくにすでに火をつけていた。こんな光景を見ると、家庭的な雰囲気に心が和む一方で辛くもなる。わたしのために暖炉に火を入れてくれるの？　お茶を運んでくれるの？　そして、ゆっくり雑談をするの？午前二時に？

どうかしてるわ。

二人とも、どうかしてる。

ああ、でも、ときには非常識なふるまいをすることで、とても……自由になれる。

二時一二分——炉棚の時計を見て、パーシーは時刻を知った。いや、一三分かもしれない。暖炉の煙突に向かって炎が立ちのぼっている。彼の肘のところにティーカップ、受け皿には砂糖をまぶしたビスケットが二枚。そして、彼は火の近くに置かれたラブシートの片側にすわり、なるべく中央に身を寄せていた。反対側にすわった彼女も同じようにしている。このソファは必要となれば四人並んですわることもできる。真ん中の男女がぴったり身を寄せて、男が女の肩を抱き、女が男の肩に頭をもたせかければ。

ガウンのことを口にしたとき、パーシーが予想していたのは……レースとリボンをふんだんにあしらったタイプだった。ところが、彼女のガウンは分厚いベルベットで仕立ててあり、少なくとも一〇〇万年はたっている感じだった。ベルベットのなめらかな毛がところどころすりきれ、とくに——そして興味深いことに——お尻のあたりの摩耗が目立っている。サイズがひとまわり大きくて、やや型崩れしている。それが彼女の首から手首までを、そして足首までを覆っている。ふつうだったら、なんとも野暮ったい女に見えるだろう。五〇万年たっているのは間違いなさそうなスリッパまではいているのだから。髪は結い上げているので も、長く垂らしているのでもない。うしろでひとつにまとめて細いリボンを結んでいる。

うっとりするほど豪華だ。デザートとしては豪華すぎる。宴席のフルコースに値する。

そんなことを思った自分に少々呆れた。おいしそうなどという目で彼女を見てはならない。とくに……そのう、これまでの女たちと比べるのは禁物だ。それにしても、二階のベッドで、ぼくはなんてことをしてしまったんだ？　二回抱いたが、せいぜい一五分ほどしか持たなかった。いや、訂正——ぼくが一方的に抱いたのではない。ベッドのなかの彼女については、なんの不満もない。もっとも、男の喜びを長引かせたり高めたりするための女の技巧など、彼女はひとつも使っていない。ただ……すなおに楽しんでいただけだ。

パーシーは受け皿のビスケットを一枚とってかじった。

「きみがぼくの肩にもたれて眠りこんでしまったら、ぼくはへそを曲げるぞ。会話の時間だ、レディ・バークリー。どんな話題がいい？　天気？　ぼくたちの健康とすべての知人の健康？　身の毛のよだつ話にする？　ボンネットか日傘？　嗅ぎ煙草入れ？」

彼がしゃべっているあいだにヘクターが近づいてきて、彼の片方の足の上にどさっとすわった。猫のブロッサムは、パーシーが台所へ行ったときは猫用ベッドで気持ちよさそうに寝ていたが、部屋に入ってくるとソファの向こう側の空きスペースに飛び乗り、居間まではるばる歩いてきた疲れをとるために丸くなった。

「そうね、ボンネットの最新の流行を知りたいわ。つばは広めなのか、小さめなのか。華やかな飾りがついているのか、飾りのない上品なタイプなのか。素材は麦藁なのか、フェルトなのか。顎の下でリボンを結ぶのか、頭に軽くのせて風にさらわれてしまうのか。でも、あなたは男だから、わたしが求める答えは出せないでしょうね」

「そうか。では、嗅ぎ煙草入れにしよう。それならたぶん、多少は知識があると思う」

「あら、困ったわ。わたし、嗅ぎ煙草入れにはなんの興味もないの」

「そうか」パーシーはビスケットの残りを食べ、むずかしい顔で考えこんだ。「片眼鏡は？」

「いびきをかきはじめるでしょうね」

「そうか」もう一枚のビスケットを手にした。「では、レディ・バークリー、セックス以外のすべての点においてぼくたちは気が合わない、という嘆かわしき結論に達するしかないのだろうか？」

「残念ね」イモジェンは大きなため息をつき――そして、笑いころげた。

じつに無邪気な笑い声で、ぼくはたったいま恋に落ちたのかもしれないという思いが、衝撃と共にパーシーの胸に生まれた――〝恋に落ちる〟のがどういう感覚なのかは知らないが。

唇でイモジェンの笑い声をふさいだ。

「いまのは、嘆かわしいことにセックスの点では気が合う、という意味だね？」

「あなた、甘いのね」イモジェンは指を一本伸ばすと、彼の唇の端から砂糖の結晶とおぼしきものを拭きとり、指先を口に含んだ。

淫らな女。この瞬間のイモジェンはあざとい娼婦のようで、いまのが無意識のしぐさなのかどうか、彼には判断がつきかねた。彼女の視線がパーシーに据えられていた。

「甘い？」

「でも、あなたじゃなかったわ」彼に微笑を向けた。「ビスケットについたお砂糖だった」

「そうか」

「子供時代の話を聞かせて」

「ものすごく退屈で、なんの波乱もない日々だった」パーシーは脚を前に伸ばし、くるぶしを交差させながら、彼女に断言した。ヘクターは必要に応じて姿勢を変えた。「最大の冒険は、この前も話したように、崖でのあの出来事だった。それを別にすれば、ぼくは親の言うことをよく聞くすなおな子だった。どうして反抗できただろう？　愛で窒息しそうだったのだから。両親に溺愛され、乳母にも溺愛された。困ったことに、乳母はぼくが一七歳でオックスフォードに入学して家を離れるまで、ずっとそばについていた。家庭教師たちもそうだった。授業の要点を強調するためにステッキをふりまわすのが好きで、ぼくの頭の回転が遅くて質問に答えられないときや、作文で主語が単数なのに複数のときの動詞を使うとか、そういうたぐいの失敗をしたときは、ぼくの尻に躊躇なくステッキをふりおろした家庭教師までが。その教師はぼくを可愛がってくれた。きみには崇高な精神が宿っている、きみがそれを正しく使えるよう教え導くために自分は給金をもらっているのだ、と言っていた。だが、教師を動かしていたのは金だけではなかったはずだ、とぼくは信じている」

「授業はいやだった？」

「とんでもない。ぼくは少年には珍しいタイプだった――勉強が楽しかったし、面倒をみてくれる大人たちを喜ばせるのも楽しかった。きみがそのころのぼくを見たら、別人だと思うだろうな」

「孤独だと思ったことは？」

「まさか。ないよ。親戚やその他おおぜいがいた。おじもおばもたくさんいるし、いとこの数も多い。親戚にしょっちゅう会っていたわけではないが、会ったときは思いきり楽しく過ごしたものだ。いとこのなかではぼくが年長のほうだし、小さいときから年齢のわりに大柄だった――しかも、男の子だ。リーダーの器じゃないのに、いつのまにかみんなのリーダーになり、小さい子たちを率いて悪さをするのを期待されてた。大人たちまでが悪さをけしかけるんだ。その期待に、ぼくはたいてい応えてきた。でも、罪のないことばかりだよ――禁じられた木にのぼる。禁じられた湖で泳ぐ。泥んこになるのが楽しくて、禁じられた泥だけの水たまりをバシャバシャ歩く。生垣に身を隠し、何も知らずに誰かが通りかかると、狂ったような叫びを上げて飛びだしていく」

パーシーの肩にもたれていたイモジェンが顔の向きを変え、人差し指の脇で彼の顎を軽くなでた。

「寄宿学校に入るべきだったんだ」

「やっぱり孤独だったのね」

「もしそうだったとしても、とくに意識していたかどうかはわからない。ただ、呆れるほど無邪気だった。大学に入ったあとで、学生は勉強なんかしなくていいと言われて呆然とした。学生がなすべき最高の偉業は、飲み仲間を泥酔させること、オックスフォードとその周辺の酒場で働く女たちを一人残らずベッドに連れこむことだった。さあ、これでわかっただろう、イモジェン。きみが聞きたがったんだぞ」

「あなたの子供時代のことをね」イモジェンが指摘した。「で、あなたはその偉業を達成した。そうなんでしょ？」

「大はずれ。大学に入ったのは勉強するためだと思っていたし、それを実行した。卒業するころになって突然、自分がとんでもない変わり者で、紳士にあるまじき道を歩んでいたことに気がついた。オックスフォードを出たときも、まだ女を知らなかった。ああ、ほかの誰にも話したことがなかったのに。いまようやく気がついた——午前二時に女性と雑談するのはきわめて危険であることに」

正直なところ、パーシーはひどくばつが悪かった。いったい何に魅入られて、不名誉な過去のなかからこんな出来事を選び、白状してしまったのか？　大学を出るまで知らなかったなんて。

「聞かなければよかった」イモジェンが言った。「最初のイメージを一部だけでも持ちつづけていたかったわ」

「ああ、いくらでも持ちつづけてくれ」パーシーは言った。彼女にまわしていた手をはずし、お茶が冷えてしまう前に飲もうとして身をかがめた。「ぼくは卒業してすぐに、きみのイメージどおりの男になった——その半分もきみには想像できないだろうな。かつての無邪気だったぼくは、とっくの昔に古代史のなかに消えてしまった」

「いいえ、それは違う。人は過去の経験のすべてからできあがっているのよ、パーシー。そこには一人一人の喜びと苦悩が含まれている。同じ人間は一人としていない」

パーシーはティーカップを置くと、肩越しにイモジェンを見た。

「ぼくが一人しかいないことに世界は安堵するだろう」

「でも、いまのあなたの話には、大学を出るまで女を知らなかったという事実よりはるかに大きなものが含まれてるわ。それについても、たぶん、ほかに知る人はいないでしょうね。あなたが自分に抱くイメージは、ここ一〇年のあいだに急落してしまった。あなたの人生はバランスを崩している。それはたぶん、大人になるまでの歳月がほぼ純粋な幸せと、勤勉さと、安全に満ちていたからだわ。その点で、幸運でもあり、不幸でもあったわね、パーシー。そして、あなたはいま、自信をなくし、自分には価値がないと感じ、自分のことが好きなのかどうかさえわからなくなっている。バランスをとりもどす必要があるのに、その方法がわからない」

パーシーはしばらくイモジェンを見つめていたが、急に立ちあがり、その拍子に哀れなへクターがふたたび居場所をなくしてしまった。パーシーは忙しそうに暖炉の火をつつき、石炭を何個か放りこんだ。

「でも、わかってる人なんてそんなにいないはずよ」無言の空間に向かってイモジェンは静かに続け、パーシーはそれを彼への言葉というより、彼女自身への言葉のように感じた。「人生は正反対のもので成り立っている――生と死、愛と憎しみ、幸福と不幸、光と闇。そして無限に続いていく。バランスと満足を見つけだすのは、正反対のもののあいだに張られたロープの上を、どちら側にも落ちずに渡っていこうとするようなものだわ。人生はすべてが光か、すべてが闇のどちらかに違いないと信じて。光だけの人生も闇だけの人生もありえないのに」

やれやれ！　深夜になぜこんな会話をしなきゃならない？

「きみとぼく」パーシーは彼女とまっすぐ向きあって言った。「これも正反対のものだね」猫がイモジェンの膝にのっていた。彼女が猫の背中と耳をなで、猫はうっとりと目を閉じてゴロゴロいっていた。パーシーは羨ましくなった。

「ごめんなさい」イモジェンが言った。「あなたの人生を分析してお説教しようなんて、おこがましいわね」

パーシーは片足を炉床にかけ、片方の腕で炉棚に寄りかかった。いったいどういう女なんだ！　髪をうしろでまとめ、目が吊りあがるぐらいきつく結んでいる。型崩れしたガウンはウェストにベルトが結んであり、まるで袋を着ているように見える。たったいま、小うるさい女家庭教師のようにお説教をした。

それなのに、ぼくはいま、ほかの女たちのとき以上に強烈に彼女を求めている。とくに女らしくもないのに――とにかく、フリルとレース、白粉、香水、豊かな胸という意味での女らしさはない。頭のなかがすかすかで、甘ったるくしゃべり、目を大きくみはり、うっとりと男を見つめるタイプではない。

くそっ、それはぼくがいつもベッドに連れこもうとしてきたタイプの女じゃないか。

彼女は……シドニーが前に――正確に言うと、昨日？――使った言葉はなんだった？　〝手ごわい〟。それだ。彼女は手ごわい。いつものぼくなら避けるはずだ。だが、かわりに惹かれている。ああ、これもまた正反対のものだ―― 〝避ける〟と〝惹かれる〟。

「きみとぼく」パーシーはふたたび言った。「だが、今夜はバランスがとれていなかったね、イモジェン。ぼくの話ばかりしていた。横暴な男を恋人に持つと、そうなりがちだ」

イモジェンが笑みを浮かべた――彼女に恋をしてしまったという思いがふたたび頭をもたげ、パーシーは落ち着かなくなった。何かなじみのないことが起きている。とにかく、ぼくの心に突き刺さるような何かが。そこにあったのは、彼女をベッドへ連れていき、二人とも疲れはてて息を切らすまで堪能したいという欲望だけではなかった。性の欲望を超えたところにある、なじみのない、正体のわからないものだった――ひょっとすると、これが恋に落ちるということか？　そうでないことを願った。

笑顔はやめてほしい。

いつも笑顔でいてほしい。

イモジェンの言葉を借りるなら〝正反対のもののあいだに張られたロープ〟の上に立っているような気がした。

「そうね、ご領主さま」

パーシーは彼女に指を突きつけた。

「次はきみの番だぞ。きみは今夜、ぼくを裸にした、イモジェン。ぼくが言ってるのは二階の寝室だけのことじゃない。今度はぼくがきみを裸にしよう。ぼくが言ってるのは二階の寝室だけのことじゃないぞ」

イモジェンに笑いかけたが、そのあいだに彼女自身の笑みは消えていった。

「だが、今夜はやめておこう。従者のことを考えてやらなくては。ぼくがどう言おうと、ぼくの帰りを寝ずに待ちつづけるやつなんだ。いまこの瞬間も、ぼくの化粧室にすわっているだろう。暖炉の火も明かりもなしに、忍耐を彫刻にしたような姿で。そろそろ帰ってやらないと」

イモジェンは膝の猫をそっと抱いて脇に下ろした。猫はお返しに憤慨のわめき声を上げた。そこで彼女は立ちあがり、ガウンの古ぼけたベルベットの袖から手を出して猫をなで、彼を見上げた。

パーシーは二人のあいだの距離を詰め、イモジェンに腕をまわしてキスをした。しかし、彼女をベッドに連れて戻りたいという欲望はなく、それが自分でも不思議なほどだった。一緒にいてくつろげる相手になってきた女性との抱擁に安らぎを感じただけだ。たとえ、午前二時に二人だけになったときに説教を始める女性であっても。

イモジェンは片手でランプを掲げて門までの小道を照らし、反対の手でガウンの襟元を押さえて、帰る彼を見送ってくれた。パーシーは背後の門を閉めてからふりかえり、彼女の姿はこれまでの人生で目にした光景のなかでもっとも魅力的なものとは言えない、と自分に思いこませようとした。

いまいましい舞踏会が終わったら、なるべく早くここを去るほうが、ぼくの心の平安にとっていいことだ。手袋をはめた片手を帽子のつばにあて、向きを変えた。

18

今日もまた、貴婦人たちが書斎と舞踏室を占領していた。パーシーが最後に見かけたときは、イモジェンとベスとメレディスが招待状を書いていた。おじのうち二人は、庭園の塀の一部がモルタルを使わずに修復されている様子を、クノールの案内で見に出かけた。レナードとグレゴリーは双子のアルマとイーヴァと一緒にポースメアまで歩いて出かけた。招待状を何通か届けるためと、新たに知りあった人々を訪ねるためだった。ロデリックおじとシリルはジェフリーを連れて、今日も浜辺に出かけていた。

パーシーはシドニーとアーノルドと三人で谷間の上の道に馬を走らせていた。

「ぼくがきみの立場だったら、パース」アーノルドが言っていた。「見て見ぬふりをするだろう。ここに来て以来、きみを行動に駆り立てるような事件は何も起きていないと、きみ自身が言ったじゃないか」

「ベッドのシーツが湿ってたのと、煤だらけの床に煤だらけの鳥の死骸がころがってたのと、真夏の太陽の光すら通さないカーテンがかけられたぐらいで、あとは何もない」パーシーも認めた。「ぼくが気づいたかぎりでは」

「もうじきここを離れるんだろ、パース」シドニーが言った。「すぐまた戻ってくるとは思えないし。きみを惹きつけるものなどここには何もない。そうだろう？　未亡人を別にすればば」

こう言われて、パーシーはむっとした。「未亡人？」冷ややかな声で尋ねた。

アーノルドが手綱をひくと、馬が跳ねた。アーノルドはにやにやしていた。「ゆうべ、最後まで起きてたぼくたちがふらつく足でベッドに向かったのは、午前三時になる直前だった。きみのおじさんの一人が、きみのほうがぼくたちより利口だ、犬を散歩させてからすぐベッドに入ったに違いない、と言った。シドとぼくはきみの部屋をちょっとのぞいてみた。暖炉で火がはぜ、その前の椅子に寝間着が広げられ、ベッドカバーがきちんとめくってあった。きみの姿はなかった」

二人を馬からひきずりおろしてたがいの頭をぶつけてやろうかと企みつつ、パーシーは考えた——こいつらのことだから、ぼくがニッと笑いかえして、そんなとんでもない時刻にどこにいたかを白状し、新たなる征服について卑猥な自慢話をするのを期待しているに違いない。期待するのが当然だ。いつものぼくならそうするだろう。今回は何がそんなに違うんだ？

いつものぼくとは違うから？　ぼくが変わったから？　いや、一夜で人間が変わるわけはないし、一〇〇夜でも無理だから、目下変わりつつあるということか？　くそっ、この地を早く離れなくては。

パーシーは谷を見下ろした。穏やかな緑が広がり、そのあいだを川が流れ、海に近いほうに村がある。

「もうじきここを離れようと思っている。もう二度と来ないだろう。ひどい僻地だし」

こんなことを言うのは裏切りのような気がした――レディ・ラヴィニアへの裏切り。サー・クウェンティンとオールトンとついでにウェンゼルへの裏切り。牧師と医者とクレイマー家のレディたちと無骨な漁師たちへの裏切り。それから、脚がねじ曲がり、心が折れてしまったベインズがいるし、クラッチリーもいる。クラッチリーは自ら進んで密輸の仲間になったのかもしれないし、脅迫に屈したのかもしれない。屋敷には地下室があり、密輸品が詰まっていて、新たな船荷を待っているのかもしれない。それから……イモジェンがいる。

ここに来てどれぐらいになる？　二週間？　三週間？　あっというまだった。またたくまに日がたってしまった。ここを去れば、またたくまにすべてを忘れてしまうだろう。

彼女のことも忘れ去るだろう。

三人は乗馬を続けた。

パーシーが女と関係を持って後悔した記憶は一度もない。たいてい自分のほうから別れを切りだしてきたが、けっして後悔が理由ではなかった。女と関係を持つのは好きだった。何も考えずに、義務や責任を伴わない行為を二人で楽しめばいい。

イモジェンとの関係については、すでに後悔しはじめていた。

だが、彼女のことは忘れよう。例のいまいましい舞踏会が終わったら、その何日かあとに彼女自身が旅立つ予定だ。彼女が戻ってくる前に、ぼくはここを離れよう。

恋に落ちるとは、ぼくもなんと愚かだったことか。たぶん、恋をしてしまったのだ。そう考えないことには、いまの気持ちを説明できそうもない。恋をした自分がパーシーはいやでたまらなかった。

「未亡人の話はしたくないようだぞ、アーニー」シドニーが言った。

「ぼくも同じ結論に達したところだ、シド」アーノルドが同意した。「だが、ぼくがきみの立場だったら、密輸には知らん顔をするだろう、パース。誰だってそうさ。とにかく、きみ一人の力で阻止するのは無理だ。収税吏の連中にもけっしてできない。それに、いいかい、収税吏のやつらは面白味がない。やつらがだまされるのを見るのは楽しいものだ」

「ついでに、いいかい、パース」シドニーがつけくわえた。「この国にこっそり入ってくるブランディーは、どれも正規の品よりおいしい気がする。しかも、はるかに安価だし」

みんなの鼻先でおこなわれていることは無視するのがいちばんということで、全員の意見が一致しているようだ。自分はなぜ十字軍兵士になろうとする？　ここに来るまで、そんな行動は考えたこともなかった。良心に目ざめ、それに従って進もうとしているいま、昔の勉強好きな自分に戻ったような気がして落ち着かなくなった。周囲と歩調が合わず、一人だけ浮いていた。周囲をしらけさせるやつ。つまらないやつ。愚か者。

「確かにそうだな」パーシーは言った。「ところで、谷の向こう側に古い錫《すず》鉱山がいくつかあるそうだ。正確な場所を調べて、そのうち、みんなで探検しに行こうと思っている」

そして、話題は密輪からも彼の情事からも離れた。

午前中が終わるまでに、招待状をすべて書き終えた。年配のレディたちが書斎に出たり入ったりし、年下の二人が招待状を書く合間におしゃべりするなかで、イモジェンはいつしか、家族のような雰囲気を楽しんでいた。

ヘイズ夫人と、その妹と、義理の妹はしばしば意見が衝突し、ときには激しい口論になった。しかし、わだかまりが残ることはなく、盛大なパーティのための計画が紛糾しても、つねになんらかの妥協案が成立した。若いいとこたちも、イモジェンが前に何度か目にしたように、しょっちゅう口喧嘩をするものの、あとは決まってくすくす笑いや爆笑になるのだった。双子はときどき、意識して姉を避けていたが、イモジェンは一度、ピアノフォルテのベンチにすわって旋律を弾く姉の左右に双子がすわり、姉の肩にそれぞれ手をかけているのを見たことがあった。ヘイズ夫人の弟のガリアード氏は、ほかの誰と一緒にいるよりも、娘のメレディスと孫のジェフリーの相手をするほうが楽しいようだったが、誰に対してもすばらしく愛想がよくて、この日の朝は、孫を連れて浜辺へ散歩に出かけるときに身内ではないシリル・エルドリッジ氏まで誘っていた。あと二人の年配紳士は時事問題について議論することが多く、意見が合わなくてカッとなることも多かったが、最後はやはり、相手に同意できないという点で同意して満足するのだった。

イモジェンは不意に、はるか遠くのカンバーランドにいる実の兄に会いたくなった――それから、母にも。家族というものを――それも義務的に帰省したり手紙を出したりするための家族ではなく、深い絆で結ばれた家族を――五年前、イモジェンはその他すべてのものと共に捨て去った。家族が与えてくれる温もりと安らぎを――あるいは、口論と笑いを――受けとる権利は、わたしにはない。

自分の心臓が長いあいだ冷蔵されていたあとで、いまやっと、少しずつ温まってきたような気分だった。もちろん、完全に温まることはないにしても、これから一〇日ほどは肩肘を張るのをやめてもいいだろう。ペンダリス館に出かけて仲間に囲まれれば、いつもの自分に戻ることができる。助けが必要なら仲間にすがればいい。仲間の愛情と支えを感じるだけで充分だけど。でも、かならずもとに戻ってみせる。わたしが意志の力に欠けていたことは一度もなかった。

それまでのあいだ、少しだけ自分を甘やかして楽しもう。楽しい時間を過ごしたのは遠い昔のような気がする――前世のことだったような。

ディッキーとのあいだに子供が一人か二人できていればよかったのに――家に帰ろうとして屋敷を出ながら、イモジェンは思い、肌寒い日の冷気を退けるためにマントを身体にしっかり巻きつけた。芝生の向こうから、祖父と片手をつなぎ、反対の手をシリル・エルドリッジ氏とつないで、ジェフリーがやってきた。歌うような三人の声がイモジェンの耳に届いた。

「一、二、三、ジャー・アーンプ」かけ声と同時に、歓声を上げる子供を二人の男性が高く持ちあげた。

イモジェンが子供のできないわが身を嘆くことはめったにない。嘆いてなんになるの？ それに、子供がいたらすべてが変わっていただろう。いまこうしてここに立ち、ディッキーが死んだときにはまだ生まれてもいなかったこの幼子に、せつない笑みを向けることはなかっただろう。自分がいまごろ何をしていたか、誰にわかるというの？ 考えたところで始まらない。

パーシーが厩のほうから友人二人と一緒に近づいてきた。その横で犬が跳ねまわっている——そう、本当に跳ねまわっている。幼子がその一団に気づいて祖父たちから離れ、まっしぐらにそちらへ駆けていった。パーシーに高い高いをしてもらい、ぐるっとまわしてもらい、肩車をしてもらおうというのだ。シルクハットが脱げ落ちたため、パーシーがそれを拾おうとして身をかがめ、肩車した少年をわざと落としそうにすると、笑い声と甲高い叫びが上がり、くすくす笑いがあとに続いた。

みんなが屋敷に近づいてきて、挨拶が交わされた。

「招待状を書く作業は終わりましたかな、レディ・バークリー？」ガリアード氏が尋ねた。

「はい」イモジェンは答えた。「わたしどもが計画しているのが社交シーズンのロンドンの舞踏会なら、窒息しそうな混雑を期待するのはたぶん無理だとみんなで言っていますの。でも、舞踏室も恥ずかしくない程度には埋まるはずですわ」

「残念だな、友よ」ウェルビー氏が言って、パーシーの肩を軽く叩き、ジェフリーを地面に下ろして犬と遊ばせようとした。

「人はつねに明るい面に目を向けるべきだ」パーシーは言った。「すでにここに集まっている身内と友人二人だけしか参加者がいなくて、その連中が舞踏室の片隅に固まり、遅くなったぼくの誕生祝いの舞踏会を楽しむふりをしていたら、どんなに悲しいことだろう。こら、ジェフリー、犬にキスさせるのはやめたほうがいいぞ」

「家にお帰りになるところですか、レディ・バークリー」マーウッド子爵が訊いた。「ぜひエスコートさせてください」そう言って腕を差しだした。その顔に、いたずらっぽい笑みらしきものが浮かんでいた。

「そして、あなたは腕を二本お持ちだから」ウェルビー氏がイモジェンに向かって宮廷風の気どったお辞儀をした。「ぼくにもエスコートをお許しください」

イモジェンは笑いだし、膝を折って深くお辞儀をした。「まあ、ありがとうございます」それぞれの腕に手をかけた。「狼がいるかもしれないと、昨日、警告されたばかりですの」

「しかも、複数だ」パーシーが言った。「少なくとも三頭はいるという噂を聞いた。ぼくもついていくとしよう」

というわけで、四人で歩きはじめ、芝生を横切って寡婦の住居のほうへ向かいながら、みんなで他愛もない冗談を言いつづけ、イモジェンもそれに加わった。誰かが〝一、二、三、ジャンプ〟と言ってくれないものかと、無意識のうちに願っている自分に気がついた。やがて寡婦の住居に着くと、パーシーが気どったしぐさで門をあけ、イモジェンが庭に入り、彼が門を閉めた。軽薄な愚か者ぞろいの男性陣が彼女の手の甲をかわるがわる唇に持っていき、

「おかげで今日一日が明るくなりました。太陽が隠れていても、もう気になりません」と断言した。

イモジェンは門のところに立って、歩き去る彼らと、そのあとを駆けていくヘクターを見送った。三人はいまもしゃべりつづけ、笑いつづけていて、イモジェンは自分が微笑していることに気づいた。それが慣れない感覚であることにも気づいた。やがて――またしても――涙をこらえていた。それも慣れない感覚だった。

彼らの姿が木の向こうへ消える前にパーシーがちらっとふりむき、彼女に笑いかけた。彼女自身も、涙ぐんではいたものの、まだ笑みを浮かべていた。

ああ、どうしよう。どうすればいいの？　あの人に心の底から恋をしてしまった。

悪いのはすべてわたし。自分自身を責めるしかない。


「夜、わたしの鍵を使ってもかまわないのよ――入ってくるときも、出ていくときと同じようにご自由にどうぞ。そうしてくだされば、わたしもあなたが来てくれるかどうか心配しながら起きて待つ必要がなくなるから。だって、毎晩来られるかどうかわからないもの。そうでしょ？」

パーシーは玄関ホールの壁に彼女をもたれさせ、唇を開いて重ねあわせた。午前零時よりも零時半のほうに近かった。さっきまで、寡婦の住居が真っ暗ではないかと薄々心配し、玄関をノックしてもいいものかどうか迷っていた。ポケットのなかの鍵を使いたくてうずうずしていた。

「すまない」イモジェンに謝った。「もっと早く抜けだしたかったが、無理だった。客が来てたんだ」

「知ってるわ。ウェンゼルさんでしょ？　ティリーとエリザベス・クウェンティンをここまで送ってらして、ご自宅に戻るかわりにお屋敷へ行き、あとで二人を迎えにいらしたの。でも、あなたに会えて嬉しいわ」

「ぼくも」パーシーは自分の鼻を彼女の鼻にそっとすりよせた。

イモジェンは今夜もまた、例の古ぼけたガウンをはおっていた。恋人のためにおしゃれをすることのない彼女を見て、パーシーは不思議に思った。過去に親密な関係を持った女たちはみな、つねに着飾って彼を迎えたものだった。前と同じく、うなじで髪をまとめているが、今夜は耳をふんわり覆って背中に流している。唇が軽く開き、上唇を軽く尖らせた感じが色っぽい。目は……開いている。それ以上に適切な表現がパーシーにはいまだに思いつけない。

彼女の両手が外套のケープの下にもぐりこみ、彼の肩に置かれている。

くそっ、愛してる。

その瞬間、パーシーは凍りつき、彼女の目を見つめた。まさか、声に出しはしなかっただろうな。しかし、言葉の残響はなく、彼女の表情にも衝撃は窺《うかが》えなかった。

「入ってもいいかい？」イモジェンに尋ねた。

「もう入ってるんじゃなくて？　でも、どこになさる？　二階？　居間？」

よくわかっているはずなのに。もうじき午前零時半になるし、二人は男女の仲になったばかりだ。

「居間がいい。だが、お茶は遠慮しておこう。家族がこっちに来て以来、大量のお茶を飲んできた。船を浮かべて走らせることもできそうな量だ。気の毒なウェンゼルも、今夜はいつもの二倍ぐらい飲まされた」

彼が外套と帽子を椅子の上に置けるよう、イモジェンがランプを手にとり、それから先に立って居間に入っていった。ぼくはどうかしてるのか？　それとも耄碌《もうろく》したのか？　時刻は真夜中だし、二階には広くて快適なベッドがあって、彼女がそのなかに、そして彼女自身のなかに喜んで迎えてくれるだろうし、着飾っていないにもかかわらず、いや、着飾っていないからこそ、ケーキと砂糖衣と生クリームを合わせたみたいにおいしそうに見えるというのに——寝室のかわりに居間を選んでしまった。

「あいつが屋敷のほうに来るかわりに、こっちに腰を据えなかったのが意外だな」パーシーは言った。

「ウェンゼルさんのこと？　ティリーとエリザベスを送ってきたときにという意味？　これまで一度もなかったわ。サー・クウェンティンが二人を送ってらっしゃるときもそうよ。わたしたち、三人だけで本を話題にするのが好きなの」

「読書クラブというわけか？」

「三年前から月に一回ずつ集まってるのよ」イモジェンは説明しながら炉棚にランプを置き、

火かき棒をとろうと手を伸ばした。しかし、火かき棒はすでに彼の手のなかにあったので、ラブシートに腰を下ろし、そのあいだに彼が暖炉の炎を掻き立て、石炭を何個かくべた。犬と猫は火のそばで気持ちよさそうに丸くなっている。「みんなで同じ本や詩集や随筆を読んで、お茶を飲み、ビスケットやケーキを食べながら、感想を話しあうの。月に一度のその夜を三人とも楽しみにしているのよ」

「それで、今夜はなんだったんだい？」身体を起こしながら、パーシーは尋ねた。

「詩が一篇だけ。でも、かなり長い詩よ。ウィリアム・ワーズワースの『ティンターン修道院の数マイル上流で書いた詩』。お読みになったことはある？〈サバイバーズ・クラブ〉の仲間の一人がウェールズに住んでるのよ。もっとも、その人の家は東部のワイ川の谷間じゃなくて、西側のほうだけど。去年、その人の結婚式に参列するため、わたしもジョージと一緒に出かけたのよ」

「ジョージ？」ぼくの心に湧きあがったのは、まさか嫉妬じゃあるまいな？

「スタンブルック公爵。ペンダリス館の持ち主よ」イモジェンが説明した。「親戚なの。血縁関係から言うと、あなたとわたしの関係よりも近いわ。ジョージも〈サバイバーズ・クラブ〉のメンバーなの」

「夫人が崖から飛びおりたという人？」

「ええ」

パーシーはその件を思いださなければよかったと思った。息子も戦争で亡くなったというから、かなりの年寄りに違いない。パーシーは貴族院の顔ぶれからその公爵を思いだそうとしたが、だめだった。じかに顔を見ればわかるかもしれない。

暖炉のそばの空いた椅子に目を向け、それからラブシートまで行って腰を下ろした。横を向いてイモジェンを抱きあげてから、自分の膝にのせ、膝の横に彼女の足先を置いた。彼女は背が高いほうだが、もぞもぞと身を縮めてパーシーにぴったり寄り添い、彼の肩に頭をもたせかけた。大きく息を吸った。

「あなたの香り、大好きよ。いつも同じ香りね」

「最近、汗を掻く機会が二回あったから、その汗の匂いもたっぷり混じってるはずだ」

「そうね」イモジェンは柔らかく笑った。

「そして、ぼくはきみの笑い声が大好きだ」イモジェンに初めて会ったのが今日だったら――いや、昨日だったとしても――大理石の女という思いは頭に浮かびもしなかっただろう。ぼくに恋心を抱いてくれているのか、それとも、セックスだけの関係なのか、とパーシーは考えこんだ。

いや、セックスだけのはずはない。そうだろう？　もしそうなら、いまごろは二人で二階にいて、服を脱ぎ、行為に没頭していただろう。

一瞬、驚きで頭がくらっとしかけた。本当はそうすべきなのに。

「わたし、あまり笑わないほうなの」

「そうか。だからきみの笑い声がよけいに貴重なわけだ。いや、訂正しよう。よく笑う人だとしても、同じぐらい貴重だろう。以前はよく笑ったのかい？」

イモジェンは息を吸い、吐きだしたが、パーシーが見たかぎりでは、表情のこわばりはなかった。

「前世ではそうだったわ」と言った。「あなたのお友達、二人ともいい方ね」

「脳細胞のないやつらなんだ」パーシーは愛情をこめて言った。

「いやだわ、あるに決まってるでしょ。わたしだって、あの二人と一緒にいるときのあなたしか見ていなかったら、あなたには脳細胞がないって言ったかもしれない。ときには、すなおに他愛もないことを言いあえる友達が必要だわ。他愛もないことって……心を癒してくれるものよ」

「きみは友達と他愛もないことを言いあったりするのかい？」

「ええ、ときどきね」パーシーは自分の首にもたれたイモジェンが微笑しているのを感じた。

「友情は、とても、とても貴重なものだわ、パーシー」

「ぼくたちは友達だろうか？」えっ、どこからこんな幼稚な質問が出てきたんだ？　パーシーは照れくさくなった。

イモジェンが頭を上げて彼の顔をのぞきこんだ。彼女の顔に微笑はなかった。

「そうね、なれるとは思うわ」驚いているような口調だった。「でも、現実には無理ね。長いおつきあいはできないから。恋人になれただけで充分よ。そう思わない？　短いあいだだけ。それがおたがいの希望でしょ。終わりが来たとき、あなたにすがりつくようなまねはしないつもりよ。はっきり約束します」

誰かが煙突に大きな氷のかたまりを投げこんで、火が消え、思い出もすべて消えてしまったように、パーシーは感じた。

そう、それがおたがいの希望だった。彼自身の希望でもあった——社交界から遠く離れた砂漠のような地で暮らすあいだ、魅惑的な性生活を存分に楽しむことが。

だったら、なぜこの家の居間に二人ですわっているのだ？

イモジェンの頭を自分の肩にひきもどした。「こんな話をしたら、きみは驚くだろうか。この界隈ではいまも密輸が盛んなようだ。この領地でも」

長い沈黙があった。「それほど衝撃でもないわ」彼女はようやく答えた。「少しも知らなかったけど」

「屋敷の召使いたちが関わっていることも？」パーシーは彼女に尋ねた。「進んで加わったのか、無理やり仲間に入れられたのかわからないが。屋敷の地下室の半分が密輸品の保管場所として使われていることも、まったく知らなかったのかい？」

「まあ」イモジェンはいったん黙りこんだ。「夢にも思わなかったわ。ラヴィニアおばさまとカズン・アデレードが屋敷に住んでいるというのに？　本当なの？」

「地下室に通じるドアが屋敷の内側と外側にあるが、両方とも施錠してあり、どちらの鍵も行方不明。誰も鍵を捜す気はないようだ。どうやら、湿気が入りこむのを防ぐために閉めきってあるらしい」

「まあ」イモジェンはふたたび言った。「お義父さまの死で、いえ、それ以前にわたしがここに住みはじめたのをきっかけに、何もかも終わったと思っていたし、願ってもいたのに」

「何人かに相談したところ、すべての者から言われた――放っておけ、見て見ぬふりをしろ、さわらぬ神に祟《たた》りなし、などなど。密輸は今後も続いていくし、誰も被害を受けていないのだから、とも言われた」

イモジェンは無言だった。自分はいったい何に魅入られて、レディの前でこんな話を始めたのか？　しかも、もう午前一時に近いというのに。パーシーは時計にちらっと目をやった。あと五分で一時だ。

「被害を受けた者はいないのか、イモジェン？」

「コリン・ベインズがいるわ」

「そうだな」

「仕事熱心な明るい子だったのに。ディッキーを崇拝してた。わたしたちについてイベリア半島へ行きたいって強く願っていた」

「きみの夫は声を大にして、密輸には反対だと言ってたのかい？」

「ええ。でも、お義父さまはそれほど悪いことじゃないと思ってらして、ディッキーがいくら諫《いさ》めようとしてもだめだった。うわべだけ見れば、そう悪いことじゃなかったし、それはいまも同じよ。政府に入る税金が少しだけ減って、人々は上質の贅沢品を大いに楽しめる。とくに、ブランディーは紳士たちが大歓迎するに決まっている。でも、わたしたちが目にしてるもの、知ってるものは、氷山の一角に過ぎず、目にできないものはきっと醜悪で残忍でしょうね。目に見える氷山の一角だっておぞましいかもしれない。国を離れる前にも脅しを受けたのよ」

「ベインズが？」

「いいえ、ディッキーが。手紙が二通届いたわ。殺してやるという脅迫状で、一通はディッキー宛。もう一通はわたし宛だった。ほとんど読めないような幼稚な字で書いてあり、お義父さまは笑い飛ばしてらしたわ。でも、ディッキーはすでに軍職を購入しようとしていた。脅しが本物なのかどうか、わたしたちには結局わからなかった」

なんてことだ。もし本物だったら？　相手が本気で脅しにかかっていたら？

なんてことだ。

「ああ」イモジェンは言った。「わたしはひどい臆病者だった。最近は何も知らずに暮らしていたの。誰にも何も質問せず、月のない暗い深夜は窓の外を見ないようにしていたから」

パーシーはイモジェンの肩を抱いていた手で彼女の顎を軽く持ちあげた。「悪かった、イモジェン。こんな話題を出してしまって、本当に悪かった。もう忘れてくれ。このまま何も知らずに暮らしてほしい。約束してくれるね？　約束だよ」

しばらくして、イモジェンはうなずいた。「約束するわ」と言い、パーシーは彼女にキスをした。

「今夜はものぐさになってしまって、きみと一緒に二階へ行くのも億劫《おっくう》だ」そう言って、クッションに頭を預けた。「ラブシートで愛を交わしたことはある？　理にかなった場所のように思うが。違うかい？」

「幅が足りないんじゃないかしら。よほど小柄でないと」

「やってみせてあげようか？」

「なんだか……窮屈そうね」そう言いつつも、彼女はパーシーに軽い笑みを返していた。

「大丈夫だよ。ガウンと寝間着の下には何を？」

「いえ、何も」イモジェンの頬がほんのりピンクに染まった。

「ちょうどよかった。だが、ぼくのほうは少し調整が必要だ。寝間着一枚で屋敷を出てくるわけにはいかなかったからね」

　パーシーは彼女を膝から下ろし、脇にすわらせてから、ウェストのボタンをはずして膝丈ズボンの前を開き、下穿きの合わせ目を左右に分けた。ふたたびイモジェンのほうへ手を伸ばし、彼女のガウンと寝間着の裾を持ちあげて邪魔にならないようにどけた。彼女がパーシーにまたがって膝を突き、両手を彼の肩にかけてから、軽く身をそらして彼を見下ろした。両方で見つめあいながら、パーシーが彼女のなかに入り、ヒップに両手をかけてひきよせると、やがて彼のものが深く埋もれた。女の筋肉がゆっくりとからみついてきた。

「ああ」イモジェンがうめいた。

　ああ……。彼は熱く濡れたものに、そして、苦しいほどの欲情に包まれていた。

　ヒップをしっかりつかんだまま、彼女の身体を少し持ちあげた。こうすれば、自在に動いて下から思いきり突きあげることができる。すると、イモジェンもそれに合わせて大胆なリズムで動きはじめた。いつまでも終わらないでほしい。いますぐ終わらせたい。永遠に続けていたい。こんな強烈な快感は初めてだし、彼女も喜びに浸っているのだから。いますぐ終わらせたい。だが、あと少しだけ喜びをひきのばしたい。

何分ぐらい愛しあっていたのか、パーシーにはわからない。どちらが先にリズムを崩したのかもわからない。どちらでも同じことだ。二人一緒に絶頂に達し、それはまるで——ああ、昔ながらの陳腐な表現だが、彼はいま初めてその意味を実感した——〝小さな死〟を体験したかのようだった。

それは……極上だった。いや、自分だけの言葉を新しく作らなくては。英語という言語はこちらの要求に応えてくれないことがしばしばある。

パーシーがようやく我に返ると、イモジェンは彼にぐったり身体を預け、膝を彼の両脇につけ、頭を彼の肩にのせ、顔を反対のほうへ向けて眠っていた。彼自身は彼女のなかに埋もれたまま、いまも軽く疼いていた。猫がラブシートに飛び乗り、二人にくっついていた。ヘクターは彼の靴の片方に覆いかぶさって寝そべっていた。

こんなに伸びやかな気分は生まれて初めてだ——パーシーは思った。

そして、こんなに幸せな気分も。

あまりに伸びやかな気分だったため、この思いに警戒心を抱くことすらなかった。

19

「召使い全員ですか？」ポール・クノールが言った。「一人残らず？」

「執事、荘園管理人、料理番、下働きの少年、馬番頭、馬番、庭師、レディ・ラヴィニアのメイド、皿洗いのメイド」パーシーは言った。「滞在客が連れてきた召使いを除く全員だ」

「いまは午前一〇時だから、料理番はきっとオーブンに何か入れているところですよ」クノールは陽気な笑みを浮かべた。「しかも、あの人は暴君だ。わたしなんか怖くて震えあがってしまいます」

「料理番が麺棒を手にして向かってきたら、急いで逃げろ」

「ラチェットさんが事務室からはたして出てくるでしょうか？」

「今日は出てくるさ」パーシーはクノールに言った。「きみがいつものように恭しい態度で頼めば、きっとうまくいく。きみの腕はみごとなものだ。頼んだぞ」

クノールは屋敷で働く召使い全員を集めるという任務を遂行しに出かけた。イモジェンの家政婦、ワトキンズ、ミムズ、パーシーの御者まで含まれている。

朝食のあと、屋敷の者はあちこちへ出かけていった。ファービー夫人だけは別で、客間で暖炉の火を見張っていた。パーシーの母親はノラおばとレディ・ラヴィニアとイモジェンを誘って、舞踏室に飾る花と音楽の手配をするためにどこかへ出かけていった。エドナおばとベスと双子はジェフリーを連れて厩へ行き、子猫を眺めている。メレディスはパーシーの二輪馬車を借り、シドニーに手綱をとってもらって、ミス・ウェンゼルとその兄を訪問しに出かけた。パーシーが受けた印象では、未亡人のメレディスと、イモジェンに求婚したがっていたウェンゼル氏のあいだには惹かれあうものがあるようだ。アーノルドはアーネストおじとその息子二人と一緒に崖の道を探検しに出かけている。漁村も見に行くつもりらしい。ロデリックおじとテッドおじは馬で谷の上の道に出て、たがいに反対方向へ走り去った。これで全員が出かけたわけだ。

「荘園の用件を片づけるために屋敷に残るというのかい、パース？」パーシーが崖の道の探検に同行できない理由を説明すると、信じられないという顔でアーノルドが訊いた。「いやはや、ぶったまげたな」

「荘園管理人と打ちあわせがあるから、屋敷に残るというのか、パーシー？」乗馬の誘いを断わった甥に、テッドおじは言った。「感心じゃないか。三〇歳を迎えて奇跡が起きたわけだな。父上も誇りに思ってくれるだろう」

「だといいですね」パーシーはすなおに言った。

必死に自分をふるい立たせた。とんでもない愚行に走ろうとしているのかもしれない。しかし、今回だけは、する必要のあることをしようと心に決めていた。たとえ、愚かにも全世界を敵にまわして一人で戦うことになろうとも、ろくな成果が得られなくとも。槍《やり》を構えて風車に向かって突撃するだけのことで終わろうとも。

考えてみれば、育った環境のせいで、パーシーは孤立しがちな人間になり、つねに自分が正しいと信じることをやってきた。いま初めてそれを自覚した。寄宿学校へは行かなかった。もし行っていれば、多感な時期に、上流階級の少年たちと同じようにふるまうことを学んでいただろう。しかし、ずっと自宅にいて、理路整然とした考え方をする多数の大人に教育され、しつけられ――そして、可愛がられた。大学に入ってからも、そうした育ちの影響から抜けだすことができず、自分が選択した分野で優秀な成績を収めながらも周囲から浮いていた。この一〇年間は過去を否定し、失われた時間を――興味を持って――とりもどすことに費やしてきた。いまの彼は同世代の怠惰な青年紳士たちとなんら変わりがない。いや、彼のほうがもっと怠惰だ。

しかし、育った環境を完全に捨て去ることはけっしてできない。それができるなら、喜んで捨てていただろう。そうしていれば、このように急に自分の人生に疑問を持つことも、良心の呵責《かしやく》に苦しむことも、十字軍の戦士になりたいという衝動に見舞われることもなかったはずだ。

大馬鹿だ。無意味だ。もしかしたら――いや、たぶん――後悔するだろう。しかし、頭を砂に埋めて自分の人生から逃避するより、良心に従って行動し、それを後悔するほうがまだましだ。これまでと同じ生き方を続けていくのは辛すぎる。

誰かが召使いたちを整列させていた――めったに使われることがない一階の来客用サロンに入ったとたん、パーシーはそれを目にした。直立不動の姿勢で何列かに分かれて並んでいるが、その列がまたみごとな直線で、誰かが長い定規を使ったに違いないと思いたくなるほどだった。しかも、階級順に規則正しく並んでいる。すべての者の目が前を向いている。パーシーは閲兵をおこなう将軍になったような気がした――たぶん、ウェリントン公爵というところか。

「楽にしてくれ」パーシーはドアを一歩入ったところに立って両手を背中で組み、召使いたちに告げた。

みんなの姿勢が少しゆるんだ。少しだけ。

「いまから宣戦を布告する」パーシーが言うと、少なくとも二〇人の目が彼のほうを向いた。ただし、その目がついている頭のほうは動かなかった。「密輸という敵に対して」

目はふたたび前を向いた。どの顔も無表情のままだった。ふと見ると、ラチェットが背筋をまっすぐに保つのに苦労していた。弦が張られるのを待っている弓のような姿勢だった。

「クノールさん」パーシーは言った。「すまないが、きみの上役に椅子を用意してくれないか。すわったほうがいいぞ、ラチェットさん」

荘園管理人は顔の向きを変え、パーシーの左耳のあたりをじっと見たが、ポール・クノールが背後に椅子を置いたときには、反抗的な態度をとることはなかった。腰を下ろした。

「軍を組織して悪の軍勢との戦いに赴こうというのではない。それを知れば、みんなもきっと胸をなでおろすことだろう」パーシーはさらに続けた。「領地の外で起きていることには、少なくともいまのところ、ぼくは興味がない。また、この地方の密輸を根絶するには大規模な軍隊が必要なこともわかっている。だが、ぼくの領地内からは一掃するつもりだ。屋敷、庭園、農場、さらには、崖の下の浜辺までが含まれる。浜辺から陸へ向かうには、崖の小道をのぼって庭園を横切るしかないからだ。この決定に異議のある者は、ラチェットさんかクノールさんから未払い分の給金を全額受けとり、身のまわりの品を持って出ていってくれ。とどまることにした者は、ぼくの雇い人として、仕事のときも非番のときもぼくのルールに従って暮らし、働いてもらいたい。何か質問は？」

あとに続いた沈黙に、パーシーは結婚式の一場面を連想した。この婚姻にとって障害となることがあれば申しでるように、と牧師が参列者に語りかける場面だ。沈黙が破られることはないだろうとパーシーは思っていたし、その予想はあたった。

「現在、ぼくの領地のどこかに——例えばこの屋敷の地下などに——密輸品が隠してあるなら、今日と明日の二日間の猶予を与えるから、運びだしてもらいたい。それが過ぎたら、あとはいっさい斟酌《しんしゃく》しない。また、施錠された地下室の鍵だが、内側のドアの鍵も外側のドアの鍵も、ラチェットさんか、クラッチリーさんか、アトリー夫人のいずれかが持っているはずだ。二日たっても鍵が出てこない場合は、現在の錠をこわして新しい錠をとりつける。新しい鍵はぼくが保管するつもりだ」

一人のメイドが——耳と口が不自由なあのメイドが——首を軽くかしげてこちらの唇を凝

視していることに、パーシーはいま初めて気がついた。彼は左右を交互に見ながら、列のあいだをゆっくり歩いていった。軍人気分がさらに高まった。

「密輸団の報復を恐れる者は」足を止め、コリン・ベインズの隣に立つ若者の顔をじっと見た。厩で下働きをしている赤毛の若者で、顔にはファージング銅貨の半分ほどもある大きなそばかすが散っている。「クノールさんかぼくに相談してくれ」

じつをいうと、ここが手際を要する点だった。密輸団を抜けたあとの一味の報復を恐れる者は、男であれ、女であれ、人前で訴えでてみんなの注目を集めるようなまねなどするはずがない。全員が報復の恐怖に怯えているのだろうか？　パーシーはあえて危険な領域に踏みこもうと決めていた。

「ぼくは今後数日にわたり、行く先々でこの件について率直に話すつもりでいる」そう言いながら、ドアのそばの場所に戻り、何列かに分かれて並んだ召使いたちの顔を次々と見ていった。どの顔からも表情を読みとることはできなかった。「ここではっきり言っておこう——これがぼくのルールであり、ここで雇われている者はみな、このルールに従ってもらいたい。いやなら仕事を失うことになるから、そのつもりで。何か質問は？」

「クラッチリーさん」誰も声を上げなかったので、パーシーは言った。「召使いたちを仕事に戻してくれ。よろしく頼む。ジェームズ・モーガン、解散後すぐモーニングルームに来てほしい」

庭師頭のモーガンの顔がぎょっとした様子でパーシーのほうを向き、次の瞬間、無表情に戻った。

モーニングルームは書斎のような感じの部屋だが、室内に誰もいないことを知ってパーシーはほっとした。ただし、野良軍団の何匹かに占拠されていた。ブルドッグが――ブルース？――暖炉の前を独占し、その隣に相棒の猫二匹がいる。新顔の猫が石炭入れのそばに陣どって、前脚をせっせとなめている。ヘクターはパーシーがいつもすわる椅子の横できちんとおすわりをして、警戒の目を光らせている。縮こまったり隠れたりする様子はない。興味深い進歩だ。あと二匹の犬――胴体の長い犬と短い犬――は、昨日、クレイマー家にもらわれていった。大喜びで迎えられ、それぞれ、大きなボウルに入ったおいしい餌をもらったようだ。フラッフが産んだ子猫たちもすべて、もらわれ先が決まっている。母猫から離すのはもうしばらく先になるだろうが。

パーシーは考えこんだ――自分は鳩の群れのなかに猫を放りこんだのか、蜂の巣を踏みつけたのか、眠れる犬を起こしたのか？　そっとしておくほうがいいに決まっていることを何かしてしまったのだろうか？　時間が答えを出してくれるだろう。

「どうぞ」誰かがドアをノックしたので、パーシーは言った。

モーガンが入ってきて背後のドアを閉め、腕を両脇に垂らした姿で立ち、絨毯の五〇センチほど先に視線を据えた。

「いまは亡きバークリー子爵の従卒を二年近く務めたそうだな、モーガン」

「はい、旦那さま」

「漁師の暮らしがいやだったのか?」

「そんなことはないです」モーガンは答えた。

「では、なぜ子爵の従卒に? バークリーには従者がいたはずだね?」従卒を選ぶならその従者が適任だったはずだ。もちろん、高齢だったのかもしれないが、バークリー自身がまだかなり若かったことを考えると、その可能性は低そうだ。

「死んだんです、旦那さま」

「従者が?」

「溺死でした」モーガンは説明した。「休みの日に、うちのおやじの船で釣りに出かけたいと言ったんです。船から落ちました。泳げませんでした。おれが飛びこんで助けようとしたけど、向こうがあわてふためいて抵抗するもんだから、二人一緒に船の下に沈んで、おれは船底に頭をぶつけちまった。誰かがひっぱりあげてくれたが、おれはそのあと丸二日、意識がなかった。従者は助からなかった。気の毒な野郎だ——あ、すいません。野郎だなんて言っちまって」

パーシーは相手に視線を据えた。モーガンの姿勢はさっきからまったく変わっていない。いまも絨毯を見つめている。

「すると、きみがバークリーの従卒を命じられたのは、従者の命を救おうとしたことへの褒美のようなものだったわけか。きみは確か、ラチェット氏の姪御さんの息子だね?」

「大おじの口添えはあったと思います」モーガンは言った。「ベインズのおやじさんが息子を戦場へやるのに猛反対してたから。けど、おれが意識をとりもどしたあとで、子爵さまがうちまで見舞いに来てくれたんで、おれが自分で頼んだんです」

「フランスの斥候隊に子爵夫妻がつかまるところを見たそうだね？」パーシーは尋ねた。

「そうです、旦那さま。なんとかしたくても、おれには何もできなかった。敵は六人いたし、おれはマスケット銃も持ってなかった。飛びだしてくのは自殺するようなもんですよ。いちばんいいのは大急ぎで連隊に戻って助けを呼ぶことだと考えました。けど、ずいぶん遠かったし、夜の山のなかで迷っちまった。戻るのに一日以上かかりました」

「二人とも殺されたものと、きみは思いこんだだろうね？」

「二人がフランスの人間でないことは連中にもひと目でわかるし、子爵さまは軍服を着てなくて、士官だっていう証明になるものも何も持ってなかったんです。二人ともぜったい死んでると思いました。少しでも希望があると思えば、おれは半島にとどまったでしょう。けど、二人を捜しに出かけた捜索隊に加わることも許してもらえなかった。干し草のなかで針を捜すようなもんだけど、それでも一緒に行きたかった。やることができるわけだから。何もやることがないのがいちばん辛いです」

それなのに――パーシーは思った――この庭師頭は何もせずにぶらぶらしているだけのようだ。

「そこで、きみは国に帰ったわけだ」

「できれば残っていたかったです」モーガンは彼に断言した。「奥さまが生きておられて、解放され、錯乱状態で国に送り返されたことを知って、ほんとに申しわけなく思いました。奥さまにとっては、おれの見慣れた顔が少しは慰めになったかもしれません」

〝……錯乱状態で〟

　イモジェン！

「ありがとう」パーシーはきびきびと言った。「ぼくも生前のバークリーと知りあいになりたかった。遠い親戚だし、勇敢な男だった。英雄だ。バークリーと出会い、仕えることができて、きみは恵まれていたね」

「さようです、旦那さま」モーガンも同意した。

「密輸に関して、何か知ってることはないか？」パーシーは尋ねた。

「いや、何も知りません《アイ・ドント・ノウ・ナッシング》」モーガンはきっぱりと答えた。「知ることが何もなくたって、おれは驚きませんよ、旦那さま。いまもここで密輸をやってるって旦那さまに思いこませようとして、きっと誰かがホラ話をしたんですよ。昔はやってたかもしれんが、いまは違う。おれは庭師頭だから、ほとんどの召使いがおれに何も言ってくれない《ドント・テル・ミー・ナッシング》のはわかってるけど、何かあれば、噂の切れ端ぐらいは耳にしてるはずです。けど、何も聞いてません《アイ・ハヴント・ハード・ナッシング》」

　二重否定についてパーシーは豊富な知識を持っている。その一部は家庭教師のステッキで尻を叩かれながら頭に詰めこんだものだが、大部分は脳という正面玄関から入ってきた。〝何も知りません《アイ・ドント・ノウ・ナッシング》〟は二重否定で、文法的に言えば、肯定を表わす表現だ。つまり〝何か知っている〟ことになる。たぶん、そちらが真相だろう。しかし、熱した針をモーガンの指の爪に突き刺しでもしないかぎり、これ以上の情報はひきだせそうもない。ただ、状況をはっきりつかんでおきたかった。パーシーは大きくため息をついた。

「たぶん、きみの言うとおりだろう。ただ、ここで働く者たちがぼくの方針を理解してくれるとありがたい。みんなの噂に気をつけていてくれ、モーガン。何か耳に入ったら、報告してくれるね？　きみはこれまでずっと忠実な召使いだったのだから」

「まかせてください、旦那さま」モーガンは言った。「ただ、報告することなんか何もないと思います。ここで働いてるのは、みんな、いい連中です。大おじがいつもそう言ってるし、おれから見てもそんな感じです」

「ご苦労」パーシーは言った。「きみの忙しい仕事を邪魔するのはもうやめておこう」

モーガンは一度も顔を上げることなく、あとずさって出ていった。

暖炉を背にして立っているのに、パーシーは寒気に襲われていた。バークリーはイベリア半島へ出かける前に脅迫状を受けとっていた。従卒として同行するはずだった彼の従者は船からの転落事故で亡くなった。かわりを務めようとしたベインズは、父親から若すぎると言われた。一四歳の少年なら、けっして若すぎはしないのに。モーガンはバークリーの従者を必死に助けようとした努力を認められ、母親のおじにあたるラチェットのコネもあって、バークリーの従卒になることができた。フランス軍の斥候隊がバークリーとイモジェンをとらえたとき、モーガンは都合のいいことに、その場にいなかった。助けを呼びに戻る途中で道に迷った。国に帰ってから、庭師頭に出世した。

〝奥さまが生きておられて、解放され、錯乱状態で国に送り返されたことを知って……〟

この言葉を思いだした瞬間、パーシーは胃の底が抜けてしまったように感じた。

錯乱したイモジェン。兄の家に身を寄せていたころは、眠ることも、食べることも、自分の部屋を出ることもできなかった。ペンダリス館で三年を過ごして、大理石の貴婦人に変身し、頑丈な盾の陰に身を隠して外の世界に対処できるようになった。

笑い声を上げ、ぼくの腕のなかで丸くなるイモジェン。ぼくの肩に頭を預けて眠り、ぼくが起こすと、意味不明のことをつぶやくイモジェン。

〝……錯乱状態で〟

パーシーは荒々しく考えた――愛ほど厄介なものはない。これまでずっと愛を避けてきた自分は賢明だった。家族に対して抱くたぐいの愛ではなく、すぐれた詩人が描くような愛。一瞬の幸せに酔い、あとは永遠に暗黒の絶望が続く。

でも、どうすれば愛を捨てられる？

ぼくはイモジェン・ヘイズを、バークリー子爵夫人を愛している。愛しくてたまらず、憎しみを覚えるほどだ。

できることなら、この愛から目を背けたい。

彼女に会わずにはいられない。

だが、まずは……。

いつものイモジェンなら、読書をしたり、レース編みをしたり、手紙を書いたりしているはずだった。少なくとも、貴婦人として姿勢よく椅子にすわっているべきだった。背筋をまっすぐ伸ばすよう、少女のころから教えこまれている。しかし、いまは暖炉のそばの椅子にぐったりすわり、背中を不格好に丸め、脚を前に投げだして足首を交差させていた。頭はクッションに預けている。膝の上でブロッサムが丸くなっているので、イモジェンは片手を猫の毛に埋めた。夢と現《うつつ》のあいだを心地よく漂っていた。ゆうべも、その前の二晩も、あまり寝ていない。原因を思いだした瞬間、唇の端が上がって笑みが浮かんだ。しかも、今日の午前中は長くて忙しかった。いまは午後の遅い時間、のんびり過ごすつもりだった。今夜もほとんど眠れない夜になるのを予想し、期待していた。

うとうとしかけたとき、がっしりした何かが彼女と炎の熱のあいだに割りこみ、黒い影が火明かりをさえぎった。それと同時に、支離滅裂な夢のなかに慣れ親しんだ香りが漂い、イモジェンはひそかに笑みを浮かべた。ブロッサムがゴロゴロいった。イモジェンもそっくりの声を出した。

「眠り姫さん」いい香りのする影がささやき、次の瞬間、彼の唇が軽く温かくイモジェンに触れ、唇を開かせたので、彼女は夢のなかへさらに深く沈んでいった。

「ん……」彼に笑いかけ、両手を上げて彼の肩にかけた。

パーシーはイモジェンの脚の左右に脚を置き、椅子のアームで両手を支え、数センチのところまで顔を近づけていた。のしかかるような大きな姿で、魅惑的だった。かぐわしい香りが漂った。

「鍵は使ってないからね」彼がきっぱりと言った。「家政婦の案内で正々堂々と入らせてもらった。もっとも、あの家政婦、口うるさそうな人だね。きみと二人だけでゆっくりするのはやめたほうがよさそうだ。あらぬ疑いをかけられかねない」

ブロッサムがイモジェンの膝から飛びおりて、馬鹿にするかのようにヘクターに近づくと、ヘクターはワンと鋭く吠えて歯をむきだし、うなり、もう一度ワンと吠えた。猫はもうひとつの椅子のほうへ、あまり優美とは言えない姿で急いだ。

「まあ」イモジェンは言った。「ヘクターが吠える声を初めて聞いたわ」

「猛犬になるための訓練をしてるんだ」パーシーはそう言いながら身を起こした。

「訓練の本当の目的は犬に自信を持たせることなんでしょ」

「一緒に浜辺に下りよう」彼が言った。

イモジェンは眉を上げながら椅子にすわり直した。「それは頼みなの、ハードフォード卿？それとも、命令？」

「命令だ。来てくれるね？　きみが必要なんだ」

イモジェンはしげしげとパーシーを見た。彼の口元にいかめしさが漂っている。立ちあがってマントとボンネットをとりに行き、砂浜を歩くのに向いた靴をはいた。

庭ではスノードロップがいくつか咲き、片隅で桜草の群れが命のうごめきを見せはじめていた。だが、イモジェンはそれを見に行くことも、彼に見せようとすることもなかった。先に立って門を通り抜けた。

「今日の午後はお客さまの相手をしなくていいの？」と尋ねた。もっとも、答えはわかりきっている。

「四〇歳以上の者は全員、朝のうちに動きまわって疲れてしまったようで、いまは邸内にこもり、すわってできることをあれこれ楽しんでいる。若い連中はソームズ青年と妹さんたちに誘われて、みんなで谷の向こう側にある城の廃墟を見に出かけた。絵のように美しい景色だという話だ。きっとそうだろう」

「それなのに、みなさんと一緒に行くよりも、わたしを浜辺へひきずっていくほうを選んだの？」

パーシーの返事はなかった。浜辺に下りる小道まで来たとき、躊躇なくそちらへ曲がって無謀とも言える大胆な足どりで先に立って歩きはじめた彼を見て、イモジェンは興味深く思った。彼のなかに大きなエネルギーが充満しているのを感じた。おそらく、怒りのエネルギーだろう。

探りを入れるのはやめておくことにした。何か建設的なことに活用する準備ができる前に、エネルギーが爆発してしまうかもしれない。さっき、わたしがうとうとしていたときに彼が優しく言葉をかけてキスしてくれたけど、関係を持ったことをたぶん後悔してるのね。別れ話をどんなふうに切りだそうかと迷ってるんだわ。

ああ、お願い、お願いだから何も言わないで。いまはだめ。いまはやめて。

パーシーがふりむいた。イモジェンが自分の足で小道の最後の部分を通って下りるのを待とうとせずに、浜辺のすぐ上の岩場まで来た彼女を抱きあげた。砂浜に下ろし、彼女のウェストを両手で強くはさんで、きびしい表情を向けた。

「きみ、従者のことを黙ってたね」

イモジェンはなんらかの説明を待った。説明はなく、非難の視線があるだけだ。「従者？」眉を上げた。

「きみの夫の従者だ」

なんの話なのか、ようやくわかった。「クーパーさんのこと？　ああ、恐ろしい悲劇だったわ。溺れて亡くなったの」

「生きていれば、ご主人の従卒になったはずの男だね」

「本人はそのつもりだったわ」イモジェンは言った。「ただ、ディッキーは、自由の身になってはどうか、こちらに残って新しい働き口を探すつもりならいい推薦状を書くから、ってクーパーさんに言ってたの。本当に気の毒だったわ。まだ二五歳だったのに」

「そこで、かわりにベインズが志願したわけか」

「ええ。ディッキーもベインズを気に入ってたし、本人もとても行きたがったの。父親が猛反対したのが意外だったわ。息子の出世のチャンスだと思ってくれるものと予想してたのに。でも、息子を家に置いておきたかったんでしょう。家にいれば安全ですもの」

「かわりにモーガンが行くことになった。自分の命を危険にさらしてでも従者を助けようとした男だね」

「ええ、必死にやってくれたと思うわ。でも、単にその褒美というわけじゃないのよ。ラチェットさんがお義父さまに頼みこみ、わたしの夫にも頼みこんだの。夫は急いで従卒を必要としていたし」

「やむなくモーガンに決めたってことか?」

「そういうわけじゃないわ」イモジェンは顔をしかめた。「それまでモーガンとは接触がなかったし、出航までがあわただしくて彼のことをよく知る機会もなかった。でも、モーガンに関してディッキーが不満を漏らしたことは一度もなかったわ。ただ、ちょっと……不愛想だった。いえ、この言い方はひどすぎるかもしれないわね。無口な人だったの」

どういう事情があったのだろう?

「ぼくはけさ、ベインズの父親の家を訪ねた」パーシーはイモジェンのウエストを両手ではさみ、いまもきびしい表情を向けていた。

「あら、でも、父親は亡くなったのよ。クリスマスの少し前に。わたし、ケーキを焼いてベインズ夫人に持っていったわ。ディッキーも、わたしも、コリンのことをずっと気に入っていたの。そのころ、わたしは寡婦の住居で暮らしてたから、きっと屋根が吹き飛ばされる前のことね」

「ベインズの父親は、バークリー子爵が従卒として息子をイベリア半島へ連れていこうと決めたのを初めて知ったとき、誇らしさと嬉しさで天にものぼる心地だったそうだ」

イモジェンは彼に渋面を返し、ゆっくりと首を横にふった。「ベインズ夫人から聞いたの？」

「やがて、理由はよくわからないが、父親が急に心変わりをした。猛反対しはじめた。山をもってしても父親を動かすことはできなかっただろう。息子の懇願と涙をもってしてもだめだった。その理由を父親は頑として明かさなかった――そのときも、それ以降も」

「なんですって？」イモジェンの渋面がひどくなった。

パーシーは不意に手を離して向きを変え、小道の西側の崖に目をやった。前にも増してきびしい表情だった。まるで花崗岩のようだ。

「あそこをのぼってみせる」

ここまでわざわざ下りてきたのに、二人は浜辺をまだ一歩も歩いていなかった。ヘクターも同じだ。二人のそばでおすわりをしている。

「帰るのね。いいわよ」イモジェンは言った。頭のなかが少々混乱していた。この数分間の二人の会話には何本もの糸が含まれていた。不ぞろいに見える糸だが、なんらかの形で結びついて織物となり、模様が現れるはずだ、とイモジェンは感じていた。だが、どう結びつくのか、まだわからない。いや、深く追求するのが怖いのかもしれない。

「あそこだ」彼は浜辺に下りる小道の左のほうを指さした。

「崖のこと？」イモジェンは彼に訊いた。「よじのぼるつもりなの？」

「そうだ」パーシーは帽子をとると砂の上に落とした。手袋と外套がそれに続き、次にクラヴァットも――そして、上着も続いた。さほど寒い日ではないが、シャツとチョッキだけの姿で浜辺に立つ者にとっては、けっして暖かいとは言えない日だ。

「でも、どうして？　崖が苦手な人なのに」

「まさにそれが理由さ」

そう言うと、彼は大股でイモジェンから離れた。

20

午後の外出をするいとこや友人を見送った瞬間から、パーシーはこうしようと決心していた。彼が外出につきあってくれないことを知って、誰もががっかりしたし、友人たちはひどく戸惑った様子だった。

自分が崖をよじのぼるのは、あらかじめわかっていることだった。どうしてもわからないのは、馬鹿げた芸当をしに出かけるのに、なぜ一人で行こうとしないのかということだった。なぜイモジェンをひっぱってきたのか？　立ち往生したときに助けてもらうため？　それとも、助けを呼びに走ってもらうため？　命知らずの冒険に挑む自分を見守ってもらい、称賛してもらうため？　転落したときに、バラバラになった身体を拾ってもらうため？　ぜったい転落してはならない。辛い思い出を数多く抱えた彼女に、そんな思い出まで押しつけてはならない。

イモジェンと並んで立っているあいだに、崖の頂上までよじのぼれそうなルートを選んでおいたので、そこまで大股で歩いていった。選んだルートが小道からさほど離れていないことに気づいた。もしかしたら、それ以上のぼれそうもなくなったとき、下りる道を見つけるかわりに——下りるなんて滅相もない！——横のほうへ身体をずらしていけば、あとは小道を通って上まで行ける、という無意識の思いがあったのかもしれない。

　浜辺からたぶん自分の身長分ぐらいのぼったと思われるところで、パーシーは下に目をやり、その瞬間、二度と下を見ないことにしようと決めた。そして、手や足をかけるための次の場所を探すとき以外は、上にも目を向けないようにした。崖をのぼるのも、集中力を要するほかのさまざまな活動と同じなのだと気づいた。一瞬一瞬の積み重ねだ——前を見ない、うしろを向かない、いますべきことに集中する。

　パーシーの胸に恐怖が生まれ、恐怖に包まれた心臓が激しく収縮し、胸にぶつかった。恐怖は耳と頭のなかまで広がり、やがて、あらゆる骨と筋肉と神経の末端に住みついた。あるときは全身にぴりぴりした疼きが広がった。またあるときは生まれたての赤ん坊のように無力だった。体内のすべての部分が、安全なうちに中止しろと叫んでいた。ただ、生まれてからずっと安全に守られてきたため、中止するタイミングがわからない。ここで止まったら二度と動けなくなる——家庭教師と船頭がやってきて彼を崖からひきはがし、舟まで運んでくれないかぎり。

　風が吹いていた。屋敷を出たときも、浜辺に向かって小道を下りていたときも、気づかなかったことだ。パーシーの頭と足のまわりで、ハリケーンもかくやと思われる強風がうなりを上げていた。彼がしがみついている岩は氷に覆われてすべりやすく、太陽が彼の背中と頭のてっぺんをじりじりと焼いていた。こんな幻想が浮かぶのは、理性から離れつつある証拠だ。いまはそれがいちばんいいかもしれない。肉体からも離れられれば、さらにいいだろう。のぼれ。考えるな。のぼれ。止まるな。どこまでのぼったかは考えるな。のぼれ。あとどれだけあるかも考えるな。イモジェンはどこにいるのかなどと考えるな。あの従者は殺されたのだろうかと考えるのもやめろ。何も考えずに、とにかくのぼれ。ベインズの父親は脅しに屈したのだろうかと考えるのもやめろ。考えるな。止まるな。バークリーは罠にはめられて亡くなり、イモジェンは九死に一生を得たのだろうかと考えるのもやめろ。のぼれ。止まるな。

途中で一度、ふと下を見てしまった。海が真下にないことはわかっている——満潮のときでも、波がここまで来ることはない。それなのに、パーシーの目に入ったのは海だけだった。灰色で、水面が波立ち、彼の足の周囲でうなりを上げるハリケーンのはるか、はるか下に広がっている。チョッキも脱いでくればよかったと思った。膝の力が抜けていなければいいのにと思った。崖の頂上までのぼったときにズボンが濡れていないことを切に願った。頂上に無事に着くことを、切に、切に願った。

のぼれ。止まるな。のぼれ。

もうひとつのブーツをはいてくればよかった。

これ以上進めないと思ったことが二回あった。だが、そのたびに道が見つかった。三回目にそう思ったのは死ぬほど怯えていたときだった。上には何もなかった。堅固な岩を見つけようと思い、片手で探ってみたが、もうどこにものぼれそうになかった。水平の岩棚を這いながら、さらに岩を見つけようとしていたとき、何か平らなものが背中に置かれた――人の手？

「こんなこと、もうぜったいにしないで」震える声が聞こえ、一瞬、天使の声を聞いた気がした。腹ばいになって天国の真珠の門へ向かっているのだと思った。「もう二度と。わかった？　殺してやりたい気分だわ」

「そりゃあんまりだ」パーシーは崖のてっぺんの草むらに向かって言った。両手いっぱいに草を握りしめていた。「ようやく無事に崖をのぼりきったのに」

パーシーがごろりと仰向けになると、彼女がそばに膝を突き、なぜだか――何か馬鹿げた理由から――二人とも笑いだした。二人で爆笑し、笑いに身を震わせながら、パーシーはイモジェンに腕を――ゼリーになったような感覚の腕を――まわして抱き寄せた。

すごい、やった！

「すごい、やったぞ！」

「なぜこんなことを？」ふたたび膝を突いて、イモジェンが尋ねた。

飛びでた目がふたつ、反対側から彼をじっと見つめて、同じことを問いかけていた。

「退治しなくてはならないドラゴンが何頭かいるんだ」パーシーは説明した。「だけど、その前にまず、背後にいる一頭を退治しなきゃならなかった」

イモジェンは首をふり、舌打ちをしたが、何か言いたくてたまらないのを我慢している様子だった。ヘクターはじっと見つめるだけだった。

「パーシー」やがて彼女が言った。「あなた、凍えてしまったみたいね」

「凍える？　誰かが太陽に石炭を追加するようなことはしていないと断言できるかい？」

イモジェンは空を見上げて微笑した。「どの太陽？」

ああ、この笑顔を見るのが大好きだ。これが見られるだけでも、死なずにすんだことがありがたい。

雲が水平線から水平線までを一面に覆っていた。太陽は出ていない。ところで、ハリケーンはどこへ行ってしまったんだ？

「ドラゴンっていったいなんのことなの？」彼女が訊いた。膝の上で両手が固く握りあわされていた。

「けさ、召使いを全員呼び集めた」

「ええ。プリムローズ夫人から聞いたわ。でも、なんの集まりだったかは、どうしても教えてくれなかった。仕事のことだと言っただけ。あなたが号令をかけたの？」

「みんなにはっきり言い渡しておいた。ぼくの領地とこの浜辺を密輸に使うことは今後いっさい許さない、ぼくに雇われている者はけっして密輸に関わってはならない、と。召使いたちに二日の猶予を与え、ぼくはそのあいだ顔を背けているから、やめたい者は自発的に申しでるように、邸内と敷地内に隠してある禁制品はすべて運びだすように、と命じておいた。見て見ぬふりをしたほうがいいとみんなに言われたが、ぼくにはできなかった」

イモジェンはしばらく無言でパーシーを見つめていたが、やがて身を乗りだし、唇を重ねた。「あなたと初めて出会ったころなら、ありとあらゆる点でディッキーとは天と地ほどもかけ離れた人だと言ったでしょうね。でも、その判断は間違ってたみたい」

自分の恋人から、亡くなった夫と比較されるのは、男にとって世界で最高の気分とは言いがたい。たとえ好意的な比較であろうと――いや、だからこそとくに。

しかし、彼女の目はたまった涙で光っていた。

「ディッキーもきっと同じことをしたと思うわ。馬鹿な人ね、パーシー」

恋人から〝馬鹿な人〟と言われるのも、いい気分ではない。

「あなたを、あ――」イモジェンはあわてて唇を閉じ、身を起こした。「あなたを尊敬するわ」

〝愛している〟? そう言おうとして、あわてて黙りこんだのか?

パーシーは彼女の膝で握りあわされた手を自分の手で包んだ。「確かに、ぼくはけっこう馬鹿だ。不可能な高さを征服したばかりなのに、自分の服をとりに急いで小道を下りなきゃいけないなんて」

「ほら」彼女が背後を指さし、パーシーはそこに外套と帽子とクラヴァットが置いてあるのを見た。きちんとたたんで重ねてある。「こんなものを身に着けて、よくまあ歩きまわれるものね。一トンぐらいありそうだわ」

「ぼくはタフだからな。本物の男さ」パーシーは彼女にニッと笑ってみせた。「愛らしい女がぼくのためにこれを運びあげてくれることはわかってたんだ」

イモジェンのこぶしが肩に飛んでくる前に、パーシーはその手をつかみ、唇に持っていった。「すまない、イモジェン。こんなことをしてすまなかった。たぶん、もっと楽しい午後の予定を立てていただろうに」

「いいえ。しばらく逃避しようと決めたの。そのあいだだけは、あらゆる瞬間を楽しむことにしたわ」

イモジェンは下唇を嚙み、手をひっこめて立ちあがった。

〝逃避〟？　何から？　大理石のような女でいることから？

〝そのあいだだけは、あらゆる瞬間を楽しむことにしたわ〟まるで期限があるかのようだ。確かにある。おたがいにはっきり了解していることだ。パーシー自身も期限を決めている。舞踏会が終わったらほどなくここを離れるつもりだ。たぶん二度と戻ってこないだろう。彼女は〈サバイバーズ・クラブ〉の仲間と再会するために出かけていく。

では、ぼくも逃避していただけなのか？　だが、何から？　ろくでもない自分自身から？遊びと挑戦と愛人の日々に戻り、良心をなだめるためにときたま議会に顔を出すことになるのか？

「今夜は二階のベッドまで行けるように、エネルギーを充分に蓄えてきみのもとを訪れるとしよう。そして、ベッドを存分に使うんだ。何時間も。覚悟はいいね？」

「ええ、わかったわ」イモジェンは答えたが、パーシーのほうは見ていなかった。手袋をはめるのに忙しそうだったので、彼は立ちあがった。

立ちあがると、当然ながら、ハリエニシダの茂みを越えて芝生の上のほうにある屋敷から彼の姿は丸見えになる。イモジェンを腕に抱いてキスするのはまずい。年配の身内全員と何人かの召使いが窓辺に並んで海の景色を眺めているかもしれない。

パーシーの脚はいまもひどくふらついていたし、足元からそう遠くないところにある落下距離の長い断崖をちらっと見ただけで、崖の縁に近づくことへの恐怖がいまも消えていないことがはっきりわかる。だが、とにかく、崖をのぼりきったのだ。

二人は言葉を交わすことなく寡婦の住居まで歩いて戻った。門の両側に分かれたところで、パーシーは彼女の手をとり、唇に持っていくかわりに強く握った。さきほど玄関をあけてくれたときの家政婦の表情をいまも忘れていない。けさの彼は、本当に蜂の巣をつついてしまったのではないかという恐怖に駆られていた。

「じゃ、あとで」彼は言った。

「ええ」

パーシーはふりむくことなく、大股で芝生の上を遠ざかった。

恥ずかしいことに、翌朝、イモジェンは一時間近く寝過ごしてしまった。散歩がてら村まで出かけ、何人かを訪問するつもりだったのに。ティリーとエリザベスもそこに含まれている。こんなに仲のいい女友達が二人もいるなんてわたしは本当に恵まれている、とつくづく思った。年齢が近いだけでなく、考え方も性格も似ている。

近い将来、この二人の支えが必要になりそうだ。

でも、いまはまだ考えないことにしよう。満ち足りた気分で伸びをして、隣の枕のほうへ顔を向けた。

彼がやってきたのは午前零時の少し前で、四時半を過ぎるまでここにいた。約束どおり、そのあいだの何時間かはイモジェンを放そうとせず、ときたま中断して身体を休めたり、短い睡眠をとったりするだけだった。四回も愛しあった。しかし、パーシーとの愛の行為は、イモジェンが気づきはじめたように、単に身体を重ねて激しい行為に身を委ねるだけのことではなくなっていた。会話を——ときには他愛もない会話を——楽しみ、微笑し、肌に触れ、キスをし、笑いころげ、そして——なんと！——枕を投げあい、慎みも礼儀も大人の威厳もすべて捨て去ることだった。ひとつになる前に淫らに戯れることだった。しかし、イモジェンは戯れのなかで自分が喜びを受けるだけでなく、与えられるようにもなっていた。イモジェンを焦らすことがパーシーにできるなら——できるに決まっているが——イモジェンも彼を焦らすことができた。そう、なかなかのものだった。

そして、二人がひとつになる瞬間！　ああ、時間をかけてふざけあい、それ以上の時間をかけて前戯を楽しんだあとに、この世で最高の瞬間が訪れる。愛の行為の激しいリズム、そして、濡れた身体と荒い息遣いが織りなすリズミカルな音、徐々に高まる緊張と興奮。そして、最後に訪れる絶頂——何よりもすばらしい瞬間であり、何よりも悲しい瞬間でもある。この瞬間が過ぎれば、身体は依然としてひとつに結ばれていても、徐々に別離が意識されるからだ。別々の二人なのだと気づくからだ。

しかし、少しだけ時間が残っていることも、二人にはわかっていた——まだ一週間以上ある。

パーシーは服を着終えてベッドの端に腰かけ、これまでの何時間かではまだ足りないかのように、いくら時間があっても足りないかのように、熱いキスをゆっくり交わし、それから帰っていった。

「今夜」唇を寄せながら、彼は言った。「それから、明日の夜も、それから……」

そこでイモジェンは笑いだした。というのも、ヘクターがベッドカバーに顎をのせ、飛びでた目でベッドの脇から見ていたからだ。どうしようもなく醜いけど愛らしい犬。

パーシーと犬が出ていく音に、玄関の鍵がまわる音に耳をすませ、いつものように少しだけ泣き、やがて、夢を見たかどうかも覚えていないほど深い眠りに落ちていった。

いまようやく、遅い時間に目をさました。

一階に下りていくと、プリムローズ夫人がすぐさまダイニングルームに朝食を運んでくれた。

「遅くまで寝ておられて賢明でしたよ、奥さま」そう言いながら、イモジェンのためにコーヒーを注いだ。「外はどんよりした曇り空ですしね」

本当だ。いま初めて気がついた。窓に雨があたり、風で窓がカタカタ鳴っている。窓の外の空は鉛色だ。

「でも、雨水を受けるために、バケツを残らず持って二階へ駆けあがる必要だけはなくなったわね」

イモジェンはコーヒーをかきまわしながら、皿の横に置かれた何通かの手紙に目をやった。一通はスタンブルック公爵ジョージからだった。字を見ればすぐわかる。もう一通はエリザベスから。たぶん、何かの催しの招待状で、屋敷の滞在客も全員含まれているのだろう。読書クラブのいつもの集まりのときに、エリザベスがその話をしていた。最後の一通は子供っぽい丸い字で宛名が書いてあった。甥か姪の一人から？　手紙が来たことは一度もなかったけど。好奇心から、まずその手紙の封を切った。

無学な人間が書いたものらしく、大文字と小文字がごたまぜで、大きな字、小さな字、縮こまった字が入り交じり、ほとんどの字が飛び跳ねていた。いったい誰から……？

〝あんたのこいびと、せとくして、ここ出て戻ってくるなと言え。でないと、あんた危険な目にあう、奥さん。友だちからのけいこくだ。忘れるな〟

差出人の名前はなかった。

イモジェンは手紙を両手で持っていた。どちらの手もピンで刺されたように疼いていた。宛名を見たときに気づくべきだった。あれから一〇年以上になるが、それでも気づくべきだった。わたしの記憶違いでなければ、これを書いたのは、イベリア半島へ向かう前のディッキーとわたしに脅迫状をよこしたのと同じ人物だ。

ああ、パーシー、あなたは何を始めてしまったの？

イモジェンはこの八年のあいだに、自分を律することを充分に学んできた。あとの手紙は開封せず、トーストを残らず食べてコーヒーを飲んでから、ナプキンをたたんで皿の横にきちんと置き、立ちあがった。

「朝のうちにお屋敷まで行ってくるわ」家政婦に言った。「居間の暖炉の火は消しておいてね」

「傘をお持ちください、奥さま」プリムローズ夫人が助言した。「傘が裏返しになるのを防げるなら」

パーシーは客間にいた。モーニングルームに集まっている年配のレディたちを除いて、ほかの者もほとんどそろっていた。パーシーがチーム対抗のゲーム大会を企画していた。カード遊び、ビリヤード、ダーツ、宝探しなどからなる大会だった。窓を叩く雨にもかかわらず、誰もが元気いっぱいだった。誰もが笑いながらイモジェンに顔を向けたように見えた。

「ゲームにちょうど間に合う時間に来られましたね、レディ・バークリー」マーウッド子爵が言った。「ぼくのチームに入ってください。相手チームより一人多くなるが、向こうにはパーシーがいますからね。ゲームをさせれば二人分の活躍をするやつです。ダーツはお得意ですか？　なんでしたら、敵の一人か二人を狙ってください。ただし、大怪我を負わせないように気をつけて。あとのレディたちがショックを受けますから」

意外なことに、イモジェンも参加した。もっとも、ゲーム大会がこんなに長く続くとは思っていなかったのだ。なんと、途中で午餐のための休憩まで入った。一時間の予定だったが、じっさいには一時間半に延びた。

　年配の紳士たちも含めて全員がはしゃいでいた。カズン・アデレードまでが。ゲームには参加しなかったものの、いつもに比べると不愛想な態度は影を潜めていた。もっとも、客間のドアの外がふだんより騒がしいと文句を言っていたが。

　猫が至るところを駆けまわっていた。ブルースは暖炉の前のラグからどこうとしない。ヘクターは、いまは空っぽのパーシーの椅子の横にすわり、何か動きがあるたびにしっぽを床に打ちつけている。

　身内のハウスパーティはこうあるべきね――イモジェンは思った。双子は同じチームなのに、少なくとも六回は口喧嘩をしている。レナード・ヘリオットは宝探しのときにズルをしたと言って弟を非難したが、逆に痛烈に口答えをされた。そこで二人の父親が割って入って喧嘩をやめさせ、レディたちも同席しているのだぞと言って聞かせた。しかし、ゲームをするたびに、熱い競争心だけでなく善意と笑いもあふれ、やがて、ついに全員がすべてのゲームを終えて、両方のチームから代表者が一人ずつ出て点数を計算したところ、僅差でパーシーのチームが勝利した。

　負けたチームから不満の声が、勝ったチームからにぎやかな歓声が上がるなかで、レディ・ラヴィニアが呼鈴を鳴らしてお茶の支度を命じた。年配のレディたちの集まりはとっくに終わっていたのだ。

「ハードフォード卿」イモジェンは言った。「二人だけでお話しできません？」

話を切りだすのに最上の方法ではなかったようだと気づいたが、すでに手遅れだった。彼が驚きの表情になった――もしかして、困惑も少し混じっている？　ほかの者もみな、軽い驚きを見せている。ウェルビー氏がマーウッド子爵に片目をつぶってみせたことに気づいて、イモジェンは軽く身をすくめた。

「荘園の業務関係のことで」とつけくわえた。

「ええ、いいですとも」パーシーが先に立ってドアのほうへ歩き、イモジェンのためにドアをあけた。モーニングルームまで行くと、彼女を先に通してから自分も部屋に入り、背後のドアを閉めた。

ちょっと不機嫌な顔ね――彼と向きあいながら、イモジェンは思った。

「話というのは？」パーシーが訊いた。

イモジェンはドレスのポケットから手紙を出して彼に渡した。

パーシーは手紙を開くとじっと見つめ、彼女がポルトガルでしか聞いたことのないような言葉を吐いた。女性に聞かれているとは夢にも思わずに兵士たちが口にしていた言葉だ。パーシーからの謝罪はなかった。

彼は顔を上げ、無言のまま、長いあいだイモジェンに視線を向けた。「この男は正しい綴《つづ》りを教わったほうがいい。そうだろう？　きれいな字を書く練習は言うに及ばず」

「冗談を言ってる場合じゃないのよ、パーシー」

「うん、確かにそうだな」パーシーもうなずいた。「脅されたのがぼくなら、冗談ですませただろうが、かわりにぼくのレディが脅された。ひどく不愉快だ」

ふつうだったら、〝ぼくのレディ〟という呼び方にイモジェンは異議を唱えたかもしれないが、いまはふつうのときではなかった。

パーシーは身じろぎもせずに、さらにしばらく彼女に視線を向けていた。「きみが許可してくれるなら」やがて言った。「何人かをここに呼ぶとしよう。男性連中を。ぼくの母も呼んでいいかな？　レディ・ラヴィニアも？」

「いえ、そのお二人はやめておきましょう」手紙のなかの言葉──〝あんたのこいびと〟──を思いだして、イモジェンは言った。「男性はどなたを？」

「荘園管理人」パーシーは言った。「クノールのほうだ。それから、ぼくの友人二人。シリル・エルドリッジ。おじたち」

不意に、イモジェンの胸にさまざまな思いが浮かんだ──ディッキーの従者は本当に殺されたのかもしれない。ベインズさんは息子のコリンがディッキーの従卒としてポルトガルへ一緒に行くことを、いったん許可しておきながら、誰かに脅されて態度を変えたのかもしれない。かわりに、ジェームズ・モーガンが意図的に送りこまれたのかもしれない。あまりに馬鹿馬鹿しくて、まじめにとりあう気にもなれなかった。今日もそれは同じだ。昨日はあ誰かがわたしに殺害の脅迫状をよこした──ふたたび。これも馬鹿馬鹿しいほど芝居がかっているけど、現実に起きていることだ。

「ええ、いいわ」イモジェンは答えた。

パーシーはつかつかとドアまで行くと、執事のクラッチリーに何かを指示し、ドアを閉めてからイモジェンのそばに戻ってきた。彼女の両手を痛いほど強く握りしめた。

「こんな事態を招いてしまって、ぼくは馬の鞭で打たれるべきかもしれないが、こういうことがあるからこそ、密輸の連中と対決しなきゃならないんだ。すまないと思っている、いと――。ああ、くそっ。すまない、愛しい人。きみの身に何かが起きることは、ぼくが許さない。ぜったいに。安心してくれ。すべて片づいたら、地獄に落ちろと言ってくれてもかまわない。ぼくは文句ひとつ言わずに地獄へ行こう」

イモジェンの手を片方ずつとって唇に持っていき、強くキスをしてから、手を放して窓辺へ行き、部屋に背を向けて立った。

最初にやってきたのは、おじたち、いとこのシリル、友人二人だった。全員一緒で、好奇心ではちきれそうな表情だ。

「クノールを待とう」ふりむいてみんなをちらっと見てから、パーシーは言った。

全員が無言で待っていると、やがて、ドアを叩く音が大きく響き、クノール氏が入ってきた。

そのあとすぐにふたたびドアが開き、クラッチリー氏が――こともあろうに――カズン・アデレードを部屋に通した。彼女は不機嫌な表情であたりを見まわすと、暖炉にいちばん近い椅子に向かった。

「レディを呼んだ覚えはない、と口を酸っぱくして何度おっしゃってもかまいませんけど、ここにはすでにレディが一人いるじゃありませんか。若いレディが。わたしに発言権があるあいだは、男たちでいっぱいの部屋に、この人をたった一人で置いておくわけにはいきません」

カズン・アデレードは椅子に腰を下ろした。依然として不機嫌な表情だった。

21

パーシーは最初から、自分が危険な挑戦ごっこをしていることを自覚していた。長いあいだ慣れ親しんできたゲームだ。これまでと違うのは、単に自分が楽しむためにやっているのではない点だ。簡単にできるとは思っていない。ハードフォードは密輸基地にうってつけだ。海に面しているが、谷からは離れていて、人目につかない安全な上陸地点として使えるし、崖の上までのぼれば、そこは私有地――具体的に言うと伯爵家の領地――なので、収税吏の巡回時に標的にされる可能性が低い。寡婦の住居と本邸の両方に広い地下室があり、最近までは、その両方の所有者が自ら積極的に密輸に加わってはいないにしても、こころよく協力していた。そして、協力してくれた伯爵の死後ですら、ありがたいことに、あとを継いだ伯爵は丸二年のあいだ屋敷に寄りつこうともしなかった。

そう、ハードフォード家の敷地から連中を永遠に追い払うのが簡単でないことは、パーシーも覚悟していた。これだけおおっぴらにふるまい、密輸反対を宣言した以上、身に危険が及ぶかもしれないことも覚悟していた。脚を骨折したコリン・ベインズの姿が忘れられない。パーシーが途方もない空想に悩まされたことは、これまで一度もなかったが、いまは亡きバークリー子爵リチャードがイベリア半島へ旅立つ前の——そして旅立ったあとの——一連の出来事について自分が荒唐無稽な解釈をしているとは、もう思えなくなっていた。ただ、危険の可能性にとくに心を煩わされることもなかった。なにしろ、この一〇年間、危険を生き甲斐にしてきたのだから。

いくら想像をたくましくしたところで、自分ではなくイモジェンが脅迫されることになろうとは夢にも思わなかった。

悪魔のごとき狡知《こうち》に長けたやつだ——脅迫状を読んでまず、そう思った。どうやって知ったのか？——次に思ったのはそれだった。だが、驚くほどのことではない。この一週間、夜ごとに寡婦の住居へ急ぎ、出ていくのは夜明け近くになってからで、無謀にも彼女の評判を危険にさらしてきたのだ。誰も気づいていないとしたら、そのほうが驚きだ。おそらく全世界が知っているだろう。

パーシーはかつてなかったほど大きな怒りを感じていた。ただ、それは抑制された静かな怒りだった。言葉やこぶしをふりまわして猛《たけ》り狂い、飛びかかっていったところで、なんにもならない。とにかく、こぶしの標的を見定めるのが先だ。それに、怒りの少なくとも半分は彼自身に向けられたものだった。

パーシーはポケットから脅迫状をとりだし、窓辺で向きを変えた。

「この海岸地帯に密輸が蔓延《まんえん》している。昨日の午前中、召使いを全員呼び集めて、今後、ぼくの領地で密輸団を匿《かくま》うつもりはないし、密輸品を保管するつもりもない、とはっきり申し渡しておいた」

「密輸はどこの海岸地帯にも蔓延しているぞ、パーシー」ロデリックおじが言った。「あいにくだが、阻止する術はない。それに、正直に言わせてもらうと、ときたまフランス産の上等なブランディーが飲めるのはありがたい。もっとも、産地はどこかなどと、ブランディーを出してくれた屋敷の主人に尋ねたりしないよう、気をつけてはいるが」

「利口なやり方ではなさそうだぞ、パーシー」アーネストおじが言った。「それに、なんの役にも立たん。召使いたちはしばらくのあいだ、口先だけで忠誠を誓うかもしれんが、すぐまたこっそりと、もとのやり方に戻るだろう。わたしがおまえの立場なら、みんなにはっきり申し渡すだけにして、この件は打ち切りにするだろう」

「それでも、短剣だけは研いでおいたほうがいい」シドニーがニッと笑って言った。

「ついでに、銃に弾丸をこめておけ」シリルがつけくわえた。

「きみを連れて、みんなで一刻も早くロンドンに戻るとしよう」アーノルドが言った。「誰にとってもそのほうがいいと思う」しかし、彼が向きを変えてイモジェンを見たことに、パーシーは気がついた。イモジェンはファービー夫人のそばの椅子にすわり、夫人が彼女の腕を軽く叩いていた。

「しかし、その陰に残忍なものが潜んでいる」パーシーは言った。「少々のブランディーや、少々のレースなら、ぼくも目をつぶるだろう。だが、脚の骨折や殺人となると、目をつぶるわけにはいかない」

「殺人？」テッドおじがぎょっとした声で言った。

「証拠はありませんが」パーシーは答えた。「ええ、殺人です。一〇年前に、いまは亡きバークリー子爵がその父上の領地に蔓延している密輸行為への懸念を表明したとき、脅迫状が舞いこみました。今日はレディ・バークリーのもとに同じような脅迫状が届きました。ぼくは何も尋ねなかったが、答えはわかっているつもりです。レディ・バークリー、あなたが記憶しているかぎりにおいて、この手紙も同じ人物が書いたものと思われますか？」

ファービー夫人がイモジェンの手を握りしめ、指をからみあわせた。

「ええ」イモジェンは答えた。

「みんなに読んでもらいたい」パーシーは言った。「レディ・バークリーの許可を得たうえで」

「ええ」イモジェンはふたたび言った。

パーシーはいちばん近くのシリルに脅迫状を渡し、それが手から手へと渡されて、やがてすべての男性が脅迫状に目を通した。ファービー夫人が空いたほうの手を伸ばしたので、クノールが夫人に手紙を渡した。

「学のないやつだな」テッドおじが言った。「ろくに字も書けんようだ」

「こんなものが届いたら、どんなレディだって狼狽するさ」ロデリックおじが言った。「だが、真剣に受けとる気にはなれん。わたしに言わせれば、たわごとだ。しかし、名誉毀損にあたる」

「同感だ」アーネストおじが言った。「しかし、これを書いたのが屋敷の召使いの一人だとすると、パーシー、一刻も早くクビにして追い払う必要があるぞ。もちろん、署名はないが。Xのマークすらついていない」

「レディ・バークリーの身辺を警護しなくては、パース」アーノルドが言った。「レディ・バークリー、あなたは寡婦の住居で暮らしておられる。召使いは一人しかいない。そうですね？　しかも、その召使いも夜になると帰ってしまうのでしょう？」

「ただちに屋敷のほうへ移るべきだ、カズン・イモジェン」ロデリックおじが言った。「この件が解決するまで。かならず解決せねばならん。けっして一人になってはいかん。夜はメイドを同じ部屋で寝させなさい」

「でも、わたし、自分の家を離れるつもりはありません」イモジェンはここで初めて口を開き、抵抗した。

「離れたほうがいいです」シドニーが言った。「とりあえず、しばらくのあいだだけでも。この屋敷には人が充分にいるから、血迷った男が野放しになっているという万一の場合に備えて、あなたをちゃんと警護できます」

「血迷った男なんかじゃありません」ファービー夫人が言ったので、全員の目が彼女のほうを向いた。「これを書いたのは」手にした脅迫状をふりまわして、夫人は言った。「とても頭の切れる男だわ。わたしがあなただったら、この男を見くびるようなことはしないでしょうね、ハードフォード卿」

「見くびっているつもりはありませんが」パーシーは言った。

「頭が切れるだと？」シドニーが訊いた。

「綴りの間違い方が多種多様なところを見ると、故意に不正確に綴っているのでしょう」クノールが言った。「また、こんな短い手紙のなかで文字の書き方が大きく変化しているのは、筆跡を悟られまいとする意図的な試みのように思われます。しかし、言葉はともかくとして、全体に物騒な雰囲気が感じられます。たぶん、子供っぽい字や文面にひきくらべて、そこに込められたメッセージが対照的なせいでしょう」

パーシーは雇ったばかりのこの管理人を称賛の目で見た。

「どこから届いたんだ？」シリルが訊いた。「この屋敷のなかから？　それとも、どこか外から？」

「召使いを呼び集めたのは昨日の朝だったと言ったね、パーシー？」テッドおじが尋ねた。

「解散したあと、夕方までに屋敷か荘園を離れた者が誰かいたか？」

「ぼくたち以外にという意味ですね？」パーシーは尋ねた。「クノール、知っているか？」

「わたしが知るかぎりでは、離れた者は一人もおりません、旦那さま」しばらく考えてから、クノールは答えた。「ただ、確かなことはわかりません。誰もが知っているように、ニュースやゴシップは風に乗って飛んでいくものです」

「脅迫状を書いたのが誰にせよ」ファービー夫人が言った。「筆跡をよく知られている人物でしょうね」

「そのとおりだ」アーノルドも同意した。「筆跡をごまかすために、わざわざあんな字を書いたに決まっている」

「ぼくたちは手紙をよこしたのが男だと決めつけている。そうだね？」パーシーは言った。

「男に決まってますとも」ファービー夫人が強い口調で断言した。「女だったら、男をじかに脅迫するものです。女だったら、相手の心臓にナイフを突き立てるか、もしくは、眉間に弾丸を撃ちこむでしょう。相手が大切にしている女を脅そうなどと考えるのは、男だけです」

パーシーがふと見ると、イモジェンが蒼白になっていた。肌との対比で唇が青く見える。彼女が気を失ったときに抱きとめられるよう、パーシーはそばへ行きかけたが、脅迫状のせいで彼女の評判はただでさえ地に落ちてしまった。それに、しゃんと背筋を伸ばしてすわっている。ファービー夫人がいまも彼女の手をしっかり握っている。

「些細《ささい》なことで大騒ぎしてるだけではないのかね？」ロデリックおじが言った。「じっさいはいたずらに過ぎないんじゃないか？」

「いいや」何人かが同時に声を上げた。

パーシーは言った。「泊まり客をたくさん迎えて、舞踏会の計画を立てている最中にこんな騒ぎを起こすなんて、ぼくも軽率だった」

「舞踏会が終わったらここを離れるつもりでいることを、みんなに知らせてはどうだろう？」アーネストおじが尋ねた。「どうせ、議会が始まればロンドンに出る予定なんだろう？

密輸の件にこれ以上触れるつもりはない、と言ったらどうだ？」

パーシーは返事をしようとして息を吸った。

「いけません」イモジェンが言った。

全員が彼女のほうを向いた。

「いけません」彼女はふたたび言った。「ハードフォード卿は正しいことをなさいました。わたしの夫が戦争で死なずにすめば、帰国後に同じことをしていたでしょう。ハードフォード卿にできるのは、もちろん、大海に一滴を投じることだけです。悪事を働こうとする者たちが密輸に魅力を感じなくなるには、あるいは、密輸が大儲けできる商売でなくなるには、長い時間が必要でしょう。でも、たとえ大海の一滴であっても、とても重要な一滴です。暴力、脅し、さらには殺人までが、長いあいだ、咎められることなく盛んにおこなわれてきました。周囲で見て見ぬふりをすることが多すぎました」

短い沈黙があった。

「よく言ったわ、イモジェン」ファービー夫人がバリトンの声で言った。「ハードフォード卿、あなたが昨日始めたことを続けてくれれば——男性全般に対するわたしの信頼が息を吹き返すでしょう。たとえ次に脅しを受けるのがこのわたしであろうとも」

自分がどうして笑みを浮かべ、心から愉快に思うことができたのか、パーシーにはわからなかった。しかし、喜劇と悲劇のあいだには、古来より細い線しか存在しなかったのだ。

「心に留めておきましょう」パーシーは言った。

イモジェンはため息混じりに言った。「わたしが寡婦の住居にとどまるのは無謀でしょうね。そちらを警備するためにみなさんが心を砕いてくださったら、不要なお手間をかけることになりますもの。自宅に戻っても安全だとわかるまで、こちらのお屋敷で寝起きすることにします」

「よかった」パーシーが言い、しばらくのあいだ、二人の視線がからみあった。けさの早い時間に彼が口にした言葉が記憶のなかに響いた。〝今夜。それから、明日の夜も、それから……〟「このまま、この屋敷にいてくれ。身のまわりの品は召使いたちに命じてこちらに運ばせよう」

ファービー夫人が椅子から立ちあがり、ついでにイモジェンも立たせた。

「いらっしゃい、イモジェン。お茶を飲みそこねてしまったわ。ラヴィニアに頼んで新しいティーポットを持ってきてもらいましょう」

ポール・クノールが二人のためにドアをあけて支えた。

ファービー夫人が去ったあとの椅子に脅迫状が残されていた。

パーシーはいまの状況について何分か考えこんだが、具体的な解決策が見つからないまま、客間に戻って中断されたお茶を再開するようみんなに勧めた。しかしながら、彼とクノールはその場に残った。

「熟慮のうえでのきみの意見はどうだね、ポール？」二人だけになったところで、パーシーは尋ねた。

「高度に組織された一団があって、長年密輸に携わってきたのなら」クノールは言った。「しかも、どの点から見てもその可能性が高いと思われますが、そうなると、広大なエリアに及んでいるのはほぼ確実です――入江全域と、川が流れる谷と、さらに広い地域を支配しているはずです。ああいう組織は競合を許しませんからね。壊滅させるのはきわめて困難でしょう」

「そこまでやるつもりはない」パーシーは言った。「それは収税吏にまかせるとしよう。だが、ぼくはこの土地の所有者なんだ、ポール。そこで暮らし、働く者すべての安全と幸福に責任を負っている。少々うぬぼれた意見に聞こえるかもしれないがね。しかし、この地域全体に秘密と恐怖の雰囲気が感じられる。〝恐怖〟という言い方は強すぎるだろうか？　いや、ぼくはそうは思わない。両脚を骨折した厩の下働きの若者がいるし、故バークリー子爵の従者をしていた男はおそらく殺されたのだろう。もしかしたら、子爵自身も殺されたのかもしれない。ただし、組織によるものではなく、間接的に。フランス軍につかまって拷問を受け、処刑されたのは事実なのだから」

新たに雇ったこの荘園管理人には、すでにこうした詳細を伝えていた。クノールだけは信用しても大丈夫だ。パーシーはさらに話を続けようとして息を吸った。

「しかし」パーシーよりも先にクノールが言った。「密輸団の中心メンバーはこの屋敷にいるとお考えなのでしょう？　少なくとも、組織の首領は。わたしもその推測が正しいと思います」

パーシーは彼をじっと見て、ゆっくりうなずいた。体内に何か冷たいものを感じた。とりあえず、イモジェンが分別を働かせて屋敷に移るのを承知したことに感謝しなくては。屋敷にいれば、彼女が一人になることはけっしてない。しかし……ライオンの巣の真ん中に？いや、違う。ここはぼくの巣だ。そして、彼女はぼくの女。もっとも、そんなふうに呼ばれるのを彼女はいやがるに決まっている。これについてじっくり考えたら、心穏やかではいられなくなるだろうが、いまの彼には自分の心理状態を考えている余裕はなかった。

「クラッチリーを呼びに行ってくれ」パーシーは言った。「ポートワインの追加を持ってくるよう伝えてほしい」

二分後、執事がブーツをぎしぎしいわせながら、トレイを運んできた。

「そこに置いてくれ」パーシーは執事に命じた。「ほかの者に怪しまれてはいけないから、長くひきとめはしない。少し質問したいことがある。ぼくをうまく言いくるめて、湾を見渡す寝室から屋敷の裏手の部屋へ移らせろ、とおまえに命じた人物の名前を尋ねても、おまえが答えてくれるとは思っていない。だが、ひとつだけ尋ねよう。おまえがその命令に従ったのは忠誠心からかね？　それとも、従わなかった場合の報復を恐れたからなのか？」

執事は意味がわからないという顔でパーシーを見つめた。

「湿ったシーツと、鳥の死骸と、暖炉の煤のことで、おまえを責めるつもりはない」

「あなたの人生で大切な人は誰ですか、クラッチリーさん。あなた自身のほかに」ポール・

クノールが尋ねた。

　クラッチリーの顔がクノールのほうを向いた。表情は変わらなかったが、口を開いた。

「村に娘が住んでおります。それから、孫が二人。一人は結婚していて、小さな子が二人います」

「ありがとう」パーシーは言った。「次の質問についても、おまえから進んで答える気がないかぎり、名前を尋ねるつもりはないが、密輸団の首領を知っているかね？ ずいぶんたってから、クラッチリーは一度だけうなずいた。

「誰もが知っている人物か？」パーシーは尋ねた。

すばやいうなずき。

「その人物はこの屋敷に住み、働いているのかね？」

だが、今度は返事がなかった。執事の唇がかすかにこわばり、表情が消えただけだった。

「ご苦労」パーシーは言った。「下がっていいぞ」

パーシーは閉まったドアをしばらく見つめていたが、やがてクノールに目を向けた。

「庭師頭の仕事に追われていないときのモーガンはどこにいる？」

数分後、モーガンを屋敷に呼ぶかわりに、二人は連れ立って出かけた。

「なんて女だとお思いでしょうね」二人で階段をのぼりながら、イモジェンは言った。カズン・アデレードは彼女と腕を組んでいた。

「愛すると同時に尊敬できる男に、わたしは一度も出会ったことがなかったわ、イモジェン。そんな男は存在しないと、ずっと思ってたの。もっとも、あなたの夫だったリチャードには、子供のころの彼に一度か二度会っただけだった。ハードフォード卿に関しては、これまでだったら、屑みたいな連中の一人だと言ったことでしょう。でも、印象が変わったわ。あいかわらず軽薄そうだし、ハンサムすぎて信用できない感じではあるけど。わたしがあなたの年だったら、やはり彼に恋をしてしまったかもしれない」カズン・アデレードは笑った。イモジェンがこれまで聞いた記憶のない、深く響く声だった。

「まあ。でも、わたしは恋なんかしてません」イモジェンは異議を唱えた。

二人は階段のてっぺんに近づいていた。もうじき客間だ。

「そんなの、ハードフォード卿と火遊びをする口実にはならないのよ」カズン・アデレードはきっぱりと言った。「もっとも、正直に〝恋をしている〟と言ったところで、やはり口実にはならないわね。自分の気持ちに正直になるよう、わたしが若い娘さんに助言しようと思ったことは一度もないけど、いまはあなたにそう助言させてもらうわ」

カズン・アデレードがここで暮らしはじめてからかなりになる。イモジェンが彼女を嫌ったことは一度もなかったが、愛情を感じたこともなかった。いまこの瞬間まで。

「ありがとう」イモジェンは言った。「お目付け役として、わざわざ来てくださって」

「お目付け役？」カズン・アデレードはふたたび笑った。「好奇心ではちきれそうだったから押しかけただけよ」

今度はイモジェンが相手の言葉を疑う番だった。

客間に入っていくと、双子の片方がカズン・アデレード専用の椅子にすわっていた。少女はあわてて立ちあがって椅子からどいた。腰を下ろしたカズン・アデレードはすっかりいつもの表情に戻っていて、ポットのお茶はたぶんすっかり冷めているだろう、と大きな声でひどく不機嫌そうに言った。

みんなから期待のこもった目で見られて、イモジェンはその場で心を決めた。すべてを話した——脅迫状にパーシーのことが〝あんたのこいびと〟と書かれているという、小さな点だけは省略して。

レディたちの悲鳴がようやく静まり、ヘイズ夫人が急いでイモジェンのそばに来て両手を握りしめたころ、男性陣が客間に戻ってきた——ただ、パーシーの姿はなかった。誰もが衝撃と怒りでざわめくあいだに、新しいお茶とケーキの皿が運ばれてきた。

そのあとは驚いたことに、いつもとほぼ同じように一日が過ぎていった。ひとつだけ違っていたのは、イモジェンが二階の彼女の部屋に戻ったことだった。まるで寡婦の住居の屋根がはずれたままであるかのように。イモジェンの部屋に付属するこぢんまりした化粧室に、脚輪つきのベッドが用意された。ヘイズ夫人専属のメイドがここで寝ることになっている。そのメイドが選ばれたことにイモジェンはなんの不満もなかったが、誰がこれを決めたにせよ、その人物はおそらく、屋敷の召使いを誰一人信用していないのだろうと思われた。彼女自身が雇っているプリムローズ夫人も含めて。

もちろん、プライバシーは望むべくもなかった。どこへ行こうと、誰かが一緒についてきた。たいてい複数で、イモジェンが自分の部屋にいるとき以外は、そこに少なくとも紳士が一人含まれていた。もちろん、誰もがさりげなくふるまっていたので、護衛に囲まれているという息苦しさはまったくなかった。

夜の時間は、客間のピアノフォルテのまわりに集まったり、カードテーブル二卓を囲んだりして過ぎていった。翌日は日曜日で、午前中はみんなで教会へ出かけ、イモジェンはパーシーのおじ二人とおば二人と一緒に屋根つきの馬車に押しこめられた。教会の信者席でも同じ二組の夫妻に囲まれてすわり、前列と後列を身内が固めた。みんなで教会を出て、近隣の人々としばらく庭で立ち話をし、近況報告や冗談を交わすあいだは、ウェルビー氏とシリル・エルドリッジ氏が両脇にいてくれた。エルドリッジ氏がイモジェンに手を貸して帰りの馬車に乗せ、イモジェンはおばたちにはさまれてすわった。

すべてがひどく不気味だった。身内全員がいつものように陽気にふるまっているため、なおさらそう感じられるのだろう。まるで何も起きていないかのようだ。自分たちが冷酷な密輸団のあいだで暮らしていることも、イモジェンが恋人のパーシーを説得してここを離れさせ、領地から密輸を一掃しようという企てを忘れさせることができなければ、彼女の命が危ないということも、いっこうに知らされていないかのようだった。二人が男女の関係であることをみんなに知られてしまったのは間違いない。イモジェン自身は女性たちに何も言っていないし、カズン・アデレードが話していないのも確かだ。紳士たちもたぶん、女性陣にはひとことも言っていないだろう。でも、女性陣も馬鹿ではない。脅迫状には、彼をここから遠ざけることができなければイモジェンが危険な目にあうと書いてある。なぜイモジェンが？　答えはおのずから明白だ。

こうした日々を送るあいだ、イモジェンはパーシーが恋しくてたまらなかった。もちろん、屋敷で寝泊まりするかぎり、二人の関係を続けるのは無理だ。しかし、数日以内に寡婦の住居に戻れたとしても、新たな状況が変わることはない。いままでは、誰もが知っているか、勘づいている。関係を続けても惨めなだけだ。以前は惨めだとは思わなかったが、たぶん、最初からずっとそうだったのだろう。

二人の関係も、人生から逃避した短いバカンスも終わった。心の準備ができるずっと前に、いきなり終わってしまった。でも、それでよかったのだろう。幸せに酔いすぎた。パーシーを思う気持ちが深くなりすぎた。さらなる深みにはまる前に終わりを迎えることができて、かえってよかったのかもしれない。

でも、ああ、なんて苦しいの。

恋の終わりは、あの脅迫状に書かれた冷酷な脅し文句よりも、ある意味ではもっと恐ろしかった。誰かが二人のことを知っていて、それを容赦なく利用するつもりでいることが、脅迫状からはっきり読みとれるのは事実だが。また、現在と過去になんらかのつながりがあるのを知って、さらに恐ろしくなった。一〇年前のいくつかの出来事は、当時はとても悲しいこととしか思えなかったが、いま考えてみると、ひどく邪悪な事件だったのかもしれない。

一〇年というのは長い年月だ。しかし、今回の脅迫状を書いたのは、あの昔の脅迫状の差出人と同じであることを、イモジェンはこれ以上ないほどに確信していた。

怖くてならなかった。自分のことだけでなく――自分は厳重に守られている――この問題を果敢に追及しようとするパーシーのことを思って。彼の身が案じられる。連中はディッキーの従者を殺した。あのときは夢にも思わなかったが、いまはそれが確信できる。でも、なぜ？　しかも、連中はコリン・ベインズの脚まで折っている。

しかし、恐怖のなかに入りこんでいたのは、いや、おそらく恐怖をも超えていたのは、恋が唐突に終わってしまった痛みだった。

22

パーシーはここしばらく、四六時中、怒りに駆られていた。ただし、それを顔には出さずに身内と友人の歓待を続けていた。イモジェンと二人だけになるのは避けた。彼女から目を離さないよう、おじと友人たちに頼んであり、みんなが協力してくれている。もっとも、わざわざ頼むまでもなかったが。おばたちと、女性のいとこたちと、年若い男性のいとこたちにも頼む必要はなかった。脅迫状を見せるのは控えたものの、現在の状況については説明してあった。みんながイモジェンをとりまいていた。ちょうど、花芯を中心にしてバラの花びらが重なりあうように。

パーシーの怒りは大半が彼自身に向けられていた。自分のわがままを通してイモジェンと関係を持ったばかりに、彼女をさまざまな危険にさらしてしまった。また、領地内にはびこる密輸に対して戦いを宣言したのは、どう考えても、軽率かつ無分別なことだった。

馬の鞭で打たれても当然だ。

あいにく、過去に戻るのは不可能だった。それは誰にもできない。三週間前に戻って異なる決心をするわけにはいかない。一〇年前に戻って最初からやり直すのも無理だ。彼にできるのは前に進むことだけだ。

イモジェンが恋しくて胸が痛んだが、その痛みを歓迎したいほどだった。どんな痛みや苦しみを受けようとも当然だ。

脅迫状が届いたのをきっかけに、密輪の件を徹底的に追及しようと心を決めたが、壁にぶちあたってしまった。ジェームズ・モーガンが住むコテージは厩の裏にあり、周囲には同じようなコテージが何軒か並んでいる。土曜の午後、パーシーがクノールと一緒にそこを訪ねたところ、モーガンは留守だった。近所の者がお辞儀をしてから説明してくれた——モーガンさんは半ドンで、ときどき、おふくろさんに会いに行ってます。

戸外で働く使用人の大半が休みになる日曜も、モーガンは留守だった。月曜になると、庭師を一人連れて朝早く馬で出かけていった。花壇と菜園に植える球根と苗の購入を検討するためだという。

「ようやく」クノールが冷淡に言った。「給金分の仕事をする気になったようですね。帰ってきたら、つかまえてやります」

午餐のあと、パーシーと若いいとこたちはメレディスとジェフリーの母子も誘って、屋敷の裏にそびえる岩山のてっぺんにのぼった。爽やかな風が心地よく、大きな青空を流れる雲と四方八方に広がる雄大な景色を楽しむことができた。晴れ渡った日には、北にウェールズ、西にアイルランド、南にフランスが見えると誰かに言われても、パーシーは驚かなかっただろう。

雄大な景色には、彼のなかの何かに訴えかける力があった。彼のハートに？　膝の力が抜けそうなのも、雄大さに感動したせいではないだろうか？

ジェフリーが両腕を左右に広げて、岩山のてっぺんを走りまわっていた。風に向かって甲高く叫ぶヨットのようだ。グレゴリーがあわててあとを追いかけた。

パーシーは思った――ぼくの大切な人々の肉体をむしばむ癌《がん》細胞のように、悪がここで栄えつづけるのを許すわけにはいかない。ぜったいに許せない。

屋敷に戻ると、クラッチリーから、クノールが来客用のサロンで待っていることを告げられた。

モーガンもいた。

「おお」執事が背後のドアを閉めてから、パーシーは言った。「きみの働きで花壇がもうじき華麗に彩られることを期待していいんだね、モーガン？」

「そのつもりでいます、旦那さま」モーガンは言った。

「よかった。春から夏にかけて、そして秋になるまで、きれいな花が見られるのを楽しみにしているよ」

やった！　挑戦の手袋を叩きつけた。ぼくが秋まで本当にここにいるかどうかはわからない。しかし、ぼくを追い払おうとする連中が、あの男はここに居すわるつもりだ、いくら脅しても無駄だった、と思ってくれれば何よりだ。

「ところで、モーガン」パーシーは言った。「泳ぎは達者なほうかね？」

モーガンは当惑気味の表情になった。「漁師なら泳ぎができないと」

「しかし、船から落ちた男を救助することはできなかったんだろう？　海がとくに荒れていたとも思えないが。もし荒れていたなら、経験を積んだ漁師のきみが船を出すはずはない。そうだろう？　経験の浅い客を乗せているとなればとくに」

「助けようとしたら、あいつ、暴れたんです」モーガンは言った。「馬鹿なやつだ。パニックを起こしちまって」

クノールが咳払《せきばら》いをした。

「そのうち船の下側に沈んで、頭をぶつけちまった」モーガンはつけくわえた。

「頭をぶつけたのはきみだったはずだが」パーシーは相手をじっと見た。

「二人とも沈んだんです。おれはやつをつかもうとした」

「船にはほかに誰が乗っていた？」

「うちのおやじ、ほかに二、三人」モーガンの答えは曖昧だった。「よく覚えてません」

「あの悲劇的な事故のことは、細かい点に至るまで、きみの記憶に焼きつけられているものと思っていたが」

「おれ、頭を打ったんですよ」モーガンは言った。

「そして、きみが養生に専念しているあいだに、コリン・ベインズが従卒候補として名乗りを上げた。父親も最初のうちは、息子が伯爵家の跡継ぎである子爵の従卒になれるというので得意満面だったが、やがて不思議なことに、急に態度を変え、息子が戦争に行くことに断固反対するようになった」

「そんなこと、おれは何も知りません」

「やがて、ラチェット氏がきみを従卒に推薦した」

「口添えはしてくれましたよ」モーガンは答えた。「それで、バークリー卿がおれに会いに来られたんです」

「そして、きみが半島から帰国すると、従卒を務めた褒美として、庭師たちの責任者に任じられた」

「おれが悪いんじゃない。旦那さまがあんなことになったのは」

「そうだろうか？」パーシーが穏やかに尋ねると、ここで初めて、モーガンが彼と視線を合わせた。「それとも、バークリー子爵の帰国を、とにかく手段を選ばず阻止するために、きみが送りこまれたのかな？」

またしても挑戦の手袋を叩きつけた。もうあとへはひけない。そうだろう？

二人はにらみあった。パーシーは、まさかという表情、衝撃、憤怒、強い否定の表情を予想していた。だが、モーガンが見せたのは反抗的な凝視だけで、それもやがて消え、人類最古の答えが返ってきた。

「なんの話をしておられるのかわかりません、旦那さま」

「どんな手段が使われたのかははっきりしない」パーシーは彼に言った。「だが、実行されたことは間違いない。きみは命令を受け、子爵夫妻に同行した。誰かがきみに絶大な信頼を置いていたに違いない。重大な任務だからな。しかし、困難きわまりないものではなかった――遠い異国の地、身分の高低を問わず何千人もが死んでいく戦争、このコーンウォールの地に非難の嵐が吹き荒れることはない。きみが手を出さなくとも、いずれ子爵が戦死する確率は高かった。だが、あちらへ行って一年以上たっていた。きみは苛立ちを募らせ、多少不安にもなっていたに違いない」

「なんの話をしておられるのかわかりません」モーガンはふたたび言った。「おれが従者を殺したと思っておられるなら、訊いてみてくださいよ。旦那さまの――い、いや、レディ・バークリーに。フランス軍が子爵さまをつかまえて殺したんだ。レディ・バークリーもその場にいた。説明してくれますよ」

〝旦那さまの――〟？　〝愛人〟と言うつもりだったのか？　珍しくも、モーガンがうっかり口をすべらせたわけだ。

「きみに命令を出したのは、たぶん」パーシーは言った。「大おじにあたるラチェットだろう。だが、ひとつ訊きたいことがある、モーガン。ラチェットは上に立つ誰かのために動いていただけなのか？　親玉のために？　密輸団の首領？　それとも、ラチェット自身が首領だったのか？」

ありえない、信じられない、お笑い種だ、という気がした――あの埃をかぶっているような、よぼよぼの老人が？　荘園関係の帳簿に囲まれて、非の打ちどころのない几帳面な字でせっせと記入を続けるだけで、事務室を出ることはほとんどないというのに。しかし、あの部屋にはほかにどんな帳簿が置いてあるのだろう？　それに、ラチェットだって昔から老人だったわけではない。そうだろう？

パーシーが部屋に入ったときから、ポール・クノールは身じろぎもしていなかった。炉棚に時計がのっていることに、パーシーはいま初めて気がついたが、その時計が大きな音で時を刻んでいた。

手袋を三度も叩きつけるのは許されるだろうか？　許されなくても、パーシーはすでに実行したわけだ。

「なんの話をしておられるのかわかりません」モーガンは言った。

「だったら」パーシーは言った。「そろそろ自宅に帰ってもらおう。クノールさん、ぼくが連れてきた馬番のミムズに、モーガンさんを家まで送っていき、そばについているよう頼んでくれないか？　ミムズにはすでに話してある。きみが何を頼んでいるのか、すぐにわかるはずだ」

二人が出ていくと、パーシーは火の入っていない暖炉をむっつりした顔で一分ほど見つめ、やがて、断固たる足どりで荘園管理人の事務室へ向かった。収税吏を呼ぶべきだったかもしれない、と思った。しかし、単に疑いを持っただけで、確たる証拠もないのに収税吏を呼ぶなどということがどうしてできるだろう？　笑いものになるだけだ。

密輸に関して何を訊かれても、〝なんの話をしておられるのかわかりません〟と答えるだけにしておけば、みんなの身は安全だ——関係者一同はそう高を括《くく》っているか、もしくは、そう答えるよう命じられているのだろう。誰の場合も不利な証拠は何ひとつない。

連中のたったひとつのミスは、イモジェンにあの脅迫状を送ったことだ。ずば抜けて頭がいい人物のわりには、愚かなミスをしたものだ。しかし、あれを証拠と呼ぶことはできない。

パーシーはノックもせずに事務室のドアをあけた。棚と、テーブルの上と、デスクの片側に、荘園関係の帳簿がきちんと積み重ねられていた。しかし、半数が消えている。

管理人も消えていた。

ぼくはボウ・ストリートの警吏に応募することなど考えないほうがいい――パーシーは思った。土曜の午後にモーガンの自宅の玄関をノックしたとき以来、自分の疑惑を宣伝して歩いていたようなものだ。

ラチェットが消えた。帳簿と元帳のうち、おそらく荘園関係の記録ではないと思われるものもすべて消えた。

みんなは今日も浜辺に下りていた。大人数で出かけていて、麗《うら》らかなこの日の午後は三月初めというより春の盛りのようだった。前日の緊張のあとだけに、今日は誰もがはしゃぎまわっていた。

イモジェンはショックのあまり、いまも少し呆然としていた。ラチェットさんが！　長年にわたってこの海岸地帯を蹂躙《じゅうりん》しつづけた密輸団に関わっていただけでなく、冷酷な首謀者であり、大儲けをしていた。手下の連中を鉄のこぶしで支配してきたのに、その正体を知る者も、疑惑を持つ者も、手下のあいだにはわずかしかいなかった。法廷で有罪を確実にするための証拠は何もないが、当人が姿を消したことと、事務室の帳簿類の半分を持ち去ったと思われることが、強力な証拠と言えよう。

屋敷の人々のなかで何年も暮らしてきたのだ。なんの害もなさそうな変わり者の老人として。

お義父さまは薄々気づいてらしたの？

パーシーがこちらに到着するなり、みんなが追い返そうとしたのも不思議ではない。パーシーが譲歩を拒んだだけでなく、領地内の密輸に対する戦いまで宣言したため、脅迫という手段に出たのも不思議ではない。この二年間、連中は好き勝手にやってきた。なにしろ、屋敷の住人は疑うことを知らない女が二人だけだし、寡婦の住居にさらに一人が住んでいただけだから！

モーガンがディッキーの従者を溺死させたのは、ほぼ間違いないだろう。しかし、イモジエンが何よりも大きな衝撃を受け、ゆうべひと晩ほとんど眠れぬままにヘイズ夫人のメイドの軽い寝息に耳を傾けることになったのは、立証はできないながらも次のように推測したせいだった——ジェームズ・モーガンはラチェットの信頼篤き片腕であり、おそらく後継者でもあった男で、綿密に計画を練ったうえでディッキーの従卒としてイベリア半島までついていき、彼がけっして帰国できないようにしようとした。

でも……ポルトガルの丘陵地帯で襲いかかってきて、わたしたちをとらえたのは、フランス軍の斥候隊だった。ジェームズ・モーガンがそれに関わっていたなんて考えられない。それとも、関わっていたの？

モーガンは昨日、一時的に自宅軟禁の身となった。しかし、ラチェット氏が姿を消したために軟禁しておく理由がなくなり、モーガンのコテージに詰めていた馬番は屋敷に呼び戻された。

その日の夕方、サー・マシュー・クウェンティンが地元の治安判事としてさらに尋問を進めるためにモーガンを呼びにやったときは、彼までが姿を消していた。

パーシーはサー・クウェンティンに屋敷に来てもらい、サー・クウェンティンは収税吏を呼び、収税吏は夜遅くなってから到着した。三人はクノール氏も交えて深夜まで協議をおこなった。そのあいだ、夫と一緒にやってきたエリザベスが客間でイモジェンの両手を握り、部屋に集まった人々が何度もくりかえす話に耳を傾けた。

四人の男性は翌朝も共に行動し、屋敷とポースメアの両方で質問をしてまわった。女性たちは男性のエスコートつきで、四日後に迫った舞踏会の準備に大わらわだった。イモジェンにしてみれば、もうどうでもいいことだったが。召使いたちは大々的な掃除にとりかかり、料理番は完璧なメニューを作りあげていた。

この日の午後ようやく、みんながゆっくり休めることになった。午餐がすんでしばらくすると、ウェンゼル氏と妹のティリーが訪ねてきた。知らせを聞いてひどく心配していた。それからほどなく、ソームズ家の三姉妹が弟と一緒にやってきて若い人々を散歩に誘った。そのすぐあとに、オールデン・オールトン氏がエリザベスをエスコートして到着した。エリザベスは夫のマシューと午餐をとったものの、安心できるニュースが聞けなかったので、イモジェンに付き添うことにしたのだった。そして、邸内の人々は新鮮な空気と運動を求めてうずうずしていた。少なくとも、若い連中はそうだった。元気いっぱいの若者たちと、ウェルビー氏と、マーウッド子爵と、シリル・エルドリッジ氏と、パーシーに厳重に囲まれ、イモジェンが運び去られるのを見て、年配の人々は大いに感謝している様子だった。

行き先がいくつも提案されたが、結局はいつものように、のろのろと進む長い蛇のごとく崖の小道を通って浜辺に下り、それから砂の上で遊び戯れることになった。ボンネットの上に日傘を差して、女性たちはおしゃべりを始め、くすくす笑い、ふざけあった。風の強い日ではなかったが、男性たちはシルクハットを頭にしっかり押しつけ、砂に薄く覆われてたちまち光沢を失っていくブーツに残念そうな目を向けた。多くの者がヘクターに木切れや何かを次々と投げてやり、追いかけさせようとするので、ヘクターはわけがわからなくなり、最後にとうとう、発育不良の自分のしっぽを追うことになった。

だが、イモジェンが気づいていたように、知らない者の目には楽しげに映るはずのこの光景もじつはそうではなかった。二人の友人がイモジェンの両側に立ち、彼女の腕にそれぞれ手を通して、三人でしばらく歩きまわった。しかし、多数の紳士が露骨にならないよう気をつけながら、そのまわりに大きな輪を作っていたし、崖の上へ頻繁に目を向けていた。

ウェンゼル氏が屋敷のほうで然るべき懸念を示したのちに、いまはメレディスと腕を組み、みんなから少し離れて歩いているのに気づいて、イモジェンは好奇心をそそられた。

やがて、それぞれの動きがあらかじめ決められていたかのように、エリザベスとティリーがイモジェンから離れてほかのメンバーと話しはじめ、あとの紳士たちも少し遠ざかったために、イモジェンのまわりの輪が少し大きくなり、気づいたときには、イモジェンはパーシーと並んで歩いていた。二人だけの小さな繭のなかに不意に隔離されたような感じだった。彼は腕を差しだそうとせず、イモジェンも背中で両手をしっかり組んでいた。

「会えなくて寂しかった」彼が低くささやいた。

イモジェンは青空を仰ぎ、頭上で二羽のカモメが追いかけあうのを見ながら、恋しい思いで胸が痛くなった。

「ディッキーは戻ってこられない運命だったんだわ。密輸って、きっと大儲けできるのね。本当にラチェットが首領だとしたら、強大な権力と富を手にしているに違いない。どうかラチェットを見つけてちょうだい、パーシー。そして、権力を打ち砕いて、恐怖からラチェットの言いなりになってきたすべての者を自由にしてあげて」

「するとも」パーシーは約束した。もっとも、その約束を果たせる確率がかなり低いことは二人とも承知していた。

「イモジェン」パーシーは言った。「舞踏会のワルツはすべてぼくのためにとっておいてくれ。いいね？」

イモジェンは首をまわして彼にちらっと目を向けた。決心が崩れそうになった。

「それはできないわ。たぶん、一曲だって無理よ。ここに集まったみんなが――一人残らず――わたしたちのことを男女の関係にあると思ってる。恐ろしいことに、みんなの推測はあたっている。いえ、もう過去のことよ。わたしは当然の罰を受けたの。舞踏会がすんで、お客さまが全員ひきあげるときに、あなたも一緒に行くんでしょ？」

「たぶん。ただし、ほんのしばらく。そのあとで、きみを安全な場所へ連れていきたい。ロンドンへ一緒に来てほしい」

「わたしは来週、ペンダリス館へ行くのよ」イモジェンは彼に思いださせた。「三週間滞在する予定。たぶん、ジョージがわたしを説得して、もっと長く泊めようとするでしょうし、ほかの人たちもそれぞれ、わたしを連れて帰ろうとするでしょう。みんな、いい仲間なの」

「だが、ぼくはきみの恋人なんだぞ。どうしてもというなら、まずペンダリス館で過ごすといい。だが、そのあとでぼくと一緒にロンドンへ行き、結婚してほしい。ハノーヴァー広場の聖ジョージ教会で貴族らしく盛大な式を挙げるのがぼくの夢なんだ。きみはどう？　自分の口からこんな言葉が出るなんて夢にも思わなかったが。ぼくと一緒に来て結婚してくれ、イモジェン。そして、生涯にわたってきみの安全をぼくに守らせてほしい」

悲哀がイモジェンに襲いかかって、大きな鉛の玉のように胃袋に入りこみ、彼女を圧迫し、凍えさせたため、青空も太陽も見えなくなった。さっきまで追いかけあって遊んでいた二羽のカモメが、いまは悲しげに鳴きかわしていた。

「あなたとは結婚できないわ、パーシー」

イモジェンがしばし目を閉じると、パーシーは足を止めてヘクターの頭をなで、それから、細めた目を崖の上へ向けた。

「愛してないから？」

「大好きよ」

パーシーは脅迫状を読んだときと同じく、衝撃的な言葉を口にした。今回は謝罪した。

「嫌われたほうがまだましだ」とつけくわえた。「嫌悪には情熱がある。希望がある」

「わたしと結婚してくれる必要はないのよ。わたしには友達がたくさんいるんだから」

「友達なんかくそくらえだ」パーシーは言い、またしても謝罪した。「きみの言う友達とは、たぶん、ここの隣人たちではなく〈サバイバーズ・クラブ〉の仲間のことだな。そいつらのことがひどく腹立たしくなってきた。そのなかの誰かがきみを愛しているのか？　愛といっても一〇億ぐらいの種類があることは、ぼくも承知している。だが、ぼくの言う意味はわかるだろ？　そのなかの誰かがきみを愛しているのか？　ぼくがきみを愛するように」

イモジェンの口のなかはからからだった。膝に力が入らなかった。泣くまいとする努力で喉がひりひり痛んだ。

「あなた自身の言葉を借りれば」イモジェンは言った。「二人でセックスをしただけよ、パーシー。すてきだったわ。いけないことだったかもしれないけど、そうなったのは事実だし、すてきだった。でも、もう終わりよ。あなたが好き。これからもずっと。でも、もう終わりなの」

「きみにはわからないだろう――ふつうなら男の前でしか口にせず、それもごく稀《まれ》な機会にかぎられているような下品な語彙をひとまとめにして、きみに残らずぶつけたがってるぼくの気持ちなんか」

「いいえ」イモジェンは悲しげに言った。「よくわかってるつもりよ。でも、あなたはロンドンに戻って、わたしのことなんかすぐに忘れてしまうわ」

「ふむ、それに対しては、あまり攻撃的でなく、ぼくの意に満たない語彙で答えるしかなさそうだ。くそっ！　くそっくそっ！　謝罪は期待しないでくれ。ああ、すまない、愛しい人。本当にすまない。ぼくが尋ね、きみが答えた。あとは紳士らしく、天候を話題にして礼儀正しい会話を始めるべきだった。許してくれるかい？」

「ええ、いつだって」イモジェンは言った。

「あらためて尋ねよう。たぶん、舞踏会の夜に。それにぴったりのロマンティックな場だし、集まった客に発表することもできる。ぼくのことが好きだというきみの言葉は信じよう。しかしながら、きみが真実のすべてを、そして真実のみを口にしたとは思えない。あらためて尋ねるつもりだが、しつこく悩ませるのはやめておこう。そう言いつつも、いままさに悩ませているわけだが。きみはこの天候を信用する？　それとも、こんなにいい陽気だと、春の残りは嵐とひどい寒さに悩まされることになると思う？　ぼくは天候をぜったい信用しない。片手で好天を差しだしておいて、反対のこぶしでノックアウトパンチをよこすのが、天候ってやつなんだ。もちろん、こっちが陽光と暖かさを少しも楽しんでいないふりをすれば、天候のやつもだまされて、ぼくたちを惨めにしておきたいばかりに、今後は好天続きになるだろう。どう思う？　きみは演技が得意かい？　今日はひどくうんざりさせられる日だ。そうだろう？　太陽がまぶしくて、目を細めずにはいられない」

やがて、信じられないことに、イモジェンは笑いだした。彼は天候ばかりを話題にして次から次へとしゃべりつづけ、どんどん馬鹿げた方向へ進んでいった。

パーシーも笑っていた。

二人の笑い声と、体内に笑いが湧きあがってくる感覚が、ナイフのようにイモジェンの胸に突き刺さった。彼に愛されている、彼もわたしの愛を信じてくれている――そう思うと胸が痛くなった。

23

　それから二、三日のあいだにパーシーは何度か考えた――ぼくは一カ月もたたないうちに、自分自身の人生とその他無数の人生をめちゃめちゃにしてしまった。しかも、満足な結果は何ひとつ得られなかった。今後もおそらくだめだろう。

　サー・マシュー・クウェンティンはパーシーが乱心したのだと思っていた。はっきり口に出したわけではない。それどころか、誰もが長年口をつぐんでいたときに声を上げる勇気を示したパーシーを、褒め称えたほどだった。だが、やはり、パーシーの乱心だと思っていた。それでもサー・クウェンティンは友達でいてくれた。いや、いまも友達だ。パーシーは彼のことが好きだった。

　収税吏はかなり苛立っていたが、パーシーが思うに、それはたぶん、いつものことだろう。仲間の沈黙に守られた密輸団の連中を追うのは、人も羨む職業とは言いがたい。

　屋敷の者も、近隣の者も、誰もが色めき立ったが、結局は無駄だった。虚しい努力のように思われた。ただし、首謀者たちを叩きつぶせば、組織全体が崩壊するかもしれない。だが、あくまでも〝かもしれない〟だ。ラチェットは首領ではないかもしれないし、モーガンもその右腕ではないかもしれない。もしそうだとしても、手下たちをこれまでどおり支配下に置いたまま、二人でどこかよそに拠点を作るぐらいのことはやってのけるはずだ。

おそらくイモジェンはいまも危険にさらされているだろう。ぼくのこれまでの行動は、密輸団の連中の復讐心《ふくしゅう》を燃え立たせただけのこと。イモジェンに危害を加えるのがぼくへの最大の復讐になることを、連中はよく心得ている。

くそったれ。だが、どうしてもイモジェンをここから連れだしたい。できればロンドンへ。知りあいがたくさんいるし、彼女の知りあいも多い。コーンウォールの密輸団もロンドンまでは追ってこないだろう。とにかく、結婚したい。そうすれば、彼女をぼくの自宅に置いて守っていける。彼女はぼくが自ら選んだ召使いに囲まれて、昼も夜もぼくの腕のなかで安全に過ごすことができる。

イモジェンも承知するものと思っていた。心からそう信じていた。そりゃまあ、二度と結婚しないと彼女が言っていたのは事実だし、ここ八年から九年のさまざまな出来事のせいで、彼女がぼくの前で認めた以上に深い心の傷を負っているのも確かだ。イモジェンの話には空白の部分がある。その空白に何が潜んでいるのかがわかれば、すべての説明がつくだろう。

しかし……なぜ打ち明けてくれないんだ？　ぼくとの関係は彼女にとって単なるセックスではない、官能を満たすだけのものではない——ぼくはそう思っていた。いや、わかっていた。女と関係を持ったことはこれまでに何度もある。今回との違いははっきりしている。

くそ、なんてことだ。愛しているとイモジェンに言ってしまった。ぼくは大馬鹿者だ。自分がそんなことを言うなんて思いもしなかった。困ったものだ。言葉が口を突いて出るまで、本気なのかどうかもわからなかった。イモジェンに恋をしていることに気づいてはいたが、それはセックスに大きな比重を置く感情の高ぶりに過ぎないと思っていた。〝愛している〟と告げたときに初めて、彼女を愛していることをはっきり悟った。そして、またしても言語の問題が気になった。幾千もの意味を表現するのに、たったひとつの言葉――愛――を作りだすとは、いったい誰が思いついたことなのか?

イモジェンはぼくを拒絶し、さらに――誰かの言葉を引用するなら――このうえなく無情な仕打ちをした。ぼくのことを〝好き〟だと言ったのだ。女にそんなことを言われたら、自分の頭に左右から同時に弾丸を撃ちこみたくなってしまう。

彼女はここではたして安全に暮らしていけるだろうか?

たとえイモジェンの身が安全だとしても、自分はふたたびここで暮らせるだろうか? 彼女がぼくとの結婚を拒むなら、ぼくはこの地を去るしかない。ここは彼女の家だ。

しかし、くそっ、ぼくの家でもある。不思議なことに、カースルフォード館で生まれ育って幸福な少年時代を送ったのに、いまはもう、あそこが自分の家だとは思えなくなっている。あそこは父の家だったし、所有者はぼくだとしても、いまは母の家だ。ぼくがわが家だと思えるのはハードフォード館だ(気障なことを!)。ぼくだけの家だ。

それなのに、すべてを台無しにしてしまった。これが障害馬術のコースだったら、どの柵もめちゃめちゃに破壊されて、背後に残されることだろう。

社交上の用事や、荘園関係の会合や、打ちあわせで忙しく過ごすあいだも、こうした思いや感情がパーシーの頭のなかで渦を巻いていた。遅くなってしまった誕生祝いの舞踏会まであと二日となったため、彼の母親もおばたちも、何か大事なことを忘れているのではないか、例えば招待状の発送がまだだったのではないか、といった心配で大騒ぎだった。その一方で、パーシーが初めて玄関の敷居をまたいで、クモの巣はないかと見まわした瞬間から、掃除と整頓が行き届いている印象だった屋敷が、いまではさらに光り輝き、日除けの帽子をかぶらなくてはまぶしくて耐えられないほどになっていた。隅から隅まで修理されて大掃除がなされたのは、舞踏室だけではなさそうだ。

カズン・ラヴィニアは日に何回か客間のピアノフォルテのベンチに腰かけて、さまざまなダンス曲を弾き、それに合わせて、若いいとこたちが——ついでに年配者も——ステップを練習していた。シリルはパーシーからときどき、不器用なやつだと笑われているが、その彼がワルツのステップの指導を買って出ていた。みんなが多少は進歩したものの、一度、派手な転倒があった。グレゴリーがイーヴァに足をすくわれ——もしくはイーヴァが彼に足をすくわれ——どちらが悪いかをめぐって二人の話に食い違いがあった。骨折はなかった。

舞踏会の二日前、密輸関係のほうもついに進展があった。沈黙を破った者がいたのだ。ポール・クノールが荘園管理人の事務室をようやく自分の仕事場にして、埃をすべて払うのは無理としても、とりあえずがらくた類の大半を処分したり、帳簿も現在使用中のものを除いてすべて戸棚にしまいこんだりしていたが、その彼がクラッチリーを客間へ使いに出し、事務室に来てほしいとパーシーに頼みこんだ。

事務室に顔を出したパーシーは言った。「広さが二倍になったように見える。ぼくもようやく、ここで心地よく過ごせそうだ。だが、あれはわざとやってたんだろうな。居心地の悪い部屋だと思わせるために」

椅子から立ったあとで、クノールが言った。「さきほど、厩で下働きをしている脚の悪いベインズがミムズと少し話をしました、旦那さま」

「それで?」パーシーは腰を下ろすようクノールに身振りで示し、デスクの反対側に自分で椅子をひっぱってきた。

「ほんの短時間のやりとりでした。旦那さま専属の馬番と話をしているところを、ベインズは人に見られたくなかったのでしょう。旦那さまへの伝言をミムズに頼みました――アニー・プルウィットからの伝言です。耳と口が不自由なメイドの」

パーシーは椅子の上で身を乗りだし、眉を上げた。「耳と口が不自由な者からの伝言?」

「ミムズの話でわかったのですが、ベインズはアニーの幼なじみで、ずっと仲良くしてきたそうです。どういうわけか、二人のあいだでは意思の疎通ができるのです。ベインズが脚を骨折したときは、アニーが看病を手伝いました。二人はいまも親しい友達です。たぶん、前にも増して親しくなったことでしょう」

「それで?」パーシーはクノールに視線を据えた。

「旦那さまが召使いを呼び集めた日、そのあとでアニーがモーガンの家を掃除していると

——これはどうやら、彼女の日常業務の一部みたいです——ほどなくラチェットがやってきました。二人でメイリオンへ逃げて身を隠すための相談を始めました」

「彼女が聞いているところで相談を?」パーシーは眉をひそめた。

「聞いているところで、ですか?」クノールは軽く微笑した。「しかし、アニーは耳が聞こえない。そうでしょう? 口も利けない。たとえ彼女の存在に気づく者がいたとしても、たいてい、歯牙にもかけないでしょう。じっさい、透明人間のようなものです」

「なぜメイリオンへ?」パーシーはまだ眉をひそめていた。

「ベインズはミムズに、メイリオンには例の屋根業者が住んでいることを旦那さまに伝えてほしいと言いました。しばらく前に寡婦の住居の屋根のつけかえを請け負った業者のことです。ただし、帳簿のどこにも修理代の記載はありません。屋根業者の女房というのがヘンリー・モーガンの妹なんです。ヘンリーはジェームズ・モーガンの父親で、すでに亡くなってます。で、モーガンは休みの日にはときどき、おじにあたる屋根業者のところへ泊まりに行くんです。村の娘と遊びに出かけるからだそうで——まあ、とにかく、本人はそれを理由にしています」

「業者というのはティドマウスだな?」パーシーはクノールを凝視した。やがて、真相が見えてきた。クリスマスの時期に、イモジェンは何週間か兄のところへ行っていた。出かける前に、ティドマウスに必要な指示をしておいた。ところが、実入りのいい仕事だというのに、ティドマウスは修理をぐずぐずとひきのばした。イモジェンは称号を持つ女性で、ふつうだったら、貴婦人の役に立とうとして業者は必死になるものだが、彼女が戻ってからも工事は遅れるばかりだった。その何カ月かのあいだに、屋敷よりはるかに安全で便利ということで、ふたたび寡婦の住居の地下室が密輸品の保管に使われるようになったのではないだろうか？　錠を交換しても、ドアをふさいでも、密輸団にとって大きな障害になるとは思えない。しかも、屋根がないため、雨風も、忍びこもうとする者も、出入り自由だ。

パーシーはてのひらをデスクにつけた。

「その男の作業場なら知っている。二階が住居だ。そこに身を隠しているのだろうか？　つかまえたい。密輸団を叩きつぶしてやりたい。ぼくの領地から追い払うだけではもはや充分とは言えなくなってきた。連中がどこかよそに拠点を作り、ここで起きたことを些細な敗北として片づけるのをぼくが放っておくかぎり、領内の者たちへの脅迫が続き、レディ・バークリーの身の安全が脅かされることになる」

「僭越《せんえつ》ながら」クノールが言った。「ミムズに命じてサー・マシュー・クウェンティンを呼びに行かせました。収税吏がまだ宿に滞在中なら、ついでにそちらも」

「ご苦労」パーシーは言った。「きみには体重分の黄金と同じ価値がありそうだ」

「そういうことは二度とおっしゃらないほうがよろしいかと。給金の大幅値上げを要求するかもしれません」

一時間もしないうちにサー・クウェンティンがやってきた。収税吏も一緒だった。そして、五時間後、メイリオンにあるティドマウスの作業場兼自宅に官憲が踏みこんだ。ラチェットもモーガンもそこにいた。二人とも自分たちは無実だと文句を言った。ラチェットは引退しようと決めたのだと主張した。モーガンはハードフォード伯爵と荘園の管理人補佐から侮辱的な扱いを受けたので、やめることにしたのだと主張した。親戚の家にしばらく泊まりに来ただけだと、二人で口をそろえて言った。ひょっとすると、これ以上の追及は無理だったかもしれないが、二人にとって不運なことに、ティドマウス家の屋根裏を調べたところ、どこの家の屋根裏にもありそうながらくたが片隅に積んであり、その下に隠してあった錠つきのトランク二個から、埃をかぶった膨大な数の帳簿が見つかった。

二人とも拘束された。ついでに、自分は無関係だと大声でわめくティドマウスも。

クウェンティン家の書斎の片隅でパーシーが見守るあいだに、サー・クウェンティンと収税吏の両方から尋問されたモーガンがついに観念したのは、翌日の午前中のことだった。バークリー子爵の従者だった故ヘンリー・クーパーの溺死に関して、おまえは殺人罪で告発されるかもしれん、とサー・クウェンティンがモーガンを脅した。モーガンとしては、有罪の証拠が充分でないほうに賭けてもよかったのだが、父親と彼と従者と一緒に船に乗っていた二人の男の身元が判明し、見つかったことを知らされた。二人の証言が有罪の決め手になるだろう――彼らが徹底的に沈黙を守らないかぎりは。次のどちらを選ぶかはモーガンの判断にまかされた――有罪になれば縛り首確実の殺人の裁判にすべてを賭けるか、それとも、かつての殺人を認め、ポルトガルで彼が果たした役割も含めて一部始終を白状するのとひきかえに、密輸という軽い罪だけで裁かれるか。

縛り首という言葉を聞いて、モーガンは蒼白になった。

彼がポルトガルへ送られたのはやはり、バークリー子爵が帰国できないように画策するためだったようだ。戦争が子爵を葬ってくれるのを辛抱強く待ちつづけたが、思惑どおりにならないまま、一年以上が過ぎた。ある日、三人で丘陵地帯へ出かけ、モーガンが焚き木を集めていると――「それはほんとです」と彼は断言した――敵陣で偵察活動中だったフランス兵の一団に出くわした。向こうはモーガンがイングランドの人間だと気づいたが、モーガンは兵士たちに拘束される前に、もっと値打ちのある人物のところへ案内しようと申しでた。英国の斥候隊の士官で、いまは軍服を着ていません。フランス軍の陣地に忍びこんで最高機密の任務を遂行しに行く途中で、その頭には秘密がぎっしり詰まってます。妻も一緒です。おれを見逃してくれれば、二人のところへ案内します。フランス兵が寛大な扱いを約束したので、モーガンは彼らをバークリー子爵夫妻の近くまで案内し、それから自分だけ逃げだして、急を知らせるためにひきかえした。

「仕方ねえだろ」モーガンはむっつりと言った。「おれかあいつらか、どっちかだ。だったら、なんでおれが犠牲にならなきゃいかん？　おれはあの地獄に一年以上も自分の時間を注ぎこんだんだぜ。けど、おれが殺したわけじゃねえ。おれに殺人の罪をかぶせようったって無理だ」

官憲でもない自分が尋問に同席できたのは厚意によるものだと知りつつも、パーシーは思わず声を上げた。

「真実をすべて話したほうがいいぞ、モーガン。おまえはどうも、無謀な賭けをしているようだ」

全員がパーシーのほうに驚きの顔を向けた。

「われわれにこう信じさせるつもりか？　危険が潜む丘陵地帯を一人でうろついて焚き木集めをしていたら、敵兵にばったり出会った。囚われの身となったが、英国士官のところへ案内すると言ったら自由にしてくれた、と？　おまえが敵兵に嘘をついているかもしれないのに？」

「ひとつ注意しておこう、モーガン」サー・クウェンティンが言った。「おまえがヘンリー・クーパー殺しで裁判にかけられた場合、どのような結果が待っているかについて」

「おれが連中に気づいたんだ」短い沈黙のあとで、モーガンはいきなり言った。「ところが、連中は違うほうへ行こうとしてた。一年以上も待ってやっとつかんだチャンスだった。それを逃したら、あとは自分で子爵を殺すしかない。おれはシャツを脱いでマスケット銃に結びつけ、高くかざして出ていった。そよ風の吹いてる日だった」

「すると、マスケット銃を持っていたのだね？」サー・クウェンティンが尋ねた。

「持ってるに決まってるだろ」モーガンは軽蔑的な口調で言った。「白旗を掲げて出ていき、おれを自由にすると約束してくれるなら、どれほど重要な人物のところへ案内できるかを説明した。幸い、敵兵のうち二人は英語ができた。なぜだと訊かれたんで、個人的な事情があると答えておいた。あとはさっき話したとおりさ。おれが殺したんじゃねえ。レディ・バークリーも証言してくれる」

「確かに、おまえがじかに手を下したわけではない」サー・クウェンティンはうなずいた。「だが、おまえが子爵を死神に売り渡したと言ってもいいだろう。さて、ほかにもいろいろあるぞ、モーガン。密輸と関係しているのが明らかな死や傷害事件がいくつもあった。殺人でおまえを有罪にすることも充分にできる。いちばん軽い判決でも、鉄格子のなかに何年も放りこまれ、重労働をさせられることになるだろう」

パーシーは部屋を抜けだし、背後のドアを閉めた。勝利を喜んでいいのかどうか、自分ではよくわからなかった。なんだか気が抜けてしまった。たぶん、クライマックスの場面を想像していたのだろう。彼もその場面に登場して、崖の小道で激しく剣を交える。相手は数人の凶暴な悪党ども。やがて、浜辺に下り立ち、さらに一〇人以上の悪党を撃退して洞窟に駆けこみ、異常な高潮で洞窟内に海水があふれる前に、縛られたイモジェンを救いだす。それから、意識を失った彼女を肩にかついで崖を必死によじのぼる。潮が満ちてきて、小道に出られなくなったからだ。誰もが歓声を上げ、称賛する。涙で感謝する彼女、彼自身は火のような情熱に駆られて片膝を突き、求婚する――ふたたび――そして、彼女を祭壇へ運び、教会の鐘が鳴り響いて花々が頭上に降り注ぐなかで、永遠の幸せを手に入れる。

自分でひそかに空想するだけなのに、ときどき、ひどく気恥ずかしくなることがある。小説を書いて、ミネルヴァ文庫から出版すべきだ――本名で。

ところが、あまり派手とは言えない結末を迎えて、なんとなく拍子抜けしてしまった。もっとも、大事な点ではすべて満足のいく結果だった。首謀者たちをとらえたのは間違いのないことだ。さすがのラチェットも、姪の息子が何もかも白状したことを知り、見つかった帳簿を証拠として突きつけられれば、ふたたび尋問を受けたときに、知らぬ存ぜぬで押し通すのはもう無理だと悟るだろう。この地方から密輪が一掃されるわけではないが、パーシーの手で領地内の密輪だけはとりしまることができるし、たとえ密輪団がどこかよそで生き延びたとしても、かなり弱体化するはずだ。

イモジェンの身も安全だ。ただ、それでもやはり、当分のあいだ彼女を一人きりにしたくなかった。裁判が開かれ、密輪団の中心にいた連中が――まだ逮捕されていない者も含めて――すべて鉄格子のなかに永遠に放りこまれ、騒ぎが静まるまでのあいだ。

従者のクーパー殺しが長いあいだ表沙汰にならなかったのも、モーガンがこの件以外のすべてについて自白するという条件つきで、クーパー殺しは不問に付すとの決定がなされたのも、パーシーにとっては残念なことだった。しかし、彼に決定を下す権利はない。それに、この決定が効果をもたらした。ただ、モーガンとラチェットがバークリー子爵リチャード・ヘイズ殺しの共犯者として告発されずに終わってしまった場合は、その理由を知りたいものだ、とパーシーは思っている。

いまはもう彼の出る幕ではない。

明日は舞踏会。自分も準備をしなくては。

人生とは奇妙なものだ。

イモジェンはパンケーキのようにぺしゃんこの気分だった。昨日からどうしてもふり払えない空虚な気分を描写するのに、パンケーキというイメージが合うとすればだが。ラチェット氏とジェームズ・モーガンは逮捕された。ティドマウス氏も。この三人がいなければ密輸商売が崩壊することに、パーシーもサー・マシューも自信を持っている。密輸団の上層部にいる連中の名前をジェームズ・モーガンがいくつか挙げたので、その男たちも逮捕されたし、無視できない犯罪行為をおこなったその他の連中も追わなくてはならない。例えば、コリン・ベインズの脚を折った男などを。しかし、それ以外の下っ端連中を対象として魔女狩りがおこなわれることはないだろう。わずかな金がほしくて、あるいは、ほかに選択肢がなかったために、密輸業に関わっていた連中だ。そんな連中に首領のいない組織の再建などできるわけがない。

本当なら有頂天になってもいいはずよ――舞踏会の身支度をしながら、イモジェンは自分に言い聞かせた。昨日、パーシーが村から戻ってニュースを伝えると、誰もが大喜びだった。歓声と笑い声が上がり、シャンパンの栓まで抜かれた。すべてのレディと女性のいとこたちが、そして、ちょうど屋敷に来ていたティリーがイモジェンを抱きしめ、キスする者まで出てきた。おじのうち二人も彼女を抱きしめた。

それから、パーシーも。

彼がそのつもりだったとは思えないが、ちょうど彼の母親がイモジェンを抱きしめ、次に息子のほうを向いて彼の腕に手をかけた。すると、なぜか彼の腕がイモジェンにまわされ、彼女のほうも彼に腕をまわして、常識の範囲を超えるぐらいにしっかりと、そして少々長めに、二人で抱きあった。キスはなかったが、彼が顔を上げてイモジェンの目をしばらくじっと見つめ、それから彼女を放した。

周囲の者はみな、うれしそうに微笑していた。彼の母親は胸の前で両手を握りあわせて涙ぐんでいた。イモジェンはその場を離れると、椅子にすわっているカズン・アデレードのほうへ身をかがめ、頬にキスをした。それから、のっそり起きあがって彼女のスカートの匂いを嗅ぎに来たブルースの頭をなでてやった。

寡婦の住居に戻るのは三月末にペンダリス館から帰ってきたあとにすべきだ、と彼女の身の安全を考えて、誰もが例外なく助言してくれた。そこで、ゆうべも屋敷にある自分の部屋で眠ったが、ヘイズ夫人のメイドには夫人のもとに帰ってもらった。

ところが、メイドは今夜ふたたび、イモジェンの部屋にやってきた。ヘイズ夫人の厳命により、舞踏会に出るイモジェンの髪を結うために来たのだった。艶と優雅さだけではだめらしい。少なくとも何カ所かカールさせ、首筋とこめかみにウェーブした後れ毛を少し垂らさなくてはいけない、とメイドに言われた。

今夜のためにイモジェンが選んだドレスは、襟が大きく開いたハイウェストのデザインで、生地は象牙色のサテン、渋い金色のネットで仕立てたチュニックが重ねてある。二年ほど前にロンドンで買い、二回着ただけだ。田舎で着るには派手すぎるとずっと思っていた。でも、今夜は特別な機会だ。屋敷はどこもかしこも磨き立てられ、シャンデリアが輝き、至るところに春の花が飾られて、見違えるようになっている。たとえ気分がぺしゃんこでも、今夜のために気力をふるいおこさなくては。パーシーの三〇歳の誕生パーティで、それに出るために驚くほどの数の身内と友人が長旅をしてきたのだし、ポースメアとその周辺だけでなく、もっと遠くからも隣人たちが残らず集まり、ようやく本邸に戻ったハードフォード伯爵を歓迎しようとしている。

これなら大丈夫ね——メイドに真珠の首飾りをかけてもらい、姿見に映る自分を見ながら、イモジェンは思った。頬紅が少し薄いかもしれないけど、微笑を加えれば……。

笑みを浮かべてみた。

「ありがとう、マリー。奇跡を起こしてくれたのね」

「奥さまのお姿でしたら、奇跡を起こすのは簡単です」メイドはそう言うと、膝を折ってお辞儀をしてから出ていった。

イモジェンは長い夜のあいだ、すべての——いや、ほぼすべての——時間を、意識的に明るい態度で通した。微笑を浮かべ、一曲ごとにパートナーを替えて踊った。最初のワルツはオールトン氏と、二回目はほとんど見覚えのないエレガントな紳士と。その紳士は三〇キロほど離れたところから来た人で、顔を合わせるのは二年ぶりに違いないということで二人の意見が一致した。そして、夜食のときには、マーウッド子爵、ウェルビー氏、ベスと同じテーブルにすわったが、そこで婚約発表があった。もっとも身近な者たちはたぶん別として、それ以外の誰もが驚いた。ウェンゼル氏が顔を真っ赤にしながら発表した――ついさきほど、メレディス・ウィルクス夫人がわたしをこの世で最高に幸せな男にしてくれました。たった二週間の求婚で！　しかし、メレディスも同じく顔を赤くしていて、この世で最高に幸せな女性のように見えた。

人数が増えることになった一族は、例によって歓声と抱擁とキスで婚約を祝った。

「でも、ティリー」イモジェンはこの友を抱擁しながら、不意に心配になった。「あなた、これからどうするの？」

「そうね」ティリーは笑顔で答えた。「メレディスってとってもいい人だわ。もっとも、このあいだまでは、義理のお姉さんになるのはあなただろうと思ってたけど。でも、あなたには明るい未来があるし、兄は見たこともないほど幸せそうな顔をしてるわ。メレディスもきっと、わたしを気に入ってくれてると思う。でも、わたしだって希望を捨ててはいないのよ、イモジェン。アーミテッジのおばから、娘がみんな巣立ってしまったから、今度の社交シーズンはロンドンに来て話し相手になってほしい、と言ってきたの。結婚相手にぴったりの紳士の一連隊が――これはおばの言葉だけど――わたしの閲兵を待ってるんですって。選ぶのが大変かもしれないわね。そうしてみるわ。あ、〝行く〟って意味よ」ティリーの目がきらめいた。

ティリーは二八歳。ほっそりしていて、絶世の美女ではないにしても、おおらかで愛嬌《あいきょう》のある顔立ちだ。性格もよく、どんな状況でもユーモアを見いだすことができる。

やがて、ヘイズ夫人がイモジェンを抱きしめた。

「ねえ、婚約発表を聞いて、これ以上はないというぐらいうれしかったわ。メレディスの夫が亡くなったのはジェフリーが生まれる前で、メレディス自身はまだ二〇歳にもなっていなかったのよ。幸せになってもらわなきゃ。でも、正直に白状すると、ああいう発表がもうひとつあれば、同じぐらいうれしいでしょうね。パーシーは弱気になってるんだわ。じれったい子。でも、あの子に時間を与えてやってね。弱気も消えていくでしょうから。わたしが見た感じでは、かなり消えつつあるようよ」

ヘイズ夫人は陽気に笑うと、ウェンゼル氏にお祝いを言うために向きを変えた。

ようやく夜食の時間が終わり、みんなが舞踏室に戻ろうとしていたとき、パーシーがやってきて、次に予定されている活発なカントリーダンスの相手を申しこんだ。しかし、ダンスフロアへは向かおうとしなかった。

「マントをとってきてほしい」と言った。「いいだろう?」

イモジェンは躊躇した。彼と二人になるのは避けたかった。彼と踊ることすら避けたかった。今日と明日さえ切り抜ければ、その翌日にはペンダリス館へ向かうことができる――一日じゅう自分にそう言い聞かせていた。彼が依然として屋敷に残るのかどうかを、月末までになんとかして探りだし、もしそうなら、彼女自身は屋敷を出ようと思っていた。

今日と明日さえ切り抜ければ。

マントと手袋をとりに行った。せっかく結った髪が崩れてしまうのもかまわずに、ボンネットをかぶった。

手を触れることも、言葉を交わすこともなく、二人でゆっくりと芝生を横切って崖のほうへ向かった。空は澄み渡り、月と星のきらめきで明るかった。舞踏室は屋敷の裏手にあるのに、音楽の調べと人々の声と笑いがここまで聞こえてくる。戸外の静けさと二人のあいだの沈黙がかえって強調される。

「また大理石になったんだね」パーシーが言った。「笑みを浮かべた大理石」

「あなたの勇敢な行動のすべてに感謝してるわ」イモジェンは彼に言った。「わたしのためだけでなく、この領地と近隣に住むすべての人のために、あなたは動いてくれた。それから、今夜あなたのお誕生日を祝うために、身内の方々とお友達と近隣の人たちがこんなにたくさん集まってくれたことを、うれしく思っているわ。すばらしい舞踏会だった。長く記憶に残るでしょうね」

パーシーはふたたび、いつもの悪態を口にした――はっきりと。謝罪はなかった。彼が不意に足を止めたので、イモジェンも彼の二、三歩前で立ち止まった。

「きみの感謝などほしくない。ほしいのはきみの愛だ」

「あなたのことは好きよ」

パーシーはまたしても悪態をついた。

「聞いてくれ。ぼくは生まれてからずっと甘やかされてきた。ほしいものがあれば、いつでも手に入った。だから、手に入らないとすねてしまうんだ。だが、ぼくもそろそろ変わる潮時だ。そうだろう？　そして変わるつもりでいる。しかし、この件に関しては、なぜ変わらなきゃいけないんだ？　力を貸してくれ。ぼくの目を見つめて、きみはぼくを愛していないと言ってくれ。ただし、真実を言うんだ。真実だけを。言ってくれ、イモジェン。そうしたら、ぼくはここを去り、二度と戻ってこない。厳粛に誓おう」

イモジェンはゆっくりと息を吸い、ため息をついた。「あなたとは結婚できないのよ、パーシー」

「そんなことを頼んでるんじゃない。愛していないと言ってくれ」

「愛とはなんの関係もないでしょ」

「愛がすべてじゃないのか？」パーシーは彼女に尋ねた。「愛がすべてのはずだろ」

イモジェンは何も答えなかった。

「言ってくれ」柔らかな口調で彼は言った。「ぼくがちゃんと理解できるように。きみから聞いた話には空白の部分がある。大きな穴があいている。その穴はおそらく恐怖に満たされているのだろう。ぼくの心の一部は何も知りたくないと言っている。だが、理解するためには知る必要がある。理解できずに、このまま生きていくことはできない。話してほしい」

そこで、イモジェンは話すことにした。

しかし、話そうとして息を吸った瞬間、声が制御できなくなり、わめき声をぶつけてしまった。

「わたしが殺したの！」彼に向かってわめいた。肩で息をしながらしばらく立ちつくし、やがて先へ進んだ。「これで理解できた？　わたしが夫を殺したの。銃を手にとり、夫の眉間を撃ち抜いたの。狙いをつけて撃ったのよ。射撃は父が教えてくれたわ。母はいやがってたけど。父が兄とわたしに射撃を教え、わたしはまもなく二人よりもうまく撃てるようになった。昔、この屋敷に遊びに来たときは、ディッキーと一緒に銃を撃ったものだったわ。もちろん、的に向かって。命あるものに銃を向けることはけっしてなかった。そして、たいてい、わたしがディッキーを負かしたものだった」イモジェンは黙りこみ、肩で大きく息をした。「わたしがディッキーを撃ったの。撃ち殺したの」

呼吸が荒かった。頭のてっぺんから足の爪先まで、全身が針で刺されたように疼いていた。

パーシーは身じろぎもせずに彼女を凝視していた。

「さあ、結婚してほしいと言いなさいよ。わたしから愛の言葉を聞きたいと言いなさい。これでわかった？　わたしには生きる資格がないのよ、パーシー。罪を償うために呼吸をし、存在している。来る年も、来る年も、自分が何をしたかを知りつつ生きていくのが、わたしが受けるべき罰なの。夫と一緒に死ぬ覚悟だったけど、だめだった。そのため、苦悩することを運命づけられ、わたしはそれを受け入れた」イモジェンはいったん言葉を切って呼吸を整えた。「二週間前にわたしはとんでもないことをしてしまった。人生の休暇をとって、ほんのいっとき、官能に溺れようと決めたの。あなたの気持ちを弄ぶつもりも、あなたを傷つけるつもりもなかった。でも、その両方をやってしまったのは、いかにもわたしらしいわね。罪悪感と惨めさをさらに背負いこんでも、それは自業自得というものだわ。でも、あなたにとっては？　ここから立ち去ってちょうだい、パーシー。あなたの愛にふさわしい人を見つけて。そのあとで、戻る気があるのなら戻ってきて。いまはここがあなたの家ですもの。わたしは出ていきます。会うことは二度とないでしょう」

パーシーはいまも彫像のごとく立ちつくしていた。わずかにうなだれているため、帽子のつばが彼の眉にかぶさり、イモジェンからは顔がよく見えなかった。

「わたしがディッキーを殺したの」イモジェンは言った。感情のない声になっていた。「わたしの夫を、最高の親友を殺したの」

そして、歩み去り、屋敷のほうへひきかえした。

「イモジェン――」パーシーが背後から呼びかけた。その声は陰鬱で、苦痛に満ちていた。

しかし、彼女が立ち止まることはなかった。

24

舞踏室に戻って、笑顔で人々のあいだに入り、言葉を交わし、踊るのは、これまでの人生でもっとも苛酷なことだとパーシーは確信した。しかも、母親から、次にはレディ・ラヴィニアとミス・ウェンゼルとその他何人かから、イモジェンはどうしたのかと尋ねられても、疲れてベッドに入ることにしたようだと答えるしかなくて、気分の休まるときがなかった。信じてくれた者がいるかどうかはわからない。おそらくいないだろう。いや、いないに決まっている。

「まあ、パーシヴァル!」母親が言ったのはそれだけだったが、表情に非難の気持ちがたっぷり出ていた。しかも、母がこういう正式な呼び方をするのは、彼に猛烈に腹を立てたときだけだ。

翌朝ベッドを出て、身内と友達と比較的遠くから来て一泊した隣人たちの前でふたたび陽気にふるまって、みんなをもてなすのは、さらに苛酷な試練だったし、ゆうべはほとんど眠れなかったのがとくにこたえていた。午前零時を過ぎたころ、イモジェンの部屋まで行き、ドアのノブすれすれのところに手を置いて一五分ぐらい立ちつくした。ドアは施錠されていたかもしれないし、いなかったかもしれない。パーシーはそれを確かめることなく自分の部屋に戻った。

彼女は朝食に下りてこなかった。ずっと下りてこないのではないかと心配になった。たぶん、窓の外を見つめて、彼が屋敷から出ていくのを待っているのだろう。そのあとでみんなの前に姿を見せるつもりなのだ。パーシーは一泊した客をすべて送りだしてから、彼女の意向に沿えるようにした。シドニー、アーノルド、何人かのいとこと一緒に乗馬に出かけた。そして、カズン・イモジェンを見かけなかったかとベスに尋ねられると、いや、今日は一度も姿を見ていないと答えた。

イモジェンの部屋まで行って具合が悪くないかを確かめなくては、とレディ・ラヴィニアが決心したのは、それからずいぶんたって、午餐の用意ができたことを召使いが知らせに来たときだった——前の夜がいくら遅くても、寝坊するなんてイモジェンらしくない。それに、ゆうべは舞踏会が終わる前にベッドに入ったようだし。

部屋にイモジェンの姿はなかった。しかし、メモが枕にピンで留めてあった。レディ・ラヴィニア宛で、ダイニングルームに戻った彼女はみんなの前でそれを読んだ。

〝わたしのことはどうかご心配なく〟——最初の挨拶のあとにそう書かれていた——〝ペンダリス館へ早めに向かうことにしました。あちらに着いてからお手紙を差しあげます。ハードフォード卿と身内のみなさまに、お別れのご挨拶もせずに申しわけありませんとお伝えください。みなさまとお近づきになれたのは楽しいことでした〟

それから一時間たってもなお、カズン・イモジェンが予定より二日も早く急に出発したことをパーシー以外の全員が不思議がり、ざわざわと噂を続けていた。部屋を調べたレディ・ラヴィニアは、イモジェンがほとんど何も持たずに出かけたことを知った。たぶん、小さな旅行カバンと、そこに収まる荷物だけを持って出たのだろう。馬車置場と厩を見てみたが、馬車も馬もすべてそろっていた。どうやってハードフォード館から出ていったの？　徒歩で？

やがてわかったことだが、イモジェンはまさに徒歩で出ていったのだった。午餐が終わるころ、ウェンゼルとその妹の来訪が告げられた。

「ちょっと遠出をして、いま戻ってきました」ウェンゼルはみんなと挨拶を交わし、婚約者に笑みを向けてから説明した。「まっすぐこちらに伺うのがいちばんだと思いまして。ゆうべ、舞踏会を終えてティリーと一緒に帰宅したところ、レディ・バークリーがわが家の玄関先にすわっておられたのです。玄関をノックして召使いを起こすのを遠慮されたようです。宿屋で駅馬車を待つつもりだったが、夜なので宿屋は厳重に戸締りしてあったとのこと。早朝の駅馬車の時間までうちで待たせてほしいと言われました。下々の者と一緒に駅馬車で旅をされるなどもってのほかだと思い、ティリーにそう言ったところ、妹も同じ意見でした」

「ペンダリス館まで送らせてほしいってイモジェンに言いましたの」ミス・ウェンゼルが言った。「あるいは、せめてうちの馬車を使ってほしいと。でも、そんな迷惑はかけられないと言って、イモジェンは固辞するばかり。わたしたちにできたのは、せめて郵便馬車で行ってほしいと彼女を説得し、メイリオンの郵便局まで送っていくことだけでした。けさ、メイリオンまで行き、イモジェンを馬車に乗せて見送ってから、いま戻ってきたのです。郵便馬車を使えばご心配はいりませんわ、レディ・ラヴィニア。もっとも、わたしのメイドを連れていくように言ったら、イモジェンにきっぱり拒絶されましたけど。それから、荷物は身のまわりの品を入れた小さなカバンだけでした」

「あとでトランクを送るよう、ぼくが手配しておこう」パーシーは言い、ミス・ウェンゼルが何やら考えこむ様子でこちらに視線を据えていることに気づいた。

彼女が言った。「いったいどういうことなのか、あなたならたぶんご存じでしょうね、伯爵さま。イモジェンは何も言おうとしないんです」

もちろん、みんなも同じことを考えていた。ゆうべ、あの地獄のような舞踏室に彼が一人で戻ってきたとき以来、誰もがずっと考えていたことだ。突然、みんなの注意が彼に集中した。期待に満ちた沈黙で空気が脈動しそうだった。

しかし、いまは魅力をふりまくときでも、社交的な会話を軽く交わすときでもなかった。あるいは嘘をつくときではない。真実を話すときでもない。

パーシーは向きを変えて部屋を出ると、背後のドアをしっかり閉めた。

〝わたしが殺したの！　これで理解できた？　わたしが夫を殺したの。銃を手にとり、夫の眉間を撃ち抜いたの。狙いをつけて撃ったのよ〟

そして、くそっ、ぼくは彼女の言葉を信じた。

信じることで、彼女と一緒に闇の中心へ深く沈みこんだ。けっして近寄るまいと、これまでずっと骨を折ってきた場所なのに。

〝わたしが殺したの！〟

イモジェンは予定より二日早くペンダリス館に着いた。小さな旅行カバンをひとつ持ち、一人で郵便馬車に乗って旅をしてきた。それでも、スタンブルック公爵ジョージは眉ひとつ動かさなかった。郵便馬車が近づいてくるのを目にしたに違いない。馬車を降りる彼女に手を貸そうと、テラスに出て待っていた。

「イモジェン、よく来たね。大歓迎だ！」

しかし、次に射るような視線を彼女に向け、自分の腕のなかにひきよせると、強く抱きしめた。

自分たちがその姿勢でどれぐらいの時間立っていたのか、郵便馬車がどうなったのか、イモジェンにはわからなかった。ジョージと屋敷の香りに包まれるうちに、全身のこわばりが少しずつ消えていった。ここは三年のあいだ安全な避難所となり、いまも安心と力を与えてくれる場所だ。

イモジェンがようやくあとずさると、ジョージはその手を彼の腕にかけさせ、予定より早い到着も、郵便馬車でやってきたのも、別に変わったことではないかのように気さくに言葉を交わしながら、イモジェンを連れて屋敷に入った。その日の残りも、翌日も、同じように気さくな態度でイモジェンと話を続け、やがて午後の半ばにヒューゴと夫人のレディ・トレンサムが到着した。これもまた予定より早めだった。グウェンが、つまり、レディ・トレンサムがにこやかな笑みを浮かべ、明るい声で説明した――一日早く出発しましたのよ。赤ちゃん連れなので、旅程に余裕を見ておかなくてはと思いましたの。でも、それは杞憂《きゆう》に終わり、こうして無事に着くことができました。

ヒューゴは大柄で、貫禄《かんろく》充分で、短く刈りこんだ髪とすぐ渋い顔をする癖のせいで獰猛なタイプに見られがちだが、ジョージの肩をバシッと叩き、彼の手をとって勢いよく上下にふりながら、自分はいまや二人の女性の奴隷だと断言した。「もっとも、急いでつけくわえておくと、喜んで奴隷になったのだが」そう言いながら向きを変えた。「われわれよりさらに早かったんだね、イモジェン。おかげで気分が楽になった」

満面の笑みを彼女に向け、両腕を広げたが、そこで手を止めて眉をひそめ、小首をかしげた。「さあ、ここに来て。抱かせてくれ、お嬢ちゃん」ヒューゴは前より穏やかな声で言い、イモジェンはふたたび安心できる腕に包まれた。

しかし、グウェンとの抱擁も待っていたし、赤ちゃんのメロディーの愛らしさも褒めなくてはならなかった――ちょうど乳母が赤ちゃんを抱いて入ってきたので、ヒューゴが誇らしさではちきれんばかりの顔をして、巨大な両手で受けとったばかりだった。

残りのメンバーは翌日到着した。まず、ウェールズからベンとサマンサ（レディ・ハーパー）夫妻がやってきた。ベンは二本の杖にすがって屋敷に入り、階段をのぼったが、そのあとの移動はほとんど車椅子だった。それは敗北を認めることではなく、人生の新たな段階へ進んでこれまでとは違う活動を始めることだ、と考えるようになったのだ。

次に到着したのはラルフで、鮮やかな赤い髪をした夫人と一緒だった。イモジェンは初対面だったが、夫人はクロエと呼んでほしいと強く言った。去年、祖父の死去に伴って公爵位を継いだラルフとも、一度も顔を合わせる機会がないままだった。彼の顔にはいまも戦争のひどい傷跡が残っているが、表情にはこれまでにない落ち着きが感じられる。

ヴィンセントは妻のソフィア（レディ・ダーリー）と息子を連れてやってきた。一人で楽々と動きまわり、しかも、いまは犬の助けがあるので、彼の目が不自由なことを周囲はつい忘れてしまう。最後に、フラヴィアンが妻のアグネスと一緒に到着し、玄関から入ってくるなり、六カ月か七カ月後には父親になるので、みんな、ぼくに優しくしてほしい、その期待が神経に重くのしかかっているから、と宣言した。頭部の傷が癒えたあと、身体機能のほぼすべてが回復しても、言葉がつかえる癖だけはずっと残っていたのに、いまではそれがほとんど消えていることに気づいて、イモジェンは興味深く思った。

「だったら、フラヴ」ラルフが言った。「ぼくも優しくしてもらう必要がある。クロエのことはご心配なく。ぼくほど繊細ではないから」

そこで二人は肩を叩きあい、笑みを交わした。男にありがちな、ご満悦ではあるが照れている態度だった。

ヴィンセントを除く全員が、イモジェンと抱きあう前に目を細くしてしげしげと彼女を見た。全員がいつもより強く彼女を抱きしめ、にぎやかな挨拶に時間をとられる前に、ふたたび彼女の目を見つめるのだった。ヴィンセントまでが抱擁のあとでイモジェンの目を見つめ――彼にはそういう神秘的な能力がある――そっと声をかけた。

「イモジェン」

しかし、イモジェンはヴィンセントの頰にキスをしただけで、すぐにソフィアのほうを向き、一歳になるトマスがずいぶん大きくなったことに歓声を上げた。

二日と二晩が過ぎ、七人の仲間は深夜まで起きていて、この集まりのあいだいつもそうであるように、それぞれの心の内を明かし、昼間に比べて深い話をくりひろげた。

最初の夜は、ヴィンセントから、月日がたつにつれてパニック発作の回数が減ってきたという報告があった。ごくたまに、視力を失ったのはいずれ回復が望めるという一時的なものではなく、生涯続くものだと悟った瞬間、発作に襲われるそうだ。

「見ることは二度とできない」ヴィンセントは言った。「妻やトマスの姿はけっして見られない。次の赤ん坊が生まれても、見ることはできない――あっ、次の子ができたことは内緒だって言われたんだった。まだ確実じゃないから。ベッドに入ったとき、ソフィアに謝らなきゃ。でも、ずっと以前に自分のこんな状態を受け入れて、驚くほど幸福な人生を送り、目が見えないことはほとんど意識せずに暮らしているのに、不意に巨大な棍棒《こんぼう》で殴られて、たったいまそれに気づいたような気分になってしまうのは、どうしてなんだろう?」

「問題はだな、ヴィンス」並んでソファにすわっていたヒューゴが、イモジェンの膝越しに手を伸ばしてヴィンセントの膝を軽く叩いた。「ほとんどの場合、われわれもそれに気づいていないということだ」

「ヴィンスのやつ、目が不自由なのかい？」フラヴィアンが言った。「だから、いつも、ド、ドアにぶつかるんだな」

二日目の夜は、ジョージが告白をおこなった。いまでも悪夢にうなされることがあるという。崖から身を投げようとする妻を止めるための言葉を必死に考え、きわどいところで妻の手をつかんで崖の縁からひきもどそうとする――しかし、言葉も手も間に合わない。確かにその場面を目にしてはいるが、現実には距離があったため、どのみち妻を救うのは無理だったのだが。

イモジェンはこちらに着いて以来、社交的な決まり文句のほかはほとんど口を利いていなかった。しかも、仲間より夫人たちと言葉を交わすほうが多かった。しかし、三日目の夜は誰もあまり話すことがなかった。ときにはそんなこともあるものだ。彼らの人生とて、つねに問題と困難が山積しているわけではない。少なくとも五人は人生に大いに満足していて、幸せと言ってもいいほどだ。しかも、そのうち二人がもうじき新たに父親になる。今後の集まりはずいぶん違ったものになるだろう。今年だって、ヴィンセントの息子のトマスがよちよち歩きまわり、パパにもママにも理解できない言語で何やらしゃべっている。もっとも、ヒューゴなどは娘の顎の下をくすぐって、歯のない大きな笑顔を見ながら、娘の言葉に何やらすばらしい解釈を加えている。

さて、三日目のこの夜、なごやかな長い沈黙のなかで、イモジェンは大きく息を吸い、目を閉じた。「彼に打ち明けたわ」いきなり言った。

沈黙にいぶかしげな雰囲気が加わった。

しかし、当然のことだ。誰も何も知らないのだから。仲間にはまだ何も話していない。しかし、一カ月以上も彼女の人生の中心を占めていた事柄について仲間が何も知らないなんて、イモジェンには信じられないことだった。

「ハードフォード伯爵のことよ」イモジェンは説明した。「先月の初めにハードフォードにいらしたの。あの方――わたし――わたしたち――」

今夜も横にすわっていたヒューゴが彼女の手をとり、強引に自分の腕に通してから、片手で包みこんだ。反対側にすわっていたヴィンセントが彼女の腿を軽く叩いて、しっかりつかんだ。

「過去のことを話したの。でも、あの人は納得しなかった。何かが欠落しているのを察して、ふたたび質問してきた。わたしがこちらに来る前の夜だったわ。話さないわけにはいかなかった。だから打ち明けたの」

イモジェンは目を閉じたまま、頭をのけぞらせた――すると、フラヴィアンの胸にぶつかった。フラヴィアンはいつのまにか背後に来て、彼女の肩に両手をかけていたのだ。空いたほうのイモジェンの手を誰かが急に強く握った。ラルフが彼女の前でしゃがんでいた。

イモジェンは泣き叫んでいる自分に気づいた。耳をつんざく甲高い音は、自分の口から出たものとは思えなかったが、間違いなくそうだった。

ジョージの声は静かで優しかった——そうか、辛い記憶がよみがえったんだね。

「どんなことを打ち明けたんだ、イモジェン？」ジョージが尋ねた。

「ディッキーを、こ、殺したことを」イモジェンは涙にむせんだ。

「ほかには？」

「ほかに話すことなんてある？」これが自分の声だとは思えなかった。「何もないわ。この広い世界をいくら捜しても、それしかない。わたしがディッキーを殺したの」

「イモジェン」今度はベンの声だった。「話しておくべきことはほかに山ほどある」

「いいえ、な、な、何もない」首を左右にふりながら、イモジェンは言った。「それしかないわ」

背後からフラヴィアンが手を伸ばし、彼女の顎を両手で包んだ。

「尋ねたいことがある」ため息混じりの、どちらかといえば退屈そうな声で、フラヴィアンは言った。この声はわざとね——イモジェンは思った。日常的な雰囲気を作ってわたしの気持ちを和らげようとしている。「そのハードフォードってやつ、もしかしてきみを愛しているのかい、イモジェン？ それとも、横柄な荘園領主の役を演じるのが好きなだけかな」

イモジェンは目を開き、顔を上げた。「そんなことは関係ないわ。あ、だけど、横柄でも、独裁的でも、不愉快でもないのよ。最初はそういう人かと思ったけど」

「で、もしかして、きみもそいつを愛してるのかな？」フラヴィアンが尋ねた。

「それは無理」イモジェンはラルフの手とヒューゴの腕から手をひっこめ、親指の付け根の膨らみを目にあてた。「無理だわ。みんなも知ってるでしょ」

ラルフとフラヴィアンがそれぞれの席に戻った。ヒューゴが彼女の肩に腕をまわし、自分の肩に彼女の頭をひきよせた。

「なぜそんなに動揺している？　なあ、なぜそんなに動揺しているのだ？」

「誰かが彼を裏切ったの。あ、ディッキーのことよ。あの人は半島から生きて帰れない運命だった。誰かの手でフランス軍に売り渡されたの」

そして、イモジェンは密輸団、ラチェット氏、ジェームズ・モーガン、夫の従者のことを語った。ディッキーの時代以降は誰もが見て見ぬふりだったのに、パーシーが密輸団に立ち向かい、無謀にも悪事を容赦なく追及して真実を突き止め、三人の男が逮捕されて裁判を待っていることも語った。筋の通った話ができたかどうか、自分ではまったくわからなかった。

イモジェンが話を終えたときも、ヴィンセントは彼女の腿を軽く叩いていた。

「わたし、予定より早くこちらに来たの」イモジェンは両手を膝に下ろして言った。「安心したかった。必要だった――必要だったから――」

「ぼくたちが」フラヴィアンが言った。「ぼくたち全員がおたがいを必要としている、イモジェン。ここに来れば安心できる。全員がそうだよ」

「そうね」イモジェンはうなずいた。「でも、きっともうずいぶん遅い時間ね。みんな、ベッドに入ってちょうだい。あなたたちが疲れてなくても、わたしはもうくたくたよ。感謝してる。みんなを愛してるわ」

ジョージが穏やかな笑みを浮かべて、イモジェンのほうへ手を差しだした。

「さあ。きみの部屋の前まで送ろう。わかっていると思うが、いつでもここに来ていいんだよ」

「それから」席を立ちながら、イモジェンは言った。「自分自身の人生を生きなきゃいけないこともわかっているわ。そうするつもりよ。これは一時的な後退に過ぎないの。ヴィンセントのパニック発作と同じね。じゃ、おやすみなさい」

イモジェンは肩に力を入れ、仲間を順に見ていった。彼女に続いて部屋を出ようとするそぶりを誰一人見せていないことには気づいてもいなかった。


なぜこんなに腹立たしいのか、パーシー自身にもわからなかったが、とにかく腹が立ってならなかった。いや、厳密に言うと、腹立ちではない。不機嫌なのだ。出会った相手をいちいちどなりつけることまではしないものの、とにかく、思いきり機嫌が悪かった。

嫉妬だ。

いや、くだらない。会ったこともない男どもになぜ嫉妬するというのだ？〈サバイバーズ・クラブ〉などというもったいぶった名前を自分たちにつけた連中に。誰もが〝生き延びた者《サバイバー》〟ではないのか？この自分もそうではないのか？そいつらはなんの権利があって自分たちをサバイバーと呼ぶのだ？やつらがイモジェンをどれだけ愛しているというのだ？　連中の多くが――全員かどうかは思いだせないが――ほかの女と結婚したというのに。

ところが、イモジェンはそいつらのところへ逃げてしまった――夜の夜中に、ぼくには何も言わずに。書き置きだってレディ・ラヴィニアに宛てたものだった。

そして、いまの彼は使い走りと配達係の両方の役目を兼ねていた。レディ・ラヴィニア、カズン・アデレード、彼の母親、ベス、レディ・クウェンティン、ミス・ウェンゼルからの手紙が馬車に積みこんである。馬鹿馬鹿しい。これ以上手紙を預かったら、馬車のうしろにつける荷車が必要になるだろう。また、馬車の荷物室には彼女の持ち物を入れた大きなトランクが置いてあるため、彼自身の荷物を積みこむ余裕はほとんどなかった。

パーシーはこうしてペンダリス館に到着した。予想に違わぬ堂々たる大邸宅で、こちらにもやはり崖があり、しかもハードフォード館に比べると崖はさらに近くにあるので、ここに来たのが賢明なことだったかどうかという疑問を、ふたたび――いや、四二回目ぐらいかもしれないが――抱くことになった。しかし、ひきかえそうにも手遅れだった。なぜなら、彼の到着を誰かが見ていたらしく、正面玄関の扉があいて、招かれてもいないのにやってきた図々しい人間の正体を見きわめるため、髪が優雅に白くなりつつある長身の男性が――くそっ！――出てきたからだ。スタンブルック公爵だとパーシーは気がついた。貴族院で二、三回見かけたことがある。

自分が間抜けに思えてきて、戦闘的な気持ちになった。公爵が彼の前に立ちふさがったなら、まず相手の鼻をつぶし、素手で——いや、歯の助けも借りて——八つ裂きにしていただろう。イモジェンに会いに来たのだ——何がなんでも会わなくてはならない——それで頭がいっぱいだった。あの晩、ぼくが考えをまとめて彼女の話にどう対応するかを決める暇もないうちに、イモジェンは逃げだしてしまったが、彼女にそんな権利はないはずだ。話をしなくては——いますぐ。向こうはそれに応じる義務がある。

　パーシーが馬車を降りてヘクターの鼻先で扉を閉めると、スタンブルック公爵が右手を差しだしていた。

「ハードフォードとお見受けしたが」スタンブルックに言われて、パーシーは彼と握手をした。

「レディ・バークリーのトランクを届けに来ました。それから、彼女宛の手紙も何通か。彼女に会わせていただきたい」

　公爵の眉が上がった。「なかへどうぞ。茶菓でもいかがかな？　御者にはトランクを下ろしたら厩へ行ってもらうとしよう。誰かに厩まで案内させる」そう言うと、公爵は向きを変え、先に立って屋敷に入った。

　もちろん、玄関ホールには軍隊が整列していた。いや、スタンブルックのほかに四人しかいないのだが、まるで軍隊のように見えた。もしくは、難攻不落の砦《とりで》という感じだ。行く手をふさぐ気ならやってみろ——パーシーはそれを期待したほどだった。喧嘩がしたくてうずうずしていた。

スタンブルックが丁重そのものの態度でパーシーを紹介した――くそっ。髪を短く刈りこんだいかつい大男はトレンサム。顔に醜い傷跡がある男はワージンガム公爵。全世界が自分の楽しみのために造られたかのような顔をしている金髪の男はポンソンビー。そして、青い目をした華奢な若い男はダーリー。パーシーは彼に目を向け、視線をはずし、ふたたびそちらを見た。これが目の不自由な男ではなかったか？　そのとき、まっすぐこちらを見ていると思われた目が、じっさいには数センチほど彼の顔からそれていることに気づいた。少々薄気味悪く思われた。

礼儀正しい挨拶が交わされ、やがて、別の男が階段の上に姿を見せた。ストラップつきの二本の杖に腕を通し、それにすがって不安定な足どりで下りてきた。

「サー・ベネディクト・ハーパーだ」スタンブルックが言った。

「レディ・バークリーに会わせていただきたい」パーシーはぶっきらぼうに言った。礼儀正しくふるまうほうがよかったかもしれないが、礼儀などくそくらえという気分だった。機嫌を損ねていた。

「それは少々むずかしいかもしれない」金髪の男がため息混じりに言った。このわずかな言葉を口にするのも彼にとっては試練であるかのように。「というのも、ハードフォード、レディ・バークリーのほうはたぶん、会う気がないだろうから」

「率直に言って」顔に傷跡のある男がつけくわえた。「彼女を非難する気にはなれない」獰猛そうな大男が腕組みをし、さらに獰猛な顔になった。

「では、本人に尋ねて」パーシーは言った。「確かめてくれ。そして、伝えてもらいたい――会ってほしい、それまでぼくは梃子《てこ》でも動かない、と」

自分のなかから抜けだして背後に立ち、信じられないという思いで首をかすかにふりながら、自分の不作法な行動を観察しているような気がした。ぼくの有名な魅力はどこへ消えてしまったんだ？

「〝会ってほしい〟の前に、〝お願いだから〟をつけてくれ」男たちをにらみつけて、パーシーは言った。

「来客用のサロンに入っていただこう」スタンブルックが言った。「何か飲んでいてくれ。あとの者もきみと一緒にサロンへ行き、そのあいだにわたしがレディ・バークリーと話をしてくる。ただ、事前に言っておくが、レディ・バークリーはきみと話をするのを拒むかもしれない。きみが来るのを彼女も目にしたが、うれしそうな様子ではなかった」

パーシーは空気が漏れはじめた熱気球になったような気がした。

「ぼくに行かせてください、ジョージ」ダーリーが言った。「ぼくが彼女と話します。〝お願いだから〟をつけるのを忘れないようにするからね、ハードフォード」ダーリーはこのうえなく優しい笑みを浮かべた。「サロンのほうで茶菓をどうぞ。動揺しているご様子だし」

そこで残りの熱い空気も抜けてしまい、パーシーは自分がぐったりしぼんでしまったように感じた。

くそ、くそ、くそったれ。彼女が会ってくれなかったらどうする？　彼女の部屋の窓の下で――たとえ部屋の場所がわかったとしても――永遠に野営を続けるわけにはいかない。軍隊が見まわりをしているとなれば。とくに気に食わないのがあの大男の顔つきだ。

パーシーはスタンブルックに言われた部屋のほうへ向かい、一方、目の見えないダーリーは反対方向へ向かった。犬が彼の案内役をしていることに、パーシーはいま初めて気がついた。ヘクターを馬車に残してきたことを思いだした。あの間抜けな犬は屋敷に残るのを頑として拒否したのだ。

25

イモジェンは温室にいた。見慣れた馬車が近づいてくるのを目にしたあとで、ここに逃げこんだのだ。あのとき、客間の窓辺に立っていなかったら、逃げる暇はなかっただろう。すやすや眠るメロディー・イームズを腕に抱いて揺らしながら、この世にまたとないすてきな感触だと思っていたところだった。

いまは温室の窓の外へ目をやり、草むらに咲く水仙を見つめていた。もっとも、ろくに目に入っていなかったが。誰かの足音が聞こえた——犬を連れた誰か——しかし、イモジェンはふりむかなかった。

ヴィンセントがまずベンチを手探りして、それからイモジェンの横にすわった。犬は彼の膝のそばにうずくまった。

「イモジェン」ヴィンセントが手を伸ばし、彼女の手の甲を軽く叩いた。「あいつ、いつもあんなに不作法なのかい？」

「あら」不思議なことに、妙なことに、イモジェンは思わず微笑していた。「不作法だったの？」

「うれしそうな声だね」そう言われて、イモジェンは冷静さをとりもどした。「やたらと戦闘的だったよ。こっちがたいして挑発しなくても、素手でぼくたち全員に殴りかかってきただろうな。もちろん、ぼくには姿が見えなかったけど、声は聞こえた。大柄な男なのかい？」

「ええ。でも、巨漢ではないわ」

「だったら、ヒューゴがパンチを一発叩きこめば、それだけでノックアウトだな。もっとも、ぼくの勘では、すぐまた起きあがって次のパンチを受けてたかもしれない。外見はどんな感じ？」

「そうね」イモジェンは眉を寄せた。「長身、浅黒い、ハンサム――昔ながらの陳腐なものばかりね」

「それで、本人も陳腐なタイプかい？」

「いいえ」イモジェンはまだ眉を寄せていた。「最初はそう思ったわ、ヴィンセント。でも、いまは違う。彼のことがよくわかってきたから。陳腐な人間なんてどこにもいない。あの人は……いえ、いいの。おとなしく出ていった？」

彼の馬車がペンダリス館から去っていく光景を想像すると、胃の底に鉛のおもりを置かれたような気がした。じつをいうと、誕生祝いの舞踏会の夜からずっと、そのずっしりした冷たいおもりが置かれていたのだ。永遠に消えないの？

「いまはサロンにいる。ほかの連中と一緒に。会ってほしいそうだ。そう伝えるよう、ぼくたちに要求した。でも、〝お願いだから〟とつけくわえたけどね」

イモジェンの口元がほころんで、ふたたび笑みを浮かべた。ただ、笑う前に涙が出そうだった。

「会えないと伝えてちょうだい。それから、〝ありがとう〟とつけくわえてね」

「ぼくたち全員、彼が来るのを予想していた。一昨日の夜、きみがベッドへ行ったあとでみんなの意見が一致した。賭けは成立しなかった。全員が同じ意見だったから。ソフィーもぼくに同意したし、ほかの夫人たちもそうだった。彼がやってくるのを全員が予想してたんだ」

そのあとの沈黙を埋める言葉は何もなかった。

「ひどく動揺してたよ」

「戦闘的だったって言わなかった？」

「そうだよ。だけど、戦闘の材料が何もなかった。ジョージが丁重な主人役として外に出って挨拶をしたし、ぼくたち全員、最高に礼儀正しくふるまったからね」

玄関ホールに並んだみんなの姿が目に見えるようだ。望みの品を渡すまいとして人の前に立ちはだかったとき、自分たちがいかに手強い敵に見えるかを、まったく自覚していない男たち。

かわいそうなパーシー！　そんな目にあわされるいわれはないのに。

「どうしてもと言うなら、ぼくがあの男を追い返そう」ヴィンセントは言った。「きみに会うまでは梃子でも動かないと言ってたけど、かならず立ち去るはずだ。紳士だから、きみの返事がノーなら、しつこくつきまとうようなことはしないさ。だけど、やっぱり会ったほうがいいと思う」

「どうにもならないのよ、ヴィンセント」

「だったら、彼にそう言うんだ」

イモジェンは大きく息を吸ってから吐いた。ヴィンセントには散髪が必要ね——脈絡もないことを考えた。波打つ金色の髪が肩につきそう。でも、散髪が必要でないときがこれまでにあった？　それに、どうして髪を切らなきゃいけないの？　天使みたいに見えるのに。大きな青い目がその印象をさらに強めている。

「ここに来るように伝えて」イモジェンは言った。

ヴィンセントが立ちあがると、犬もその横についた。しかし、ヴィンセントはためらっていた。「求められもしないのに助言をするのは、ぼくたちの主義に反することだよね、イモジェン」

「ええ、そうよ」イモジェンがきっぱり答えると、ヴィンセントは向きを変えた。「でも、助言を求められたとしたら、あなたはどんなことを言うつもり？」

ヴィンセントは向き直った。穏やかな口調で言った。「人はみな不幸になる権利があると思う。自分でそれを選んだのなら。だけど、他人を不幸の巻き添えにする権利があるのかどうか、ぼくにはわからない。人生が厄介なのは、ときとして、誰もがその人生に関わっているからなんだ」

そう言うと、あとは何も言わずに出ていった。いまのが助言？　ヴィンセントが何を言おうとしたのか、イモジェンにはよくわからなかった。ただ、じっと待ちながら彼の言葉について考えるうちに、はっきりわかってきた。でも、自分のことに責任を持つだけでいいんじゃない？　どうして他人のことにまで責任を負わなきゃいけないの？　それはただのお節介じゃない？

〝人生が厄介なのは、ときとして、誰もがその人生に関わっているからなんだ〟

そこで自分のささやかな決心を思いだした。これからは村のパーティでふたたび踊ることにしようと前に決心したことがあった。

足音が聞こえてきた。今度はしっかりしたブーツの足音だった。たぶん、戦闘的な足が立てる音。今回もふりむくのはやめた。彼が少し距離を置いて立ち止まった。すわろうとはしなかった。

「イモジェン」パーシーがそっと呼びかけた。

イモジェンは膝の上で両手を握りしめ、指を組みあわせた。左右の親指の先端が触れあった。

「きみのやり方はフェアとは言えない」

「わたし、あなたとゲームをしてるわけじゃないのよ、パーシー。ゲームなんかしてないのに、フェアだとか、フェアじゃないとか言われても困るわ」

「きみはぼくに話をしてくれた。だが、そこには大きな穴が口をあけていた。どんな街道だろうと道幅いっぱいにくぼみができるほどの大きな穴だ。話の残りを聞かせてほしいとぼくが頼んだら、きみはその大きな穴を埋めるのに小石を一個くれただけだった」

「わたしが打ち明けたことが小石だったというの？」イモジェンはここで初めて彼を見た。怒りの火花が散っていた。目にしたものに衝撃を受けた。最後に会ってから一週間にもならないのに、彼の顔はやつれて青白く、目の下に睡眠不足を示すくまができている。目そのものは表情が読めない。

〝人生が厄介なのは、ときとして、誰もがその人生に関わっているからなんだ〟

「きみが眉間を撃ち抜いた。狙いをつけて。その言葉は信じよう。だが、理由は？　どうやって夫のそばまで行った？　銃はどこで手に入れた？　なぜその銃で夫を殺したんだ？　きみを愛しているという以外に、ぼくには返事をもらう資格などないかもしれないが、ほかになんの理由がなくても、愛しているからこそ話してほしい。理解させてほしい。何もかも話してくれ」

　イモジェンは息を吸い、続けてもう一度吸った。「何日たっても、フランス軍は夫の口を割らせることができなかった。何日ぐらい過ぎたのか、わたしにはわからない。ひとかたまりで流れていったような気がする。敵はきっと、夫がフランス軍にとって不可欠の情報を頭に刻みつけていると考えたのね。本当にそうだったのかもしれない――でも、わたしには何もわからないわ。連中はとうとう、わたしを夫のもとに連れていった。男たちの数は四人、全員が士官だった。向こうにさらに二人いた。夫は鎖でつながれて壁ぎわに立たされていた。

変わりはてた姿だった」

イモジェンはうなだれ、親指の付け根でしばらく目を押さえた。

「ああ、なんてことだ」パーシーのつぶやきが聞こえたような気がした。

「連中はこれから何をするかを夫に告げた。順番にわたしを犯すというの。夫とあとの者が見ている前で。わたしが立っていた場所からそう遠くないテーブルに士官の一人が拳銃を置いたんだけど、なぜそんなことをしたのか、いまだに理解できないわ。無力な女を見くびっていた？　不注意だった？　それとも、その士官の順番が最初だったので、持ち物を置く必要があった？　わたしは拳銃をとると、手を上げてうしろに下がるよう全員に言った。でも、絶望的な状況だってことはすぐにわかった。誰か一人を撃てば、すぐさまあとの者が襲いかかってくるだろうから、どうにもならない。わたしは強姦され、夫の心はたぶんこわれてしまう――始まりもしないうちに。あるいは一人か二人がすませたあとで。夫はたとえ解放されたとしても――たぶん無理だったと思うけど――人生を続けていくことはできなかったでしょう。わたしが士官の一人を脅して夫の鎖をはずさせたとしても、歩いて出ていく力が夫にないのは明らかだった。それに、わたしが何か方法を工夫したとしても、兵舎には何十人もの兵士がいたし、外にはさらに何百人、いえ、何千人もいた。唯一の解決策を思いつくのに、たぶん一秒もかからなかったと思うわ。ディッキーもそれを悟った。わたしをじっと見ていた。ああ、神さま、笑顔まで見せたのよ」

イモジェンは呼吸を整えるためにしばらく時間を置かなくてはならなかった。

「わたしは夫の考えを読みとり、彼もわたしの考えを読みとった――わたしたちは昔からそれができたの。〝うん、やるんだ〟夫は無言でわたしに語りかけた。〝ぼくを撃て、イモジェン。フランスの士官を撃ったりして弾丸を無駄にするんじゃないぞ〟そして、わたしが言いつけどおりにする直前、夫の目が〝勇気を出して〟と言った。そして、わたしは引金をひいた。夫を撃った。そのすぐあとに自分も死ぬだろうと思っていたし――夫もそう思っていた。でも、そうはならなかった。あのきわめて礼儀正しい……紳士たちは、怒り狂ってはいたけど、女を罰する方法を心得ていた。その手段は強姦ではなかった。わたしを解放し、さらには、英国軍の陣地まで送り届けた。わたしを生き地獄に突き落としたの」

沈黙がどれだけ続いたのか、イモジェンにはわからなかった。

「もう帰って、パーシー。わたしは底のない暗黒の井戸なの。そして、あなたは光に満ちた人。たとえここ一〇年の人生を無駄に過ごしたように感じているとしても。このまま帰って、わたしのことは忘れてちょうだい。幸せになって」

パーシーはまたしても悪態をついた。なるほど、習慣になりつつある。

「ご主人はきみを愛していた。もうしばらくきみに目で語りかけることができたなら、フランス軍がきみを解放することを知っていたなら、いったい何を告げただろう？」

「ああ……」イモジェンは涙をこらえた。

「返事をはぐらかさないでくれ。ご主人はきみになんと言っただろう？」

パーシーはとにかく正直さを求めていた。もっともおぞましいあの場所で、もっともおぞましい瞬間を経験して以来、イモジェンが自分に巻きつけてきた何層もの罪悪感をも貫き通す正直さを。

「し、し、幸せになってほしいと、い、言ったでしょうね」イモジェンは言った。二日前の夜と同じく、耳をつんざく甲高い声になっていた。

「ご主人がこの八年余りのことを知り、その年月をきみがどう生きてきたか、残りの生涯をどう生きるつもりかを知ったら、どんな気持ちになると思う？」

イモジェンはふたたび彼に目を向けた。「待って。あんまりだわ、パーシー」と叫んだ。「そんな質問をした人はほかに誰もいなかったわ――お医者さまも、〈サバイバーズ・クラブ〉の仲間も。誰一人として」

「ぼくは医者ではないし、あの六人の仲間でもない。だから、あえて尋ねたい。ご主人はどんな気持ちになるだろう？　きみには答えがわかるはずだ。きみはご主人の内面を深く理解していた。ご主人を愛していた」

「ひどく悲しむでしょうね」イモジェンは言った。上唇を噛んだが、熱い涙がこぼれて頬に落ちるのを止めることはできなかった。「でも、微笑し、笑い、楽しみ、ふたたび人を愛し、愛を交わす人生を送るなんて、わたしには許されないことなのよ。夫を忘れてしまいそうで不安なの。夫を忘れてしまうのが怖いの」

「イモジェン、誰かがきみの頭にナイフを入れて、脳をとりだし、叩きつぶすしかなさそうだな。それでもなお、きみの心臓と骨には記憶が刻まれているだろう」

イモジェンはハンカチを手探りしたが、彼が二、三歩近づいて、自分の大きなハンカチを彼女の手に握らせた。イモジェンはそれを目に押しあてた。

彼がイモジェンの前で膝を突き、彼女がふと見ると、左右の膝をはさむようにしてベンチに彼の手が置かれていた。

「イモジェン、それほどまでにすばらしい男性を愛してきたきみを前にして、その愛を得ようとしている自分の図々しさに、ぼくは震えおののいている。だが、その男性にとってかわろうとは思っていない。ほかの人にとってかわることなど誰にもできはしない。誰もが自分で自分の居場所を作らなきゃならないんだ。こんなつまらないぼくだけど、どうか愛してほしい。きみの誇りとなる人間になれるよう、残りの生涯をかけて精一杯努力するから。そして、自分で誇れる人間になれるように。きっとなれる。生きてさえいれば、人はなんだってできる。つねに変化し、成長し、はるかにいい人間になっていける。人生はそのためにあるんだ。ぼくに機会を与えてくれ。きみを愛してもいいね？　きみにも愛してもらいたい。時間が必要だというなら、いくらでも待とう。希望をくれるだけでいい。きみにそれができるなら。できないというなら、仕方がない。きみをそっとしておくことにしよう。だけど、お願いだ――できることなら、〝ええ、たぶん〟と、はっきり答えてほしい」

イモジェンは涙を拭いてからハンカチを下ろした。パーシーの姿はまるで、杖でぶつのだけは勘弁してほしいと必死に願う哀れな小学生のようだった。イモジェンは両手を伸ばして彼の顔をはさんだ。

「あなたの光を奪ってしまうのはいやだわ」

彼の目に何かがきらめいた。

「いや、光はけっして尽きることがない、イモジェン。愛もそうだ。ぼくがきみを光で満たして暗闇でも輝けるようにしよう。そうすれば、愛を交わしたくなったときに、きみを見つけることができる」

まあ、馬鹿ね。パーシーったら、ほんとに馬鹿。でも、ふざけた言葉とは裏腹に、血の気のない不安そうな顔をしている。

「輝いてもいいの?」イモジェンは訊いた。だが、彼よりむしろ自分への問いかけだった。

パーシーは答えなかった。しかし、ほかの誰かが答えてくれた。彼女の心の奥で、よく知っている声で――〝勇気を出して〟。この無言の口調にイモジェンの心はこの八年間で初めて耳を傾けた。深い安らぎに満ちた口調だった。

夫は死を望んだのだ――妻の手にかかって死ぬことを。死によって、夫は耐えがたい苦痛から、そして、死ぬ前にさらに痛めつけられることが確実な運命から自由になれた。また、妻は悲惨な強姦から自由になれた――死を迎えたとき、ディッキーはそれを確信していたし、現にそうなった。もっとも、彼の期待とは違う形になってしまったが。

死を迎えたとき、夫の心は安らいでいた。妻が死をもたらしてくれた。もしくは、自由をもたらしてくれた。どちらととるかは、人それぞれの見方によるだろう。

ふたたび生きることができる。ええ、きっとできる。ディッキーのおかげだし、たぶん、わたし自身の努力のおかげでもある。そして、たぶん、パーシーのおかげね。そうよ、ふたたび生きることができる。

「わたし、頭のてっぺんから足の爪先まで分厚い毛布にくるまることにするわ」イモジェンは言った。「そしたら、あなたは必死に捜さなきゃいけない。そのほうが冒険をしてるみたいで楽しいでしょ」

パーシーの目に微笑が浮かび、疲れた様子の顔全体が徐々に明るくなるのを、イモジェンは見守った。やがて、彼の腕が鉄の帯のごとくイモジェンに巻きつき、額が彼女の肩にのせられ、パーシーは泣きだした。

ついにパーシーの婚礼の日が訪れたのは、五月の二週目に入ってからだった。イモジェンと婚約したのと同じ年の五月だとわかってはいたものの、五年もたったような気分だった。いや、永遠に待たされたような気がしていた。

あの日、ペンダリス館の温室で膝を突いた彼は、立ちあがって手近な役所で結婚の特別許可証を手に入れ、彼女を連れて大急ぎでハードフォード館に戻り、ポースメアの教会へ突進して式を挙げたいと思った――人間の能力から見て可能であるなら、すべてを一日で終えたかった。

残念ながら、良識のほうが打ち勝った。もっとも、かならずしも彼自身の良識ではなかったが。

イモジェンの友人たちはみな、こんなに早く彼女が友情の輪から抜けださなくてはならないとしても、それは充分に理解できるし、とてもうれしいことだと言ってくれた。〈サバイバーズ・クラブ〉のメンバーの夫人たちも抱擁とキスと感激の涙で祝福してくれた。しかし、どういうわけか、誰もが寂しげな表情を見せたため、パーシー自らが次のように宣言することとなった――婚約したばかりの女性と親しい友人たちのあいだに割って入るつもりはない、友人たちも今後は自分の親しい仲間になるのだから、というような気恥ずかしい言葉を口にしてしまった。

パーシーはスタンブルック邸に二、三日泊めてもらい、そのあいだに、ヘクターの愛情をよちよち歩きの一歳児に奪われそうになった。なにしろ、この子が一日じゅう犬を追いかけ、抱きつき、キャーキャー笑い、犬のおなかに寄りかかって眠り、奴隷にしてしまったのだから。

パーシーはスタンブルック邸の書斎を借りて、自分でも信じられないことに何通もの手紙を書き、イモジェンも隣で同じことをして、それをすべて郵送した。次にパーシーはロンドンに戻って、朝刊で婚約を発表し、教会へ結婚予告を依頼し――ほどなく――身内がどっと押し寄せ、母親もダービーシャー州から到着したため、結婚式の計画という猛烈な大嵐に巻きこまれることとなった。〝ダービーシャーの風光明媚《めいび》なルートを経てコーンウォールからロンドンまでやってきたのよ〟というのが、母親の目下お得意のジョークになっている。

やがて、ペンダリス館の一団もイモジェンを連れてロンドンにやってきた。彼女は目下、スタンブルック公爵と一緒にロンドンのスタンブルック邸に滞在中で、公爵と血縁関係にあるイモジェンの実家の母とおばもそちらに泊まっている。

レディ・ラヴィニア、ファービー夫人、イモジェンの兄と夫人、そして、結婚式にやってきたその他多くの人々で、パルティニー・ホテルは超満員だ。

パーシーのおじやおばの屋敷で、晩餐会、パーティ、夜会が開かれた。ロデリックおじの家では、メレディスとウェンゼルの婚約を祝う舞踏会が開かれ、みんながパーシーの婚約も祝ってくれた。ワージンガム公爵邸の舞踏会では、夜食のテーブルの中央に婚約を祝うケーキが置かれた。また、レディ・トレンサムといとこのレイヴンズバーグ子爵夫人が開いた舞踏会もあり、パーシーはそこでベドウィン家の多くの人々から祝福を受けた。恐るべきビューカッスル公爵もその一人だった。パーシーは公爵が貴族院で発言するのを一度か二度聞いたことがあり、確たる理由はないものの、この人物に畏怖の念を抱いている。鋭い光を放つ銀色の目のせいかもしれない。もしくは、貫禄充分の偉そうな態度のせいか。その妻が可憐ではあるものの、目をみはるような美女ではないことを知って、パーシーはいささか驚いている。だが、夫人が笑みを浮かべると全身が輝きに満ちるかのようだし、夫のことを怖がっている様子はまったくない。

銀色とグレイと白で統一された婚礼用の服を従者のワトキンズに着せてもらいながら、パーシーは思った——ああ、もううんざりだ。作法どおりの挙式に強引に同意させられたことを、いまではどれほど後悔していることか——〝作法どおり〟というのは、とりあえずイモジェンが使った言葉だが。

「まあ、パーシーったら」特別許可証を手に入れに出かけると言って、パーシーが騒いでいたときに、イモジェンが言ったのだ。「わたしだって、できれば急いで結婚したいわ。でも、婚礼は花婿と花嫁だけの問題じゃないのよ。そうでしょ？　家族と友人のことも考慮しなきゃ。幸せな人生のスタートを切るための大切なお祝いの機会なのよ。おとなしく待って、作法どおりに式を挙げましょう」

特別許可証を手に入れて急いで結婚するのは不作法なのか、と尋ねたかったが、それはやめておいた。彼女が望むなら、太陽でも、月でも、作法どおりの婚礼でも喜んで差しだそう。

作法に従った花婿は教会へ向かった――もちろん、ハノーヴァー広場の聖ジョージ教会だ――銀色とグレイと白の衣装、襟元と袖口を華やかに飾る何メートルものレース、白麻のシャツにきらめく小さな卵ほどのサイズのダイヤモンド、レースを重ねた襟、指輪、懐中時計の鎖、その他さまざまな装飾品。

そして、がくがく震える膝。親指ばかりが並んだような感覚の二本の手。指のうち二、三本は、いよいよという瞬間に結婚指輪を落とすに決まっている。

シリルはなんの役にも立ちそうにない。花婿の付添人にはほかの誰かを選ぶべきだったのではないかと、パーシーは後悔した。

「指輪を落としたらどうしよう？」教会へ向かう途中でシリルが尋ねた。

花婿の付添人の役目――主な役目――のひとつは、花婿の緊張を和らげることにあるのだが……。

「見つかるまで、きみが床を這いまわることになる」パーシーは言った。「だが、落とすようなことはないさ」

「まだ一度もやったことがない」シリルはつけくわえた。

「ぼくもだ」パーシーは彼に言った。

身内と親しい友達だけでも、教会の信者席はすべて埋まってしまったに決まっている。しかし、今回は〝作法どおりの婚礼〟なので、貴族社会に少しでも関わりを持つすべての者に招待状が送られ、社交シーズンが華々しく始まったばかりで、これが今シーズン最初の上流階級の結婚式ということで——社交シーズンというのは大規模な結婚市場でもあるため、これから次々と式が続くはず——すべての者とその犬が招待に応じた。いや、犬というのは冗談だが。ヘクターは大いにむくれていた。そっと馬車に駆け寄ろうとしたとき、パーシーに止められたのだ。飼い主と飼い犬の区別がときどきつかなくなる犬が相手なので、パーシーにとっては、楽なことではなかったのだが。

教会は人でぎっしりだった。もしかしたら、屋根に何人かすわっているかもしれない。屋根にも信者席を何列か用意しておくべきだ。

シリルの歯が周囲に聞こえるぐらいカチカチ鳴っていた。最前列の信者席に彼と並んですわったパーシーは、一〇本の親指に注意を集中し、指輪をはめる儀式までにそのうち八本をふつうの指に戻さなくてはと焦っていた。指の屈伸をおこない、膝の具合を心のなかで確かめた。すわったままで式を挙げるわけにはいかない。そうだろう？

　そして、式が始まった——本当に始まったのだ。豪華な式服をまとった牧師が教会の前のほうに姿を現すと、ざわざわした話し声がやんで期待に満ちた静寂に変わり、参列者が立ちあがり、オルガンが何やら印象的な旋律を奏ではじめた。

　パーシーの膝に力が入った。ふりむいて、兄の腕に手をかけて身廊を進んでくる花嫁を見守った。

　なんと、ああ……。

　アイスブルーのドレスをまとったイモジェンの姿はシンプルで優美だった。ドレスにはフリルもひだ飾りもなく、ほんのわずかなレースすら使われていない。ドレスとおそろいの幅広のリボンだけを飾りにした簡素な麦わらのボンネットからは、巻毛も、ウェーブした後れ毛ものぞいていない。宝石もなく、耳に何かがきらめいているだけだ。

　左右の信者席に並んだ豪華な装いの女性たちのそばを通り過ぎた。イモジェンの前では誰もが色褪《あ》せてしまう。北欧神話に出てくる女神か、バイキングの女王のようだ。

　これがイモジェンだ。

　彼女が近づいてきたとき、パーシーは一瞬、大理石の貴婦人だと思った。顔が青ざめ、こわばり、彼に視線を据えている。次の瞬間——膝よ、見ろ！——彼女が微笑した。聖ジョージ教会のなかを照らすろうそくも、その他の照明も、もう必要なかった。教会が光に満たされた。いや、それは彼のハートだけだったのかもしれない。もしくは彼の魂か。

顔の筋肉の具合を心のなかで確かめ、自分も彼女に笑みを返していることを知った。

あとになって、パーシーは思ったものだ――自分の結婚式が記憶から抜け落ちてしまうなんて、まったく恥ずべきことだ。しかし、それがまさに彼の経験したことだった。イモジェンが運んできた光を目にし、彼女からあふれでた温もりに包まれて、陶然としていたのだ。何者かが、牧師以外の誰も使わないような声で〝お集まりのみなさん〟と言ったのを覚えているような気がする。金の指輪を持ったシリルの手が強風を受けた木の葉のように震えているのを見た瞬間、自分が不安を感じたことはよく覚えている。そして、彼とイモジェンが夫と妻になったとか、二人をひき離すことは誰にもできないとか、ほかにも二人が永遠に固く結ばれたことを示すさまざまな言葉を耳にしたことは、はっきり覚えている。

しかし、あとのことはすべて記憶から抜け落ちている。

ようやく我に返ったのは、花嫁と二人で聖具室に入って結婚証明書に署名をし、イモジェンが以前の名前を最後にもう一度署名していたときだった。

「もっとも、イモジェン・ヘイズという名前は同じだけどな」彼女の兄がクスッと笑って言った。「ハードフォード伯爵夫人というのが加わるだけで」

「ううん」イモジェンは柔らかな声で言った。「変わるのよ。すべてが。パーシーと結婚したんですもの」

パーシーは叫びだしたい気分だった。しかし――幸いにも――黙っていた。

そのあと、二人で身廊をひきかえして出口へ向かい、パーシーは亀の歩みに倣わなくてはならないことを思いだしつつ進んでいった。オルガンから流れる讃美歌は、人々の頭頂部を持ちあげて魂を天国へ飛翔させるために作られたかのようで、イモジェンの母親、おばたち、ファービー夫人、パーシーの母親、何人ものおばたちは人目もはばからずに泣いていたし、あとのみんなは顔にしわができそうなほど微笑していた。

「わずかなきっかけさえあれば」パーシーは花嫁に向かってささやいた。「ぼくは少年みたいにスキップを始めるだろう」

「わずかなきっかけさえあれば」左右に笑顔を向けながら、イモジェンはささやきかえした。「わたしも一緒にスキップするわ」

「だけど、ここは作法に従った婚礼の場なんだ」

「残念ね」

やがて、二人は教会の外に出た。空を覆った雲と戦いをくりひろげていた太陽がすでに勝利を収め、歓声を上げる数多くの見物人やただの野次馬連中が二人を迎え、〈サバイバーズ・クラブ〉の笑顔の仲間や、いとこや、友人たちが数千もの気の毒な花々の花弁を手にして待ち受けていた。ほどなく、花びらが二人に降りそそぎ、婚礼衣装の淡い美しさを台無しにした。

そして、イモジェンは笑っていた。

パーシーが彼女の笑いを耳にするのに——そして、目にするのに——飽きることは、未来永劫《えいごう》ないだろう。もちろん、彼も笑っていたが、それは珍しいことではない。むしろ、彼の真剣な表情のほうが、イモジェンにとっては貴重な光景だろう。

「まあ、見て」彼女が嘆いた。ただし、幸せな嘆きだった。「見て、パーシー」

見る必要はなかった。ここ一〇年ほどのあいだ、いやというほど結婚式に参列した経験から、覚悟は充分にできていた。花で美しく飾られた幌《ほろ》のない馬車に、ロンドンの台所の半分から集めてきたかに思われる金物類と、おまけに古いブーツが結びつけられ、スタンブルック邸までひきずられていくのを待っていた。スタンブルック公爵の強い勧めで、そちらで披露宴をすることになっているのだ。

「考えてみれば」イモジェンに手を貸して馬車に乗せ、式の参列者が教会からぞろぞろ出てくるのを見ながら、パーシーは言った。「今日ぼくたちが結婚するという噂を聞いていない人が、ロンドンに一人か二人いるかもしれない。その人たちにも聞かせてやらなくては」

「コーンウォールの隣人たちにも聞こえると思うわ」座席に腰を落ち着け、横にパーシーがすわるあいだに、イモジェンは言った。「スタンブルック邸で留守番中のアニーに騒音が聞こえたとしても、不思議じゃないわね」

勇気を出してラチェットとモーガンの潜伏場所を教えてくれた、耳と口が不自由なメイドのアニーは、貴婦人づきのメイドとして働くのに必要な技術を披露したうえで、イモジェン専属のメイドにとりたてられた。そして、いま、婚礼の馬車の御者台にすわって出発の合図を待っているのは、パーシーの御者と、従僕として新たに雇われたコリン・ベインズで、二人とも新調のお仕着せできらびやかに装っている。

「そして、これは作法に従った婚礼だから、レディ・ハードフォード」馬車が動きだし、ひきずられてぶつかりあう金属類が罰あたりな騒音を立てて教会の鐘の喜ばしい響きを消してしまう前の、わずかに残された貴重な瞬間のなかで、パーシーは言った。「ぼくたちも作法どおりのことをしなくてはならない」

彼女が笑いながらパーシーのほうを向いたので、彼はその肩に腕をまわし、反対の手の親指と人差し指で彼女の顎を包んだ。

「ええ、もちろんそうよね」イモジェンは言った。「愛しい人」

歓声、笑い、鐘の音、馬の鼻息と足を踏み鳴らす音、金物が立てるすさまじい騒音――パーシーが花嫁にキスをし、イモジェンの手が彼の肩にかかった瞬間、どの音も気にならなくなった。

少なくともこの瞬間、パーシーは別世界にいた。そして、イモジェンも彼と一緒にその世界にいた。

訳者あとがき

二年前の秋から翻訳出版がスタートした〈サバイバーズ・クラブ〉シリーズもいよいよ終盤に入ってきた。今回お届けする『束の間のバカンスを伯爵と』はメンバーのなかでただ一人の女性、レディ・バークリー（イモジェン・ヘイズ）の物語である。

第一作『浜辺に舞い降りた貴婦人と』に初めて登場したときから、イモジェンは大理石に似た冷たい美しさを湛え、強烈な印象を残してきた。〈サバイバーズ・クラブ〉の仲間はみな、戦地から帰国したあとペンダリス館で療養の日々を送りながら地獄の苦しみを共に乗り越えてきた仲なので、イモジェンのすべてを理解し、受け入れているが、それぞれのメンバーと出会って恋に落ち、やがて結ばれた夫人たちからすると、イモジェンにはどこか近寄りがたいところがある。

〝美しい人だ。ただ、その顔は大理石の彫刻のようだ。微笑したことがないかに見える〟。これは『浜辺に舞い降りた貴婦人と』のヒロイン、グウェンドレンがイモジェンに初めて会ったときの印象。また、『あなたの疵が癒えるまで』でポンソンビー子爵と結ばれるアグネスはイモジェンを見たときに、〝大理石のように冷たい美貌を備えた背の高い女性だが、優しそうな目をしている〟と思う。

誰に対しても冷たい印象を与えるイモジェンだが、その過去を知れば、無理もないと思えるところがある。幼なじみであるハードフォード伯爵家の一人息子（バークリー子爵）と結婚。夫が士官としてナポレオン戦争に赴く決心をしたとき、イモジェンも夫についてイベリア半島の戦地に向かう。夫はやがて敵軍にとらえられ、拷問を受けた末に死亡。その目で夫の死を見届けたイモジェンは錯乱状態で故国に送り返され、以来、自分の殻に閉じこもり、冷たさを鎧のように身にまとった〝大理石の貴婦人〟になってしまった。

そんな彼女の前に現れたのが、先代伯爵亡きあとに新たなハードフォード伯爵となった遠縁のパーシヴァル・ヘイズである。本来ならイモジェンの夫が父親のあとを継いで伯爵になるはずだったが、遠い戦地で死亡したために、伯爵家を継ぐ者がいなくなり、遠縁のパーシヴァルに順番がまわってきたというわけだ。だが、大金持ち、ハンサム、頭脳明晰《めいせき》、健康、スポーツ万能で、人も羨む人生を送っている彼はロンドンでおもしろおかしく遊び暮らすのに忙しくて、コーンウォール州の辺鄙な土地にある伯爵家の本邸になどなんの興味もない。現に、爵位継承から二年もたつのに、一度も本邸を訪れていない。

ところが、どういう風の吹きまわしか、三〇歳の誕生日を迎えた翌日、華やかな社交シーズンが始まるまでの退屈しのぎにコーンウォールへ出かけてみようと思い立つ。荒れ果てた無人の屋敷を想像していたパーシヴァルだが、意外なことにきちんと管理され、手入れが行き届いていて、しかも人が暮らしていた。先代伯爵の妹、そのコンパニオン、そして、先代伯爵の息子の未亡人で氷のように冷たい女性。

すべてに恵まれたお坊ちゃま育ちのパーシヴァルと、戦地で地獄を見てしまったイモジェンの出会いは、当然ながらぎくしゃくしたものだった。パーシヴァルは〝こんな冷たい女に出会ったのは初めてだ〟と思い、イモジェンは初対面のときから傲慢な男だという印象を受け、周囲にうわべだけの愛嬌をふりまく彼の姿を見て軽蔑する。しかし、おたがいを少しずつ知るにつれて、イモジェンは彼のなかに人間的な深みを見いだし、パーシヴァルは彼女のなかに潜む優しさに気づき、いつしか惹かれあっていく。

コーンウォールの荒々しい自然のなかで、素朴な村人たちとパーシヴァルのにぎやかな身内に囲まれて愛を育んでいく二人の姿を、どうか温かく見守っていただきたい。


本書でイモジェンが暮らす〝寡婦の住居〟について少し説明しておこう。イングランド、スコットランド、ウェールズの大邸宅に付属していて、館の主が亡くなったあと、その夫人が移り住むための家だった。跡継ぎの息子が結婚している場合は、夫の死去からほどなく。独身だった場合は、やがて息子が結婚した時点で。

英王室もこうした〝寡婦の住居〟をいくつか持っている。ロンドンにあるクラレンス・ハウス、モールバラ・ハウスがその一例で、一八世紀にはバッキンガム宮殿もそうだったという（豪勢ですね）。当時は〝バッキンガム・ハウス〟と呼ばれていた。

さて、シリーズは次作でついに完結。ちょっと寂しい気もするが、最後はスタンブルック公爵ジョージ・クラブの登場である。お相手となるヒロインは……じつは、シリーズにすでに登場している女性だが、さて、誰でしょう？　楽しみにお待ちください。

二〇二〇年一月

ライムブックス

束《つか》の間《ま》のバカンスを伯爵《はくしゃく》と

著　者　　メアリ・バログ
訳　者　　山本《やまもと》やよい

2020年2月20日　初版第一刷発行

発行人　成瀬雅人
発行所　株式会社原書房
〒160-0022東京都新宿区新宿1-25-13
電話·代表03-3354-0685　http://www.harashobo.co.jp
振替·00150-6-151594
カバーデザイン　松山はるみ
印刷所　図書印刷株式会社

落丁·乱丁本はお取替えいたします。
定価は、カバーに表示してあります。
 ISBN978-4-562-06531-8 Printed in Japan